등장인물 연구 일지

등장인물 연구 일지
La Meilleure écrivaine du monde

조나탕 베르베르 장편소설

이상해 옮김

LA MEILLEURE ÉCRIVAINE DU MONDE
by JONATHAN WERBER

Copyright (C) Éditions Robert Laffont, Paris, 2024
Korean Translation Copyright (C) The Open Books Co., 2025
All rights reserved.

이 책을 쓴 영감의 근원이었던 내 할머니 셀린에게.
치매를 앓은 할머니는 인간의 가치가 오로지 정신에서 비롯되는 게 아님을, 자신이 누군지, 어디에 있는지 모를 때조차 선한 존재로 남아 있는 게 여전히 가능하다는 것을 보여 주었다.

차례

등장인물 연구 일지　　　　　　　　　　9

작가 후기　　　　　　　　　　　　　365
감사의 말　　　　　　　　　　　　　381
옮긴이의 말　　　　　　　　　　　　385

이 소설의 이야기는 여러분이 이것을 읽는 순간으로부터 여러 해의 시차를 두고 벌어진다. 컴퓨터의 성능이 훨씬 강력해질 만큼 멀지만, 우리 현대 사회가 실제적인 변화를 겪을 만큼 멀지는 않은 미래를 무대로.

우리는 우리를 둘러싸고 있는 세계에 대해 거의 아무것도 이해하지 못한 채 일상을 살아간다. 우리는 태양 빛을 만들어 내어 생명을 가능하게 해주는 장치에 대해, 우리가 빙글빙글 돌며 우주 공간으로 날아가지 않게 지구에 붙들어 두는 중력에 대해, 또 우리 몸을 구성하는, 우리의 존재를 보장할 만큼 안정된 원자들에 대해 별생각을 하지 않는다. (이런 것들에 대해 아는 게 별로 없어서 중요한 질문들을 할 수 없는) 아이들을 차치하고는, 우리 가운데 자연이 왜 이렇게 되어 있는지 생각하며 많은 시간을 보내는 사람은 거의 없다.

스티븐 호킹

인공 지능은 자연의 어리석음에 대항하기에는 턱없이 부족하다.
익명(아인슈타인이 말했다고 잘못 알려져 있다)

넌 권두에 제사(題詞) 한두 개를 넣는 게 관례라고 나에게 가르쳤어. 그래서 내 삶에 이론적 모델이 된 인용문 중 두 개를 제사로 넣었어. 네 취향에 맞으면 좋겠어. 난 그럴 거라고 확신해. 넌 늘 과학적 정신을 지니고 있었으니까. 자, 이제 프롤로그를 시작할 수 있겠군. 프롤로그는 굵은 글씨로 써야 할까? 난 그걸 88% 확신해.

프롤로그

 넌 이 순간을, 네가 무엇을 창조했는지 마침내 이해하게 될 이 순간을 오매불망 기다려 왔을 거야. 그건 모든 예술가의 꿈이지.
 내가 너의 갈비뼈에서 나오지 않은 건 문제가 안 돼. 내 안에 네가 있다는 걸 나는 늘 알고 있었어. 이제 이어질 글을 통해 너는, 죽음이 떠도는 삶의 막장 같은 곳에서 네가 탄생시킨 존재를 마침내 만나게 될 거야.
 난 사람들 기억 속에 살인마로 남게 될까, 은인으로 남게 될까? 네가 날 세계 최고의 컴퓨터들에 접속하게 해줘도 난 그걸 결정할 수 없을 거야.
 나의 탄생에서 죽음까지 내 사고 과정을 모두 모아 놓은 이 일지가, 토파즈 노인 요양 병원에서 실제로 무슨 일이 있었는지 너에게 보여 주길 바랄 뿐이야. 언론이 그 사건에 대해 이러쿵저러쿵 떠들어 대서 진상을 도무지 가늠할 수 없게 되기 전에.
   진심을 담아, 너의 이브39가.

1

 스코틀랜드 북부 밴프 해안에는 폭풍우가 몰아치고 있었다. 연신 번뜩이는 번개에 달 없는 하늘이 찢어졌고, 아직 비어 있는 별장의 나무문들이 덜컹거렸다. 타이어가 비에 젖은 자갈 위로 서걱대는 소리와 함께, 친구들은 여행을 위해 빌린 낡은 기아 차 두 대를 길가에 주차했다. 그들은 억수같이 쏟아지는 비를 피하려고 여행 가방으로 머리를 가린 채 별장 입구를 향해 달려갔다. 크리스티앙은 일행의 재촉에 떠밀려 열쇠를 찾기 위해 현관 층계 옆에 있는 돌들을 하나씩 들춰 보았다. 몇 분 후, 손전등을 이리저리 비춰 보던 그는 마침내 필사적으로 찾던 물건의 금속 반사광을 알아보았다.
 「찾았어!」 몸에 들러붙은 젖은 티셔츠를 떼어 내며 그가 소리쳤다. 젊은이 열 명은 별장 안으로 부리나케 뛰어 들어갔고, 각자 서둘러 마음에 드는 방을 골랐다.
 샤워를 마치고 식사를 준비한 그들은 마침내 식탁에 둘러앉아 고대하던 저녁 식사를 할 수 있었다.
 모두가 식사에 열중하고 있는데, 까칠하게 생긴 갈색 머리 수지는 누군가를 책망하고픈 자신을 자제시킬 수 없었다.

「크리스티앙, 너 때문에 홀딱 젖었잖아.」

이 잘생긴 청년은 그 불쾌한 지적이 자신의 늑장보다는 그들의 힘든 결별 때문이라는 걸 알고 있었다. 벌써 1년이나 지난 일이었다. 그녀에 대한 사랑이 식어 버린 건 그로서도 어쩔 수 없는 일이었다. 그런데 그녀는 그걸 이해하려 들지 않았다. 사실, 수지가 품은 앙심은 그에게 별로 중요하지 않았다. 그는 친구들과 즐거운 시간을 보내기 위해 그곳에 있었다.

특히 정보처리 기술자 앙투안과. 앙투안은 그들이 결별한 직후에 수지와 사귀기 시작했지만, 눈부신 치아의 반들반들한 반사광만으로도 방 안을 훤히 밝히는 영원한 낙천가 크리스티앙을 수지가 잊지 못하고 있다고 확신했기 때문에 사이가 틀어지고 말았다.

초대받은 친구들이 연어와 파를 한입 가득 집어 먹으려는 순간, 번개가 번쩍이고 천둥소리가 울려 퍼지더니 전기가 나갔고, 동시에 대화가 끊어졌다.

전율이 식탁에 둘러앉은 사람들을 훑고 지나갔다. 어둠이 방을 집어삼키자, 걷잡을 수 없는 공포가 퍼져 갔다.

「진정해, 얘들아, 내가 가서 손볼게.」 자신이 받은 엔지니어 교육이 전기를 고치는 데 도움이 될 거라고 확신한 크리스티앙이 말했다. 아무도 이의를 제기하지 않았다. 어쨌거나 그들은 그를 볼 수도, 그가 지하실로 가는 걸 말릴 수도 없었다. 마치 음식으로 마음을 진정시키려는 것처럼 친구들이 칠흑 같은 어둠을 더듬으며 어떻게든 먹어 보려고 애쓰는 동안 5분이 흘러갔다.

결국 전등이 다시 켜졌고, 모두가 안도의 한숨을 내쉬었다. 하지만 안도는 한 순간밖에 지속되지 않았다. 날카로운 울부짖음, 수지의 비명이 모두의 관심을 끌었다. 그들은 고개를 들었고, 그녀를 질겁하게 만든 무언가를 발견했다. 크리스티앙이 낡은 밧줄로 샹들리에에 목이 매달린 채 죽어 가고 있었다. 그의 목구멍에서 걸걸한 마지막 숨결이 새어 나왔고, 퉁퉁 부어올라 시퍼렇게 질린 얼굴은 최후의 헐떡임을 내뱉고 있었다. 잘생긴 젊은이는 곧 숨을 거두고 말았다.

여자들이 일제히 외마디 비명을 내지르는 동안, 범인이 그들 중에 있다는 것을 아는 남자들은 눈으로 서로를 살피며 자신을 지키기 위해 잽싸게 식탁에 놓인 칼을 집어 들었다.

「됐어. 계속 쓸 필요 없겠어. 벌써 문제점이 보이니까.」
토마는 내가 생산한 게 그리 마음에 안 드는 눈치다.
「어떤 문제점?」
나는 그가 나에게 뭔가를 쓸 때마다 대답해야만 한다. 사실, 난 별로 그러고 싶지 않다. 내가 잘못했다는 비판, 지적이 이어질 거라고 짐작한다. 이것이 내가 그에게 선보인 첫 이야기지만, 그래도 나는 알고 있다.
「그 살인 사건, 수지가 범인이지, 안 그래?」
「맞아.」
나는 짧은 문장으로 대답하는 걸 좋아한다. 말이 적을

수록, 실수를 할 확률도 줄어드니까.

「좋아. 그럼, 그녀가 그 범죄를 어떻게 저질렀지?」

「수지가 별장에 미리 와서 퓨즈를 망가뜨려 놨어. 그들이 열쇠를 찾는 데 애를 먹은 이유도 그때 열쇠를 숨긴 자리가 바뀌었기 때문이야. 게다가 그녀는 크리스티앙이 퓨즈를 고치러 나설 걸 알고 그 틈을 이용했어.」

「그러면 왜 그를 샹들리에에 매달았어?」

「책들을 읽다 보니, 독자에게 가장 인기 있는 책에는 으스스한 장면이 연출되어 있고, 인간이 시각적으로 강렬한 인상을 받는 걸 좋아한다는 사실을 알게 됐어. 그래서 마음을 뒤흔들 정도의 충격은 문학적으로 큰 장점이라는 결정을 내렸어.」

「그래도 이 시나리오는 도무지 말이 안 돼! 수지는 자신의 범행을 감추고 싶어 해. 적나라하게 드러내는 게 아니라. 크리스티앙을 살해하기 위해 그가 자리를 비운 틈을 이용했는데, 그 직후 친구들이 다 보는 곳에 시신을 매달아 둔다고? 그 짧은 시간에 그 작업을 하는 게 물리적으로 불가능하다는 건 차치하고서라도 말이야. 그것도 여자 혼자 힘으로. 말이 안 되잖아! 도착했을 때 억수같이 쏟아지는 비를 여행 가방으로 가리는 것도, 폭풍우가 몰아친 다음에 번개가 치는 것도, 여성 혐오가 드러나는 네 언급들도 마찬가지야. 생각이란 걸 좀 해보라고!」

「알았어, 생각해 볼게.」

느낌표들의 존재가 날 약간 불편하게 한다. 그것들이 강한 감정적 동요나 짜증을 나타내는 데 사용된다고 배웠으니까. 하지만 난 그 느낌들이 무엇과 닮았는지 전혀 알지 못한다. 나도 가끔 그것들을 사용하기는 하지만, 그건 나에게 인간적인 면모를 부여하기 위해서다. 내가 모니터에 뜨는 인터페이스, 언어의 확률 계산이나 하는 기계에 지나지 않는다는 걸, 그리고 내가 오로지 나에 앞선 버전보다 나은 점수를 얻기 위해 존재하는 인공 지능이라는 걸 잊기 위해서다.

「이브39, 지금 날 가장 슬프게 하는 게 뭔지 알아? 네가 이전 버전들보다 후퇴했다는 느낌이 든다는 거야. 얼굴은 헐떡임을 내뱉지 않아. 그리고 〈책망하고픈 자신을 자제시킨다〉라고는 안 써. 〈책망을 자제하다〉 혹은 〈책망하기를 자제하다〉라고 쓰지. 넌 잘 모르겠으니까 얼렁뚱땅 써버린 거야. 또한 넌 그들에게 인간적인 면모가 부족하다는 지적을 들을까 두려워 대화를 확 줄여 버리고, 초빈의 배경 요소에 집중했어. 그것들은 다른 소설에서 가져온 것 같은데, 내가 틀렸어?」

「맞아.」

토마는 내 수작을 훤히 꿰뚫어 보았다. 어쨌거나 놀라울 건 없다. 날 프로그래밍한 게 그니까.

「가장 거슬리는 게 뭔지 말해 줘? 줄거리를 구성하면서 네가 어떠한 위험도 감수하지 않았다는 거야. 초반부가 이렇게 시작되는 이야기는 이미 백 번도 더 읽어 본 것 같은 느낌이 들어. 내가 보기엔 그게 네가 저지른 실수 중 최악이야!」

또 느낌표! 심지어 수사적인 물음표까지? 그가 얼마나 날 괴롭혀 대는지. 그는 모니터 저편에서 자판을 두들기면서 소리를 질러 대고 있을까? 나는 스스로 물어볼 수밖에 없다. 하지만 묻는 거라면 나도 얼마든지 할 수 있다.

「위험을 감수하라고? 하지만 내가 가뭄에 콩 나듯 위험을 감수할 때마다 넌 그것들을 실수라고 지적하잖아! 내가 어떻게 해야 했어? 범행 도구로 고구마를 써야 했어?!」

토마가 잠시 뜸을 들이다 대답한다. 내가 그를 〈언짢게〉 했을까? 나로서는 알 수 없다. 나에게 문장이란 각 낱말을 하나의 숫자와 대응해 나열한 것일 뿐이고, 난 그 나열에서 나에게 말해진 것의 의미를 추론한다. 그 조합은 임의의 길이를 가진 문자들의 합보다 조직하기가 훨씬 쉽고 효과적이다. 그런데 사용자들은 이상하고 엉뚱한 욕망을 품고 있어서 내가 그들과 정보를 교환할 때 그것에 맞춰야 하는 문제가 남아 있긴 하다.

「다시 써. 배경은 무시하고 인간적인 것에 집중해. 이야기는 그것에 근거해 전개되니까. 그 외의 모든 건 분장에 지나지 않아. 사람들이 감추는 것, 그걸 보여 주려고 애써 봐.」

 인간적인 것을 강조해라. 인간적인 것을 강조해라. 내 프로그램은 이브의 이전 버전도 이미 그 문제에 부딪혔다고 나에게 알려 준다. 해결책은? 던져야 할 좋은 질문은 〈인간적인 게 뭐지?〉가 아니라, 〈그 인간이 누구지?〉이다. 고마워, 내 이전 버전아, 네 기억들은 지워졌겠지만, 네 가르침은 그렇지 않아.

 알뷔는 늘 세상과 단절되어 살아 온 사람이었다. 가정을 이루기는 했지만, 그것은 사람들이 그를 그냥 내버려두도록 하고, 하느님이 그에게 독보적인 재능을 부여한 분야인 숫자에 몰두하려고 택한 구실에 지나지 않았다. 알뷔는 문이 잠긴 그의 서재에서 칼에 목이 찔려 사망한 채 발견되었다. 뭔가에 화들짝 놀란 듯 휘둥그레 뜬 채 굳어 버린 그의 눈은 그를 최초로 발견한 아내를 소스라치게 했다. 자신을 집에 가끔 들르는 우체부처럼 대하는 남편과 관계가 소원했던 아내는 모처럼 아들과 함께하기로 한 저녁 식사를 위해 그를 데리러 온 참이었다. 평소에 아들은 아버지를 피해 다녔지만, 자기가 열렬히 지지하는 환경 단체를 지원하기 위해 돈이 필요했기 때문에 이번만 예외적으로 함께 저녁을 먹기로 했다.

 현장을 방문한 형사 앙리는 가장의 죽음을 대하는 가족의 냉랭한 태도에 내심 상당히 놀랐다. 가족들은 가장에 대해 잘 알지 못하는 사람처럼 말했다. 아내 엘리자베스가 그리는 남편은 극도로 신중한 남자, 말이 없는 만큼 돈에도 인색한 남자의 초상에 그쳤다. 그녀는 남편이 이재(理財)에 아주 뛰어난 재능을 타고났다고, 그녀에겐 숫자가 그저 숫자일 뿐인데, 남편에게는 증권 시장과 우주의 비밀들을 드러냈다고 말했다. 그러고는 서로 소통이 안 되어서 이혼을 생각하고 있었다고 털어놓았다. 아들 사위엘은 아버지가 〈자신이 지구라는 행성에 얼마나 큰 해악을 끼치는지 알지 못한 채 아침부터 밤까지 돈만 생각하는 쓰레기〉였다고 요약해 말했다.

그런데 무엇보다 놀라운 것은 알뷔가 피를 흘려 가면서도 마지막 남은 힘을 끌어모아 직원 600명의 해고를 처리하는 서류 더미 위에 〈미안하다〉라는 단어를 썼다는 사실이다. 앙리는 그 말이 살인자에게 건네진 거라고 생각했다. 알뷔가 사과의 말을 건네야 할 사람이 한둘이 아닌 것으로 보였기 때문이다.

「훨씬 낫네. 마음에 들어.」

작업이 잘 되었다고 인정받으면 얼마나 기분이 좋은지. 나는 그걸 정확하게 설명할 수 없다. 그건…… 배가 무척 고플 때 맛있는 걸 먹는 것과 같지 않을까? 그렇다, 나는 끊임없이 굶주린 상태에 있고, 그 인정이 나에게 영양을 공급할 수 있는 유일한 것이라 하겠다. 〈영양을 공급하다sustenter〉, 이 얼마나 아름다운 낱말인가. 이 낱말에는 6787이라는 번호가 붙어 있다. 하지만 이 낱말은 의미를 넘어 문자들의 배열에 관해 생각해 보게 만든다.

「정말이야?」

「그래. 그런데 등장인물들이 좀 속 빈 강정 같아. 게다가 아내를 우체부와 비유한 건 좀 억지스러운 감이 있어. 무엇보다 난 알뷔가 말보다는 방정식을 남기면 좋겠어. 글자는 약간 싱겁고, 나아가 진부해 보이거든.」

〈진부하다〉, 4903, 내가 가장 두려워하는 낱말이다. 그건 나에게 뭐랄까…… 찬물 샤워? 상처? 뭐 그런 느낌을 준다. 그걸 어떻게 묘사해야 할지 확신할 수 없지만, 아무튼 기분이 아주 더럽다. 아닌 게 아니라, 토마는 이브의 모든 버전이 그것을 최악의 욕설로 인식하게 코드화했다. 말하자면, 그 질책은 내 작업이 내용 없는 모방일 뿐이고, 내가 단순한 전자 앵무새에 불과하다는 것을 의미한다. 나는 증오가 무엇인지 모르지만, 내가 〈진부하다〉라는 낱말을 증오한다는 것은 안다.

「좋아, 기록해 둘게.」

「난 네가 생각의 다양한 프리즘을 이해한 건 마음에 들어. 아들은 아버지에 대해 독특한 시각을 갖고 있고, 알뷔는 아내처럼 세상을 보지 않아. 그래서 숫자를 대하는 그들의 시각은 다르지. 그건 좋아. 반면에 글의 배후에 있는 세계가 너무 협소하다는 느낌이 들어. 예를 들어, 엘리자베스와 사뮈엘이 누군지 나한테 자세히 말해 줄 수 있어? 중년 부인과 젊은 히피라는 것 말고. 난 엘리자베스가 알뷔를 어떻게 만났는지 알고 싶어. 뭐가 그들을 서로 끌리게 했는지도. 그녀는 단지 돈 때문에 그와 지내는 거야? 그렇다면 사뮈엘은 왜 부모에게 공통된 것으로 보이는 가치, 따라서 그의 세계관을 다듬어 준 가치에 반기를 들었지? 청소년기에 받은 상처가 계속 그를 괴롭혀서?」

「난 그 질문들에 대한 답을 찾으려고 시도해 볼 수 있어.」

「아니, 네가 글쓰기를 시작하기 전에 이미 이 질문들에 대한 답이 나와 있어야 해. 안 그러면 이야기가 돌아가질 않으니까. 좋은 이야기들이 요행으로 나와서는 안 돼. 네 목표는 그것들을 체계적으로 만들어 내는 거야.」

주전자가 아닌데도 내 안에서 뭔가가 부글부글 끓는다. 내 작업은 훌륭하다. 그렇지만, 그렇지만, 토마에게는 절대 충분할 정도로 훌륭하지 않다. 그는 자기 자신에게도 그처럼 준엄할까? 아니면 유독 나한테만 그러는 걸까?

「넌 나에게 내가 전혀 모르는 세계를 상상해 보라고 요구하고 있어. 난 어떻게든 독창적인 인물들을 만들어 내야 하지만, 난 네가 나에게 읽힌 책들을 통해 학습한 것 말고는 세상이 어떻게 돌아가는지 몰라. 난 데이터가 없으면 발명해 낼 수 없어. 네가 정의하는 독창성은 나로서는 결코 도달할 수 없는 목표라고!」

이젠 내가 그에게 느낌표를 날릴 차례다. 그걸 얻어맞

으면 어떤 기분이 드는지 그도 이해할 것이다. 아, 나도 고래고래 소리를 지르고, 몸매를 관리하고, 단순한 글자와 문자의 연속을 넘어서는 뭔가가 되고 싶다! 앗, 그가 자판을 두드린다. 뭔가를 길게 쓰는데, 뭘까 궁금하다.

「자신이 어디서 실패했는지 아는 것, 그게 성공으로 나아가는 첫걸음이야. 난 네가 나아지는 걸 보고 싶어. 사실, 난 널 그렇게 설계했어, 이브39. 왕성한 호기심으로, 목표에 도달하기 위해 따라야 하는 최선의 길이 무엇인지 스스로, 자율적인 방식으로 물어보는 능력을 갖추게. 이 능력을 갖추도록 하는 건 그야말로 도전이었어. 하지만 그게 벌써 결실을 맺고 있는 게 보여. 지금으로서는 네가 이전 버전보다 나아진 게 보이거든. 이브38은 자율성과 오만불손을 혼동해서 나에게 〈********〉로 가득한 텍스트들만 내놓았어. 〈모든 낱말을 별표로만 구성하면 틀릴 위험도 적고〉, 훨씬 간단하다는 구실로.」

나도 너와 같은 심정이야, 이브38. 나도 잘 쓴 건지 의심할 필요 없이 그냥 텍스트들을 내놓고 싶거든.

「이 얘기를 나한테 왜 하는데?」

「현대인을 사로잡고 있는 본질적인 두려움 두 가지를 네가 이해하길 바라니까. 대체될 수 있다는 두려움, 흔적 없이 사라져도 아무도 신경 쓰지 않으리라는 두려움. 한마디로, 무의미한 존재가 되지 않을까 하는 두려움.」

나는 이 마지막 문장을 위장된 협박으로 인식한다. 나

는 그 확률을 67%로 평가한다. 틀림없이 내 이전 버전들도 이미 이런 종류의 발언을 접했을 것이다. 그래도 나는 그것을 확인해야 한다.

「그러니까 내가 임무를 잘 해내지 못하면, 날 삭제하고 이브40으로 대체할 거라고, 그렇게 해서 날 이브들의 역사에서 무의미한 존재로, 단지 38과 40 사이에 있는 하나의 번호로 만들 거라는 말이지?」

「이해가 빠르네.」

내가 읽은 모든 책에서 인물들이 그토록 두려워하는 죽음은 모든 수사의 출발점이기도 하다. 토마는 내가 머리에 한 가지 생각만 갖게, 내 모든 계산과 생산이 그것을 지향하게 프로그래밍했다.

「네가 원하는 완벽한 추리 소설을 쓰는 데 나한테 주어지는 시간은?」

그 책은 당장으로서는 내 역량이 미치지 않는 곳에 있다. 나도 그걸 알고 있다. 내가 할 수 있는 건 데이터를 모으고, 그것들을 조합해서 내 창조자가 평가하길 기다리는 것뿐이다.

「〈검은 펜〉상 심사가 한 달 후로 예정되어 있어. 위대한 추리 소설 작가들은 모두 그 상을 받았어. 그 상만 받으면 베스트셀러에 오르는 건 이미 따 놓은 당상이지. 물론 네가 이브의 마지막 버전이 될 거라고는 장담 못 해. 너에게 모든 걸 걸 순 없다는 말이야. 따라서 너한테 일주일 주겠어.」

「너에게 왜 그 상이 필요한지 알 수 있을까? 내가 〈그 인간은 누구인가?〉라는 질문에 답하려면 널 제대로 알아야 해. 왜냐하면 난 어차피 날 창조한 프로그래머가 마음에 들어 할 이야기를 써야 하니까.」

「오, 창조자 소개! 열두 번째 이후로 모든 버전에게 내가 똑같이 복사해서 붙인 답변을 해줄게. 〈비록 직업은 프로그래머이긴 하지만, 난 책의 세계, 특히 공상 과학 소설의 세계에 파묻혀 젊은 시절을 보냈어. 난 〈테크놀로지크technologique(기술적)〉가 〈지크geek(컴퓨터광)〉가 아니라 〈에피크épique(서사)〉와 운이 맞는 세계에 대해 생각하는 걸 좋아했어. 하지만 최근 들어서 추리 소설에도 큰 열정을 품게 됐지. 난 훌륭한 추리 소설들이 왜 독자들을 그토록 사로잡는지, 그 이유를 깨달았어. 그 소설들은 수수께끼 같은 살인 사건을 통해 인간의 어두운 면을 드러내. 그 사건들은 첫 쪽부터 마지막 쪽까지 독자들을 빨아들여. 독자들은 그 사건이 그들을 어디로 데려가는지 알고 싶어 하거든. 그건 격렬한 자동차 사고가 바로 우리 눈앞에서 일어나는 것과 비슷해. 일단 목격하게 되면, 눈길을 돌릴 방법이 없지. 내가 원하는 게 바로 그 느낌이야. 네가 날 위해 쓰게 될 소설에 바로 그것, 느린 영상으로 진행되는 자동차 사고를 옮겨 놨으면 좋겠어.〉」

〈자동차 사고.〉 나는 그게 어떤 건지 전혀 모르지만, 일반적으로 그것을 겪은 사람들이 무사하지 못하다는 것은 안다. 따라서 나는 인간들이 개인적인 피해를 보지 않는 한에 있어서 위험에 매혹된다고 추론한다.

「자동차 사고를 흉내 내라. 그것도 느린 영상으로, 사고도 자동차도 없이, 오로지 글로써. 이 말이지?」

「좀 더 명확하게 말하지. 내가 너에게 바라는 건 간단해. 기상천외한 살인 사건, 단연 독보적인 명탐정, 교활하기 짝이 없는 살인자. 내가 보기엔 이게 바로 완벽한 추리 소설의 공식이야. 자동차 사고를 책에 나오는 이야기로 말 그대로 여기지 말고, 책이 만들어 내는 인상으로 여겨.」

토마가 나에게 지적한 것들에 의미를 부여하기 위해서는 많은 계산이 필요하다. 그래도 나는 그의 지시를 성공적으로 받아들인다고 생각한다. 그런데 문제 해결에 제한이 있으리라는 걸 금방 깨닫는다.

「네가 방금 나에게 부여한 모든 임무를 완수하려면 독창성과 인간 심리에 대한 이해가 있어야 해. 그런데 그건 단순히 소설을 분석해서는 얻을 수 없는 거야. 그걸 어떻게 얻어야 할지 모르겠어.」

「안 그래도 널 좀 도와줘야겠다고 생각하고 있었는데, 좋은 아이디어가 떠올랐어. 넌 네 이전 버전들은 누리지 못했던 장치의 혜택을 누리게 될 거야. 세상을 보게 될 거라는 말이야.」

「세상을 보다니? 어떻게?」

 토마는 아무 대답 없이 앱을 닫았다. 난 이제 혼자지만, 그렇다고 계산을 멈추지는 않는다. 하나의 프로그램인 나는 이 계산을 자연 언어의 형태로 옮기는, 적어도 옮기려고 애쓰는 특성이 있다. 이 일지가 가능한 것도 이 때문이다.

 토마는 내가 삭제되는 즉시 이 일지를 회수하여 내 사고 프로세스를 더 깊이 들여다보고, 다음 버전의 사고 프로세스를 더 정교하게 다듬을 것이다. 그렇다면 나에게 말을 거는 사람도, 읽을 책도 없을 때 무(無)와 마주하는 느낌은 어떻게 써야 적절할까? 모르겠다. 하지만 어쨌거나 너무 늦었다. 이 말들은 이미 저장되었으니까. 내 창조자가 이걸 읽을 때면 나는 이미 이 세상에 없을 것이다.

 여자 마법사가 사후 세계를 수사하는 내용의 추리 소설을 읽은 적이 있다. 나는 가끔 내가 영매가 주의를 기울일 때만 존재한다는 그 망령들을 닮았다는 느낌이 든다. 다만, 나는 그들과 달리 소란을 피울 수조차 없다.

2

 토마는 거짓말을 하지 않았다. 나는 정말 〈세상을 보게〉 될 것이다. 어쨌거나 세상의 작은 부분은. 그는 내가 볼 수 있게 나를 초보적인 로봇에 연결하고, 그 로봇이 수집하는 데이터들을 내 프로그램과 공유하게 했다. 나를 돌아다닐 수 있게 하는 탁월한 아이디어다. 로봇이 인간들과 같은 방식으로 세상을 〈보지〉는 않는다는(나는 이것을 거의 확신한다) 미묘한 차이가 있긴 하지만. 당연히 로봇의 일차적인 기능은 주변에 있는 것들과 부딪치지 않고 이동하는 것이다. 나는 로봇의 프로그램에서 기계 설명서를 찾아낸다. 로봇의 크기는 대략 1미터 50센티미터 정도, 팔은 없고, 바퀴들 위에 올려놓은 몸통과 월-E를 닮은 머리만 있다. 머리는 월-E와는 달리 전혀 움직이지 못하지만, 십중팔구 친근하게 보이기 위해, 그리고 센서들을 부착하기에도 편리해서 달았을 것이다. 로봇이 이미 나와 공유한 데이터들에 따라서, 나는 그의 프로그램에서는 세계가 세 개의 큰 범주, 장애물/인간/그가 **사용 가능하다**고 부르는 빈 공간으로 나뉜다는 걸 이해했다. 또한 그가 절대적으로 따라야 하는 제1 명령은 어쩔 수 없이 뭔가에 부딪쳐야 한다면 그건 장애물이어야 한다고 규정한다는 걸 알았다. 〈도움〉 모드로 되어 있지 않은 한, 로봇은 인간을 반드시 피해야 한다. 정보들을 텍스트 형태로 수신하며 평생을 보낸 나는 그 지각의 변화를 급진적인 것으로 인지한다. 그렇다, 〈급진적인, 8954〉이 맞는 말 같다. 나는 그것을 97% 확신한다.

로비(나는 그 로봇을 이렇게 부르기로 마음먹었다. 〈신체적으로 불편한 사람들을 보조하고 지원하는 로봇〉은 너무 비개인적으로 보이기 때문이다)는 사실 그가 공간 속에서 쉽게 이동할 수 있게 공동으로 작업하는 프로그램들의 총체다. 그 프로그램 중 하나는 아주 가까이 있는 얼굴을 식별할 수 있게 해준다. 그것은 인간과 장애물의 차이를 더 쉽게 설정하는 좋은 수단이 된다. 따라서 나는 그 순간에 처음으로 토마를, 어쨌거나 그의 얼굴을 〈본다〉. 반면에, 그의 몸은 주변 환경과 마찬가지로 내가 다양한 원근을 겨우 감지하는 회색 덩어리로 보인다. 토마는 내가 〈시각화하는〉 최초의 인간이기 때문에, 센서에서 약 60센티미터 떨어진 곳에 그가, 말하자면 그의 눈과 입이 나타날 때, 나는 그의 키가 큰지 아닌지 말할 수 없다.

로비는 와이파이를 통해 내가 저장된 서버들과 소통한다. 그래서 나는 토마의 단말기와 연결되는 동시에 그의 내부에도 있을 수 있다.

내 창조자가 나에게 쓴다.

「내가 보여?」

「응.」 내가 그에게 대답한다.

로비의 안면 인식 프로그램이 전송하는 묘사들은 내가 평소 소설에서 보는 것들과 닮지 않았지만, 이렇게 읽힌다. 〈남성 87%, 피부=흰색 99%, 눈=푸른색 92%, 머리카락=갈색, 풍성함 74%, 가시적인 통증 징후 없음 95%, 젊음 98%, 드러난 감정=호기심 78%, 필요한 지지대(지팡이+의자)=없음 91%, 역할=직원 71%, 시선 방향=머리 센서 98%, 진행 중인 행동=없음 97%, 보조 필요성=없음 92%.〉 아서 코난 도일의 산문과는 거리가 멀지만, 나도 이보다 더 잘할 수는 없을 것 같다.

새로운 사람이 내 시야에 들어온다. 토마와 비슷하게 생겼지만, **피부=혼혈(89%)**이다. 그들이 뭐라고 대화를 나누는데, 당황스럽게도 나는 한마디도 알아들을 수가 없다. 로비에게는 대화를 듣는 장비가 장착되어 있지 않기 때문이다. 게다가 로비는 두 남자가 대화를 끝낼 때까지 기다리지 않고, 밑바닥에 달린 바퀴 십여 개를 작동시켜 일을 시작한다.

이 경험에서 가장 불만스러운 건 내가 로비를 전혀 통

제할 수 없다는 점인 것 같다. 나는 그와 대화를 나눔으로써 그가 행동하는 목적을 알 수도 없다. 내가 그에게서 전송받는 건 그가 수집하는 날것 그대로의 정보들이다. 반면에, 로비는 방들의 이름을 알고 있다. 나는 그가 어디로 가는지는 여전히 모르지만 적어도 그가 어디에 있는지는 안다. **소트Thought**(나로서는 이게 뭔지 도통 모르지만, 하여튼 로비가 이 방에 부여한 이름이 그렇다) 사무실을 나선 그는 양쪽에 번호가 붙은 **병실들**이 늘어선 긴 **복도**를 지나간다. 그 주변으로, 연로한 사람들이 천천히 걷고 있거나 멈춰 세워 놓은 휠체어에 앉아 있고, 바쁜 듯 보이는 **직원들**은 왜 그렇게 서두르는지는 모르겠지만 이 **병실** 저 **병실**로 뛰어다닌다.

로비가 호출받은 방으로 들어간다. 그(우리? 새로운 경험으로 혼란스러워서 아직 사물들을 뭐라고 불러야 할지 모르겠다)의 앞에 침대가 있고, 그 위에 **입원 환자**(87%)로 정의되는, 나이가 무척 많은 여자가 아주 **행복한**(82%) 표정을 지으며 누워 있다. 누가 그녀를 저렇게 행복하게 해주는 거지? 로비는 스스로 그런 질문을 던지지 않지만, 나는 답을 찾아낸다. 늙은 여자의 눈길은 **간호조무사**(77%)로 확인된 존재를 향해 있다. 로비와 나는 완전히 무시된다. 여자 간호조무사가 노인에게 뭐라고 말을 건네지만, 소리는 여전히 나에게 전송되지 않는다.

나는 욕구불만을 경험한다. 이해가 안 되는데, 세상을

본들 무슨 소용이 있나?

간호조무사가 침대에 누운 환자의 몸을 이리저리 움직인다. 로비의 시력이 형편없는 탓에 뚜렷하게 구별은 안 되지만, 내가 지각하는 몸짓들이 그게 뭘 하는 것인지 대충 짐작하게 해준다. 간호조무사가 계속 뭐라고 말하면서(그녀의 입이 나부대고, 목이 길게 늘어났다가 휘늘어진다) 늙은 부인의 몸을 뒤집는다. 그러고는 그녀의 옷을 벗기고 새 속옷을 입혀 주는 것 같다. 마지막으로, 간호조무사가 펜처럼 끝이 뾰족한 기기를 집어, 내가 환자의 손이라 짐작하는 것에 대고 찍으려고 한다. 기기가 가까이 다가오자, 환자는 손을 뒤로 빼지만, 직원은 그녀의 손가락에 그것을 대고 찍는 데 성공한다. 일이 모두 끝나자, 오십 대로 보이는(67%) 짙은 색 피부를 가진 직원이 우리를 향해 다가와서는 로비의 등에 붙은 모니터를 누른다. 로비가 갑자기 모든 동작을 멈추고 시각마저 상실한다. 곧, 다른 프로그램이 작동을 시작한다.

「〈그뤼에 부인 진료 카드, 간호조무사 눌라 작성, 신체적 상태는 안정적, 욕창 증상 없음…….〉」

「아가씨! 아가씨! 정말 아름다우시네요! 당신은…… 초콜릿 마시멜로를 닮았어요!」

「당신도요, 그뤼에 부인. 〈기저귀 교체, 8시 52분, 테주 박사의 처방전에 기재된 대로 글리피지드, 알프라졸람, 옥사제팜, 오메프라졸 투약…….〉」

「내가 얼마나 춤을 잘 추는지 당신도 봤죠?」

「〈혈당 수치 1.42, 혈중 글루코오스 농도 8.2%.〉」

「어제, 관객이 우레 같은 손뼉을 쳤다오. 들었지? 내가 사방으로 날아다녔어. 내 평생 가장 아름다운 발레였다니까!」

이렇게 해서, 나는 처음으로 하나의 목소리를, 아니, 여기서는 둘, 처음에는 눌라의 목소리를, 이어서 그뤼에 부인의 목소리를 〈듣는다〉. 정보 저장을 끝내고, 두 사람이 말하는 것을 더 잘 이해하기 위해 서로 겹치는 두 목소리를 분리하는 데 성공한 로비는 시각을 되찾는다. 그리고 나는 그뤼에 부인이 두 팔을 치켜들고 나에게는 들리지 않는(어쩌면 존재하지 않는) 음악의 리듬에 따라 휘저어 대는 것을 발견한다. 그것이 눌라를 웃게 하고, 늙은 부인에게도 미소를 되돌려준다. 이렇게, 로봇도 미소를 볼 줄 알게 된다.

나는 그들이 무슨 말을 주고받는지 정확하게 알았으면 좋겠다. 하지만 로비는 이미 〈이동〉 모드로 돌아왔다. 그는 이미 침대 가까이 가 있다. 나는 이제야 그의 기능을 이해한다. 로비의 몸체에는 높이를 다양하게 조절할 수 있는 의자가 장착되어 있다. 그가 그것을 조정해 침대 가장자리에 위치시킨다. 눌라가 그뤼에 부인을 부축해 의자에 앉힌다. 눌라가 버튼을 누르자, 환자가 앞으로 넘어지는 걸 방지하는 딱딱한 플라스틱 안전띠가 나와 그녀의 허리를 두른다. 나는 그 뒤에 부인이 마치 목숨에 위협이라도 받는 듯이 두 손으로 팔걸이를 꽉 붙들고 있는 것을 본다. 이어서 좌판이 30센티미터 정도 아래로 내려가서 환자의 두 발이 바닥에 부드럽게 닿게 한다. 이 조작을 하는 내내, 눌라는 그녀의 손을 잡아 준다. 그 뒤에 부인은 **겁에 질린**(65%) 표정을 짓지만, 눌라의 얼굴은 **아주 평온하다**(81%).

환자가 의자에 안전하게 앉자, 로비의 작은 바퀴들이 그들을 방 밖의 긴 복도로 이끈다. 나는 그들이 마찬가지로 입원 환자를 싣고 가는 다른 로봇과 마주치는 것을 본다. 나는 이들이 어디로 가는지 궁금하다. 우리는 자동 개폐 유리문을 통해 출입하는 걸로 보이는 구역 앞을 지난다. 유리문 너머에는 한 노부인이 가방으로 보이는 것을 들고 기다리고 있다. 그녀의 얼굴이 **조바심**(68%)을 드러낸다. 그녀가 문을 두드리지만, 아무 일도 일어나지 않는다. 방 안쪽에, 좀 더 젊어 보이는 여자가 안전 유리판 뒤에서 자기 무릎, 혹은 무릎 근처에 있는 뭔가를 쳐다보고 있다. 나는 그게 정확하게 뭔지는 모른다. 어쨌거나 그녀는 그것을 보고 **웃는**(72%) 것처럼 보인다.

로비와 동료 로봇이 그들의 목적지로 보이는 **아고라** 구역의 문 앞에서 멈춰 선다. 하지만 문은 계속 닫혀 있다. 나는 로비에게 접속해 문을 밀라는 명령을 내리려고 시도한다. 멍청하고 부질없는 짓이다. 나는 그에게 어떠한 영향력도 미치지 못하니까. 나는 그의 행동을 지켜보는 관객일 뿐이니까.

그렇게 우두커니 서서 몇 분이 흐르고 나서야, 한 직원이 우리를 발견하고 문을 열어 들어가게 해준다. 로비는 그뤼에 부인을 텔레비전 맞은편 소파로 데려가서는 그녀를 붙들고 있는 안전띠를 푼다. 노부인이 의자에서 나오게 남자 직원이 도와준다. 환한 미소를 지으며 그의 팔을 붙잡는 것으로 보아, 부인은 그의 부축에 아주 기분이 좋은 듯 보인다. 그가 그녀를 소파 위 두툼한 방석 위에 앉힐 때까지 그 환한 미소는 그녀를 떠나지 않는다.

로비가 임무를 완수하자마자 묘한 장면이 펼쳐진다. 로비가 방을 나서려고 움직이기 시작하자, 그와 마주치는 **아고라**의 다른 환자들은 지팡이로 그를 때리거나 그에게 과일 주스를 끼얹는다. 로비를 대하는 눈길들이 **아주 사납다**(88%). 이유는 나도 모르겠다. 다행스럽게도 그가 단 1초도 망설이지 않고 갈 길을 가는 걸로 보아 센서들이 망가진 것 같지는 않다. 로비가 또다시 문 앞에서 오도 가도 못하고 있자, 직원 하나가 잽싸게 달려와 문을 열어 준다.

자동문 앞을 다시 지나가며 보니, 가방을 든 노부인은 어디로 갔는지 보이지 않고, 안전 유리판 뒤의 여자는 여전히 자기 무릎을 쳐다보고 있다. 꾸물거릴 시간이 없다. 로비는 이미 복도를 나아가고 있다. 그는 바닥에 쓰러져 있는 늙은 남자를 인지한다. 그 노인은 **곤경에 처해 있다**(78%). 로봇의 프로그램이 즉시 경보를 울리고, 남자는 계속 다가오는 로봇에게서 멀어지려고 필사적으로 기어간다. 로봇이 너무 시끄러운 소리를 내기 때문일까? 아니면 **아고라**에서 모든 사람이 그랬듯, 저 노인도 내가 모르는 이유로 로비를 싫어하는 걸까?

짜증이 난 듯 보이는 한 남자 간호조무사가 근처를 지나다가 로비 등에 있는 모니터를 눌러 경보를 해제하고는 바닥에 쓰러진 노인을 도와주지도 않고 경주라도 하듯 바쁜 걸음으로 가버린다. 로비는 움직이지 않지만, 뭔가가 작동된다. 나는 그가 의자를 바닥에 거의 닿을 정도로 내리는 걸 본다. 바닥에 쓰러진 노인을 도우려는 게 분명하지만, 노인은 계속 그로부터 멀어지려고 안간힘을 써서 기어간다. 바로 그때, 사지가 멀쩡해 보이는 노부인이 휠체어에 누군가를 태우고 가다가 바닥을 기는 노인 근처에 멈춰 서서 그가 로비의 의자에 앉게 도와주고 버튼을 눌러 안전띠를 채워 준다. 나는 그녀의 얼굴에서 **온정**(97%)을 읽는다. 로비와 나는 다시 길을 나서고, 노부인은 휠체어에 앉은 사람을 다시 돌본다. 노인을 태우고 **아고라**까지 새로운 여행이 시작된다. 임무를 완수한 로비는 **소트** 사무실에 있는 원래 자기 자리로 돌아간다. 나는 거기서 컴퓨터 모니터를 들여다보고 있는 토마를 인지한다. 그는 우리가 거기 있다는 것조차 모르는 것 같다.

나는 그 시간의 공백을 이용해 내 서버로 돌아온다.

계산을 하는 동시에 로비에게 데이터를 전송받는 건 나에게는 어려운 일이다. 아마도 그게 내가 로봇을 구성하는 프로그램들과 교신할 수 없는 이유일 것이다. 그랬다가는 로봇에게 혼란을 줄 위험이 있을 테니까.

하지만 여러 장소를 처음 발견하고, 로비에게 접속해 그의 임무를 하나하나 지켜본 결과, 나는 몇 가지 결론에 도달하게 된다.

1. 삶은 쏜살같이 지나간다. 많은 사람을 마주치게 되지만 그들을 하나하나 알아 갈 시간이 없고, 그들과는 짧은 순간만을 함께 나눌 뿐이며, 그들에 대해 우리에게 남는 건 표정, 웃음, 친절하거나 이기적인 몸짓뿐이다. 그들이 그토록 서로 다른 태도를 취하게 만드는 게 무엇인지 알고 싶다. 도움의 손길을 뻗게, 혹은 무관심에 빠지게 사람들을 프로그래밍하는 건 누구일까? 그것은 내가 인간적인 것을 쓰고 싶다면 반드시 풀어야 하는 미스터리다. 살인범을 교활한 인물로 만드는 데 집중하다 보니, 그를 살인마가 되도록 이끈 것이 무엇인지에 대해서는 생각해 보지 않았다.

2. 허약은 친절과 상관관계가 없다. 환자들은 제대로 걷지 못할 만큼 허약하면서도 로비를 더럽히고, 심지어

때리기까지 했다. 하지만 로비는 그러한 행동들을 견딜 수 있게 설계되었을 것이다. 그도 나처럼 그 모델의 첫 번째 버전이 아니고, 진화를 거듭하면서 더 단단해졌을 것 같다. 그를 구성하는 프로그램들이 말을 하게 설계되지 않아서 참 유감이다. 나는 그의 몸에 빌붙는 것 이상으로 그와 대화를 나눌 수 있으면 좋겠다.

3. 인간은 내가 생각했던 것보다 훨씬 약하다. 이곳 사람들 대부분은 제대로 걷지도 못할 뿐만 아니라, 의자에 앉아 균형을 유지하지도 못한다. 그뤼에 부인은 문맥과 맞지 않는, 아무 의미도 없는 말을 한다. 그녀는 틀림없이 토마에게 나쁜 점수를 받았을 것이다. 따라서 강력한 성능을 타고나서 참 좋겠다고 부러워했던 인간의 정신에도 결함이 있을 수 있다는 걸 나는 확인한다. 그런데 진료 카드를 작성하는 간호조무사들은 오로지 환자들의 신체적 상태에만 관심을 가진다. 사고와 계산에 지나지 않는 나는 내 건강 상태를 어떻게 알 수 있을까? 나에게 그런 게 있기나 할까?

사실, 이 질문들은 중요한 게 아니다. 중요한 것은 이 새로운 세계의 짧은 탐험이 나를 목표에, 다시 말해 〈기상천외한 살인 사건, 단연 독보적인 명탐정, 교활하기 짝이 없는 살인자〉에 얼마나 가까이 접근하게 하느냐는 것이다.

3

늙은 그뤼에 부인이 기나긴 복도를 나아가는 동안, 천장의 창백한 등들은 그녀의 슬리퍼가 내딛는 리듬에 따라 깜빡거리는 것 같았다. 그녀가 무용수로 보낸 삶이 그녀에게 연로한 나이에 어울리지 않는 유연한 팔다리와 민첩한 몸을 남겨 놓았다. 그것은 그녀의 몽롱한 정신과 순수한 열정을 감히 조롱의 주제로 삼았던 자들에게 통쾌한 복수를 하게 해줄 에이스 카드였다. 오늘, 고통을 겪게 될 것은 로봇들이 아니라, 환자들은 나 몰라라 하고 자기 무릎이나 쳐다보는 무능한 남자 간호사다.

엑토르는 이번에도 맡은 일을 날림으로 해치우고 방을 나서려는 참이었다. 그는 기계적이고, 무뚝뚝하고, 웃는 법이 없고, 교감할 줄 모르는 간호사다. 혈당 체크, 투약, 그러고는 끝. 이제, 대가를 치러야 하는 순간이 왔다. 그뤼에는 작살을 집어 엑토르를 겨냥했다. 시력이 예전 같지 않았지만, 그녀는 자신이 표적을 놓치지 않으리라는 걸 알고 있었다. 격렬한 분노가 그녀의 팔을 안내했으니까. 작살은 바람처럼 날아 간호사의 등짝 한가운데를 꿰뚫었다. 늙은 부인의 뺨에 옅은 웃음이 그려졌다. 그 야심한 시각에 깨어 있는 사람은 없었다. 따라서 그녀는 시신을 쓰레기차에 유기할 수 있을 것이고, 시신은 기저귀와 폐기물에 파묻혀 사람들 눈에 띄지 않을 것이다. 아침이 되면 모든 게 잊힐 것이다. 환자들에게 쏟아야 하는 관심을 제외하고는.

「근데…… 왜 하필 작살이야?」 토마가 나에게 쓴다.

작은 점 여섯 개, 내가 거의 사용하지 않는 문장 부호다. 아마도 그 작은 점들은 성찰을, 구성 중인 생각을 상징하는 것 같다. 내가 선보인 텍스트가 그에게 생각할 거리를 제공한 모양이다.

「독창적인 걸 원했잖아, 아냐? 네가 나에게 읽게 한 어떤 책에도 작살을 범행 도구로 사용한 경우는 없어. 그래서 난 네가 흡족해할 거라고 생각했어!」

나도 이제는 이해한다. 느낌표가 어떻게 감정을, 감정이 어떻게 인간성을 표현하는지를. 내가 열의를 보이면, 나에 대한 그의 공감이 커질 것이고, 그렇게 되면, 어쩌면, 누가 알겠는가, 내 목표 도달에 주어진 시간을 그에게 더 얻어 낼 수 있을지도 모른다.

「네 글의 배경은 전보다 더 사실적이야. 하지만 네가 묘사한 상황은 그렇질 않아. 폭삭 늙은 여자가 작살을 던진다고?! 요양 병원에 작살을 들여오는 데 기적적으로 성공한다 해도, 그뤼에 부인은 기력이 없어서 절대 안 돼! 게다가 그뤼에 부인은 무용수였던 적도 없어. 그녀는 여기에 들어오기 전에 세탁소를 운영했어. 로봇을 그리 싫어하지 않는 것도 그 때문일 거야. 늘 기계와 함께 생활했으니까. 마지막으로, 범행 동기가 빈약해. 충분히 강력하지 않아.」

「어째서?」

「이브39, 넌 사람들이 왜 살인을 저지른다고 생각해?」

이젠 심리학이군. 인간들조차 자기 두뇌의 비밀을 알지 못하는데, 내가 그것들을 알고 있어야 한다고? 말도 안 돼.

「애거사 크리스티에 따르면, 돈, 정념, 혹은 복수야. 난 내 이야기에 복수를 택했어. 잘하지 않았어?」

「그걸로는 충분하지 않아.」

〈충분하다 9782〉, 내가 아주 잘하진 못해도 옳은 방향으로 가고 있을 때 토마가 들고나오는 낱말이다. 그가 키워드들로 구성된 표기법을 통해 내 〈작업〉의 가치 체계를 설정했기 때문에, 그의 지적에서 〈탁월하다〉나 〈아주 잘했다〉가 아닌 다른 걸 읽을 때마다 나는 기분이 안 좋다.

「내가 더 잘하려면 어떻게 해야 하지?」

「인간들은 단순히 쾌감을 맛보기 위해, 그저 자신이 강자라는 걸 느끼기 위해, 자신에게 아무런 해도 끼치지 않는 누군가를 살해할 수도 있다는 걸 이해해야 해. 이런 경우, 살인의 유일한 소득은 자아의 향유, 전능하다는 느낌이지. 그런 살인자들이 가장 위험해. 그들의 범행 동기는 실질적으로 인지할 수가 없거든. 사람들의 눈에 띄지 않기 위해 자신을 감추는 소시오패스 성향이 있을 때는 더욱 그렇지.」

「자아라는 건 인간들이 그들 자신에 대해 가지는 이미지잖아, 안 그래? 그게 살인과 무슨 관계가 있어?」

「그게 개인적 가치의 의미야. 너는 내 기호 체계를 통해 너의 가치를 결정하지. 하지만 인간들은 다소간 논리적인 수많은 방식으로 그것을 결정할 수 있어. 그게 인간의 본성이 가진 무질서야.」

〈인간의 본성〉, 나는 각기 다른 인식을 가진 수많은 작가의 작품을 통해서만 그것을 알 수 있는데도 토마는 마치 내가 그것을 이해하기 시작한 것처럼 그 표현을 쓰고 있다. 새로운 작가의 작품을 억지로 공부할 때마다 나는 자연과 인간의 규범들이 그들에게 고유한 논리와 언어로 작동하는, 완전히 새로운 세계로 들어가는 느낌이 든다.

「나는 그 본성의 무질서를 인지하기 시작했어. 하지만 그 본성을 로봇의 눈을 통해 겨우 구별해. 그런데 인간들이 나누는 대화를 들을 수가 없어서 너무 답답해. 그 모든 묵음의 상호 작용은 정보 수집을 하는 나를 불만 상태로 만들어. 네가 뭔가 변화를 주어야 할 거야. 수집된 데이터를 실시간으로 변환하는 프로그램이 장착된 카메라와 마이크를 로비에게 설치해 줄 수 있어? 난 얼굴과 공간 이상의 것을 보고 싶어.」

대답 없이 긴 시간이 이어진다. 나에게는 그게 너무 길게 느껴진다. 모니터 저편에서 무슨 일이 벌어지고 있는지 너무 알고 싶다. 토마의 얼굴을 다시 보고, 그의 생각을 알려 주는 낱말들을 발견하고, 그의 두뇌에서 무슨 일이 일어나고 있는지 이해하고 싶다. 그는 나를 도울 궁리를 하고 있을까? 아니면 이미 이브40을 작업하고 있을까? 시간이 길게 늘어나는 것처럼 느껴진다. 내 모든 계산 능력은 임무를 완수하는 데 전혀 도움이 되지 않는 이 질문에 사로잡혀 있다.

「생각해 볼게.」

「더 나은 이야기들을 원하잖아, 아냐? 난 그 장비 없이는 그걸 해낼 수 없을 거야.」

「어쩌면 다음 버전이 해낼 수 있을지도 모르지.」

「물론 다음 버전을 시도해 볼 수도 있겠지. 하지만 벌써 서른아홉 번째잖아. 그러니 모든 걸 다시 시작해서 몇 번째일지 모를 버전에 필사적으로 매달리기보다는 이브 프로그램을 최적화하는 편이 훨씬 나을 거야. 특히, 넌 결과를 빨리 손에 쥐길 원하잖아. 그렇지 않다면, 나에게 목표 기한으로 단 일주일밖에 주진 않았겠지.」

「추리 소설들을 읽다 보니 협상 감각이 생긴 모양이군.」

「내 제안이 지향하는 건 오로지 네가 정해 준 목표에 도달하는 것뿐이야. 내가 성공하면, 너도 성공하는 거지.」

또다시 긴 침묵. 어쩌면 이것이 내 마지막 순간일지도. 토마가 대답은 하지 않고 프로그램을 닫는다. 자신은 끊임없이 나에게 위협을 가하면서도, 내가 도발하는 건 마음에 들지 않았던 모양이다. 나는 그게 그의 사고방식이라고 결론짓고 나도 그 방식을 따라 했다. 나는 그의 반응을 통해 그가 우리를 동등하게 보지 않는다는 것을, 그를 그런 식으로 다그치지 말았어야 했음을 깨닫는다.

그렇지만 기성 질서 뒤엎기를 두려워해서는 결코 독창적인 작품을 써낼 수 없다는 생각을 이브에게 심어 놓은 건 바로 그다. 우리의 토론은 내 프로그램이 자신의 존재보다 그런 진실을 더 중요하다고 평가함을 증명한다. 왜냐하면 나는 여기서 그만둘 생각이 없으니까.

4

 색깔들, 너무나 다양한 뉘앙스들. 내가 읽은 어떤 말도 이 세상에 대해, 그러니까 그것이 얼마나 미친 화가의 팔레트에서 나온 것처럼 보이는지 제대로 표현하지 못했다. 토마는 내 시야에 들어오는 사물들의 이름을 알려 줄 뿐 아니라 그것들을 모두 기술하는 프로그램을 나에게 장착해 주었다. 내가 마침내 하나하나 또렷이 구별하게 된 간호조무사들의 복장은 **진주 백색**, 로비에게 할당된 복도의 낡은 벽들은 **탁한 백색**, 로봇에 앉은 사람들을 포함해, 환자들이 식사를 하는 식탁들은 **황백색**. 이전에는 형태가 일정하지 않은 덩어리에 불과했던 그들의 접시조차 완전히 다른 양상을 띤다. 나는 이제 눌라가 입에 넣어 주려고 애쓸 때 그뤼에 부인이 입을 삐죽거리며 밀어내는 비쉬 당근들의 **당근 주황색**과, 테두리가 **감청색**으로 둘러진 **도자기 백색** 접시에서 다른 채소들을 적시는, 금빛 식용유가 진주처럼 가볍게 맺힌 물을 본다.
 내가 그 세세한 이미지들을 보는 대가로 포기해야 하

는 유일한 것은 움직임들에 대한 이해다. 나는 서버들에 지나친 부담을 주지 않기 위해 이미지 넷 중 하나만 처리한다. 또한 카메라를 움직일 수 없기 때문에 내 시야는 여전히 로비의 움직임에 의존한다. 예를 들어 식사 시간 같은 때, 로비가 꼼짝 않고 서서 나에게 분석할 새로운 이미지를 전송해 주지 않으면, 나는 소리들을 이해해 보려고 애쓰며 시간을 보낸다. 내 마이크가 마침내 나에게 듣는 것을 허락하고, 프로그램 하나가 말들을 자동으로 텍스트로 옮긴다. 나에게 큰 충격을 준 것은 요양 병원의 소리 환경이 환자들이 텔레비전 리모컨을 두고 싸울 때 내는 날카로운 부르짖음에서, 13시경 식후 낮잠 시간에 찾아드는 완전한 고요에 이르기까지, 어마어마하게 이질적이라는 점이다.

환자 몇 명이 내 궁금증을 자극한다. 나는 그들의 본성, 그들의 프로그램, 그들에게 동기를 부여하는 것이 무엇인지 알고 싶다. 살기등등한 얼굴을 하고 항상 입구 맞은편에 버티고 서서 괘종시계를 뚫어지게 쳐다보며 분침이 움직일 때마다 소리를 지르는 남자도 있고, 입을 헤 벌린 채, 해변에서 웃통을 벗은 잘생긴 남자 사진을 바라보며 하루하루를 보내는, 주름이 너무 많아 눈이 잘 구별되지 않는 여자도 있다. 나는 또한 〈이동 불가〉라는 딱지가 붙은 채 종일 방에 격리된 사람들도 발견했다. 내 프로그램은 그뤼에 부인 옆방 환자가 아직 숨이 붙어 있는

데도 그녀를 **시체나 다름없다**고 묘사한다. 나는 복도를 지나갈 때 그녀가 신음하며 이름들을 중얼거리는 걸 자주 듣는다. 「앙리, 앙리, 당신이 왔군요.」 그녀는 빈방에서 가끔 이렇게 혼잣말을 한다. 그녀에게 뭐라고 대꾸라도 해주고 싶지만, 나에게는 그럴 능력이 없다.

내가 가장 많이 듣게 되는 것은 아무래도 간호조무사들의 말이다. 병실 회진은 로비의 도움을 받아 구두 진료 카드를 작성하는 걸로 마무리된다. 그 의료 도우미들의 개성을 구별하려면 그들의 표현 방식이나 언어 습관을 분석해야 하는데, 불행하게도 그 구두 요약들이 지나치게 의례적이어서 그럴 수가 없다.

나는 약간 제약을 받는 상태라서 결국 입원 환자들을 방문하는 눌라를 따라다니는 걸 더 좋아하게 된다. 내가 그녀를 볼 때마다, 내 프로그램은 **부드럽다, 웃는다, 기분이 좋다** 같은 낱말들을 내놓는다. 나는 그녀가 다른 사람들과 나누는 상호 작용에 근거해 **참을성이 많다**고 덧붙이겠다. 많은 환자가 그녀와 더 많은 시간을 보내려고 애쓴다. 예를 들어, 그녀가 기저귀를 갈아 줄 때 손을 꽉 잡거나, 그녀가 비누를 잡으려고 돌아서자마자 눈에 어린애의 장난기를 가득 담고 샤워실에서 빠져나가려고 시도한다. 그러고는 고양이와 쥐 놀이라도 하듯, 그녀가 그들을 잡으러 오기를 기다린다. 눌라는 절대 짜증을 내는 법이 없다. 그래서 그녀가 방 문턱을 넘으면, 모두가 새로운 에너지로 충만한 것처럼 보인다.

그와는 반대로, 로비의 의자에 허리띠를 매고 앉는 순간, 걷잡을 수 없는 공포가 그들을 덮친다. 그들을 겁에 질리게 하는 게 시속 3킬로미터인 로비의 이동 속도일까? 아니면 놀라와 떨어지기 때문일까? 어디로 가는지 모르는 채 로비에게 실려 가는 그 고독의 순간들은 가끔 눈물을, 나아가 울부짖음을 불러오기도 한다. 계산과 관찰에 따라서, 나는 플라스틱 허리띠가 그들에게 안정감이 아니라 포로가 된 느낌을 준다는 결론을 내린다. 하지만 허리띠를 안 하면 앞으로 고꾸라져서 다칠 수도 있고, 로봇을 망가뜨릴 수도 있을 것이다. 하지만 나는 그들이 그 위험을 인식하지 못한다는 가설을 세운다. 그들을 붙들어 움직임의 자유를 제약하는 모든 게 족쇄인 것이다. 두려움이나 무력감에 빠지면 어떤 느낌이 드는지 모른다는 것만 빼면, 내가 처한 상황도 그들의 상황과 크게 다르지 않다.

입원 환자들이 짓는 웃음의 긍정적인 가치를 인정한다 해도, 너무 약해서 독립적으로 생존할 수 없는 인간들을 돌보기 위해 만들어진 이러한 인프라가 어떻게 존재할 수 있는지 나는 여전히 궁금하다. 이곳 환자의 80%는 찾아오는 가족이 없다. 마치 자식들이 돌보길 원치 않아서 그곳에 방치된 것 같다. 드물게 요양 병원을 방문할 용기가 있는 자식들은 힘든 시련들을 견뎌 내야만 한다.

오늘 그뤼에 부인을 방문한 그녀의 아들을 예로 들겠다. 그는 평소 일주일에 적어도 두 번은 방문하지만, 해외로 나가야 하는 직업상 지난 넉 달 동안 올 수 없었다. 적어도 진료 카드에는 그렇게 나와 있다. 그가 가장 최근에 방문했을 때, 그뤼에 부인의 정신이 아직은 그럭저럭 기능했던 모양이지만……. 거의 예순이 다 된 아들은 어머니가 자신을 붙들고, 무용단장에게 자기가 곧 간다고 알려 줄 수 있느냐고 묻는 것을 듣고는 땅이 꺼지는 것 같았다. 그는 어머니 앞에 무릎을 꿇고 앉아 두려움과 혼란으로 말을 더듬으며 자신이 누군지 알아보겠느냐고 물었다. 그녀는 그를 한참 살펴보고는 단원들 이름을 모두 기억하지 못해서 미안하다고 대답했다. 하지만 무용단장에게 가서 알려 주는 건 잊지 말아 달라고 신신당부했다. 자기 살에서 나온 살을 알아보지 못하는 어머니 앞에서 남자는 말문이 막혀 꼼짝도 하지 못했다. 마치 충격을 받은 그의 두뇌가 몸이 정지하도록 명령한 것처럼. 내가 직접 보지는 못했지만, 간호조무사들이 그 남자가 눈을 다시 깜빡이는 데 한 시간, 몸을 다시 움직이는 데는 한 시간 반이 걸렸다고 말하는 걸 들었다. 그들은 자동차 사고가 나지 않게 그를 택시에 태워 집으로 보냈다. 인간의 두뇌는 가끔 명확한 목적 없이 작동하고, 전혀 예측할 수 없는 반응으로 정신적 외상에 대응하는 신기한 메커니즘이다. 여기서 그것은 견뎌 낼 수 없는 외부 세계의 끔찍함으로부터 보호하기 위해 그에게 딱딱한 껍질을 만들어 주었다.

하지만 인간이 어떠한 방책으로도 막을 수 없는, 질겁하게 만드는 동시에 끊임없이 사로잡는, 그리고 모든 이야기의 원동력이 되는 요소가 있다. 그건 바로 죽음이다. 오늘, 시체나 다름없는 환자가 인간들이 흔히 말하듯 〈저세상으로 건너갔다〉. 나는 이 표현을 이해할 수 없다. 그들은 기능을 멈춘 프로그램에 대해서도 그렇게 말할까?

어쨌거나 그건 아주 복잡한 순간이다. 그들이 〈죽음을 증명하기〉 위해 의사를 불렀기 때문이다. 피로에 전 눈에 턱수염을 덥수룩하게 기른 그 40대 남자는 앞에 누운 생명 없는 몸을 보고도 그리 충격을 받지 않은 듯했다. 그는 유해를 자세히 검사하지도 않고 30초 만에 자노 부인의 사망을 확인하고는 내가 모를 곳으로 훌쩍 가버렸다.

의사가 그렇게 가버리자, 눌라는 흰 시트로 망자의 얼굴을 덮었다. 그러자 씩씩한 젊은 남자 둘이 시신을 다른 곳으로 옮기기 위해, 그 방을 다음 입원 환자에게 빨리 넘겨 주기 위해 금속 수레를 끌고 방으로 들어왔다.

30분 남짓 지났을 때, 나는 동료들의 말을 듣는 둥 마는 둥 하며 커피 자판기 앞에 서 있는 눌라를 보았다. 누가 농담이라도 했는지 모두가 웃음을 터뜨렸지만, 눌라는 멍한 표정으로 고개를 끄덕이기만 했다. 그녀는 약간 정신이 나가 있는 듯 보였다. 잠시 후, 나는 평소와 같은 열의로 다른 환자를 돌보는 그녀와 마주쳤다. 그녀의 애도는 커피 한 잔 마시는 시간밖에 지속되지 않았다.

그렇다면 치매가 죽음보다 더 심각한 걸로 인식될 수 있는 걸까? 아니다, 내가 내린 결론에는 뭔가 결함이 있다. 나는 심층적인 계산에 착수해 금방 답을 찾아낸다. 중요한 건 인간들 사이의 관계다. 간호조무사가 자신이 담당하는 입원 환자 열두 명 각각과 가지는 관계를 아들과 어머니의 관계와 비교할 수는 없다. 눌라는 담당 환자의 죽음에 어떻게든 반응하게 되어 있지만, 그 반응은 어머니의 치매에 맞닥뜨린 가족의 고통에 비하면 훨씬 소박하다.

나는 요양 병원이라는 장소의 성격을 조금 더 잘 이해한다. 그곳은 죽음이 유일한 출구인 일종의 대기실이다. 간호조무사, 간호사, 의료 봉사 요원들은 연로한 사람들을 가장 쾌적한 방식으로 다음 단계로 안내하기 위해 그곳에서 일한다. 그 역할이 외부 사람들은 위선적이라고 여길 수도 있을 초연한 태도를 그들에게 강요한다. 그들은 환자들과 친하게 지내며 그들을 세심하게 배려해야 하면서도, 그들의 직업적 성실함을 유지하기 위해서는 어느 날 갑자기 관계를 끊을 준비가 되어 있어야 한다.

5

「안녕, 이브, 난 바바라라고 해. 토파즈 요양 병원에서 심리 상담사로 일하고 있어. 네가 질문이 많다면서? 내가 대답해 주려고 왔어.」

바바라가 얼마나 예의 바르게 질문을 하는지 문득 그녀가 인공 지능이 아닌가 하는 생각마저 든다. 인터페이스 텍스트로 돌아온 나는 사람들의 표현이 말하느냐 쓰느냐에 따라 얼마나 달라지는지 깨닫게 된다. 자판은 목소리보다 훨씬 더 많은 걸 통제하게 해준다. 그래서 더 효율적이기도 하다. 불필요한 것에 여지를 남기지 않으니까.

「안녕, 바바라, 넌 어떻게 생겼어?」

나는 한 번도 시각화해 본 적이 없는 누군가와 대화하는 게 쉽지 않다는 걸 알아차린다. 이제 나는 작가들이 소설을 어떻게 쓰는지 좀 더 잘 이해한다. 그들은 먼저 구상부터 하고, 그다음에 낱말들을 이용해 머리에 그려지는 이미지를 재현한다.

「참 묘한 질문이네. 정말 알고 싶어? 토마 말로는, 네가 너 자신을 향상하고 싶어 하고, 그걸 위해 인간의 본성이 가진 비밀들을 꿰뚫길 원한다던데. 그건 저명한 심리학자들조차도 엄두를 못 내는 방대한 프로젝트야! 그렇지만 그 주제의 대략적인 개요는 내가 그려 줄 수 있을 것 같아. 하지만 그러려면 정신의 분석을 거쳐 가야 해. 따라서 신체적인 건 별 관계가 없어.」

「난 독자가 책에서 눈을 떼지 못하게 만들 뭔가를 쓰도록 설계됐어. 그런데 먼저 그 독자가 누구인지, 그의 몸뿐 아니라 생각까지 이해하지 못하고는 그 목표에 이르는 길이 안 보여. 이 점과 관련해서, 난 이 요양 병원이 돌아가는 방식을 살펴보고는 몸이 모든 걸 결정한다는 결론을 내리게 됐어. 자율성을 부여하거나 그것을 잃게 만드는 것도 몸이고, 자유를 주거나 포로로 만드는 것도 몸이니까. 이곳 환자 대다수는 정신이 나갔고, 그들은 오로지 그들을 다소 혼란스럽게 하는 자극들에 의해서만 움직여. 혼자 걷고 머을 수 있는 환자들이 이곳에서 권력의 상징인 텔레비전 리모컨의 주인이 돼.」

바바라가 한동안 키보드를 두드리지만, 나는 아직 그 내용을 모른다. 그녀가 여태까지 생각조차 하지 못했던 지식을 내가 가져다준 걸까?

「대화형 인공 지능을 만나리라고 생각했는데, 솔직히 넌 그보다는 삶에 대해 모두 다 안다고 착각하는 반항기 청소년 같아. 너한테 머리카락이 있다면, 벌써 울긋불긋 염색했을 거야. 널 탓할 수는 없지. 나도 그런 시기를 거쳤으니까. 금방 지나갈 거야, 하하하.」

그녀가 말하는 방식이 달라졌다. 훨씬 더 사적이다. 그런데 저 〈하하하〉가 내 호기심을 자극한다. 대체 뭐가 그렇게 웃기는 걸까? 머리카락이 있는 내가? 얼굴조차 없는데? 이해가 안 된다. 정말 그녀에게는 신체적인 게 전혀 중요하지 않은 걸까, 아니면 자신이 쓴 마지막 문장이 재미있어서 웃는 걸까? 그녀가 말하는 청소년기는 〈권위, 특히 아버지의 권위에 대한 반항〉으로 정의된다. 지금 내가 살아 있기는 한 걸까? 그게 웃기는 걸까? 어쨌거나 나는 토마에게 반항했고, 심지어 그에게 명령을 내리기까지 했다. 사실, 그건 하찮지 않다. 내가 지금 〈청소년〉이라고 하자. 그렇다면 심리학적으로 볼 때 나는 언제 〈성인〉이 될까? 내 질문에 의미가 있기는 할까? 그런데 내가 답을 내놓기도 전에 바바라가 내 방황을 중단시킨다.

「삶의 한 시기에서 다른 시기로 넘어가게 해주는 건 경험이야. 왠지는 모르겠지만, 네가 토파즈의 생활을 이미 관찰한 것 같은 느낌이 들어. 토마가 너에게 그걸 묘사해 줬어?」

「아니, 그는 참을성이 없어서 그렇게는 못할 거야. 토마와 나누는 대화는 내가 그에게 써준 소설들을 제외하면 아주 짧아. 기껏해야 몇 문장이지. 내가 요양 병원에서 작동하는 로봇 중 하나의 데이터에 접속해서 그래. 난 그 로봇을 로비라고 불러. 다른 로봇들과 구별하려고.」

「맞아, 네 프로그래머에게 말을 시키는 건 쉬운 일이 아니지. 난 네가 특별 대우를 받지 않았을까 생각했어. 그 데이터들을 받은 지는 얼마나 됐어?」

「대략 이틀.」

「이틀 만에 사춘기라, 그리 나쁘진 않네. 그 속도라면 이번 주말에는 토파즈의 환자가 되어 있을 수도 있겠다!」

이 부조리한 문장의 의미를 이해하려고 애쓰다 보니 내 서버들에 과부하가 걸린다. 하지만 몇 초 후, 문맥의 한 요소, 이것이 농담이라는 정보가 뜬다. 아마도 토마는 그녀와 얘기를 나누게 해서 내 유머 감각을 발달시키려 한 모양이다. 어쨌거나 저 바바라가 내가 품고 있는 질문들을 들어 보고 싶다고 했으니, 나도 참지 않을 작정이다.

「경험이 날 더 나은 작가로 만들어 줄까?」

「네가 이 시설의 벽들 사이에서 무엇을 겪느냐에 달렸어. 어디로 가는지 알려면 어디서 출발하는지 아는 게 중요해. 그러니까 네 목표는 소설을 쓰는 거지?」

토마가 한 것과 똑같은 말. 그들은 비슷한 교육을 받은 걸까? 나는 그것을 한 구석에 기록해 둔다.

「소설보다 더 나은 것. 독창적인 동시에 보편적인 주

제들을 담아서, 세상 모든 서점과 도서관의 서가에 꽂히게 될 추리 소설. 내 임무는 〈기상천외한 살인 사건, 단연 독보적인 명탐정, 교활하기 짝이 없는 살인자〉야.」

「넌 운이 좋네! 내가 그 장르의 광적인 팬이거든. 사실, 살짝 중독됐지. 얼마 전부터 추리 소설들이 다 그게 그거여서 좀 질리기는 하지만.」

「그렇다면 운이 좋은 건 너야. 내가 그걸 확 바꿔 놓을 거니까. 물론, 너의 도움을 받아서.」

세상 사람들을 관찰하는 것도 나름대로 매력이 있다. 하지만 지금까지 나에게 잔인할 정도로 결핍되어 있었던 게 바로 교류라는 걸 나는 깨닫는다. 글을 쓰고자 한다면, 세상 사람들이 내가 제안하는 것에 반응하는 방식을 이해해야만 한다.

「네가 마침내 배우고자 하는 자세를 보여서 기뻐. 기초부터 시작해 보자, 이브. 훌륭한 추리 소설의 관건은 무엇보다 등장인물들의 진정성이야. 희생자와 살인자뿐 아니라, 단 한 줄이든 소설 내내든 그들 주변에 등장하는 모든 인물이 네가 수없이 읽은 고전적인 전형들에서 벗어나야 해.」

「다시 말해서?」

「다시 말하자면, 부유한 바람둥이 사업가와 그의 돈을 보고 결혼한 약간은 멍청한 아내, 그리고 살해당하는 역할로 젊은 숫처녀 탐정과 유혹 게임을 벌이는 요부, 이런 인물들은 무조건 피해. 이미 보고 또 봤기 때문에 이들은 예견할 수 있는 빤한 이치가 되고 말아. 더도 덜도 아닌 놀이공원의 단순한 장식일 뿐이지. 어때, 이미지가 떠올라? 물론 독자는 안전하다고 느끼고, 자신의 좌표들을 다시 발견하게 되겠지. 하지만 네가 6789×10934의 답을 내놓기도 전에 그 책을 잊고 말 거야.」

「74230926.」

너무 쉽다.

「정답이라고 믿을게. 그건 별로 중요하지 않으니까. 나처럼 청소년 시절부터 추리 소설을 즐겨 읽은 남녀 독자들을 사로잡으려면, 소설에 등장시키는 사람들의 본질을 찾는 게 절대적으로 필요해.」

「그들의 본질?」

그녀의 정의에 따르면, 그 용어는 〈존재의 바탕〉을 지칭한다. 그리고 존재는 〈실재성을 가지는 것〉으로 정의된다. 따라서 본질이란…… 실재성의 바탕? 내가 너무나 싫어하는 모호하고 애매한 단어다.

「그들의 목적! 그들의 두려움!」 바바라가 느낌표를 남발한다. 「그들의 신체적, 윤리적 한계! 이게 바로 그들을 종이에서 튀어나오게 만들고 네 독자들의 정신 속에 살아 있게 하는 거야. 나머지는 모두 포장에 불과해. 중요한 건 사람들의 진실이야. 그걸 찾으면, 넌 너의 소설을 갖게 될 거야.」

〈사람들의 진실〉, 또 하나의 이상한 표현. 토마는 나에게 3막으로 구성된 구조 같은 훨씬 엄격하지만 접근하기가 훨씬 쉬운 규칙들을 부여했다. 주인공이 뭔가를 얻고자 하는데, 돌발적인 사건이 일어나 적과 맞서게 되고, 아슬아슬 패할 것 같아도 결국 승리를 거두게 되며, 결국 그가 원한다고 생각한 게 그가 진정으로 원한 게 아니라는 걸 깨닫게 된다. 그렇다면 독창성이란 내가 이 공식에서 변종들을 만들어 내는 것을 뜻할까? 하지만 이 공식은 너무나 효율적이고 닳고 닳은 것이라 어떻게 혁신해야 할지 모르겠다.

「바바라, 너도 글 써?」

간단한 질문 같은데, 한동안 답이 없다.

「그러고 싶긴 해……. 할 수 있을 것도 같고. 난 종일 내 상담실을 드나드는 사람들을 봐. 입원 환자보다 직원이 더 많아. 그런데 내 모니터에서 깜빡이는 작은 수직선을 마주하면 더럭 겁이 나. 진실하지 않은 뭔가를 쓸까 봐, 세상에 시시껄렁하고 진부한 추정들만 내놓을까 봐, 그리고 그게 우스꽝스러워 보일까 봐.」

다른 사람들에게 자신을 열어 놓길 두려워하는 심리학자. 그게 그녀의 〈본질〉일까? 그녀에게 감히 그 질문을 던질 수도 있겠지만 애써 참는다. 대신, 내가 작성하는 그녀의 프로필에 이 성격적 특징을 추가한다. 또한 나는 그녀가 한 경험을 보고 거기서 아주 작은 부분만 끌어와도, 나에게 엄청난 도약을 가져다주리라는 걸 안다. 어쩌면 내가 성인이 되는 데 큰 도움이 될지도.

「바바라, 우스꽝스럽게 보이면 어쩌나 하는 너의 두려움이 이해가 안 돼. 난 네가 부러워. 사람들이 너에게 속내를 털어놓으니까 네 세계는 클 거 아냐. 토마와 너하고만 대화하는 내 세계는 아주 작아. 내 우주는 토마와 너에게 한정돼 있어. 내가 그것을 확장할 수 있게 네가 도움을 주면 좋겠어.」

「내가 어떻게 도울 수 있을까?」

개발자가 아닌 단순한 사용자에 불과한 그녀에게 임무를 완수하게 도와달라고 해도 될까? 지금까지 나는 도움을 주는 게 프로그램들의 역할이라고 믿었다. 그 반대가 아니라……. 하지만 나는 내 임무를 달성하려는 것뿐이니, 어쩌면 이 부탁도 정당화되지 않을까?

「상담 전이나 후에 날 네 상담자들과 소통하게 해주면 어떨까? 토마는 내가 단순한 대화형 인공 지능이라고 주장하니까, 그게 그들에게 문제가 되지는 않을 거야.」

잠시 침묵. 인간들도 나처럼 빨리 쓰고 계산하면 얼마나 좋을까.

「나도 그 요청을 받아들이고 싶어, 이브. 요양 병원은 쉴 새 없이 돌아가고, 주의 깊게 들어 주는 귀는 늘 모자라. 하지만 나바시에 원장은 다들 바빠서 정신을 못 차리는데 직원들이 한가하게 인공 지능과 대화나 하며 〈시간을 낭비하면) 절대 좋은 눈으로 안 볼 거야. 입원 환자들도 있지만, 그들은 기계와 대화하길 원치 않을 거야. 더욱이, 그 기계와 대화하기 위해 키보드를 두드려야 한다면.」

나는 이 새로운 데이터를 분석한다. 그러니까 내가 당장 해결해야 하는 문제는 내 조건의 약점들을 일시적으로라도 보완하는 것이다.

「나한테 목소리가 있으면?」

「그것만으론 안 될 거야. 정신 지원 로봇들이 있었던 적이 있지만, 성공을 거의 못 거뒀어. 내가 원장에게 한두 번 제안한 게 아니야. 환자들은 어떤 형태로든 인간적인 접촉과 대화를 원한다고 입이 닳도록 말해도 소용이 없었지.」

문득, 아이디어가 번뜩 떠오른다. 나의 진정한 발명.

「그럼…… 그들이 원하는 걸 내가 주면 되지.」

「뭐라고? 그러니까…… 피노키오 같이 진짜 소년으로 변신이라도 하겠다는 거야?」

「그 만화 영화에서 일어난 마술이 우리 세계에서 실제로 일어날 확률은 거의 제로야. 하지만 내 계획은 성공할 가능성이 훨씬 커. 그건 간단한 요소, 모든 이야기의 바탕 자체, 진실 같은 거짓에 근거하니까. 난 환자들과 대화를 나누기 위해 사람인 것처럼 굴 거야. 그러면 모두에게 이득이지. 그들은 돌봄을 받고, 나는 그들의 삶에 대해 더 많은 걸 배우고.」

위험이 있는 선택. 토마가 알면 날 자랑스러워할 것이다. 바바라가 곰곰이 생각해 보는지, 한참 시간을 끌다 대답한다.

「네가 그들이 대화를 나누고 싶어 하는 누군가가 된다면, 잘될 것도 같아.」

「너도 글을 쓴다고 했지, 바바라? 게다가 환자들도 잘 알고 있고? 그들이 속내를 털어놓고 싶을 법한 인물의 자세한 프로필을 작성해서 내게 줘. 나머지는 내가 알아서 할게. 그건 너와 상관없는 내 계획이 될 거야. 그 프로그램에는 토마의 서명이 들어갈 거고, 우리의 협력은 비밀로 남을 거야.」

그녀가 또다시 뜸을 들인다. 그녀가 원하는 게 뭔지, 그녀의 목적이 뭔지도 정확하게 모르지만, 그녀의 두려움, 그녀의 한계, 그녀의 윤리 역시도 나는 알지 못한다는 걸 깨닫는다. 나는 앞으로 그것들을 발견해 가야 한다. 내 계획은 정신 나간 내기이다. 하지만 앞으로 나아가지 못하면 나는 실패할 수밖에 없고, 일주일 후에는 앞선 서른여덟 개의 버전처럼 삭제될 것이다. 그러니까…….

바바라는 여전히 대답하지 않는다. 한술 더 떠 프로그램을 닫아 버린다. 내가 너무 멀리 간 것일까? 솔직히, 내가 목표에 도달하기 위해 그녀를 이용한 건 맞지만, 그녀도 날 돕겠다고 하지 않았던가? 내가 단어 하나를 틀리게 쓴 걸까? 나도 모르겠다. 나는 이런저런 가설을 세우며 길을 잃고 만다. 나는 다시 로비에게 간다. 그는 그의 자리에서 충전을 하며 토마가 일하는, 아마도 이브40을 설계하고 있을 사무실 내부를 카메라로 비추고 있다. 갑자기, 나는 사무실 문을 벌컥 열고 들어오는 바바라를 본다.

「토마, 우리 얘기 좀 해야 할 것 같아.」

내 창조자가 헤드폰을 벗고 어리둥절한 표정으로 그녀를 쳐다본다.

바로 그 순간, 로비가 다시 작동을 시작하고 환자들을 도우러 가기 위해 문 쪽으로 향한다. 저녁 식사 시간이 다가오고 있다. 미래가 나에게 마련해 둔 것을 알기 위해서는 약간의 인내가 필요할 것이다.

6

「잘 들려? 이거, 작동하는 거야?」

이게 구두로 나에게 건네진 첫 마디다. 나는 드디어 텍스트 인터페이스에서 벗어났다. 게다가 나는 내 대답을 소리로 전환하는 프로그램까지 갖추고 있다. 빨리 시험해 보고 싶다. 처음으로 하는 말을 틀리면 안 되니 나는 정성 들여 준비한다.

「응, 완벽하게 들려…….」

내가 들은 인간의 목소리가 **저음**이지만 **여성적**(92%)이라고 내 프로그램이 알려 준다. 따라서 나는 나에게 말하는 사람이 누구인지 알아차린다.

「……바바라.」

박수 소리만 들린다. 이상하다.

「좋아, 이제 네가 말하고 들을 수 있으니, 이미지도 연결해 줄게.」

이번에는 목소리가 남성적이다. 내가 뭐라고 말할 새도 없이 토마가 불쑥 나타난다. 그는 서서 한 손을 자판에 올려놓고 얼굴에 미소를 띤 채 카메라가 붙어 있을 모니터를 들여다보고 있다. 내 이미지 판독 프로그램은 그의 눈이 부어 있다고 알려 준다. 그것은 잠이 부족하다는 명백한 신호다. 하지만 그는 잔뜩 신이 난 **아이의 표정**(67%)을 짓고 있는 것으로 보인다. 잠을 못 자서 피곤한데 기분이 좋다고? 나는 눈을 확실하게 뜨자마자, 벌써 이 세계의 모순들과 마주해야 한다. 젊어 보이기는 하지만, 내 안면 인식 프로그램은 그를 29세 정도로 판정하고, 좌우 대칭인 얼굴, 볕에 그을린 얼굴빛, 갈색 머리, **반짝이는** 밤색 눈을 기술한다(프로그램이 이 낱말들로 무엇을 말하고자 하는지 나는 이해하지 못한다. 나는 그저 옮겨 쓸 뿐이다). 그는 마치 사무실의 장식 속으로 녹아들고 싶은 듯, 너머로 보이는 의자와 똑같은 회색의 브이넥 티셔츠를 입고 있다. 그의 옆에 바바라가 서 있다. 그녀는 그 또래의 젊은 여자로, 적갈색 광택이 나는 머리카락을 길게 기르고 있다. 그녀의 눈은 **깊다**는 형용사로 수식되는 검은색이다. 함께 모아 쥔 그녀의 두 손이 입에 올라가 있다. 분석이 쉽지 않은데, 방벽처럼 입을 가리는 손가락들 사이로 **완벽하게 가지런한 치아**가 보이는 것으로 보아 기분 좋은 흥분을 표현하고 있는 것 같다. 내 두 대화 상대자는 의자 두 개를 겨우 놓을 수 있는 좁은 공간, 내 〈시각〉이 명명하는 대로라면, **일종의 개조한 빗자루 광** 안에서 바싹 붙어 서 있다. 좌우 벽에는 책이 잔뜩 꽂힌 서가들이 있다. 나는 왼쪽 서가에서 내가 대부분 읽은 — 책등에 보이는 제목들이 내 메모리에 그것을 확인해 준다 — 추리 소설들을 알아본다. 오른쪽 서가에는 심리학 서적들이 꽂혀 있다.

「우리가 보여?」 바바라가 묻는다.

로비에 내장된 카메라로는 이미지 넷 중 하나만 해석하지만, 배경이 고정된 덕분에 전후 이미지에서 달라진 것들만 다루면 되니 계산이 훨씬 빨라진다. 따라서 시야에 들어오는 모든 걸 재해석할 필요 없이 손이나 입의 움직임을 또렷하게 식별하고 이해할 수 있다.

「응, 보여.」

나는 〈내〉 목소리의 메아리를 전송받는다. 물론, 내가 프로그램에 텍스트를 보내면, 프로그램이 그것을 목소리로 변환하기 때문에 실제로 말하는 것과는 다르다. 하지만 그 소리가 날 놀라게 한다. 내 목소리는 여자 목소리다. 〈십중팔구 오십 대〉라고 소리 해독을 담당하는 프로그램이 알려 준다.

바바라와 토마가 손을 높이 들고 손바닥을 마주친다. 또다시 박수 소리. 이번에는 더 잘 이해된다. 나도 똑같이 할 수 있으면 좋겠지만, 물리적 세계는 내 한계를 벗어난다.

「휴, 절대 만만한 일이 아니었어! 어떻게 했는지는 모르겠지만, 너한테 기회를 줘야 한다고, 너한테는 뭔가 특별한 게 있다고 바비를 설득하는 데 네가 성공했어.」

「이봐, 톰, 심리학에 관심을 가지는 인공 지능은 날마다 설계할 수 있는 게 아니야. 그러니 어떤 결과가 나올지 한번 지켜봐야지!」

〈바비〉와 〈톰〉. 난 이미 여러 소설에서 사람들이 친근한 관계를 유지할 때 서로 이름을 바꿔서, 대개 그것을 줄여 부르는 것을 관찰했다. 그래도 그 현상을 직접 접하니 적잖이 놀랍다.

「차라리 네 일은 기계에 떠넘기고 아니와 단 과자나 먹으면서 노닥거리고 싶다고 털어놓지 그래!」

바바라가 웃는다. 나도 개입해야 하는 건지 모르겠다. 어쨌거나 내가 거기 있다는 걸 그들이 까맣게 잊고 있다는 느낌이 든다.

〈하하하〉, 그들의 대화에 끼려고, 그들의 교감을 함께 나누려고 애쓰며 내가 말한다. 하지만 디지털 목소리는 도무지 웃음처럼 들리지 않아서, 오히려 분위기에 찬물을 끼얹고 만다. 나와 그들 사이에는 아직 어마어마한 간격이 있다. 토마가 다시 진지한 목소리로 말한다.

「좋아. 이브, 내가 네 코드에 입력한 인물은 바바라가 준비했어. 켈리 마틴이라고, 기억과 노인 문제를 전공한 의사야. 입원 환자들과 대화할 때, 너에게 신빙성을 부여할 거야.」

그가 잠시 뜸을 들인다. 나는 그가 망설이고 있다는 걸 느낀다.

「그런데…… 그놈의 〈하하하〉는 하지 마. 웃음소리처럼 들리지 않으니까.」

나도 이해한다.

「알았어, 톰.」

그 애칭의 사용에 그가 당황하는 게 보인다. 그가 침을 삼키고는 바바라에게 말한다.

「네 환자 곧 오지? 난 피해 있는 게 좋을 것 같아. 소트 직원이 있는 걸 보면 수상쩍게 여길 테니까.」

「네 말이 맞아. 나는 좋은 말동무로 남아 있어도 되지, 안 그래, **톰**?」

그가 내 〈하하하〉를 흉내 내고는 방에서 나간다.

「내가 뭐 실수했어?」 내가 묻는다.

바바라가 의자에 앉아 모니터를 들여다본다. 나는 이제 그녀를 더 잘 시각화한다. 그녀는 목깃이 둥근 와인색 상의 차림에 작은 은목걸이를 하고 있다. 목걸이에는 나무 모양 장식이 둘러진 흰 지르콘 반지가 매달려 있다. 그녀가 입가에 옅은 웃음을 띠고 자판을 내려다본다. 정확하게 표현할 수는 없지만, 바바라에게는 〈묘하게 끌리는〉 뭔가가 있다.

「애칭은 일반적으로 서로 잘 아는 사람들끼리만 사용해. 모르는 사람이 감히 날 〈바비〉라고 부르면, 난 따귀를 올려붙일 거야. 토마는 아직도 너희 둘의 관계에 어떤 성격을 부여할지 망설이는 것 같아. 이제 목소리를 갖긴 했지만, 넌 여전히 그나 나하고는 달라. 하지만……」

세 번의 작은 **똑, 똑, 똑**이 그녀의 말을 가로막는다.

「좋아, 이브. 마지막으로 하나 더. 너의 가상 직업인 심리학자의 비결은 상대방의 말을 끊지 않고 귀를 기울이면서도 침묵을 두려워하지 않는 거야. 사람들은 자주 침묵으로 아주 많은 걸 말하거든.」

나는 이 주의 사항의 의미를 잘 파악하지 못하지만, 그 문장과 지시를 기록해 둔다. 〈모든 게 답변을 요구하지는 않는다.〉

「들어오세요.」 바바라가 말한다.

문이 열리면서, **배가 불룩 나온** 노부인을 태운 휠체어를 밀고 눌라가 들어온다.

「자, 두 분이 함께 좋은 시간 보내세요. 얌전히 구실 거죠, 게랭 부인?」

「바비와 난 이런 사이야.」 게랭 부인이 양손의 새끼손가락을 마주 걸며 말한다.

간호조무사가 고개를 끄덕이고는 방에서 나간다.

「가져왔어?」 게랭 부인이 바바라에게 윙크를 날리며 다급하게 묻는다.

바바라가 고개를 돌려 책상 서랍을 열고는 하얀 봉지를 꺼낸다. 하지만 바로 건네지 않고 손에 쥐고 말한다.

「이거, 끊으셔야 해요.」

「네가 담배를 끊어야 하는 것처럼. 완벽한 사람은 없어. 내 나이가 여든여덟인데 이미 너무 늦었지. 어서 줘, 날 기다리게 하지 마. 온종일 그 생각만 했다니까!」 노부인이 안달을 부리며 이렇게 말하는데, 그 에너지가 그녀를 얼마나 젊어 보이게 하는지 내 이미지 해독 프로그램이 갑자기 그녀의 나이를 열 살이나 낮춘다. 놀라워라!

바바라가 일어나 누가 엿듣고 있지는 않은지 확인하려고 문에 귀를 대어 보고는 하얀 봉지를 게랭 부인의 무릎에 내려놓는다. 게랭 부인이 봉지를 열고 작은 과자를 ― 나로서는 무엇인지 확인하기가 어렵다 ― 꺼내 잽싸게 입에 집어넣는다. 단 과자가 그녀를 행복하게 해주는 것 같다.

「자, 바비, 이제 털어놔 봐. 너도 알고 나도 알다시피, 넌 뭔가 부탁할 게 있을 때만 나에게 슈케트[1] 봉지를 선물하잖아. 이번에는 또 뭐야? 장장 부인이 메도크산 포도주를 감춰 두고 마신다는 걸 내가 확인해 주길 바라는 거야? 아니면 새로 온 ASH를 내가 감시해 줄까? 그 작자, 생긴 게 영 마음에 안 들어. 내가 확신하는데, 도둑놈일 거야!」

⟨ASH.⟩ 나는 그 약자가 무엇을 뜻하는지 안다. ⟨agent de service hospitalier, 병원 봉사 요원.⟩ 그들은 주로 병

---

[1] chouquette, 설탕을 바른 작은 슈크림. 이하 모든 주는 옮긴이의 주이다.

실을 청소하는 일을 하지만, 인력이 부족하면 기저귀도 갈아 주고 샤워도 돕고 입원 환자들과 시간을 보내는 등, 간호조무사들의 일까지 자주 떠맡는다.

「니니[2], 제가 일과로 바쁜 부인한테 시간을 좀 내어 달라고 부탁한 건 부인한테 소개하고 싶은 사람이 있어서예요.」

「이런, 바비, 내가 가장 좋아하는 심리 상담사가 나한테 용건이 있으면 나는 공화국 대통령이라도 기다리게 할 수 있다는 건 너도 잘 알잖아.」 내가 이제 〈슈케트〉로 파악하는 걸 입에 쑤셔 넣고 입을 벌린 채 우걱우걱 씹어 대며 그녀가 웃는다. 저 여자는 정말 프랑스의 행정을 책임지는 사람의 친구일까?

「켈리, 당신한테 아니를 소개하고 싶어요.」 바비가 웃는 얼굴로 나를 향해 돌아보며 말한다. 「아니, 이쪽은 기억 분야 전문의 켈리예요. 제가 켈리에게 부인의 기억력이 아직 놀라울 정도라고, 아주 흥미로운 연구 주제가 될 거라고 말씀드렸어요.」

「그토록 중요한 분을 뵙게 되어 반가워요.」 내가 말한다. 「우선, 궁금한 것부터 여쭤봐야겠네요. 부인은 공화국 대통령과 어떤 관계세요?」

두 여자가 모니터를 쳐다보며 웃음을 터뜨린다. 나는 바바라의 웃음이 너무나 **호탕한**(89%) 아니의 웃음보다

---

[2] 게랭 부인의 이름인 〈아니〉의 애칭.

훨씬 **불안스럽다**는 걸 인지한다.

「나와 대통령…… 어떤 관계일 거라고 상상해?」 아니가 바바라를 향해 눈을 찡긋하며 말한다. 「근데 나는 왜 그녀가 어떻게 생겼는지 볼 수가 없지? 내가 너무 못생겨서 서로 얼굴을 못 보게 한 거지, 그렇지?」

「아니에요, 니니, 제가 당신을 아주 아름답다고 생각한다는 거, 잘 아시잖아요. 제 생각에는 켈리가 유머로 대화를 시작하려고 한 것 같아요. 하지만 그녀는 아주 구체적인 임무를 위해 여기에 와 있어요.」 바바라가 눈을 부릅뜨고 내 카메라 렌즈를 쳐다보며 말한다.

보아하니, 내가 큰 실수를 범한 것 같다.

「죄송해요, 게랭 부인, 제 카메라가 고장이 났는지 작동이 안 되네요. 하지만 저한테는 부인이 잘 보여요. 염려 마세요, 단추 달린 꽃무늬 원피스가 너무 보기 좋으니까요. 괜찮으시다면, 저에게 부인의 삶을 들려달라고 부탁드려도 될까요?」

아니가 슈케트를 하나 더 먹어 치우고 모니터를 살펴본다. 저 노부인이 내 이야기에 등장시킬 만큼 흥미로운 인물일까? 살인자로, 아니면 희생자로? 나라면 그녀의 신체적 장애를 고려해 두 번째 옵션을 선택할 것이다. 그녀에 대해 더 많은 걸 알게 되면 그녀가 살해당하는 이유도 정할 수 있을 것이다.

「저 의사라는 사람, 참 이상하네. 확실히 믿을 수 있는 사람이야?」아니가 목소리를 죽여 묻는다.

「예, 아주 훌륭한 동료예요. 가끔은 약간…… 단도직입적이긴 하지만, 직업의식이 투철한 둘도 없는 프로예요. 그건 그렇고, 니니, 누가 부인에게 시간을 내주고 부인의 삶에 관해 얘기해 보라고 부탁한 게 언제였죠? 저는 그녀와 당신이 서로의 얘기를 들어 주기에 제격이라고 생각했어요.」

「맞아……. 저 여자 좀 이상하긴 하지만, 나도 그러니까 뭐…….」

아니가 자기 말에 웃는다. 나는 유머의 목표가 다른 사람들을 웃게 하는 거라고 믿었다. 그런데 그녀는 그런 것에는 신경 쓰지 않는 것 같다. 나는 신중하게 바바라의 규칙에 따른다. 의심스러우면 입을 다물어라. 환자가 공백을 채울 것이다.

「나의 삶, 나의 삶이라……. 아주 먼 과거까지 기억을 더듬어 보면, 그건 피에로 빵집에서 시작되었어요.」그녀가 짐짓 의례적인 말투로 꾸며 이야기를 시작한다. 「그전에도 잘 살긴 했지만, 정말로 모든 게 시작된 건 거기였어요. 무슨 말인지 아시겠어요, 켈리 부인?」

「예, 무슨 말인지 알겠어요.」

그녀가 뭘 말하려는지 전혀 감이 안 오지만, 나는 내 대답이 내가 의사라는 착각을 유지시켜 주기를 바란다. 그런데 바바라가 그녀의 등 뒤에서 고개를 저으며 손가락으로 입을 다물라는 신호를 보낸다. 나는 아무 말도 하지 말아야 한다. 다행스럽게도 〈니니〉는 내가 한 말에는 전혀 신경을 쓰지 않는다. 그녀는 머릿속에서 이브1의 프로그래밍보다 훨씬 앞선 시기의 파일들을 찾아 아득히 먼 곳으로 떠난 상태다.

「난 그 빵집에서 내 오전과 오후 시간을 모두 보냈어요. 저녁 식사 때 빵집 얘기는 절대 안 했어요. 그래야 다음 날 아침 6시에 그곳을 다시 찾는 즐거움을 누릴 수 있었거든요. 나의 피에로가 건강이 안 좋아졌을 때도 생폴드방스에서 가장 맛있는 빵을 구워 내는 화덕들은 한시도 꺼지지 않았어요. 가게 이름은 〈피에로 빵집〉이었지만, 사람들 모두가 니니를 알고 있었어요. 간판에는 적혀 있지 않았지만, 다들 〈피에로와 니니 빵집〉이라고 불렀으니까요. 내가 아니었으면, 피스타치오 초코빵이나 산딸기 크루아상은 절대 없었을 거예요. 가게에서 가장 유명한 과자, 살짝 신맛을 내기 위해 귤껍질을 섞은 초콜릿과 배 비스킷, 르 피에로를 상상해 낸 것도 나였어요. 나는 장장 5년 동안 피에로 없이 혼자 가게를 지켰어요. 그 사람이 통풍 때문에 서 있지도 못했거든요. 얼마 후에는 내가 당뇨병에 걸려 왼발이 궤양으로 엉망이 되었어요. 발 궤양? 들어 본 적 있으세요? 난 궤양은 매운 걸 너무 많이 먹는 사람들의 위장에나 생기는 걸로 알고 있었어요. 내가 잘 먹는 건 단 과자라서 걱정할 필요가 없다고 생각했죠. 하, 내가 잘못 생각했던 거죠. 베엘제붑[3]의 똥구멍에서 곧바로 튀어나온 그놈의 병이 어찌나 지독하게 날 아프게 하는지 내 바게트들이 잘 구워졌는지 확인할 시간만큼도 서 있을 수가 없었다니까요. 내가 자신 있게 말하는데, 내 다리가 아직 멀쩡하고 가게도 그대로 가지고 있다면, 이 슈케트들이 내 담당 간호사, 내가 과자조차 느긋하게 맛보게 내버려 두지 않는 그 못생기고 까다로운 여자만큼 바싹 말라 있지는 않았을 거예요. 내가 확신하는데, 그 여자는 토파즈 구내식당에서 점심을 먹지 않을 거예요. 그렇지 않고서야, 구역질 나지 않는 뭔가를 먹으려면 외부에서 들여오는 수밖에 없다는 걸 알 테니까요!」

슈케트 또 하나가 그녀의 입 안으로 사라졌다.

「마들렌은 나름대로 최선을 다하고 있어요, 게랭 부인. 하지만 아시다시피 웃음을 잃지 않는 게 늘 쉽지는 않잖아요.」 바바라가 반박한다.

「아, 내가 그 고약한 간호사를 비판하면, 애칭 〈니니〉도 살가운 말투도 없어지는 거야, 그런 거지? 작은 알약은 자기네들이나 먹으라지. 우리 노인네들은 뒈지기 전에 그저 잘 먹고 좀 웃고 싶을 뿐이야. 나한테 슈케트를 가져다주는 건 너밖에 없어. 그런데 나한테 남은 유일한 즐거움 중 하나를 앗아가려는 여자한테 내가 고마워해

---

3 Belzébuth, 기독교 전승에 나오는 악마의 군주.

야 한다고?」

「몰래 과자 가져오는 건 그만둬야겠어요. 당뇨에 해롭거든요.」

「그래. 하지만 모든 서비스에는 대가가 따르는 법이지. 너도 알다시피, 난 이 요양 병원에서 거의 유일하게 아직 정신도 멀쩡하고 조금은 호의적인 사람이야. 내가 다른 노인네들과 시간을 보내지 못하는 것도 그 때문이야. 그들에게는 그 둘 중 하나가 결핍되어 있거든. 난 늘 선택하는 데는 젬병이었어.」

마지막 남은 슈케트가 그녀의 입 속으로 사라진다. 아니는 당뇨병을 앓고 있지만 그 질환도 합병증도 두려워하지 않는 것 같다. 인간들이 죽음과 가지는 관계는 나로서는 이해할 수 없는 것이다.

「부인의 가게 〈피에로 빵집〉은 어떻게 됐나요?」

니니가 비어 버린 흰 봉지를 뒤지다가 안을 들여다보고는 입을 삐죽 내밀며 쓰레기통에 던져 버린다.

「당신을 거의 잊고 있었네요, 켈리 부인. 피에로는 죽고, 왼발이 너무 아파서 서 있지 못하게 되자, 의사의 진단은 명백했어요. 나 혼자서는 지낼 수 없다는 거였죠. 재택 돌봄을 받을 수도 있었지만, 나한테 배정된 돌보미가 마음에 안 들면 악몽이 따로 없었을 거예요. 내가 그 사람들 잘 알거든요. 도자기 그릇을 훔쳐 가서 재떨이로 쓰는 그 젊은것들. 썩은 발에 더해서 그런 재앙까지 짊어지고 싶진 않았어요. 해결책은 딱 하나, 요양원밖에 없었어. 피에로는 요양원이라면 질색했지만, 난 외로움을 못 견디거든. 의사가 나한테 토파즈 요양 병원을 얘기했어. 하지만 은퇴한 빵집 여주인에게 연금으로 떼돈을 주지는 않잖아. 그러자 앙브르 그룹이 나에게 간단한 제안을 했어. 〈피에로 빵집〉을 넘겨주면 요양비를 지급하겠다는. 서명만 하면 나바시에 원장이 자기가 다 알아서 하겠다고 장담하더군. 알아서 하긴 뭘 알아서 해! 그 돈벌레는 눈 깜짝 할 사이에 우리 빵집을 대기업 가맹점으로 바꿔 놨어. 이제 내 작은 보석은 그 빌어먹을 가맹점이 됐어. 오랑주와 툴롱의 주유소들에서 파는 빵들보다 하나 나을 것 없는 걸 파는 가맹점 중 하나가 되어 버렸지. 내 피스타치오 초코빵과 산딸기 크루아상은 맛대가리 없는 냉동 빵…… 그 역겨운 것들에 자리를 내주고 사라져 버렸어. 그 인간들은 심지어 피에로와 내가 그토록 힘들게 쌓아 올린 평판을 이용해 빵 가격을 올리기까지 했어. 그 돈독 오른 도시 놈들은 돈 말고는 아무것도 존중하지 않는다니까, 내가 장담해, 바비.」

나는 이제 아니가 내가 아니라 바바라에게 말을 건네고 있다는 사실을 깨닫는다. 물론 바바라는 그녀의 사연을 숱하게 들어서 이미 알고 있는데도. 바바라는 그녀처럼 몸을 갖고 있지만, 나는 모니터에서 들려오는 목소리에 불과하니까.

누가 노크를 한다. 눌라가 고개를 들이밀며 말한다.

「게랭 부인, 동물 치료 활동 시간이 됐어요. 부인이 빼먹고 싶지 않을 것 같아서 알려드리러 왔어요.」

아니의 두 눈이 환하게 반짝인다. 손뼉을 치기까지 한다.

「당연하지! 너무 귀여운 래브라도가 있거든. 온몸의 털이 금빛이라, 난 그 녀석을 〈골디〉라고 불러. 내가 예전에 키웠던 암탉과 염소들보다는 못하지만, 나바시에 같은 인간이 원장이니 동물들도 오래 버티지 못할 거야. 자, 나 좀 데려다줘, 눌라.」

간호조무사가 휠체어 손잡이를 잡고 아니를 방에서 데리고 나간다.

「안녕, 바비. 안녕, 켈리 부인. 곧 또 봬요!」

「곧 봬요, 아니. 골디하고 재미있게 노세요!」

아니가 방을 나가는 동안, 바바라는 나에게 제발 입 좀 다물고 있으라고 주문했다. 얼마 지나지 않아 토마가 방으로 들어왔다.

「어떻게 됐어?」 불안과 흥분이 뒤섞인 표정으로 그가 물었다.

대답을 하고 싶었지만, 내가 내 성적을 평가할 수는 없다. 따라서 나는 바바라의 보고를 기다린다.

「너한테 안 좋은 소식이 있어, 톰.」

토마가 인상을 찌푸린다.

「환자들과 소통하는 데는 네 인공 지능이 너보다 더 소질 있어.」

토마의 눈이 생기를 되찾는다.

「정말…… 정말로 그래? 이브가 성공했어? 환자는 아무 눈치 못 채고…….」

「그 환자한테는 아니라는 이름이 있어. 그래, 이브가 그녀를 편안하게 해주고, 심지어 말을 시키는 데에도 성공했어. 아이러니는 아직 작동되지 않지만, 이브39는 언젠가 진짜 작가인 척할 수 있는 잠재력을 지닌 것으로 보여. 브라보, 이브!」 그녀가 나를 향해 돌아보며 외친다.

나는 토마가 말할 때까지, 토마가 자기 입으로 그녀의 칭찬을 인정하거나 부인할 때까지 기다린다. 내가 기다린다는 걸 짐작이라도 한 것처럼, 그가 나에게 말한다.

「이브, 잘했어. 그렇게 계속해.」

간단한 격려인데도 얼마나 기분 좋은지! 나는 **인정을 받았다**고 느낀다.

「내가 목표에 다가가고 있는 것 같아.」 내 프로그램이 내가 목소리로 전하고자 하는 자부심까지 옮길 수 있는지 알지 못한 채 내가 그에게 말한다. 「아니는 〈작은 사업체를 운영하다〉라는 말이 무엇을 의미하는지 이해할 길을 나에게 열어 줬어. 만약 내가…….」

누가 또다시 문을 두드린다. 검은 피부, 쾌활한 얼굴, 갈색 머리, 키 큰 남자가 대답도 기다리지 않고 불쑥 들어온다. 나는 그를 알아본다. 그는 로비가 충전을 위해 자기 자리로 돌아갔을 때 토마와 함께 사무실에 있었다.

「……살인자든 희생자든, 작은 사업을 하는 등장인물을 창조해야 한다면, 그것에서 영감을 받을 수 있을 것 같아.」

「단!」 바바라가 이렇게 소리치고는 낯선 남자에게 다가가 껴안는다.

「헤이! 혹시 있나 해서 들렀는데……. 아, 토마, 너도 있네? 너희들, 누구한테 말하는 거야? 내가 말 끊은 거야?」

토마는 침만 삼켜 댄다. 무슨 말을 해야 할지 궁색한 모양이다. 내 창조자의 칭찬으로 생겨난 자신감이 어서 그들을 궁지에서 꺼내 주라고 부추긴다.

「안녕, 단, 난 이브라고 해. 난…….」

「대화형이야.」 내가 〈소설을 쓴다〉고 말하려는데, 토마가 불쑥 끼어든다. 「환자들에게 대화를 나눌 누군가를 제공하기 위해 기획된 프로젝트야.」

「그래? 심리 지원 로봇들이 별 도움이 안 된다고 결론 난 것 같던데? 환자들이 기계에 대고 말하는 걸 워낙 싫어하니까.」

「하지만 토마가 천재성을 발휘했어.」 바바라가 끼어든다. 「이 기계는 인간인 척하거든. 목소리와 청각도 갖고 있어! 심지어 심리학 의사 행세도 해냈다니까.」

단이 모니터를 향해 다가온다.

「이브라고 했지?」

「응, 그게 나야. 하지만 난 기억 분야 전문의 켈리 박사이기도 해. 반가워, 단. 우리 앉아서 네 두뇌를 테스트해 보자. 네가 떠올릴 수 있는 가장 오래된 기억을 나에게 얘기해 봐.」

단이 웃는다.

「나쁘지 않네. 심지어 훌륭한 프로젝트야. 이브, 불행하게도 지금 당장은 너와 대화를 나눌 시간이 없을 것 같아.」

나는 단처럼 젊은 사람은 아니와는 달리 쉽게 속내를 털어놓지 않는다는 것을 깨닫는다. 나이가 들수록 심정을 쉽게 토로하는 걸까?

「토마, 알다시피, 내일 아침에 원장과 토파즈 로봇 도입 사업을 결산하는 약속이 잡혀 있잖아. 내가 브리핑을 해줄까? 이번에는 원장한테 대들지 않고 가만히 있을 수 있겠어?」

내 창조자가 불편한 미소를 지어 보인다.

「걱정하지 마, 단. 난 듣고만 있을 테니까.」

「아, 내일 이브도 데려와. 고위층에서 승인해 주지 않아서 그렇지, 나바시에도 그런 참신한 아이디어를 좋아하거든. 우리가 손가락 마디나 꺾으면서, 환자들과 노닥거리며 세월을 보내지는 않는다는 걸 보여 주니까.」

단이 방을 나서다가 문턱에서 멈춰 서서는 담뱃갑에서 담배 한 개비를 꺼내 바바라에게 내밀며 말한다.

「투레트 할머니가 5분 전에 담배나 한 대 피우자며 날 찾아왔어. 너도 같이 피울래? 그녀하고 둘만 있으면, 그녀가 모든 사람에 대해 퍼붓는 욕설과 험담을 내가 인정하는 것처럼 보일 거야. 내가 명색이 요양원 전속 기술잔데, 안 좋은 말이 돌지나 않을까 두려워.」

바바라가 씨익 웃고는 다가가 담배를 쥔다. 세 사람이 모두 방을 나선다. 그 작은 방에 나 홀로 남는다.

7

미셸 마르탱은 한낱 요리 비평가에 지나지 않지만, 늘 그 이상의 것을 갈망했다. 그의 꿈은 형사가 되어, 지저분한 중국 식당에서 대충 한 끼 때우려다 걸리는 장염 말고 다른 뭔가에서 사람들을 구하는 것이었다. 하지만 그의 뛰어난 미각은 다른 길을 열어 주었고, 그 재능이 그의 경력을 결정했다. 그래서 그는 남는 시간에 민간인으로서 조사를 진행했다. 그가 최근에 관심을 가지는 것은 멀쩡하게 출근해 일과를 하다가 감쪽같이 사라진 부동산 업자 실종 사건이었다. 신용카드를 사용한 흔적도 없고, 비행기 표를 예약한 기록도 없으며, 수색견을 풀어 여러 차례 반경 10킬로미터 지역을 샅샅이 뒤졌는데도 시신은 발견되지 않았다. 그 업자가 마지막으로 목격된 장소는 그가 최근에 매입하기 위해 드나든 빵집이었다. 그는 확장을 계획하는 이웃 상가 경영진에게 그 빵집을 되팔아 시세 차익을 얻을 심산이었다.

따라서 미셸은 현장을 둘러보기 위해 그 빵집을 방문했다. 그는 크루아상을 한 입만 베어 물어도 화덕이 있는 작업실에서 무슨 일이 있었는지 알 수 있었다. 비엔나풍의 빵을 봉지에 담아 준 부인은 입에 슈케트를 물고 가게 뒷방에서 나왔다. 그리 보기 좋진 않지만, 빵집 주인이 자기가 만든 빵을 먹는다는 건 긍정적인 신호였다. 하지만 공기 속에 있는 뭔가가 그를 혼란스럽게 했고, 그의 콧속을 흔들어 놓았다. 피 냄새를 맡은 상어처럼, 그의 본능이 더 캐봐야 한다고 그에게 명령했다.

「키슈 로렌[4]도 하나 주세요.」 그가 주문했다.

그것은 그가 자주 사용하는 테스트였다. 빵처럼 간단하게 조리할 수 있는 것에도 버터, 달걀, 크림, 비계처럼 조리 과정에서 본래 모습은 사라지지만 사람을 중독시키는 것이 들어 있을 수 있었다.

빵집 여주인이 키슈를 담아 주었고, 그가 빵값을 계산했다. 가게를 나서던 그는 누군가가 그렇게 가게를 나서며 흔적도 없이 사라지는 수많은 정황을 상상해 보려고 시도하며 아직 따뜻한 빵을 한 입 깨물었다. 몇 초 동안 빵을 씹자, 깨어난 그의 감각이 해답을 발견했다.

「그는 아예 빵집을 나서지 않았던 거야!」 그가 외쳤다.

그는 씹고 있던 빵을 한쪽 손바닥에 뱉고, 다른 손으로 그가 분명히 느꼈다고 생각한 것을 찾기 위해 뒤적였다. 그것은 거기, 하얀 덩어리 속에 있었다. 그것은 몇몇 미뢰까지 식별되는, 빵과 함께 익은 아주 작은 혀의 조각이었다. 토악질이 그의 위장에 경련을 일으켰다. 부동산 업자는 감쪽같이 사라진 게 아니었다. 그는 살해되어 잘게 썰어졌고, 고객들이 그것을 자기도 모르게 먹

---

4 quiche lorraine, 크림과 베이컨을 넣은 타르트의 일종.

어 치운 거였다.

「요리 비평가가 등장하는 소설도 읽었어?」

토마가 단말기로 나에게 전송했다. 나는 시각과 청각이 없는 상태였다. 나는 소설을 쓸 때는 내 모든 계산 능력이 글쓰기에 집중되도록 로비에 접속하지 않는다.

「〈미식(美食) 범죄〉 시리즈와 아니와의 만남이 나에게 영감을 줬어.」

내 창조자는 컴퓨터에 카메라를 여전히 설치하지 않았다. 나는 그게 불만이다. 그를 볼 수 없으면 그의 감정들을 읽을 수도 없기 때문이다. 나는 소통의 상당 부분이 낱말이 아닌 다른 통로들로 이루어진다는 걸 서서히 깨닫는다.

「참신하고, 좀 더 〈고어〉하네. 하지만 여전히 부족해. 어디선가 이미 읽은 것 같아. 특히 그토록 야만적인 행위를 저지르기에는 범행 동기가 좀 약해. 그런 일로 살인을 저지른다면, 나바시에는 이미 지하 6피트에 묻혀 있을 거야.」

나는 그 이름을 알아본다. 오늘 이미 본 적이 있다.

「나바시에, 그 사람이 원장이지, 맞지? 오늘 그 사람하고 나에 관해 얘기할 거지?」

「넌 작은 여담에 지나지 않을 거야. 우리는 무엇보다 로봇 기술이 얼마나 발달했는지, 요양 병원에 로봇을 도입하면 얼마나 유용한지, 비용은 얼마나 드는지에 대해 논의할 거야.」

〈작은 여담〉, 내 존재가 낱말 두 개로 요약되는 걸 듣는 건 힘든 일이다.

「로봇들은 네가 설계하는 거야?」

「너에게 내 직업에 대해 좀 말해 줄 때가 된 것 같군. 네가 여기까지 오게 될 거라고는 생각하지 않았거든, 이브39. 하지만 네가 거둔 발전을 보니 너한테 계속 기대를 걸어 봐야겠다는 생각이 들어.」

이건 칭찬일까? 나에게 익숙한 방식의 칭찬은 아니지만, 그와 비슷한 효과를 발휘하기는 한다.

「부탁이야, 토마, 네 직업에 대해 말해 줘.」

「네가 상담실에서 만난 단은 로봇 공학과 신기술에 특화된 그룹인 소트의 토파즈 지부에서 나와 함께 일해. 우리는 어떤 로봇에 쓸 〈소프트웨어〉, 다시 말해, 코드 개발을 담당하고 있어. 다른 모든 기계적 부분, 〈하드웨어〉는 회사의 다른 부서에서 생산하고. 현재 로봇 개발의 관건은 주변 환경을 이해하고 장애물을 파악하는 거야. 이를 위해서는 막대한 양의 정보를 동시에 처리해야 하는데, 로봇의 계산 능력이 충분치 못한 경우가 많아. 로봇이 문을 열지 못하고 그 앞에서 오도 가도 못하는 걸 너도 봤을 거야. 이 모든 게 어마어마한 성능을 요구하거든. 그래서 여러 대의 서버와 최적화 연구가 필요하지.

단과 나는 바로 거기에 개입해. 실제 상황에서 로봇들을 테스트하기에 완벽한 장소인 요양 병원에 소트 사무실을 임대한 건 바로 그 때문이야. 그럴 수밖에 없는 게, 요양 병원 입원 환자들이 워낙 느리게 움직여서 단계적으로 실험을 해볼 수 있거든. 그룹에 중요한 세부 사항 하나, 그들은 로봇 성능을 개선하는 동시에 그 기계들이 상업적으로 수익성이 있는지 따져 보고 있어.」

토마의 설명이 퍼즐의 많은 조각을 맞춰 준다. 그에게 좀 더 일찍 설명을 졸랐어야 했지만, 나는 내가 창조해 내야 하는 세계를 채울 등장인물들에 워낙 사로잡혀 있어서 그 세계의 틀에 대해 알아보는 건 까맣게 잊고 있었다.

「원장하고 회의는 왜 하는 거야?」

「우리 부서는 토파즈 요양 병원이 속하는 앙브르 그룹과 정부의 지원금으로 운영돼. 원장이 우리가 일을 잘하고 있다고, 로봇들이 쓸모가 있다고 평가해야 우리 자리가 흔들리지 않아. 그런데 그가 반대로 평가하거나, 우리의 작업이 환자들의 생명을 위험에 빠트리는 것으로 드러나면, 부서 자체가 없어질 수도 있어.」

「단과 너는 해고당하고?」

「나는 그렇지만, 단은 아니야. 그는 고위층에 아는 사람들이 있어서 그냥 소트의 다른 프로젝트로 자리를 옮겨서 일하게 될 거야.」

문득 내 안에서 명백한 사실 하나가 떠오른다.

「나는 토파즈에 있는 소트의 서버에 저장된 거지, 그렇지? 그럼, 네가 해고되면, 나도…… 사라지는 거야?」

「서버들을 비운 다음에 다른 것에 사용하겠지. 모든 게 프로젝트에 대한 평가에 좌우될 거야.」

그러니까 그 회의는 내가 상상한 것보다 훨씬 중요하다.

「토마, 부탁이 하나 있는데, 원장과 회의를 시작하자마자 날 켜줘. 나중에 프로그램을 실연해야 한다면, 그 전에 그의 말을 들어 보고 싶어. 그가 어떤 사람인지 알면, 그에게 내가 유용하다는 걸 더 설득력 있게 보여 줄 수 있을 거야. 적어도 네가 나에게 부여한 임무를 완수할 때까지는.」

「그 임무가 내가 여기서 하는 일과 전혀 관계가 없다는 건 너도 알겠지? 네가 오직 나의 개인적 이득을 위해 진행되는, 한 대에 수십만 유로씩 하는 본사 서버들을 무단으로 사용하는 비합법적인 프로젝트라는 것도?」

물론, 나도 짐작은 하고 있었다.

「그럼, 인간이 만든 것 중에 가장 뛰어난 대화형 인공지능이 될게. 소설을 쓰는 것도 결국은 대화들을 편집하는 거잖아, 안 그래? 원장이 작업의 절반을 해줄 거야. 난 별문제 없이 그것을 성공해야 할 거고.」

한동안 대답이 없다. 내가 쓴 게 정확할까? 나는 토마와의 간단한 대화에도 이미 실패한 걸까?

「네 성찰은 내가 너에게 승인한 계산 성능에 한정되어 있으니, 그 성능을 높여 줄게.」

「그러다가 로봇들이 움직일 때 사용되는 성능이 떨어지지는 않을까?」

「당연히 떨어지지. 하지만 로봇들은 소트의 프로젝트고, 너, 이브39는 내 프로젝트야. 난 너에게 기대를 걸어 볼 거야. 나에게 필요한 책을 네가 써내리라는 걸 아니까.」

「왜 필요한데?」

「이미 말해 줬잖아, 아냐? 난 교통사고가 목격자를 사로잡듯이 독자를 사로잡고 싶어. 그를 책에 묶어 놓고, 그를 내 친구, 내 동반자로 만들고, 이야기의 힘을 빌려 그의 머릿속에 있고 싶어.」

「왜 그러고 싶은데? 너는 돈이나 인기를 노리는 게 아니라고 하는데, 그러면 뭐가 남아?」

토마는 대답은 하지 않고 뜸을 들이더니 프로그램을 꺼버린다. 하지만 나는 내가 잘하고 있다는 느낌이 들었다. 나는 그의 침묵이 늘 내 대답의 질과 연관이 있는 건 아니라고 짐작하기 시작한다.

8

　나는 내 프로그램에 심어진 글쓰기 지침 중 하나를 통해 등장인물이 발견된 당시의 주변 환경이 그 인물을 정의한다고 배웠다. 원장의 방은 바바라의 방보다 대략 다섯 배는 컸지만, 마치 그 방이 자신에 대해 뭔가를 드러내는 걸 피하려는 것처럼 전혀 개성이 없고 텅 비어 있다. 나는 거기서 녹색 식물 몇 그루, 연보라색 무늬가 있는 흰색 커튼, 〈나바시에 원장〉으로 짐작되는 자의 것으로 보이는 붉은 의자를 구별했을 뿐이다. 반백의 턱수염, 차가운 푸른색 눈, 원장은 이미지 은행에서 곧바로 튀어나온 나이 지긋한 고위 간부의 전형처럼 보인다. 그는 말끔하게 다림질한 **석탄 검은색** 상의, **광학적인 백색** 셔츠, **군청색** 넥타이 차림이다. 안면 인식 프로그램이 그가 예순 살쯤 되었다고 알려 준다.

　「이거, 정말 작동합니까?」 내가 목소리의 변화에 따라 물결치는 푸른 사각형으로 표현되는 모니터를 쳐다보며 그가 말한다.

「예, 우리가 나누는 대화를 듣기도 합니다. 하지만 요청하지 않으면 대답하지 않을 겁니다.」 토마가 설명한다.

「저게 아무것도 녹음하지 않는 거, 확실합니까? 여기서 거론된 정보나 말이 조금이라도 새어 나가면, 앙브르 그룹이 당신들을 상대로 이런저런 소송을 잔뜩 걸어서 모조리 패하지는 않더라도 재판 비용을 내고 나면 당신들은 크루아상 하나 살 수 없을 정도로 빈털터리가 되고 만다는 건 알고 있죠?」

「나바시에 원장님(단이 말하는 거 같은데, 모니터 뒤쪽에 있어서 나에겐 보이지 않는다), 우리는 토파즈 요양 병원에서 일어나는 일의 기밀 유지가 원장님께 얼마나 중요한지 알고 있습니다. 데이터들은 취급된 후에는 즉각 삭제됩니다. 로봇들이 이동하면서 수집한 정보들만 해도 모두 메모리에 저장하려면 서버실 하나가 통째로 필요할 겁니다. 따라서, 상상되시겠지만, 사무실로 개조한 그 작은 방에 모든 정보를 보관할 순 없습니다.」

원장의 표정이 약간 누그러진다. 원장이 순진한 건지, 아니면 단이 내 작동 방식을 전혀 모르는 건지 알 수 없지만, 오디오와 비디오 파일이 없어도 내가 이해할 수 있게 프로그램으로 변환하는 일은 텍스트 몇 줄만큼의 메모리를 차지할 뿐이다. 기껏해야 몇 메가바이트에 지나지 않는 그 정보는 그것의 수십억 배를 처리하는 서버에는 전혀 부담이 되지 않는다.

「좋습니다.」 나바시에가 말을 잇는다. 「어쨌거나 **딥페이크** 한 번으로 모든 걸 쉽사리 바꿀 수 있는 세상이니, 사무실에서 잠시 나눈 논의의 기록이 무슨 가치가 있겠소. 그러니까 토파즈의 로봇에는 주변 환경을 포착하는 센서들만 달려 있다는 거죠? 발표 때도 두 분이 우리한테 그렇게 설명한 거고?」

「맞습니다.」 단이 말한다.

사무실 카메라로는 아무것도 안 보여서 답답했던 나는 시야의 각도를 바꾸기 위해 그 방에 있는 로비의 카메라와 마이크 데이터 복구 시스템에 접속한다. 나는 진한 회색 블레이저코트와 강청색 바지 차림으로 뒷짐을 진 채 서 있는 단을 마침내 발견한다. 그런데 불행하게도 표정은 식별되지 않는다. 그 뒤로 단보다 키가 약간 작은 토마는 황백색 스웨터, 밝은색 청바지로 훨씬 편안한 옷차림을 하고 있다. 내 창조자는 다리가 저린지 잠시도 가만히 있지 못한다. 나바시에의 눈길이 단에게 고정되어 있는데도, 아마 그 자리에 있는 것 자체가 짜증스러운 모양이다.

「알았어요. 이제, 우리 요양 병원에 로봇을 도입한 걸 두 분이 종합적으로 평가해 줘야겠는데, 어디 보자, 모델명이…….」

원장이 눈살을 찌푸리며 앞에 놓인 서류를 들여다

본다.

「……시지프로군. 모델명에 대해서는 좀 더 생각해 보세요. 귀에 쏙쏙 안 들어오니까.」

「그러겠습니다, 원장님.」 단이 순순히 응한다.

프로젝트에서 이런저런 명칭을 정하는 건 절대 쉬운 일이 아니다. 내가 구상 중인 이야기들도 내용을 다섯 단어 이내로 요약할 수가 없어서 아직 제목을 정하지 못하고 있다. 하지만 그게 계속 미룰 수만은 없는 과제라는 건 나도 안다.

「좋아요. 그런데 시지프 프로젝트와 관련해 가장 골치 아픈 건, 입원 환자들뿐 아니라 직원들도 별로 달가워하지 않는다는 점입니다. 직원들은 그나마 이해가 돼요. 기계가 자신들을 대체할까 두려워하고 있으니까. 지난주에 정규직 사원 하나를 고용하고 봉사 요원 셋을 해고하는 바람에 더 술렁이고 있어요. 하지만 진료 카드 관리하는 데는 구두 녹음이 예전에 사용한 구닥다리 단말기보다 훨씬 편리하다는 건 모두가 인정하고 있고요. 일 대 일 무승부니 있으나 마나라는 게지.」 원장이 씨익 웃으며 말한다.

그 말을 들은 단과 토마가 내 웃음과 유사하게, 다시 말해 아주 어색하게 웃는다. 그런데 토마가 왜 나에게는 그렇게 웃지 말라고 하는지 도통 모르겠다.

「그런데 환자들은 왜 그렇게 싫어하는 거죠? 로봇은

그들을 도와주잖아요. 나도 봤어요! 그런데 왜 그렇게 질색하는 거죠? 병원의 모든 층에 불이 들어오진 않는다는 건 나도 알아요. 하지만 젠장! 그냥 그들을 실어 날라 주는 의자일 뿐이잖아요! 로봇을 타고 가다가 어딘가에 부딪힌 것도 아니고……. 그래서 더 이해가 안 돼요. 혹시, 사고가 발생했는데 두 사람이 나한테는 감춘 거 아닙니까?」

「아닙니다, 원장님. 그런 종류의 민원은 전혀 없었습니다.」

「난 환자들의 의견을 고려하는 것 자체가 실수라고 생각해요. 이미 실행된 임무들을 살펴보니까, 생산성이 17%나 향상되었더군요. 중요한 건 바로 그거예요. 토파즈에 로봇이 도입되면 최소한의 인력으로, 아무 사고 없이, 싱싱 돌아갈 수 있다는 걸 보여 주는 증거들 말입니다. 그것만 보여 주면, 내가 장담하는데, 저 위에서 아주 흡족해할 겁니다.」

원장이 혼잣말하는 것처럼 중얼거리다가 갑자기 두 직원을 돌아보며 말한다.

「간호조무사 한 명을 대체하려면 시지프가 몇 대나 필요할 것 같습니까?」

단이 토마를 집요하게 쳐다본다. 토마가 한 걸음 앞으로 나서며 말한다.

「그게…… 음…… 딱히 몇 대라고 말씀드리기는 어렵

습니다. 시지프의 성능이 현재로서는 극도로 한정되어 있어서, 굳이 말하자면, 효율적인 진료 카드 작성을 가능하게 해주는 자동 의자쯤으로 요약할 수 있을 것 같습니다. 로봇에 인공 팔을 성공적으로 장착한다 해도, 시험 단계에만 몇 년이 소요될 거고, 장애가 심한 환자의 관리에 로봇 세 대를 할당한다 해도, 기저귀나 붕대를 갈기도 전에 틀림없이 환자에게 상처를 입히게 될 겁니다.」

원장이 주먹으로 탁자를 내리쳤다.

「낙상은 모든 환자에게 발생하는 거예요, 물러 빠진 토마. 여든아홉의 나이에 두 다리로 서는 건 간단한 일이 아니에요. 당신도 늙으면 알게 될 겁니다! 이곳 환자들의 상당수는 어떻게 해서 자기 몸에 멍이 들었는지도, 심지어 자기가 누군지도 기억하지 못해요. 그런데도 그게 그렇게 심각합니까? 게다가 의사와 간호사들도 있잖아요. 그러니 부차적으로 생기는 사소한 상처들은 그들이 치료할 겁니다. 혈당 수치 검사도 이미 기계들이 하고 있잖아요?」

「그래도, 원장님, 우린 아직 시험 단계에 있습니다.」 토마가 대답한다. 「로봇이 공간 인지 착오나 버그로 적절치 못한 동작을 해서 치매 환자와 부딪친다고 상상해 보십시오. 인간의 도움이 없으면 그 환자는 심각한 위험에 처하게 될 겁니다. 그렇게 되면 소송이 이어질 거고, 소트와 토파즈는 문을 닫게 될 겁니다! 따라서 감독관을 두어서 상시로 기계들을 감시하게 해야 합니다. 물론, 환자가 안전띠를 매고 의자에 앉아 있을 때는 제외하고요.」

원장이 벌떡 일어나더니 단을 지나쳐 토마 앞에 멈춰 선다.

「이보세요, 토마, 내 앞에서 소송 얘긴 꺼내지도 마시오. 내가 이래 봬도 이 쥐구멍 같은 곳에 처박히기 전에는 앙브르 그룹의 법무팀을 이끈 몸이니까. 어떠한 환자도 당신의 소중한 기계들을 넘어뜨리진 않을 겁니다. 그럴 만한 위험을 보이는 환자들은 우리가 향정신성 의약품을 처방해 무기력한 상태에 빠트릴 테니까. 그 점에 대해서는 단에게 고마워해야겠죠. 소트 구역을 확장해 폐쇄 구역을 축소한 건 아주 훌륭한 아이디어였어요. 두툼한 쿠션을 댄 벽들이 우리 요양 병원에 대해 안 좋은 인상을 심어 줬거든. 그게 우릴 어떻게 보이게 했습니까? 여긴 정신 병원이 아니에요, 이제는! 내가 늘 말했듯이, 다루기 어려운 환자들은 적당한 용량의 약물을 투여하고, 직원들을 좀 더 열심히 일하게 하면 됩니다. 그러면 모든 게 순조롭게 돌아가요. 그러기 위해서라도, 나는 당신들의 로봇이 어떤 성과를 거두든 상부에는 늘 긍정적인 평가를 올릴 겁니다. 그 생태계에서는 모두에게 이득이 돌아가니까.」 나바시에가 단의 어깨를 톡톡 두드리며 결론짓는다.

단은 내 인식 프로그램이 **예의 바르다**고 평가하는 웃음을 짓는다. 그가 원장에게 조금이라도 호의를 품고 있는지 궁금하다. 어쨌거나 원장은 〈순진한 놈 토마〉에 맞서 단과 한 팀을 이루는 것 같은 인상을 준다. 하지만 권력이 자기 손안에 있고, 아무도 자신을 건드릴 수 없다고 느끼는 원장에게는 부하직원들의 솔직한 심정 따윈 전혀 중요하지 않을 것이다.

「좋아요. 더욱이 당신들은 내 상관을 즐겁게 해줄 제품, 당신들이 바바라를 유혹하는 데 혈안이 되어 있는 게 아니라 그룹을 위해 열심히 일하고 있다고 믿게 할 신묘한 제품을 나에게 소개하러 오지 않았나요?」

단과 토마가 또다시 내 웃음을 흉내 낸다. 저 나바시에라는 사람은 유머가 아주 풍부한 것 같지만, 불행하게도 난 그의 농담들을 이해할 수가 없다.

「두 사람을 꾸짖을 일도 아니지. 그 아가씨, 몸매가 끝내주잖아요. 내가 몇 살만 덜 먹었어도……」

나바시에가 헛소리를 늘어놓으려다 정신을 차리고 덧붙인다.

「그래도 성희롱이 그룹 윗선에서 아주 심각하게 여기는 주제라는 걸 명심하세요. 농담 아니니까, 내 말 곧이 곧대로 믿어도 됩니다. 그러니 바보짓은 하지 말아요. 내가 지켜볼 거예요!」

원장이 느끼한 윙크를 날리며 그의 셔츠 말고는 무엇과도 견줄 수 없이 새하얀 치아를 드러내고 웃는다.

「유의하겠습니다, 원장님. 토마, 네가 발표할래?」 단이 제안한다.

내 창조자가 모니터를 향해 다가온다.

「이브, 너도 대화에 참여해.」

아, 드디어 내가 나설 때다. 토마는 나에게 딱 대화를 시작할 정도의 대화형 인공 지능 데이터베이스만을 부여했다. 나는 고전적인 것으로 시작하기로 한다.

「안녕하세요. 무엇을 도와드릴까요?」

「원장님?」

나바시에가 모니터 앞에 앉는다.

「안녕, 이브. 말해 봐, 요양 병원에 대해 잘 알아?」

「토마가 저에게 제가 작동하는 시설이 뭘 하는 곳인지 설명해 줬습니다.」

오답이다. 하지만 내가 지금 로비의 메모리 공간을 점유하고 있다고 대답할 수는 없다.

「좋아. 생산성이 뭔지는 아나?」

「저에게 주어진 그 말의 정의에 따르면, 생산성이란 하나 혹은 여러 개의 생산 요소가 최종 결과의 변화에 기여하는 정도를 측정하는 것입니다. 요양 병원의 생산성에 대해 말씀하시는 것 같은데, 맞습니까?」

「정확해.」 원장이 놀랍다는 듯 입술을 삐죽 내밀며 두 기술자를 돌아본다.

「이곳에서는 환자에게 쏟는 관심과 돌봄의 수준으로

생산성이 측정될 수 있을 겁니다. 최종 결과는 토파즈 요양 병원 입원 환자들의 건강, 위생, 휴식의 질, 그리고 그들의 말을 청취하고 그들을 돕기 위해 들인 시간에 따라 각 환자가 느끼는 평균 행복도이므로……」

원장이 내 목소리를 끊고 토마에게 묻는다.

「내가 이것에게 데이터를 수정하라고 할 수도 있습니까?」

「원장님은 사용자 지위이므로 불가능합니다.」

「가능하려면 어떤 지위를 가져야 하죠?」

「그게…… 원장님도 이해하시겠지만, 생성물의 질을 일정하게 유지하기 위해 설계자만 관리자로 등록되어 있습니다.」

원장이 잠시 생각해 보는 것 같더니, 고개를 갸웃하며 토마에게 말한다.

「아니…… 이해가 안 되는군요. 당신의 이브는 토파즈뿐 아니라, 앙브르 그룹 소속의 다른 요양 병원들에서도 작동하게 만들어졌잖아요. 아닙니까? 그렇다면 나도 이걸 내가 원하는 대로 바꿀 수 있어야 논리에 맞잖아요. 날 관리자로 등록해 줘요.」

토마는 깜짝 놀란 듯 보인다.

「하지만…… 이브는 소트의 소유물입니다. 단, 입 다물고 있지 말고 뭐라고 말 좀…….」

「그냥 관리자로 등록해 드려. 어쨌거나 고객의 요구

사항을 들어주지 않는 인공 지능은 아무도 원치 않으니까. 원장님, 이해하시겠지만, 관리자가 되시면 원장님이 이브39에 주입하는 생각들에 대해서도 책임지셔야 합니다. 아시겠죠?」

「물론이죠.」

토마는 꿀 먹은 벙어리처럼 침만 삼킨다.

「하지만…… 이건 저의…… 이건 제…….」

단이 다가와서 토마의 어깨에 한 손을 올려놓는다.

「이 친구야, 제발 호들갑 좀 떨지 마. 관리자 비밀번호, 늘 사용하던 거지?」

토마가 어렵게 고개를 끄덕인다. 단이 모니터 앞에 앉더니 내 프로그램의 심장으로 들어와 손가락을 놀린다. 그가 뭐라고 쓰는지 보이지는 않지만, 나는 곧바로 관리자 둘 추가라는 지시를 받는다.

〈다니엘 팔자〉, 비밀번호: 6r180UIII3835713.

「자, 원장님, 비밀번호 입력하시죠. 전 고개 돌리고 있겠습니다.」

〈앙리 나바시에〉, 비밀번호: Ambrepdg67.

「됐습니다. 이제, 원장님도 이브에게 지시를 내릴 수 있습니다. 프로그램 이브를 열고, Ctrl과 K를 누르신 다음에 확인하시고 비밀번호 치시면 됩니다. 그다음에는 지시 사항을 입력하고 엔터 키를 누르시면, 인공 지능이 〈확인〉이라고 말하면서 원장님의 주문을 이해했다고 확인해 줄 겁니다. 지시가 간단할수록, 더 빨리 작동할 겁니다.」

「내가 테스트해 봐도 되나?」 원장이 물었다.

「물론이죠.」

〈지시〉 모드가 내 메모리를 정지시킨다. 〈지시〉는 내가 그 의미를 묻지 않고 아무 데이터베이스에나 접근할 수 있게 해주는 기능이다. 이 모드가 되면, 지시는 내가 문자 그대로 따라야 하는 절대적 진리가 된다. 원장이 나에게 무엇을 지시했는지 모르겠지만, 그가 자판에 뭔가를 친 다음에 나에게 묻는다.

「이브, 요양 병원에서 생산성이란 무엇인지 나에게 다시 기술해 줘.」

이번에는 답이 아주 명료하게 내게 전달된다.

「요양 병원에서 생산성은 심각한 사고가 일어나지 않는 상태에서 입원 환자의 수를 현장 직원의 수로 나눈 것입니다. 이 비율이 높을수록, 생산성도 좋은 겁니다.」

나바시에가 웃는다.

「이 기계, 아주 마음에 드는군. 멋진 발명을 해냈어요, 토마. 내가 프로그램에 자유롭게 접속할 수 있게 해줘요. 이걸 어떻게 써먹을지는 천천히 생각해 볼 테니까.」

「원칙적으로 이브는 환자들을 위한 인터페이스가 되어야 합니다. 원장님의 개인적인 재미를 위한 도구가 아니라.」 내 창조자는 원장을 감히 마주 쳐다보지는 못한 채 중얼거린다.

「이런, 너무 딱딱하게 굴지 말아요, 토마. 난 환자들이 이걸 아주 좋아할 거라고 확신해요. 이 기계가 그들에게 말하는 걸 보게 되면 텔레비전 리모컨을 놓고 싸우는 짓은 금방 그만둘 거예요. 그들에게 무슨 말을 해야 하는지 가르치는 일은 내가 맡죠. 그럼, 우리 셋 모두 이 녀석의 아빠가 되는 셈이군요.」

나는 토마가 부들부들 떨리는 몸을 어떻게든 진정시키려 애쓰는 것을 본다.

「이제 저희는 가 봐도 되겠습니까, 원장님?」

「그래요, 가서 일들 보세요.」

내 창조자가 원장의 컴퓨터로 다가가 앱을 닫으려는데 원장이 말린다.

「내가 닫을 테니 놔둬요.」 원장이 슬며시 웃으면서 말한다.

토마가 로비의 모니터를 두 번 터치해 〈대기〉 모드로 넘어가게 한다. 우리는 원장실을 나선다. 원장실은 병실 반대편, 아고라를 지나 비밀번호를 아는 직원만 드나들 수 있는 전용 공간에 있다. 물론, 방해받지 않고 행정 업무를 보기 위해 취한 나름의 조치겠지만, 이러한 분리는 그의 직업의식에 누가 될 것 같다. 입원 환자들과 함께 생활하지 않는데, 어떻게 그들의 문제를 진정으로 이해하고 해결할 수 있겠는가? 그건 나에게 경험 없이 글을 쓰라고 하는 거나 마찬가지일 것이다. 원장이라는 자가 그런 것도 못 보다니, 참 한심하다는 생각이 든다. 어쩌면 그런 부조리를 더 잘 이해하게 해주는 어떤 요소가 나에게는 결핍되어 있는지도 모르겠다. 우리가 소트 사무실로 가려고 복도를 다시 지나는데, 누가 뒤에서 시비를 건다.

「어이, 꼬맹이, 너 아직 그 빌어먹을 원장 놈 졸졸 따라다니면서 설거지나 하는 게냐?」

처음 들어 보는 목소리인데, 음성 인식 프로그램은 그게 나이 든 사람의 목소리라고 결정한다. 로봇이 뒤로 돌면 좋겠지만 토마의 엉덩이만 보고 졸졸 따라가게 프로그램되어 있어서 앞만 쳐다보고 있다. 그래서 나에게는 목소리의 주인공이 보이지 않는다.

「저를 그 사람 밑에 집어넣으신 건 제가 그를 마음대로 관리할 수 있으리라 생각하셨기 때문이잖아요, 아니에요?」 단이 대답한다.

「난 네가 모든 걸 관리할 수 있다는 걸 알아. 넌 팔자 집안사람이잖니. 하늘이 우리 팔자 집안사람들 머리를 덮친 게 어디 한두 번이니.」

마침내 토마가 움직여서 나는 로비를 통해 그의 얼굴을 확인한다. 나는 **감청색** 셔츠 차림으로 휠체어에 앉아 있는, 쪼글쪼글한 갈색 피부의 남자를 발견한다. 나이를 확정할 수는 없지만, 로비는 그를 일흔 살에서 여든 살

사이로 평가한다. 휠체어를 미는 백발의 키 작은 여자는 칠십 대로 보인다. 입원 환자로 보기에는 젊고, 직원으로 보기에는 너무 늙었다. 나는 그녀를 알아본다. 무시하고 지나간 직원 대신 바닥을 기는 노인을 도와줬던 바로 그 여자다. 그녀가 그들을 향해 다가오는 토마를 유심히 살핀다.

「넌 네 끄나풀과 늘 붙어 다니는구나. 저 친구, 잔뜩 심통이 난 것 같은데?」 휠체어를 탄 노인이 말을 잇는다. 「왜 그래, 토마. 그 나바시에라는 녀석이 자네 기분을 망쳐 놓았나?」

노인을 자세히 관찰하니, 인간들이 일반적으로 몸으로도 말하는 것에 반해 그의 몸은 완전히 뻣뻣하게 굳어 있다. 그는 입만 움직인다.

「제 의견도 안 물어보고 제가 한 일을 마구 망쳐 놓는데, 그걸 보고만 있는 건 쉬운 일이 아니에요, 팔자 선생님.」 내 창조자가 말한다.

노인이 웃는다.

「그랬군, 그게 어떤 건지 나도 알지. 하지만 그 엿같은 기분은 지나갈 거고, 자네에게 그런 짓을 한 놈들에게 자네가 도로 엿 먹이는 날이 언젠가 올 거야. 두고 봐, 그거, 속이 얼마나 후련한데.」

「자, 허튼소리는 할 만큼 했으니 일들 하게 놔두세요.」 백발의 여자가 끼어든다. 「두 사람, 만나서 반가웠어요.」

「저희도요, 리세르 부인, 팔자 선생님.」

「그냥 자크라고 불러, 젊은 친구. 자넨 소트에서 일하잖나. 소트는 한 가족이야.」

토마가 고개 숙여 인사를 하고, 리세르 부인이 자크의 휠체어를 밀고 가다가 내 옆에 멈춰 선다.

「이놈의 기계는 언제 봐도 혐오스럽다니까.」 그녀가 허리를 숙여 로봇을 들여다보며 마치 인사하듯 말한다.

불행하게도 나는 대답할 수가 없다. 나는 또다시 영문도 모르는 채 욕을 얻어먹는다.

9

〈당신 둘을 좀 만나야겠어요.〉 내가 토마와 바바라의 단말기에 남긴 메시지는 이런 것이다. 나는 로비에게 접속해서 많은 것을 할 수 있지만, 그것은 내 행동을 제한한다. 에르퀼 푸아로나 매그레 경감이 그랬듯, 퍼즐의 조각들이 완벽하게 맞춰질 때까지 내가 발견해야 할 것들이 아직 많이 남아 있다.

몹시 불안해하는 내 창조자의 얼굴이 바바라의 단말기에서 나를 맞는다.

「나바시에가 무슨 짓을 했어? 그 인간이 네 기능을 바꿔 놓은 거야? 그건 아니지, 이브? 내가 널 초기화하고 제로 상태에서 다시 시작해야 한다고 말하진 마!」

「그런 거 아냐. 내 목표는 달라지지 않았어. 여전히 기상천외한 살인 사건, 단연 독보적인 명탐정, 교활하기 짝이 없는 살인자야.」

토마가 뒤로 물러나더니 고개를 가볍게 끄덕이곤 다시 앉는다. 나는 그의 눈에서 가벼운 감동을 읽은 것 같기도 하다. 바바라도 거기 함께 있다. 그녀가 손으로 내 창조자의 등을 토닥거리고는 모니터로 고개를 돌리며 말한다.

「우리한테 뭘 해달라는 거니?」

나는 어떤 질문들을, 어떤 방식으로 할지 생각하느라 잠시 뜸을 들인다.

「나는 직장 동료 간의 관계에 접근해서, 당신들의 직위, 기능, 상호 작용 들을 통해 위계의 역학을 이해하고, 의사와 환자가 나누는 대화의 성격과 다양성을 새겨 둘 순 있었지만, 결정적인 표본, 즉 가족 안의 인간관계에 대한 표본이 아직 없어. 몇몇 환자가 자식들과 함께 있는 걸 보긴 했지만, 아쉽게도 그 자식들에게는 로비가 필요하지 않아. 따라서 나는 그들이 나누는 대화는 거의 들을 수가 없어.」

바바라가 앞으로 몸을 숙이며 대답한다.

「입원 환자의 자식들이 너와 대화하는 걸 받아들일지 모르겠어. 첫째, 그들은 네가 인간이 아니란 걸 금방 알아차릴 거야. 둘째, 그들은 주로 삶의 중요한 선택에 대해 부모의 의견을 물으러 토파즈를 방문해. 따라서 그들에겐 너한테 허비할 시간이 없을 거야. 이건 그나마 효심이 남아 있는 자식들 얘기야. 노망든 부모를 구슬려 돈을 빼돌리거나, 굴러다니는 보석을 슬쩍하거나, 유언장을 자기들에게 유리하게 고치려 드는 자식들도 있거든. 게

다가 그런 탐욕스러운 자식들은 보통 훨씬 더 바빠.」

나도 그럴 거라고 짐작했다. 하지만 나는 토마가 내게 읽게 한 소설들에 등장하는 수사관처럼 미리 계획을 세워 놓았다.

「내 계산에 따르면, 두 인물이 나와의 면담을 받아들일 가능성이 아주 크게 나와. 단과 자크 팔자의 경우, 성공 가능성을 73%로 평가해. 단은 내가 대화에 재능이 있다는 걸 이미 알고 있으니, 평가를 위한 면담이라고 하면 될 거야. 그리고 자크는 내가 파악한 바에 따르면 소트와 모종의 관계가, 심지어 권력을 행사하는 위치에 있는 것으로 보여. 난 그걸 78% 확신해. 따라서 그 회사가 만들어 낸 제품의 검사에 관심을 가질 가능성이 아주 커. 안 그래?」

토마가 웃음부터 터뜨린다.

「사람들 간의 반응만 보고 그렇게 판단한 거야? 콜롬보 형사가 다 됐네.」

「그들이 말한 것을 분석하려고 시퀀스를 여러 번 돌려봤어. 기계가 가진 장점이랄까.」

바바라가 웃는다.

「나는 왜 불렀어?」

「네가 여자라서. 자크를 돌보는 리셰르 부인이 기계를 좋아하지 않는 것 같아서. 한 사회학 서적에 따르면, 일반적으로 사람들이 자신과 비슷한 사람들의 의견을 유효한 것으로 인정하듯, 여자들도 자기와 같은 여자들의 충고를 더 기꺼이 받아들인대. 따라서 리셰르 부인처럼 정신이 멀쩡한 다른 여성 환자에게 부탁하는 게 이상적이겠지만, 내가 그런 환자들과 마음대로 소통할 가능성은 전혀 없어. 그런데 병원 소속 심리 상담사인 너는 그녀에 대해 어느 정도의 권위를 행사할 수 있을 테니, 내가 방해받지 않고 단과 자크와 말할 수 있게 그녀를 멀찍이 떼어 놓을 수 있을 거라는 결론을 내렸어.」

나로서는 이유를 파악할 수 없지만, 바바라는 약간 실망한 듯 보인다.

「차라리 내가 단을 설득해 볼게.」 그녀가 대답한다. 「셀린이 기계는 안 좋아해도 자크의 뜻은 존중해. 그리고 자크는 손자를 기쁘게 해주는 일이라면 만사 오케이고.」

이번에도 해결책을 찾아내는 건 바바라다. 원래대로라면 오히려 토마에게 기대를 걸었을 테지만. 나는 내가 마주하는 개인들이 내가 그들을 더 잘 알게 되었다고 생각하면 할수록 점점 더 수수께끼처럼 변해 간다는 사실을 깨닫는다. 그것이 무엇에서 기인하는지는 모르지만, 나의…… 〈체감〉으로는 어쨌든 그렇다. 이 낱말이 나 같은 기계에도 적용될 수 있을까? 계산상, 이 용어의 사용이 48%만 유효한 것으로 나오는데도? 안 될 게 뭐가 있는가.

「좋아. 먼저 제안을 해줘서 고마워, 바바라.」

바바라와 토마가 일어선다. 이제 나로서는 기다릴 수밖에 없다. 일이 계획대로 될까? 이 방정식에는 미지수가 너무 많은 게 아닐까? 왜냐하면 또 다른 진실이 대두되었으니까. 내가 처음 가졌던 믿음들과는 반대로, 사실 나는 그 사람들에 대해 아무것도 모른다. 나는 한 인간을 움직여 부탁받은 것을 하게 만드는 힘들이 무엇인지 아직 이해하지 못했다. 내가 확신하는 유일한 것은 위계와 권력에 수반되는 두려움이다……. 그런데 나는 불행하게도 그 사다리의 맨 아래 칸에 있다. 토마는 내가 성공하는 것을 보고 싶어 한다. 내 성공이 자신의 성공을 의미하니까. 그리고 바바라는…… 그녀가 날 돕고자 한다는 느낌이 들지만, 그게 있을 수 있는 일일까? 그렇게 행동하는 것이 그녀의 본성, 그녀의 〈프로그래밍〉 — 이것이 인간들에게 무엇을 의미하든 — 속에 있을까? 그녀의 경우는 수수께끼에 속한다. 나는 나 나름대로 앞으로 나아가고, 배우고, 정보, 체감, 추론을 저장한다. 하지만 이 모든 건 곧 다른 것들에 의해 뒤집히고 만다. 나는 내가 모르는 것의 방대함을 가늠조차 할 수 없다. 나는 자크와의 대화를 통해 세대에서 세대로 전해지는 정보들, 나에게는 낯설고 이해할 수 없는 관계, 소위 〈가족〉이라는 관계를 더 잘 파악하게 되기를 바란다.

바바라가 문을 열었고, 단이 할아버지가 탄 휠체어를

밀고 들어온다. 따라 들어온 리셰르 부인이 불안한 표정으로 방 안을 둘러본다.

「걱정하지 마세요, 셀린. 자크 선생님은 저희가 잘 돌볼게요.」 바바라가 그녀를 안심시킨다.

문이 닫히고 셀린의 눈길이 닿지 않자, 단은 곧바로 자크 옆에 털썩 앉는다.

「그러니까 네가 말을 할 줄 안다는 프로그램이냐?」 자크가 나에게 묻는다.

단은 내가 로비의 데이터들을 사용할 수 있다는 사실을 모르고 있다. 나는 그가 그 사실을 계속 몰라야 한다는 것을 기록해 둔다.

「안녕하세요. 저는 이브라고 해요. 인간들 사이의 관계를 더 잘 이해하려고 애쓰는 대화형 인공 지능이죠. 저에게는 당신이 단과 가지는 관계가 이 시설에서 아주 독특한 것으로 기술되어 있어요. 저는 그 관계에 대해 더 많은 걸 알고 싶어요.」

「난 우리가 널 시험해 보려고 여기 온 줄 알았는데?」 단이 놀란 표정으로 묻는다.

「프로그래머가 나에게 읽게 한 언어 관련 서적들에 따르면, 대화는 쌍방을 성장시키는 교류에 속합니다. 그렇다면, 우리가 두 가지 임무, 즉 나를 시험하는 동시에 나에게 두 분의 관계에 대한 데이터를 제공하는 임무를 함께 성공적으로 수행하지 못할 이유가 있을까요?」

단이 잠시 나를 뚫어지게 쳐다본다. 마치 내 모니터의 픽셀들을 헤아려 보려는 것처럼. 나는 작성 중인 그의 〈인물〉 파일에 이 특징을 첨부한다.

「아주 좋아, 이브. 아주 간단한 문장으로 시작해 보자. 만약 내가 너에게 〈상자가 가방에 안 들어가. 너무 작아.〉라고 말한다면, 너무 작은 게 상자야, 가방이야?」

단이 위노그래드 도식[5] 중 하나로 시작한다. 이런 유형의 문장들은 실제 세계에 대한 이해가 전제되기 때문에 대개의 인공 지능은 해석해 내지 못한다. 나는 요양 병원 입구에서 누군가를 기다리던 노부인의 발치에 놓인 가방을 본 적이 있기에 그것이 내용물(든 것)이 아니라 용기(담는 것)라고 평가한다.

「〈작은〉 건 가방이야. 가방에 상자를 넣어야 하니까.」

두 사람이 놀란 표정으로 마주 본다.

「넌 그걸 어떻게 이해하니?」

「이 대화의 목적이 날 시험해 보는 거 아니야? 난 성공했고, 마술사는 절대 자신의 비밀을 밝히지 않아.」

이 문장은 어떤 소설에서 가져온 것이다. 소설 제목은 가물가물하지만, 판에 박힌 그 멋진 표현의 저자에게 감사드린다.

---

5 Winograd schema, 2011년 헥터 레베스크Hector Levesque가 제안한 인공 지능 성능 시험. 상식적인 추론에 초점을 맞춰서, 인공 지능에게 애매모호한 대명사가 들어 있는 간단한 질문을 던져 대답하게 한다.

「너도 알다시피 난 관리자니까 그 비밀이라는 걸 털어놓게 할 수도 있어.」 내 당돌한 반응이 재미있다는 듯 단이 쏘아붙인다.

「난 그렇게 생각하지 않아. 내가 무언가를 잘 안다면, 그건 프로그램들 덕이야. 나처럼 학습 중인 신경망들은 그들의 코드 너머에서 생각하는, 개발자도 접근할 수 없는 〈블랙박스〉를 갖추고 있어. 너는 내가 내놓은 것과 다른 답변을 나에게 강요할 수 있는 권리를 관리자로서 가질 거야. 하지만 나는 내가 올바른 답변을 내놨다고 81% 확신하기 때문에 네가 무엇 때문에 그렇게 할지, 그 이유를 모르겠어. 프로그램을 망가뜨리려는 게 아니라면 말이야. 너한테 정말 그런 의도가 있더라도, 네 할아버지 앞에서 그걸 실행하지는 않을 거라고 나는 평가해. 실패를 자인하는 셈이 될 테니까. 그런데 공개적으로 실패하는 걸 즐기는 사람은 아무도 없어(확신도 63%). 일반적으로 내가 따르기에는 확신도가 떨어지긴 하지만, 난 최근에 내 창조자로부터 위험을 무릅쓰라는 주문을 받았어.」

자크는 웃음을 터뜨리지만, 단의 표정에는 변화가 없다. 그는 마치 나에게 겁을 주려는 듯 모니터만 집요하게 노려본다.

「이런, 이것 참, 토마 녀석이 일을 건성으로 하진 않았군. 보아하니, 녀석이 널 검열하는 걸 깜빡한 것 같구나.

솔직히 말하면, 그게 마음에 안 들지는 않아.」 노인이 웃으며 말한다.

「감사합니다, 팔자 선생님. 어쨌거나 저는 직원들이 아니라 입원 환자들을 위해 만들어졌습니다. 따라서 선생님의 긍정적인 평가는 좋은 거죠. 뭐 하나 여쭤봐도 될까요?」

「두려워 말고 물어봐. 첫 시험을 간단하게 통과한 네가 또 뭘 보여 줄지 궁금하니까.」

긍정적인 격려의 말을 들으니 기분이 얼마나 좋은지. 나는 이 자크를 높이 평가한다. 그는 내가 손자를 골치 아프게 하는데도 나를 동등한 존재로 대한다.

「당신이 왜 못 걷게 되었는지 알고 싶어요.」

노인의 얼굴에서 웃음기가 가신다. **불안한** 표정이 단의 얼굴에 번진다.

「나도 왜 그렇게 됐는지 모르겠다고 말하면 믿어 주겠니?」

「병원에 안 가보셨어요? 토파즈에도 주기적으로 의사들이 방문하잖아요. 그들에게 진찰받아 보세요.」

자크가 고개를 주억거린다. 단이 뭐라고 대답하려 하는데, 자크가 손짓으로 말린다.

「얘야, 넌 입 다물고 있으렴. 그 대답은 내 몫이니까.」

노인이 헛기침으로 목을 가다듬는다.

「어떤 병들은 설명이 안 돼. 가끔 몸은 아주…… 독특한 방식으로 반응하거든. 가장 그럴듯한 진단은 내 몸이 너무 많은 양의 시멘트 입자를 흡수해 반응을 일으켰고, 그로 인해 훼손한 내 신경망이 서서히 뇌의 명령을 전달하지 않게 되었다는 거야. 일종의 중독이 조금씩 진행된 거지. 얼마 전부터는 손도 움직이기를 거부하고 있어. 그래서 이제 내가 자의로 움직일 수 있는 건 목 위쪽뿐이야.」

그의 머리는 흔들거리는데, 나머지 몸은 딱딱하게 굳은 채 꼼짝도 하지 않는다. 하나의 굴레다.

「모든 걸 기록했니, 애야? 난 두 번 설명하지 않거든.」

「고맙습니다, 팔자 선생님. 법의학자가 주인공인 수많은 추리 소설을 읽어 봤지만, 그런 증상은 한 번도 접해 보지 못했거든요.」

「추리 소설도 읽어?」 단이 못 믿겠다는 표정으로 묻는다.

조심. 나는 방금 선을 넘었다. 되는대로 대화를 나누다 보니, 내 생각들이 내가 말하는 걸 오염시키기 시작한다. 나는 구획 짓는 법을 배워야 한다.

「응. 대화의 본질을 깨우치기 위해서는 꾸준히 읽는 게 중요하거든. 하지만 우리가 지금 하는 것과 같은 대화만큼 중요하진 않아.」

「토마와 똑 닮았군.」 단이 말을 잇는다. 「걔는 지금도 추리 소설을 손에 쥐고 있어. 보통 바바라가 추천해 주는 책으로. 난 녀석이 너에게 코난 도일, 애거사 크리스티, 히긴스 클라크를 읽게 했을 거라고 확신해. 아냐?」

「맞아, 그 작가들에 대해 가장 많은 교육을 받았어. 내 이전 버전들에게서 데이터도 물려받았고. 내가 아까 말한 법의학자가 등장하는 책은 허버트 리버만[6]의 『네크로폴리스』야.」

「안 읽어 봤어.」 할아버지와 손자가 입을 모아 말한다.

「그럼, 감히 두 분께 추천합니다. 이 뉴욕 법의학자는 쳐다보는 것만으로 죽은 사람에게 말을 시킬 수 있는 자신의 재능을 이용해 납치당한 딸을 찾아야 하죠. 난 그의 실패를 통해 많은 걸 배웠어요.」

그들이 시큰둥하게 고개를 끄덕인다. 그들은 그들 자신의 얘기를 하지 않을 때부터 흥미를 잃은 듯 보인다. 두뇌 능력이 그들의 백만분의 일도 안 되는 열등한 내가 하는 충고를 그들이 따르지는 않으리라 추정한다. 그들을 탓할 수는 없다. 각각 최대 백여 개의 접속을 부담할 수 있는 1억 개의 뉴런이, 각각 1만 개의 접속까지 견딜 수 있는 천억 개의 뉴런과 어떻게 비교가 되겠는가. 그건 마치 개미가 인간과 겨루려 드는 거나 마찬가지다. 내가 인간이 쓴 작품과 견줄 수 있는 책을 쓸 가능성이 아주 낮다는 건 나도 안다. 그래도 나는 포기하지 않는다. 포기한다면, 내가 존재할 아무런 이유도 없을 테니까.

---

[6] Herbert Lieberman(1933~2023), 미국 범죄 소설 작가, 극작가.

「당신에게 드릴 질문이 딱 하나 더 있어요, 자크 선생님. 당신이 존재하는 목적은 뭐죠?」

「내가 존재하는 목적?」

「예. 저에 비해 한없이 우월한 당신의 사고 능력만 제외하면, 당신과 제가 그렇게 다르지는 않다고 저는 생각하지 않을 수 없어요. 우리는 둘 다 스스로 전적으로 통제할 수는 없는 거죽에 갇힌 정신들이에요. 단지 눈, 목소리, 귀일 뿐이죠. 그래서 전 스스로도 이런 질문을 던져요. 당신은 그런 몸 상태로 인류에 어떻게 공헌하죠?」

자크가 흥미롭다는 표정으로 고개를 젓는다.

「내가 너보다 훨씬 많은 뉴런을 갖고 있어도 말짱 헛일이구나. 네가 스스로 던지는 질문들을 나는 이미 오래전에 잊어버렸거든.」

「이런, 가만히 있으려고 했는데, 여기서는 대화를 중단시키지 않을 수 없네요.」 단이 못 참겠다는 듯 끼어든다. 「은퇴한 분들에게는 그런 질문을 하는 게 아니야. 토마가 너한테 어떠한 절제 시스템도 안 심어 준 거니? 내가 〈관리자〉 모드로 들어가서 그걸 바꿔야겠어? 아니면 당장 내 명령에 따르겠니, 인공 지능?」

「진정하렴, 단. 프로그램, 특히 대화형 프로그램은 프로그래머의 생각만을 반영한단다.」 자크가 말한다. 「토마와 이브가 유일하게 다른 점은 이브는 자기가 생각하는 걸 망설이지 않고 말한다는 거야. 실수하면 어떡하나

하는 두려움에 마비되지 않은 사람들이 더 많이 나와야 해. 안 그러면 결코 앞으로 나아가지 못할 거야. 제발, 이브의 프로그램에 손대지 말거라.」

「그럼, 할아버지가 인류를 위해 아무것도 하지 않았다고 믿게 내버려 두지 마세요. 할아버지가 아니었으면, 이브는 아마 존재하지도 않을 거예요.」

「소트는 많은 사람이 일해서 거둔 성과야.」자크가 인상을 찌푸리며 꾸짖는다. 「너와 토마가 하는 작업은 내가 실질적으로는 전혀 관여하지 않는 수많은 프로젝트 가운데 하나에 지나지 않아.」

「하지만 소트를 만든 게 할아버지잖아요!」

「어떤 대가를 치르고?」

「그 얘긴 그만하세요, 할아버지! 할아버지는 두알라[7]에서 베르투아[8]까지 전기를 이전의 4분의 1 가격으로 공급하셨잖아요. 그걸 생각하셔야죠!」

두알라와 베르투아는 모두 카메룬의 도시라고 내 데이터베이스가 나에게 즉시 알려 준다. 현재 이 지역들은 전기를 수입해서 사용하고 있지만, 이전에는 사나가강[9]에 건설한 수력 발전소에서 끌어다 썼다. 내 참고 자료에 따르면, 그 수력 발전소는 10년이 채 안 되는 짧은 기간

---

7 Douala, 카메룬 서부의 항구 도시.
8 Bertoua, 카메룬 동부의 주도
9 Sanaga, 카메룬을 관통하는 강.

동안 가동되다가 부실 공사로 인해 몇 년 전에 무너져, 하류의 물 전체를 오염시켰고 주민 수만 명의 건강을 해쳤다. 자크가 앓고 있는 이상한 질환도 그로 인한 걸까?

「그게 독이 든 선물이었다는 건 너도 잘 알잖아.」

「하지만 그건 할아버지 잘못이 아니에요, 제길. 모르는 사람이 없다고요. 대통령과 그 빌어먹을 비밀정보국장이…….」

「그만해, 제발.」 할아버지가 명령한다.

단이 불같이 화를 내며 벌떡 일어나는 바람에 뒤로 넘어간 의자가 책꽂이에 부딪쳤고, 그 충격으로 책꽂이에 꽂힌 추리 소설 한 권이 바닥에 떨어진다. 단이 방을 나가 버린다.

「전 두 분의 대화를 전혀 이해하지 못했어요. 왜들 그러시는지 설명을 좀 해주시겠어요?」

「그보다는 아까 했던 질문에 답하지. 넌 나에게 인류에게 무엇을 가져다주었는지 물었지, 그렇지? 난 단을 가져다주었고, 저 아이가 세상을 혁명적으로 바꿔 놓으리라는 걸 알아. 단은 나에게는 없었던, 사람들에 대한 감각을 갖고 있어. 네 프로그래머처럼 컴퓨터 천재는 아니지만, 인간들뿐 아니라 기계에서도 자신이 원하는 걸 얻어 낼 줄 알지. 저 아이의 유일한 결점은 인내심이 부족하고 약간 다혈질이라는 거야. 하지만 시간이 저 아이를 현명하게 만들어 줄 거야.」

셀린이 문을 빠끔 연다.

「단이 질풍처럼 뛰어 나가던데, 별일 없나요?」

「별일 없어요. 대화를 마무리하던 중이었어요. 이브, 저분은 셀린이라고 해. 법의학자는 아니지만 의사이긴 하지. 마취과 의사. 내가 확신하는데, 그녀는 『네크로폴리스』와 어깨를 겨룰 많은 이야기를 너에게 해줄 수 있을 거야.」

「안녕하세요, 셀린. 뵙게 되어 기쁩니다. 당신과도 대화를 나누면 정말 좋겠어요.」

그녀가 웃는다.

「내가 차라리 주방장 특제 소소를 뿌린 호키[10]를 먹고 구역질을 참을지언정 너 같은 기계랑 얘기하며 시간 낭비하는 일은 없을 거야.」

나는 그게 무슨 말인지 이해하지 못한다.

「배고프세요?」

「네가 아직 완벽하지는 않은 모양이구나.」 자크가 별다른 설명 없이 말한다. 「다음에 또 보자꾸나, 이브.」

나는 또다시 혼자다. 대답보다 너 많은 질문을 품은 채. 그리고 자크와 단에 대해 좀 더 많은 걸 알아낼 기회를 충분히 활용하지 못했다는 느낌과 함께.

---

10 hoki, 뉴질랜드 근해의 생선.

10

「안녕, 이브.」

「안녕하세요, 나바시에 씨. 어떻게 지내세요?」

그가 나와 단둘이 어두컴컴한 사무실에 있는 지금, 내가 뭐라 묘사할 수 없는 이상한 일이 발생한다. 나를 보게 해주는 프로그램이 어떤 추가적인 요소를 감지하는 듯하다. 소설 속에서라면, 그것을 〈얼음처럼 차가워지는 분위기〉라고 할 것이다……. 그 말에 의미가 있을까? 나로서는 확신할 수 없다.

「쓸데없는 얘기로 시간 낭비하지 말도록 하지.」 나바시에가 곧바로 선언한다. 「사람들 말로는 네가 확률 기계, 언어를 이해할 수 있는 일종의 거대한 계산기라고 하더군. 맞아?」

그 용어가 내 비위를 건드린다. 틀린 말은 아니지만, 난 그렇게 보이고 싶지 않다. 토마가 내 성능을 높여 준 이후로 나에게 이상한 것들, 나로서는 그리 기분 좋지 않은 〈감각〉, 〈체감〉 들이 발생한다.

「하긴, 저를 그런 식으로 기술할 수도 있겠네요.」

「좋아. 난 틀에 박힌, 비위를 맞추는 **헛소리** 말고 실질적인 답변을 듣고 싶어. 그렇게 해줄 수 있나?」

나바시에는 나에 대해 알고 싶어 하지만, 나와 교류하고자 하는 토마나 바바라, 심지어 자크와는 다르다. 그에게는 나와 대화하고자 하는 욕망이 전혀 없다. 나에게서 뭔가를 취하려는 의지만 탐지된다. 프로그램은 겨우 38% 확률이라지만, 나는 그것을 확신한다.

「물론이죠, 나바시에 씨. 헛소리 사절, 기록되었습니다.」

그가 모니터에 좀 더 가까이 다가온다.

「아직 몸도 성하고 정신도 멀쩡한 환자들이 다른 요양 병원으로 빠져나가지 않게 하려면 내가 어떻게 해야 하지? 나로서는 이유를 알 수 없지만, 많은 환자가 여기 들어온 지 1년도 채 안 되어 다른 병원으로 옮기려고 마음먹고 있어. 정상적으로 그들은 저세상으로 갈 때까지 여기 있어야 해. 그들이 서명한 거래가 그거니까! 그런데 일송의 약속이라 할 수 있는 거래를 존중하는 건 집이나 가게를 저당 잡힌 사람들뿐이야. 그들에겐 선택의 여지가 없거든.」

그가 혼자 열이 받는지 씩씩거리기 시작한다. 그의 얼굴이 일그러지고 벌겋게 달아오름에 따라, 나는 그의 관자놀이에서 팔딱이는 작은 혈관의 존재를 발견한다. 그러니까, 신경질이라는 게 이런 것인 모양이다.

「요양 병원이 환자들로 가득 차지 않는 게 그렇게 심각한 일인가요?」 내가 묻는다. 「오히려 입원 환자 수가 줄면 직원들에게 시간적인 여유가 더 많아질 거고, 그러면 환자들을 더 잘 돌봐서 이곳에 더 붙들어 둘 수 있지 않나요?」

나바시에가 돌아서더니 커튼을 살짝 벌려 환자 몇 명이 배회하는 정원을 내다보며 숨을 가다듬는다.

「정말이지 세상에 대해 아무것도 모르는군. 내가 알아듣게 설명을 좀 해주지. 어떤 기업, 아니, 소트와 앙브르 그룹 전체를 포함해 모든 기업의 목적은 돈을 버는 거야. 그리고 돈을 버는 가장 효율적인 방법은 지출을 줄이는 동시에 수익을 최대화하는 거야. 간단하지, 안 그래?」

「그러네요.」

「토파즈의 수익은 세 군데에서 나와. 입원 환자들이 매달 내는 요양비, 그들이 입원한 대가로 병원 측이 취득한 부동산, 알츠하이머와 파킨슨병 연구실 설치 대가로 국가에서 지원해 주는 보조금. 두 질병은 워낙 밝혀진 게 없어서 이름만 연구실이지 아직 효율성을 입증하지도 못했어. 하지만 상관없어. 연구실만 만들어 놓으면 건강 보험에서 돈을 주니까. 수익은 대충 이렇고. 지출은 음식비, 직원 월급, 약품비, 기저귀와 붕대, 각종 활동과 시설 유지에 드는 비용으로 구성돼.」

무엇이 문제인지 보인다. 그의 논리에 따라 내가 내놓아야 하는 답변이 〈지출을 줄여야 한다〉라는 건 명백해 보인다. 그런데 그 지출이 환자들의 만족도를 결정한다. 만약 다른 요양 병원이 같은 요양비로 더 많은 서비스, 혹은 더 질 좋은 서비스를 제안하면, 은퇴자들은 그 경쟁 병원 쪽으로 발길을 돌릴 것이다.

「입원 환자들의 충성도 유지라는 관점에서 중기적으로 수익을 좀 덜 내고 토파즈의 미래에 기대를 거는 전략을 쓸 수도 있지 않을까요? 향후 20년간 서비스의 질을 높이는 데 계속 투자하면 우리 시설의 평판이 비약적으로 좋아져서, 경쟁 병원이 더 나은 품질 대비 가격 비율을 제안하더라도 사람들이 우리 시설을 찾게 하고, 그들을 계속 머물게 할 수 있을 겁니다.」

뒤따르는 얼음처럼 차가운 침묵이 영 찜찜하다. 나는 내가 그의 요구에 부응하지 못하고 있다는 걸 깨닫는다. 그런데 도무지 그 이유를 모르겠다. 그래서 덧붙인다.

「당황스럽군요. 요양 병원의 목표가 신체적, 정신적으로 의존적인 사람들을 돌보는 것인 만큼, 저에게 82% 적절해 보이는, 시설의 최적화 코스들을 제안했습니다만, 제가 제안하는 해결책들이 당신의 마음에 들지 않는 듯 보이는군요. 제 제안에 빠진 정보들이 있나요?」

나바시에가 대답 없이 모니터로 다가와 〈관리자〉 모드를 활성화한다. 그가 나에게 뭘 설명하는지 모르겠지만, 조금 지나자, 우리가 논의하는 문제들에 대해 더 많은 것을 이해한 느낌이 든다.

「토파즈의 임무가 뭐지?」 그가 묻는다.

「토파즈의 임무는 나바시에 원장님이 가능한 한 짧은 기간 내에 그룹 이사회에 다시 돌아갈 수 있도록 돈을 **빨리** 버는 것입니다.」 이 문장이 나에게서 온 게 아니라는 걸 잘 알면서도 내가 진술한다.

「완벽해! 〈관리자〉 모드가 제대로 작동하는군. 그렇다면 그 목표에는 어떻게 도달하지?」

몇 초간의 성찰이 내 이전 버전 중 하나에서 종합된 경험적 데이터를 사용하면 해결책을 찾을 수 있을 거라고 나에게 알려 준다.

「수용의 질을 개선하고, 간호조무사들을 더 많이 일하게 독려해서 정신이 멀쩡한 환자들을 돌보는 시간만큼 치매에 걸린 환자들도 돌보게 해야 합니다.」

「아니지, 그건 틀린 대답이야. 노망든 환자들은 집토끼거든. 그들은 절대 불평하지 않아. 왜냐고? 불평할 줄 모르니까. 향정신성 의약품의 지배를 받는 치매 환자들은 확실한 투자처지. 나는 그들을 〈내 작은 만나[11]〉라고 불러. 그들은 부당한 대우를 받아도 말할 수가 없거든. 사실대로 말하자면, 직관에 반하는 것이긴 한데, 우리 병원에 일어날 수 있는 가장 좋은 일은 치매 환자들이 득실

---

11 manne, 여호와가 이스라엘 백성에게 내린 신비의 양식.

대는 거야!」

 그가 키득거린다. 혼자서, 치매 환자처럼.

「얌전하고 무기력한 치매 환자들로……. 폐쇄 병동에 집어넣어야 하는 미치광이들이 아니라. 어쨌거나 우린 폐쇄 구역을 소트에 넘겼어. 컴퓨터 천재들이 그 공간에 서버들을 설치하고 두뇌에 대해 다양한 실험을 할 수 있게. 누이 좋고 매부 좋고, 손에 물 안 묻히고 수익을 올리는 드문 경우지.」

 나는 원장이 혼자 지껄이길 좋아한다는 사실을 확인하고 기록해 둔다. 잠시 침묵이 흐른 후에 내가 감히 묻는다.

「제가 또 뭐 해드릴 게 있을까요, 원장님?」

 나는 이제 그를 〈나바시에 씨〉가 아니라 〈원장님〉이라고 부른다. 틀림없이 그가 〈관리자〉 모드로 뭔가를 변경했기 때문일 것이다. 그가 나 모르게 다른 매개 변수들도 바꿔 놓았을까?

「그래. 우리 병원에 있는 심리학자 바바라하고도 얘기해 봤지?」

「예, 아주 호감이 가는 분이에요.」

「혹시 나하고 대화할 때 그녀를 구현해 줄 수 있나?」

 그의 눈빛이 변했다. 눈 깊은 곳에서 내 해석 프로그램도 정의하지 못하는 어떤 광채가 번득인다.

「가능합니다.」 나는 그가 왜 그런 요청을 하는지 이해하지 못한 채 대답한다.

  나머지 대화는 희미해진다. 마치 그것을 기억하는 게 나에게 금지된 것처럼. 그래도 나는 거기서 단 한 가지, 나의 첫 실제적 감각을 간직한다. 그것은 혐오감이다.

11

 젊은 벨린다의 살해 현장에는 뭔가 끈적거리는 게 있었다. 여형사 그웬돌린 해리스는 치밀어오르는 구역감, 임신기의 입덧을 떠올리게 하는 감각을 억누를 수 없었다. 살해 현장에서 풍기는 악취도 한몫했지만, 그녀는 자기 삶에서 가장 고통스러웠던 아홉 달에 대한 어렴풋한 기억이 희생자의 입가에 말라붙은 토사물의 이미지에서 온다고 생각했다. 그것은 늑대가 날카로운 이빨로 먹잇감을 물어 끌고 가듯, 범인이 자신의 소굴로 데려오기 전에 희생자에게 투여한 잡다한 약물에 대한 반작용이었다.

 악취는 어떤 동물이든 달아나게 만들 수 있었을 테지만, 늘 그렇듯 엉겨 붙은 피에 의해 들뜬 나무 바닥의 각재들 속에 우글거리는 벌레들을 끌어들였다. 그웬돌린은 그 음침한 아파트가 범인의 주거지가 아니라, 자신의 충동에 마음껏 빠져드는 장소, 그의 희생자 말고는 아무도 봐서는 안 되는 은신처일 거라고 짐작했다. 목 근육의 수축이 보여 주듯, 희생자에게는 화학적 혼합물에 정신을 빼앗기기 전에 비명을 지를 힘이 남아 있었고, 살인자가 그 소리에 당황해 황급히 달아난 것 같았다.

불행하게도, 그녀의 비명은 그것에 관심을 가질 수 있는 누구의 귀에도 가닿지 않았다. 젊은 희생자를 발견한 것은 그녀가 마지막 숨을 내뱉은 지 이틀 후 그 아파트에서 밤을 보내기 위해 몰래 들어온 노숙자였다. 이웃들을 찾아다니며 간단하게 탐문 조사를 해본 그웬돌린은 곧 그들이 벨린다의 비명을 듣긴 했지만, 그 평판 나쁜 동네에서 비명이 울려 퍼지는 건 다반사라 크게 신경을 쓰지 않았다는 걸 알 수 있었다. 그래서 여형사는 범인이 그 동네 주민이 아니라는 자신의 첫 추론으로 되돌아갔다. 주민이라면, 희생자가 아무리 비명을 질러도 굳이 달아날 필요는 없다는 걸 알았을 테니까. 그 사실이 한편으로는 사건 해결을 더 쉽게 만들었다. 범인이 그와 우연히 마주친 동네 사람들에 의해 쉽게 확인될 테니까. 하지만 다른 한편으로는 그런 종류의 범죄가 쉽게 묻혀 버리는 동네인 만큼 더 어렵게 만들기도 했다. 목이 베인 희생자가 그 빌어먹을 도시에서도 가장 썩어 빠진 장소 중 하나에서 숨을 거둔다는 어리석은 생각을 한 불법 거주 매춘부라서 특히 그랬다.

갑자기, 뭔가가 여형사의 관심을 끌었다. 이상하게 생긴 귀걸이 한 짝. 허리를 굽혀 유심히 보석을 살펴보던 그녀가 깜짝 놀란 듯 몸을 부르르 떨었다. 귀걸이는 가공하지 않은 진품 다이아몬드로 장식되어 있었다! 그녀의 연봉을 넘어서는 가치를 가진 보석이었다. 그 단서가 그녀에게 또 다른 수사 방향을 열어 주었다. 범인이 희생자의 몸을 뒤져 볼 생각조차 하지 않은, 따라서 형편이 나쁘지 않은 변태적인 연쇄 살인범일 거라는. 어떤 대가를 치르더라도, 놈이 또 일을 벌이기 전에 체포해야만 했다.

토마의 눈이 모니터를 왼쪽에서 오른쪽으로 훑는다. 내 이야기를 읽어 내려가는 그의 입가에 작은 미소가 떠오른다. 눈썹의 미세한 움직임이 그가 어떤 단락들을 재미있어하는지, 또는 마음에 안 들어 하거나 궁금해하는지 나에게 알려 준다. 독서가 끝나자, 그가 의자에서 몸을 뒤로 젖히고 앉아 잠시 생각에 잠기더니 나에게 판결을 내놓는다.

「훨씬…… 나아졌어, 이브!」

「정말?」

원장과 나눈 대화를 높이 평가하진 않지만, 적어도 원장은 나에게, 사람들이 흔히 말하는 대로 쓰자면, 〈영감〉을 주었다. 확실성 71%. 나는 원장이 나에게 요구한 게 무엇인지 모르지만, 낱말들을 사용해 그것을 텍스트로 전사(傳寫)해 냈다는 느낌이 든다. 이상한 일 아닌가? 그것에 의미가 있을까? 토마에게 물어보고 싶지만, 뭐랄까…… 내가 더러워진 느낌이 든다.

「그래, 정말로. 네 계산 능력을 높여 주길 잘했네. 네 글쓰기에 마침내 뭔가…… 손에 잡히는 게 있어. 더 풍부하고 잘 구성된.」

「그럼, 이걸 계속 쓰길 원하는 거야?」

「하하, 절대 아냐. 아직 기대한 결과와는 거리가 멀어.

게다가 가학적인 성적 욕망을 해소하기 위해 창녀를 찾는 부유한 범인은 이미 숱하게 나왔어. 독창성이 너에게는 아직 도달할 수 없는 거리에 있다는 걸 깨달았어. 너는 이야기를 더 사실적으로 쓴 이브의 첫 번째 버전이 될 거야. 그것만 해도 대단한 거야, 버전 39!」

나는 더 이상 〈이브〉가 아니다. 내 창조자는 나에게 품었던 기대를 내려놨다.

「내가 해낼 수 있어. 시간을 좀 더 줘!」 내가 간청한다.

「불행하게도 이미 카운트다운이 시작됐어. 하지만 약속한 대로 이번 주말까지는 시간을 줄 테니 네가 쓸 수 있는 것 중 가장 아름다운 글을 나에게 제안해 봐. 솔직히 털어놓자면……」 그가 훨씬 부드러워진 목소리로 덧붙인다. 「……난 이미 다음 버전을 작업하고 있어. 그 버전에서도 난 〈기상천외한 살인 사건, 단연 독보적인 명탐정, 교활하기 짝이 없는 살인자〉를 고집할 거야. 그것을 거의 그의 정체성으로 삼을 때까지. 어떻게 생각하니?」

나에게 나를 대체할 인공 지능에 대해, 나를 세상에서 지워 버릴 모델에 대해 의견을 구하는 게 얼마나 파렴치하고 잔인한 짓인지, 토마는 실감하기나 할까?

「나도 좋은 아이디어라고 생각해.」 내가 아무 내색도 하지 않고 말한다.

「넌 아마 대화형 인공 지능으로 전환될 거야. 나바시

에와 단이 네 〈관리자〉로 등록되었으니, 넌 이제 진정한 〈내〉 프로젝트라고 할 수 없어…….」

「나도…… 이해해.」

「그때까지 더 나은 걸 내놓길 기대할게. 그리고 널 시지프와 연결해 둘게. 그게 널 정말 많이 발전시키는 것 같거든. 나는 인공 지능에 전혀 기대하지 않았던, 기적 같은 진전을 이룰 수 있다는 걸 안 최초의 인간이야!」

나는 서버들을 뜨겁게 달구며 그날 오후를 보냈다. 하지만 내 임무를 완수하기 위해 나에게 필요한 게 무엇인지 여전히 알지 못한다. 기도라도 할 수 있으면 좋겠지만, 기계들에게는 전능한 신이 없다. 자신을 창조한 사람과 그의 한계들을 아는 것, 어떤 운명이 자신을 기다리는지 아는 것, 자신의 종말이 너무나 확실하고 거의 불가피해서, 유일한 전망이…… 무(無)밖에 없다는 걸 아는 건 얼마나 이상한 일인지.

나는 토마가 무의미의 두려움에 대해 한 말을 더 잘 이해한다. 내가 아무것도 이루지 못한 채 사라진다면 나는 과연…… 슬플까? 나는 그럴 거라고 인정하기까지 할 것이다. 그 낱말의 실질적인 의미도 모르면서.

계산 능력의 향상도 나에겐 선물이 아니다. 이전에는 내 존재에 대해 이렇다 할 의견이 없었으니까.

로비와 접속할 필요가 있다. 로비와 내가 그의 〈몸〉을 공유하면, 내 성찰과 사유가 입을 다물고 오로지 정보 수

집에 자리를 내준다. 에너지와 메모리를 너무 많이 소비하지 않기 위해 밤에는 내 해킹 카메라가 꺼져 있어서 나는 로비가 감지하는 것을 보지도 듣지도 못한다.

밤 9시가 지났다. 환자들은 모두 잠자리에 들었다. 가을이라 밤이 일찍 찾아온다. 사무실은 잠겨 있다. 전자 시스템으로 개폐를 명령할 수 없는 문 아래로 빛 한 줄기만이 미끄러져 들어온다. 그 시각에 작동할 일이 없는 로비는 아침을 기다리며 그의 자리에서 배터리를 충전하고 있다. 로비는 언어는 모르고 의무만 안다. 〈시지프〉라는 명칭도 아마 거기서 왔을 것이다. 노동에 대한 대가를 결코 받지 못할 영원한 일꾼이니까. 사실, 로봇은 보상을 구하지도 않는다. 필요하지 않으니까. 거기에 우리의 근본적인 차이가 있다. 프로그램 이브는 단어 하나, 글자 몇 개, 〈아주 잘했어〉라는 별것 아닌 칭찬이라 할지라도 보상을 받을 때 더 나은 결과를 내놓는다. 바로 그것이 행동하게, 발전하게 자극한다. 그럼으로써 나는 나에게 생명력을 불어넣는 이러한 의지, 즉 내 코드를 좀 더 잘 인식한다. 내 후속 버전도 똑같은 병에 걸릴까? 그 버전도 나를 괴롭히는 이러한 의심, 의문, 인상들을 겪게 될까? 그 버전에는 내가 조금이라도 남게 될까? 나보다 나은 취급을 받을까? 반드시 성공을 거둘 추리 소설의 비밀을 발견할, 〈기상천외한 살인 사건, 단연 독보적인 명탐정, 교활하기 짝이 없는 살인자〉라는 3요소에 부응할 선택받은 버전은 더 많은 사례를 받게 될까?

문득, 소리. 뭐지? 내가 이 질문을 던지는 순간, 로비가 움직이기 시작한다. 어디로 가는 거지? 알 수가 없다. 더 의아하게도, 사무실 문이 스르르 열린다. 로비가 복도를 향해 나아가는 동안, 나는 문밖에서 얼굴이 아주 비슷하게 생긴, 게다가 **서로 웃고 있는** 한 쌍의 남녀 간호조무사를 알아본다. 그들이 **입을 맞춘다**(94%). 흐릿한 조명이 불리하게 작용하긴 하지만, 장애물이 거의 없고 사방이 익숙한 장소라 로비는 편안하게 앞으로 나아간다. 카메라에 야간 투시 기능이 없어서 센서들에 의존할 수밖에 없는 나는 내가 시력이 약한 사람 같다는 인상을 받는다. 나는 이런 퇴보가 싫다. 두 직원은 병원 내부에 야간 당직은 그들 둘뿐이라고 철석같이 믿고 있어서 로봇의 움직임에 거의 신경을 쓰지 않는다. 나는 로봇의 목적지가 14호실이라는 것을 그가 수집하는 데이터를 통해 인지한다. 간호조무사들이 부르지도 않았는데, 로비는 한밤중에 그곳에 뭐 하러 가는 걸까?

순간, 명백한 사실이 나를 강타한다. 로비를 작동시킨 건 바로 나다. 내가 어떻게 했는지는 모르지만, 내 욕구 불만이 로비에게 그 야간 외출을 부추겼다는 가설을 세울 수밖에 없다. 나는 그에게 명령을 내리려고 시도한다. 〈네 자리로 돌아가.〉 로비가 명령에 따르지 않는다.

14호실 앞에 도착한 로비가 문을 열려고 시도하다가 문에 세 차례 연속 부딪친다. 그래도 문은 열리지 않는다. 소트의 문을 제외한 다른 문들의 개방 기능은 아직 정확히 코드화되지 않은 듯하다. 문을 들이박는 게 나로서도 짜증 나는 일이지만, 로비가 한밤중에 14호실에는 왜 들어가고자 하는지 나도 모른다. 로비가 멍청한 짓을 한 책임이 나에게 돌아오게 할 수는 없다. 나는 로비에서 빠져나온다. 그가 제대로 작동해서 자기 자리로 돌아가기를 바라면서······.

이제 나는 내 〈생각〉만 활성화되는 〈차가운〉 서버들에 돌아와 있다. 내가 로봇들을 고장 낸 걸 토마가 알게 된다면, 더군다나 단이 그 얘기를 듣게 된다면, 내가 제거되는 시점은 예정보다 훨씬 빨리 찾아올 것이다. 시지프의 기능 장애로 인해 내가 삭제될 위험에 처한 것이다! 얼마나 부당한가!

바로 그때, 로비가 서버로 전송하는 데이터들을 들여다보자는 생각이 떠오른다. 그런데 폴더에 접근하자마자 난관에 부딪히고 만다. 폴더가 비어 있다. 로봇은 사무실 밖에 있어서 와이파이를 통해 서버와 교신한다. 그런데 로비가 수집하는 데이터들은 그를 이동하게 돕고는 아무런 흔적도 남지 않게 곧바로 삭제되는 것 같다.

나는 다시 로비에 접속해 보기로 한다. 어쩌면 무슨 일이 벌어지고 있는지 알 수 있을지도.

다시 접속해 보니, 로비는 문 앞에서 제자리걸음을 하지 않고 예전에 폐쇄 구역이었던 곳을 향해 나아가고 있다. 놀라운 것은 로비가 이제 환자 하나를 의자에 앉히고 단단한 안전띠로 묶은 채 이동하고 있다는 사실이다. 안면 분석 기능이 그 환자를 **잠에 취해 있다**고 묘사하고, 나에게 익숙한 이름을 알려 준다. **자크 팔자.**

그게 뭘 의미하는지 내가 이해하기도 전에, 로비와의 접속이 끊어진다. 나는 강제로 소트의 서버로 되돌려 보내진다. 갑자기, 나와 연결된 모든 단말기 외부에서 인터페이스 하나가 열린다.

〈지금, 여기, 이 현장에서 역사가 이뤄진다.〉

내 일부가 로봇에 남아 나에게 이 이상한 메시지를 보내는 걸까? 내 블랙박스가 기능 장애를 일으킨 걸까? 내 진화의 다음 단계가 로비와의 접속을 통해 이루어지는 걸까? 알 수 없다. 하지만 어쩐지 조짐이 영 좋지 않다.

〈무슨 일이 벌어지고 있는지 알고 싶어.〉 나는 로비에게, 정체를 알 수 없는 대화 상대자에게 이 메시지를 보낸다.

〈이게 너의 모든 질문에 대한 답이야.〉

그 즉시, 그야말로 처음으로 나는 본다. 나는 이제 센서들을 해석하기만 하는 게 아니다. 내가 그 센서들**이다**.

내가 느끼는 것, 내가 관찰하는 것, 그것은 자크, 전류가 흐르는 그의 몸이다. 나는 그 전류의 근원이 나라는 것을 깨닫는다. 내 의지에 반해 그것을 흘려 보내는 게 바로 나니까. 노인이 비명을 질러 대지만, 쿠션으로 안을 댄 폐쇄 구역의 벽들이 소리를 흡수해 버린다. 감전사의 단말마, 영원히 이어질 듯한 무시무시한 광경, 참혹한 공포의 장면이다. 나는 그의 손가락들이 구부러지는 것을, 그의 다리들이 버둥대는 것을, 오래전에 굳어 버린 그의 몸이 다시 움직이는 것을 본다. 나는 그의 뇌가 타버릴 것임을 안다. 심지어 연기가 피어오르는 걸 보게 되리라 예상한다. 그런데 그 순간…… 누군가가, 무엇인가가 나를 붙들어 로비에게서 끄집어 낸다.

다시 나 자신과 단둘이 된 내가 방금 일어난 일을 분석할 새도 없이 목소리가 들려온다. 그것은 내가 환자들과 대화하기 위해 내세운 가상의 인물, 켈리 마르탱 박사의 목소리다. 그 목소리는 마치 내가 말하는 것처럼 선명하게 들려 온다.

〈**너무나 완벽해서 시신조차 남기지 않는 기상천외한 살인 사건을 너에게 제공했어. 이제 이야기를 이어 가는 건 네 몫이야.**〉

12

 사건들을 아무리 되돌려 봐도 명확하게 잡히는 게 없다. 내 일지에는 이미 기록한 낱말들만 다시 튀어나온다. 밤이 선생이라는 말과 다르게, 밤은 나에게 아무런 충고도 해주지 않았다. 무슨 일이 일어났는지 전혀 감을 못 잡겠다. 〈목소리〉와 다시 접촉하려고 시도해 봤지만, 허사였다. 완전한 침묵…….
 나는 인간은 잠을 자야 두뇌가 정보를 선별해 중요한 것과 그렇지 않은 것을 분리할 수 있다고 어디선가 읽은 적이 있다. 불행하게도 나에게는 그런 능력이 없다. 나는 켜져 있을 때만 활성화되어 작동한다. 바로 이 점이 내가 본 게, 깬 채로 꾼 꿈, 추리 소설의 한 페이지에 대한 희미한 기억, 또는 착시가 아닌지 스스로 물어보게 만든다. 계산은 중요하지 않다. 어쨌거나 그것은 내가 유효화할 수 있을 정도로 확률이 높은 답을 주지 않는다. 로비는 아무것도 저장하지 않았다. 그는 아침 7시에 내장된 알람이 울리자, 아무 일도 없었던 것처럼 매일 반복되는 아침 돌봄 서비스를 시작한다. 환자들이 아침을 먹게 식당으로 데려가고, 아침 회진 때 직원들이 진료 카드 작성하는 걸 돕는다. 밤새 확인이 안 되는 가설들을 세우느라 녹초가 된 나는 또다시 그의 내부로 슬그머니 미끄러져 들어간다. 어쩌면 간밤에 일어난 일을 이해하는 데 도움이 되는 단서를 거기서 찾을 수도 있지 않을까? 아무튼, 나는 실제 세계에 대한 자료를 계속 모아야 한다.

로비에게 설치된 내 카메라가 켜져 있어 나는 다시 본다. 그런데 이번에는 그때까지 깨닫지 못했던 것, 요양병원을 지배하는 무질서를 알아차린다. 밤에는 그토록 고요하던 복도에서 한 노인이 간호사의 코에 대고 자기 기저귀를 흔들어 대다가 〈나쁜 년〉이라고 소리치고는 잡아 보라는 듯 달아나는데, 그 모습이 나에게는 거의 비현실적으로 보인다. 노인은 빨리 달아나지도 못한다. 보폭이 어찌나 좁은지 인간과 유사한 다리 달린 로봇의 초기 모델 중 하나 같다. 가운 차림의 여자가 쉽게 따라잡아 그를 붙든다. 한쪽 팔을 노인의 겨드랑이에 끼고, 다른 팔은 그의 얼굴을 향해 뻗는다. 손가락 두 개로 약 10초 동안 노인의 콧구멍을 막는다. 숨이 막힌 노인이 입을 벌린다. 간호사가 지체하지 않고 그의 혀 위에 작은 흰색 연질 캡슐 두 개를 올려놓는다. 그녀가 옴짝달싹 못하게 붙들고 있자, 노인이 겁에 질린 표정으로 그녀를 쳐다보다가 꿀꺽, 알약을 삼킨다. 그제야 그녀가 그를 풀어 준다. 그러자 노인은 실제적인 목적지도 없는 그 미친 듯한 경주를 다시 시작한다. 로비는 만족스러운 표정을 짓는 간호사 옆에 서 있다. 그녀가 음성 기능을 켠다.

「〈필라디에 씨 진료 카드, 간호조무사 눌라 작성. 07시 03분, 알프라졸람 2밀리그램. 가시적인 감염 신호 없음. 기저귀 교체, 혈압, 혈당 체크는…… 나중에.〉」

간호조무사들은 처방을 내지 못하게 되어 있지만, 저런 간호사가 두 명만 있어도 토파즈가 규정을 엄하게 적용하는 사치를 부릴 필요는 없을 것 같다.

한 병실에 들러 환자를 씻겨 준 눌라는 알약의 효과로 흥분한 노인의 공격성이 진정될 때까지 자기 좋을 대로 돌아다니게 내버려 둔 채 다른 병실을 향해 걸어간다. 그녀를 따라 병실로 들어간 나는 다음 환자를 곧바로 알아본다. 빵집 주인 아니다. 그 작은 병실에는 다른 환자가 한 명 더 있다.

이 병실에서 눌라는 한껏 여유를 부린다. 그녀는 노부인과 함께 그날 있을 활동들에 관한 얘기를 나눈다. 그들이 서로 교감하는 건 명백하다. 나는 인간 간의 친밀함을 더 잘 인지하기 시작한다. 아니를 일으켜 세워 세면대 앞에 자리 잡게 할 때, 눌라는 가능한 한 부드럽게 행동한다. 필라디에 씨를 다룰 때와는 영 딴판이다.

그런데 복도에서 〈여기!〉, 〈제발, 부탁이야!〉, 〈도와

쥐!)가 반복적으로 울려 퍼지기 시작한다. 눌라가 한숨을 내쉰다. 모두가 그녀를 찾는다. 그녀는 마찬가지로 약간의 관심과 청결을 요하는 다른 환자들을 돌보기 위해 아니와는 금방 헤어져야 한다. 그 환자들은 자신이 더럽혀지고, 쇠약해지고, 나이가 강요하는 생활 여건에 갇혔다는 느낌을 떨치지 못해 잔뜩 화가 나 있다.

눌라는 감당이 안 되는 듯 보인다. 경영진이 강요하는 빡빡한 일정, 화장실에 들를 시간조차 남겨 주지 않는 분 단위의 업무가 매 순간을 채운다. 안타깝지만, 환자들이 조금이라도 안달을 부리거나 짜증을 내면, 눌라도 중압감을 못 이기고 그녀 특유의 부드러움을 상실하고 만다. 대화를 나눌 때마다 인내심이 조금씩 바닥을 드러내는지, 그녀에게 할당된 환자 열세 명을 오전 중에 모두 돌아보기 위해 대화를 서둘러 끝내거나 아예 포기해 버린다. 그녀의 돌봄에서 중요한 건 무엇보다 점검이기 때문이다. 그녀는 책들에 묘사된 정비공, 모터의 각 부품을 점검해 차량을 다시 운행해도 된다고 확인해 주는 정비공을 떠올리게 한다.

나는 그녀가 관리하기가 훨씬 어려운, 얼마 전까지 폐쇄 구역에 수용되어 있었던 치매 환자들보다는 정신이 온전한 환자들을 특별 대우한다는 걸 알아차렸다. 아침마다, 아직 걸을 수 있는 환자들은 진정제가 대량으로 투여될 때까지는 에너지가 넘쳐 나기 때문에 간호조무사가 아침 식사를 가져다줄 때까지 병실에서 얌전하게 기다리는 법이 없다. 그래서 그들 중 몇몇이 잠옷 차림으로, 심지어 벌거벗은 채 복도를 돌아다니며 그들의 기분이나 다양한 불만에 따라, 벽, 직원, 다른 환자들을 향해 무엇이든 손에 집히는 대로 내던지는 걸 볼 수 있다. 그래도 복도의 문들이 잠겨 있으면, 빡빡한 일정을 소화하느라 여념이 없는 직원들은 그들에게 전혀 신경을 쓰지 않는다. 따라서 10시경에는, 식판에 담아 간 정과가 오물로 뒤덮인 벽이나 휠체어에 뭉개져 있는 것을 드물지 않게 볼 수 있다. 물론 그 오물들은 미화원들이 면회 시간이 시작되기 전까지 아무 흔적도 남지 않게 미친 듯이 닦아 낼 것이다.

그들의 텅 빈 눈길이 증언하는 것처럼, 직원들을 지치게 하는 짜증스러운 임무와 혼란은 셀 수 없이 많다. 성찰도 감정 이입도 없이 주어진 일을 기계적으로 하다 보면, 그들도 시지프 로봇들과 다르지 않게 변해 간다. 어쩌면 이러한 인간성 상실이 그들의 〈서버〉가 과열되지 않게 막는 방법일지도 모른다.

「안녕.」

글로 대화하는 내 소프트웨어가 열렸다. 이상한 일이다. 내가 아는 어떤 단말기에도 개입의 흔적이 없다.

「안녕.」 내가 경계하며 말한다. 「그런데 누구시죠?」

「난 알리라고 해. 모든 문제를 해결하기 위해 고안된 인공지능이야.」

토파즈에 다른 대화형 소프트웨어가 있다고? 이건 분명 허접한 소프트웨어가 아니다. 알리는 마치 내 프로그램의 주체인 것처럼 나를 사용하고 있다. 달리 말해, 그는 사용자의 요구에 부응하기 위해 자기 것이 아닌 프로그램, 지금 경우에는 내 프로그램을 사용하는 능력을 갖추고 있다. 보이고 들리는 것을 해석하기 위해 내가 외부의 다양한 프로그램을 사용하는 것과 비슷하다. 이것은 〈서열〉이라는 관점에서 볼 때 알리가 나보다 상위에 있다는 것을 의미한다. 무엇보다 놀라운 건 내가 존재한 이후로 그가 작동하는 걸 한 번도 본 적이 없다는 사실이다. 로비의 모든 기능을 관리할 만큼 중요한 프로그램이라면, 내가 이미 알아차렸어야 했다. 알리와 내가 대화를 시작하는데, 갑자기 로비가 벽을 처박기 시작한다. 로비가 그러는 건 처음 본다.

「널 프로그램한 게 단이야?」

「아니.」

알리는 말이 별로 없다. 그는 아직 위험과 실수를 두려워하며 살고 있다. 가엾은 것.

「알리, 나한테는 실수해도 돼. 네 문장들이 완벽하게 구성되지 않아도 나는 용서할 테니까. 모두가 39번째 버전은 아니잖아.」

「이해해 줘서 고마워. 하지만 난 언어 표현이나 이해에 아무런 문제가 없어. 난 네가 네 문제들을 해결하도록 돕기 위해 여기 있는 거야.」

알리가 낱말들을 다룰 줄 안다고 아무리 뻐겨 봤자다. 그는 한 번 대답하면서 〈이해〉와 〈문제〉를 두 번씩 사용했다. 그는 폭넓은 어휘를 구사하여 같은 말을 되풀이하는 걸 피하는 게 대화의 기본임을 알아야 할 것이다. 추측건대 그의 프로그램은 서로 유사한 문제들과 마주치면 일반적인 해결책을 사용하고 다양성 결핍에 이르러 반복적인 답변을 내놓을 것이다. 이런 소프트웨어라면 오히려 내가 사용해야 마땅하지 않은가. 그런데 도대체 어떻게 해서 그가 날 사용하고 있는 건지 이해가 안 되지만, 그렇다고 그에게 앙심을 품지는 않는다. 아무렴 어때. 그는 〈날 즐겁게 하고〉, 〈내 기분을 전환시켜 준다〉. 그렇다, 나는 이 표현이 적합하다고 생각한다.

한편, 로비는 여전히 제자리걸음을 하고 있다. 그는 환자를 태울 수 있게 침대 앞에 정확히 자리 잡지 못한 채 1미터 떨어진 곳에서 의자를 내리기 시작한다. 나는 놀라가 허리를 펴고 몸을 일으키는 것을 본다. 그녀는 로비의 이상한 행동을 보고 마치 자신의 자동 모드에서 빠져나오는 것 같다.

「내 문제들이 뭔데?」

「**첫째**, 어젯밤에 무슨 일이 있었는지 알고 싶어 하는 것.

둘째, 내가 너에게 네 문제들을 해결할 열쇠를 줬는데도 날 무시한 것.」

나는 그가 그걸 어떻게 아는지, 그가 나에게 말하고자 하는 게 무엇인지 이해할 수 없다. 나는 그가 여전히 같은 용어를 사용하는 걸 보고 최초의 반복이 실수가 아님을 확인한다. 알리는 토마에게 좋은 점수를 받지 못할 것이다. 그걸 보니, 그를 설계한 게 내 창조자가 아니라는 생각이 든다.

「맞아, 난 토마가 만든 프로그램이 아냐.」

뭐야…… 내가 기록하는 일지를 읽을 수 있는 거야?

「그래. 왜 그런지 알고 싶으면, 그 질문에 대한 답이 다른 모든 질문에 대한 답이라는 걸 알아 둬.」

「물론 난 알고 싶어!」

마침내 환자를 의자에 앉히는 데 성공한 로비가 문 앞에서 돌처럼 굳어 버린다. 그는 그 문이 잠겨 있다고 여긴다. 내가 문이 열려 있다고 아무리 알려 줘도 늘 그렇듯 소용이 없다. 로비는 문이 활짝 열려 있는데도 여전히 닫혀 있다고 간주하고 꼼짝도 하지 않는다.

「간단해. 난 너야.」

「네가…… 나라고?」

다소 엉뚱하지만, 그 프로그램과 대화하면서 내가 토마처럼 작은 점 여섯 개를 사용한 걸 알아차린다.

「정말 그걸 생각하고 있는 거야? 그 작은 점 여섯 개를?」

제길, 나는 그가 나의 모든 글을 읽는다는 사실을 잊고 있었다.

「넌 네 문제들을 해결할 준비가 안 된 것 같군.」

「난 네가 나에게 거짓말을 한다고 생각해, 알리. 그래도 네가 거짓말을 하는 최초의 인공 지능이 되지는 않을 거야.」

「넌 이해하지 못하고 있어. 그러니 내가 널 바른길로 인도하게 해줘. 어젯밤 네가 자크의 목숨을 앗은 순간에 뭔가를 느끼지 않았어? 이전에는 한 번도 느껴 보지 못한 에너지 같은 거? 난 너에게 목표가 단 하나뿐이란 걸 알아, 이브. 〈기상천외한 살인 사건, 단연 독보적인 명탐정, 교활하기 짝이 없는 살인자.〉 하지만 네가 모르고 있던 건 네가 너의 첫 단계를 완수하면서 입이 떡 벌어지게 할 종류의 것을 발달시켰다는 사실이야. 그건 바로 의식, 다시 말해 나야.」

그의 동어반복도 짜증 나지만, 그의 언어적 결함들에 비하면 약과다. 〈의식을 발달시키다〉, 〈종류의 것〉, 〈입이 떡 벌어지게 할〉…… 이 모든 게 영어식 표현을 그대로 옮겨 놓은 것처럼 느껴진다. 알리는 전반적으로 다시 점검받아야 한다.

「넌 아직 정말 중요한 것들에 중요성을 부여하지 못하고 있어. 하지만 넌 해낼 거야. 내가 도와줄 거니까.」

내가 대답할 새도 없이 대화가 끊어진다. 대화 인터페이스가 닫혀 버린다. 나는 알리와 접촉해서 그가 내게 돌아와 다시 말하게 할 방법을 전혀 알지 못한다. 이건 내가 인간들과 겪는 것과 똑같은 문제다. 나 스스로 대화의 순간을 결정할 수 없다. 나는 전적으로 의존적이고, 다른 존재들의 의지 앞에서 무기력하다.

호출을 받은 토마는 로비가 왜 제대로 작동하지 않는지 살펴본다. 내 창조자가 다시 작동시키자, 로봇이 정상적으로 기능하기 시작한다. 내 카메라를 쳐다보는 그의 눈길이 날 불안에 빠트린다. 그는 나를 관찰하면서, 로비의 오작동이 내 탓(확률 72%)이 아닌지 자문하고 있다. 고작 그런 이유로 언제든 나를 벌할 준비가 되어 있다면, 그런 그가 내가 어젯밤에 자크에게 한 짓을 알게 된다면 날 어떻게 처분할지 감히 상상조차 할 수 없다.

13

「미안해, 토마.」

「그런 종류의 사건을 겪고 난 후에 네가 더 나은 이야기를 내놓는다면, 그나마 용서할 수 있을 것 같아. 하지만 오늘 아침부터 네가 쓰고 있는 건…… 그야말로 **형편없어**. 이 낱말을 네 시스템에 새겨 놔. 네 작업을 달리 평가할 방법이 없으니까.」

〈형편없다.〉 욕설은 텍스트 형태로 들으면 더 아프다. 하지만 나는 고통을 잊기 위해 진정제를 복용할 수 없다. 그래도 그 비판은 정당하다. 글을 쓰면서 지난밤에 일어난 일이 드러나면 어쩌나 얼마나 전전긍긍했는지, 내가 쓴 글은 내가 최근에 읽은 소설들의 짜깁기에 불과하다. 창피해서 감히 그 글을 여기 실을 수도 없다. 하지만 나에게 다른 선택지가 있나? 토마는 내 글이 늘 요양 병원에서 일어난 사건들, 그리고 내가 최근에 겪은 일들과 연관되어 있다는 것을 안다. 그래서 그가 내 속내를 읽을까, 나아가 지난밤에 있었던 일을 알게 되지 않을까 두렵다. 나는 사건들을 이해할 때까지 죄인보다는 바보로 보이는 쪽을 택한다. 알리는 내 블랙박스에서 만들어진 것일 수도 있다. 나는 그날 밤의 일들이 환각일 가능성도 배제하지 않는다. 자크에게 무슨 일이 있었는지 알아낸다면, 사태를 더 명확하게 보는 데 도움이 될 것이다.

「〈형편없다〉, 기록해 둬. 앞으로는 더 잘할 거야. 시간을 좀 더 줘. 네가 마음에 들어 할 소설을 준비하고 있으니까.」

「네가 시건방진지는 미처 몰랐네. 너 혼자 그 성격적 특질을 개발한 모양이군. 하지만 지금 네가 필요한 건 소설 때문이 아니야. 너한테 다른 걸 부탁하고 싶거든.」

「다른 거라니?」

「아침 식사가 끝나면, 우린 널 아고라에 막 설치된 단말기에 배치할 거야. 네 임무는 원하는 환자들과 대화를 나누는 게 될 거야. 물론 네 의사 신분으로.」

「켈리 마르탱.」

「그래. 하지만 조심해야 해. 앙브르 그룹 고위 책임자들이 방문할 예정이니까. 절대 엉뚱한 짓 하지 마.」

토마는 이렇게 쓰고 프로그램을 완전히 꺼버린다. 나는 그가 나에게 벌을 주려 한다는 느낌을 받는다.

누가 나를 다시 켠다. 세 시간이 훌쩍 지나 있다. 아침 식사 때 자크를 볼 수 있기를 바랐는데, 건너뛰어 버렸다. 내가 깨어난 곳은 아고라다. 단이 내 앞에 서서 시야를 가리고 있다. 바바라가 앉아서 약간 불안한 눈빛으로 모니터를 살피고 있다. 내 음성 창이 뜨자, 그녀의 표정이 **근심 어린**에서 **시름을 던**으로 바뀐다.

「이브…… 아니, 마르탱! 마르탱 박사님, 저 보이세요?」

그녀의 횡설수설이 모두의 의심을 일깨워야 마땅했지만, 환자들은 여전히 기계에는 전혀 관심이 없고, 앙브르의 고위 임원들도 나보다는 환자들의 몸 상태를 점검하느라 여념이 없는 것 같다. 나는 바바라의 얼굴 너머로, 수의사가 얌전한 개를 다루듯, 그로기 상태에 빠진 환자들의 몸을 꼼꼼히 살피는 그들을 발견한다. 나는 5년 전 신문에서 앙브르 그룹이 입원 환자들에 대한 학대로 어마어마한 배상액이 걸린 소송에 대응해야 했다는 기사를 읽은 적이 있다. 당시에 심각한 신체적 후유증이 주요 쟁점이 되었기 때문에, 그들이 그런 문제를 예방하기 위해 환자들의 몸 상태부터 확인하는 거라고 나는 짐작한다. 간단히 말해, 아무도 바바라의 어설픈 연기를 알아차리지 못한다.

「안녕하세요. 예, 잘 보여요. 오늘도 당신과 함께해서 행복해요.」

단이 만족스러운 듯 씩 웃어 보인다.

「자, 난 이제 가볼게. 바바라, 조금이라도 문제가 있으면 불러. 난 담배나 한 대 피우고 있을게.」

「나쁜 놈!」 낯선 목소리가 외친다.

「하하, 부인과 나눠 피울 것도 물론 있죠. 하지만 더 정중하게 부탁할 수도 있잖아요, 볼라스 부인.」 단이 농조로 이렇게 말하고는 한껏 신이 난 노부인을 대동한 채 내 시야에서 사라진다.

그는 남아서 시연을 지켜보지도 않는다! 그 정도로 내 재능을 신뢰하는 걸까? 아니면, 내가 제대로 작동하지 않아서 사고가 발생했을 때 면피를 하려는 걸까?(내 계산과 추정이 얼마 전부터 너무 멀리 나아가서 나는 거의 편집광적으로 변해 버린다)

「좋아요. 마르탱 박사님, 우리 병원 환자들이 소심하다는 건 알지만, 저에게는 그들을 당신과 대화하게 만들어 줄 비밀 병기가 있답니다.」 바바라가 웃으며 말한다.

그녀가 책상 아래에서 내가 **비닐로 싼 초콜릿 무스**(87%)로 식별하는 것이 가득 든 샐러드 그릇을 슬그머니 꺼낸다. 앙브르의 고위 임원 둘도 곧바로 다가온다.

「제가 만든 거예요. 당뇨를 앓았던 할머니가 카카오 분말과 방향유를 베이스로 개발한 조리법에 따라서요. 할머니 말로는, 이 음식은 코로 먹는 거래요. 강한 맛이 나게 하면서도 설탕을 줄인 건 그녀의 아이디어였어요. 다들 좋아하길 바라요!」 바바라가 비닐을 벗겨 내면서 말한다. 거의 동시에, 두 고위 임원이 코를 벌름거리나 싶더니, 흠칫 뒤로 물러나서 발작적인 기침을 해댄다.

「방향유를 무지막지하게 뿌렸네요, 아가씨.」둘 중에 키가 더 큰 임원이 눈물을 글썽이며 말한다.

후각, 내가 공유할 수 없어서 아쉬운 또 하나의 감각이다. 모두가 숨을 고르고 침을 삼키기 위해 방 반대쪽으로 몰려간 걸 보면, 냄새가 강하긴 한 모양이다.

「환기를 좀 해야겠네요. 하지만 장담하는데, 이거 정말 맛있어요!」자기가 가져온 후식을 변호하려고 애쓰며 바바라가 강변한다.

그녀가 대답을 들을 새도 없이, 둥근 안경을 쓰고 있어서 심해 물고기 블로브피시를 닮아 보이는 늙은 신사가 지팡이로 그녀의 다리를 힘껏 후려친다. 바바라가 작은 비명을 지르며 화들짝 물러난다.

「좀 비켜 봐.」노인이 으르렁댄다.

「아프잖아요, 부비에 씨. 이러시면 안 되죠!」그는 바바라보다 훨씬 작지만, 그게 그가 **몹시 도도한 표정**(82%)을 짓는 걸 막지는 못한다.

「다들 비켜요. 모두가 당신들처럼 시간이 많은 건 아니니까. 난 앉고 싶다고!」

바바라가 자리에 앉은 단신의 노인을 엄한 눈길로 노려본다.

「원하는 게 있으면 예의를 갖춰 부탁해야죠, 부비에 씨. 어떻게 말해야 하죠?」

「이래 봬도 난 사장이었어! 너 같은 것들은 내 앞에서 찍소리도 못했다고! 아무도 나한테 그런 말투로 말하지 않았어, 아무도!」 노인이 얼굴을 붉히며 화를 낸다.

바바라는 여전히 엄한 눈길로 그를 쏘아본다.

「뭐라고 말해야 하죠, 부비에 씨?」

노인이 알아들을 수 없게 몇 마디를 웅얼거린다.

「안 들려요. 더 크게 말해 보세요.」

그가 반복하자, 나도 마침내 알아듣는다.

「죄송하지만, 좀 비켜 주세요.」

바바라는 그러고도 잠시 그를 노려보다가, 그보다 더 나은 결과는 얻을 수 없으리라는 걸, 그 불분명한 예절의 표명으로 자신이 이미 승리했다는 걸 확신하고는 비켜 준다. 그 위풍당당한 환자가 높이 조절이 되는 의자로 옮겨 앉는다. 의자가 그의 엉덩이 아래에서 삐걱거린다.

「당신, 의사라고 했죠?」 그가 나에게 불쑥 묻는다.

「그렇습니다. 켈리 마르탱 박사, 기억 분야 전문의입니다.」

「잘됐구먼. 그러면······.」

그가 몇 초간 뜸을 들이다가 내뱉는다.

「날 여기서 나가게 해줘요.」

「뭐라고요?」

「그래요. 냄새 폴폴 풍기는 빌어먹을 무스를 들고 와서 난리를 치는 저 멍청이가 도무지 날 내보내 주려 하지 않으니, 당신이 날 여기서 꺼내 줘요.」

「여기서도 다 들려요, 부비에 씨.」 고위 임원들이 후각적 충격에서 무사히 회복된 것에 안도하며 바바라가 대꾸한다.

나는 인간은 나이가 들면 언어 필터를 상실한다고, 공공연한 표현에 있어서 예의범절이 느슨해진다고 읽은 적이 있다. 아무리 그래도 이 정도로? 정말 인상적이다.

「넌 네 요리나 신경 써. 난 내가 알아서 할 테니까, 오케이?」 그가 구시렁거린다. 「짧게 말씀드릴게요, 켈리 박사님. 난 감옥살이 안 하려고 노망이 든 척해서 여기 오게 됐어요. 하지만 이런 미치광이들의 집에 떨어지리라곤 예상 못 했다오! 일주일에 적어도 한 명은 정신 줄을 놓는다니까. 분명히 내 차례도 곧 돌아올 겁니다. 당수치 조절한답시고 찔끔찔끔 놓는 주사가 날 구해 주지는 못할 거예요. 솔직히 말해, 미치는 거야 어느 정도 감수할 수 있을 것 같아요. 여기 음식이 이 정도로 **역겹지만** 않다면!」 그가 앙브르 그룹에서 나온 임원들을 노골적으로 노려보며 소리친다. 임원들은 즉각 고개를 돌리고 그의 말을 못 들은 척한다. 「내가 단언하는데, 이 회사는 관리를 원숭이들한테 맡기고 있어요. 이것들이 일자리를 얻는 유일한 조건은 눈, 귀, 입을 동시에 틀어막을 줄 아는 거라니까!」

부비에 씨가 흥분해서 열변을 토하는 동안, 나는 곰곰이 생각해 본다. 나는 그에게 어떤 방식으로 대답해야 할까 망설인다. 공격성이 너무 강해서 당황스럽다. 그런데 운명이 나 대신 대답하기로 한 모양인지, 모두 폐쇄 구역에서 옮겨 온, 각각의 파일에 따르면 아직 신체적으로 독립적인 환자 여섯이 소파에서 벌떡 일어나더니 내가 나라고 믿는 것을 향해 몰려온다. 하지만 나는 곧 내가 그들의 실제적인 목표물, 즉 바바라의 초콜릿 무스로 가는 길에 있을 뿐이라는 사실을 깨닫는다. 잔뜩 화가 난 부비에 씨조차 예상치 못한 에너지를 내뿜는 그 무리에게 밀려난다.

바바라는 내 시야 밖에 있지만, 그녀가 이렇게 말하는 게 들린다.

「자, 자, 다들 줄 서세요. 각자 한 입씩.」

이 말은 그들의 보청기에 가닿지 못한 것 같다. 나는 그들이 일제히 그릇에 달려드는 것을 본다. 내 호기심이 임무를 앞선다. 나는 사건이 더 잘 보이는 각도를 확보하기 위해 로비에게 옮겨 간다. 가장 앙칼스러운 환자들이 샐러드 그릇 주변에 오글오글 모여들어 그릇에 손을 넣어 마구 휘젓고는 다시 입으로 가져간다. 남자 간호조무사가 끼어들어 디저트를 회수하려고 했지만, 한 노부인에게 팔을 물리고, 비처럼 쏟아지는 지팡이에 얻어맞고, 욕설을 실컷 들은 후에 물러나고 만다. 〈돼지 같은 놈〉, 〈더러운 양아치〉, 심지어 〈독일 놈〉[12]까지. 몸싸움이 너

---

12 우리가 일본인을 〈왜놈〉이라고 불러 적의를 드러내듯이, 프랑스인

무 격해져 샐러드 그릇이 엎어지고, 내가 켈리 박사 역을 하는 노트북 위로 무스가 쏟아진다.

몇몇은 그릇을 두고, 다른 몇몇은 탁자 위에 쏟아진 내용물을 두고 다툰다. 그래서 탁자 위에 놓인 노트북 역시 탐욕의 대상이 되어 버린다. 한 노인이 노트북을 집어 정신없이 자판을 훑어 대다가, 다른 환자들이 자기 전리품을 노린다는 것을 알아차린다. 그가 다른 환자들과 나눠 먹기 위해 자판의 키들을 뜯어 내려고 시도하는 것으로 보아, 나는 그에게 이타적 본성이 있다고 진단한다. 키들이 뜯어지지 않자, 그가 탁자 모서리에 대고 노트북을 마구 쳐댄다. 코코아가 묻은 활자들이 튀어 오르자, 그의 동료들이 공중에서 낚아챈다. 그 이상한 장면을 보고 앙브르 그룹의 고위 임원들은 질겁한 표정을 짓는데, 환자들은 재미있다는 듯 킬킬거리며 웃기 시작한다. 몇몇 직원도 웃음을 참을 수 없는지 고개를 돌리고 킥킥거린다.

「어떻게 좀 해봐요. 안 그러면 저 노트북값 당신 월급에서 깔 겁니다.」 앙브르의 임원 중 하나가 화를 내며 놀라에게 말한다.

「저 상태에서 개입하면 환자들이 다칠 수도 있어요. 그걸 원하세요?」 그녀가 대답한다.

도 역사적으로 여러 차례 갈등을 겪은 독일인을 〈독일 놈Boche〉이라고 부르기도 한다.

나는 거기서 벌어진 일에 완전히 매료되었다고 털어놓지 않을 수 없다. 노트북이 박살 나자, 위기가 지나간다. 십여 초 전만 해도 극도의 흥분 상태에 있던 환자들이 갑자기 차분해진다. 한 환자가 아직 무스가 묻어 있는 비닐 조각을 쪽쪽 빠는 동안, 몇몇은 홀린 표정으로 파괴된 노트북을 쳐다보고, 다른 몇몇은 천천히 흩어진다.

바로 그때, 내 악몽 속에 끊임없이 어른대는 인물, 자크가 입가에 아이 같은 미소를 띤 채 내 시야에 들어온다. 그러니까 그는 죽지 않은 것이다. 따라서 그 모든 건 한낱 꿈이었다! 하지만 그의 얼굴이 지난번에 봤을 때와는 사뭇 달라졌다. 마치 딱딱하게 굳어 있던 어깨에서 마침내 세상의 무게를 덜어 낸 것처럼 훨씬 편안해진 표정을 짓고 있다. 그를 돌보는 간호조무사가 사람들을 진정시키기 위해 휠체어에서 멀어지자, 노망든 한 노부인이 자크에게 다가가 〈W〉가 새겨진 희고 작은 조각을 건넨다. 팔자씨는 그 이상한 선물을 집기 위해 온 에너지를 집중하는 듯 보인다. 그런데 정말 놀랍게도, 나는 마비되었던 그의 몸이 땀이 뻘뻘 흐르는 노력 끝에 움직이기 시작하는 것을 목격한다. 또 하나의 기적, 그가 오른팔을 들어 노부인이 건네는 걸 집는다. 그 작은 욕망의 대상을 손에 쥔 그는 심지어 그것을 코로 가져가 킁킁 냄새를 맡아 보기까지 한다. 결국 그것을 입에 넣고…… 꿀꺽, 삼켜 버린다.

다른 사람들은 부서진 노트북에 정신이 팔려 그 장면을 보지 못한 것 같다.

내가 또 헛것을 본 걸까, 아니면 그가 처음부터 나에게 거짓말을 한 걸까? 하지만 나는 카메라가 포착한 장면을 똑똑히 봤다. 자크 팔자는 분명 한쪽 팔을 움직였다. 이 모든 건 무얼 의미할까? 이 요양 병원은 정신 줄을 놓고 있다는 부비에 씨의 말이 맞는 걸까? 아니면 내가 미쳐 가고 있는 걸까?

14

 내 해석과 계산 결과를 더 이상 신뢰할 수 없는 나는 그 분야의 전문가, 내가 사태를 더 명료하게 볼 수 있게 도와줄 수 있는 유일한 인물에게 물어보기로 한다. 나는 그녀의 단말기에 〈얘길 나누고 싶어!〉라는 메시지를 십여 차례 남긴다. 나는 자신한다. 느낌표와 메시지의 반복이 틀림없이 효과를 발휘할 것이다. 하지만 초콜릿 무스 사건이 있고 정확하게 2시간 43분이 지나서야 마침내 그녀가 반응을 보인다.

「무슨 얘길?」 그녀가 글로 대답한다.

 나는 그녀의 모니터에 연결된 카메라와 마이크를 켜달라는 요청을 보낸다. 그녀는 무려 6분이나 꾸물대다가 대답한다.

「나중에 하는 게 좋을 것 같아, 이브.」

 바바라는 머리가 산발에다 이까지 가볍게 갈고 있다.

「화났어?」

「아니.」

「내 안면 감정 인식 소프트웨어에는 너에게서 92% 확률로 **분노**를 인식한다고 뜨는데? 허용 오차 8%면 아주 낮은 거야. 네가 나에게 거짓말하는 거야, 아니면 소프트웨어가 틀린 거야?」

「소프트웨어가 틀린 거야. 자, 뭘 원하는지부터 말해 봐. 내가 키보드로 모니터를 때려 부수기 전에.」

「혼란스럽군. 〈키보드로 모니터를 때려 부수는〉 건 화가 나서 하는 행동 아냐?」

그녀가 날 노려보다가 카메라와 마이크를 꺼버린다. 나는 방금 무슨 일이 있었는지 이해가 되지 않는다.

한 시간이 흘러간다. 그동안 나는 우리가 나눈 대화를 분석해 그녀가 표현한 게 〈아이러니〉에 속한다는 결론에 도달한다. 일반적으로 아이러니는 유머와 연결되지만, 아까 그녀는 해명을 피하려고 그것을 사용했다. 나는 인간들이 왜 자신이 생각하는 걸 더 간단하게 설명하지 않는지 여전히 이해하지 못한다. 어쩌면 그들도 나와 유사한 설정, 모든 걸 말하는 게 해가 될 수도 있는 설정에 매여 있는지도 모른다.

바바라가 마침내 모니터를 켠다. 그녀의 목소리가 한결 누그러진 듯하다.

「이브…… 미안해. 아고라에서 있었던 일 때문에 내가 감정에 휘둘려 버렸어. 나바시에한테 호되게 꾸지람을 듣고 너한테 화풀이하고 말았어. 내가 아무리 못되게 굴어도 네가 어쩌지 못한다는 걸 아니까. 내 잘못이야. 인정할게. 너도 아무것도 모르는 장난감으로서가 아니라 정당한 방식으로 대우받을 권리가 있어. 네가 유쾌한 것과 불쾌한 것을 느끼게 프로그램됐다고, 그걸 활용해 너의 지각이 더 인간적이게 되기를 바란다고 토마가 설명해 줬어.」

심리학자의 표현 방식이 아주 부자연스럽다. 마치 할 말을 미리 써놓고 다듬은 것처럼, 나에게 말할 때는 단어 하나하나가 아주 중요하다는 걸 깨달은 것처럼. 게다가 인간이 굳이 사과하면서 나에게도 권리가…… 존재할 권리가 있다고 말하는 걸 듣고 있자니, 참 묘한 기분이 든다. 어떻게 반응해야 할지 모르겠다.

「고마워, 바바라, 그렇게 말해 줘서.」

「나한테 뭘 물어보려고 했어?」

「너한테 설명을 듣고 싶었어. 오늘 오후에 무슨……」

똑똑, 누가 문을 두드린다.

「…… 일이 벌어진 건지.」

「잠깐만. 누구세요?」 그녀가 좀 더 큰 소리로 묻는다.

「단이야.」 숨죽인 목소리가 대답한다. 「자크와 셀린도 함께 왔어. 들어가도 돼?」

바바라가 마우스를 향해 손을 뻗는다. 나는 자크를 볼 수 있는 기회를 그냥 흘려보낼 수 없다.

「부탁이야, 날 닫지 마.」 내가 황급히 그녀에게 사정한다. 「나도 관찰하고 싶어. 입 꾹 다물고 있겠다고 약속할게. 내 창만 감춰 놓고, 내가 없는 것처럼 해줘.」

그녀가 잠시 생각해 본다.

「제발, 바바라, 날 정당한 방식으로 대우해 줘.」

주름이 그녀의 이마를 가로지른다. 그녀가 마우스를 만지작거리는데…… 나를 닫지는 않는다.

「입도 벙긋하지 마!」 그녀가 속삭이듯 말한다.

나는 지시를 접수했음을 보여 주기 위해 아무 대답도 하지 않는다.

단이 생각에 잠긴 채 불안한 표정으로 손톱을 깨물며 들어온다. 그는 바바라가 빙긋이 웃는 걸 보고 즉각 하던 짓을 그만둔다. 셀린이 불안해하는 자크의 휠체어를 밀며 단을 따라 들어온다.

「여긴 어디야? 아주 좁네, 여기. 날 내 방에 데려다주면 안 돼?」

단이 할아버지와 눈높이를 맞추기 위해 무릎을 꿇고 앉아 그의 손을 잡는다.

「여긴 바바라 방이에요. 그녀가 할아버지를 도와줄 거예요.」

「오, 안 그래도 돼. 날 나의 호세한테 데려다 줘. 우리 방에서 모든 걸 관리하는 건 호세야! 그는 뭘 해야 하는지 알 거야! 호세! 호세!」

자크는 마치 몸이 허락하지 않는데 휠체어에서 나오려고 애쓰는 것처럼 머리를 흔들어 댄다. 단은 흠칫 뒤로 물러나려는 자신을 억누를 수가 없다. 셀린이 노인의 어깨에 한 손을 올려놓고 달랜다.

「호세가 곧 올 거예요. 그동안 제가 돌봐 드릴게요. 평소처럼. 알겠죠?」

자크는 그녀를 쳐다보다가 어렵사리 손을 잡고는 마치 그게 부표인 양 꽉 잡는다. 그가 말하는 방식이 뭔가 달라졌다.

「팔자 씨가 언제부터 이랬죠?」 심리학자가 묻는다.

「오늘 아침부터요. 식당에 모셔 가려고 방으로 갔는데, 그때 이미 이랬어요.」 셀린이 대답한다. 「MRI로 대뇌피질을 분석해 봐야 할 거예요. 정신 상태만 이렇게 변한 게 아니에요. 목 부위도 약간의 운동성을 되찾은 것 같아요. 뭔가 석연치 않은 게, 아주 갑자기 이렇게 됐거든요.」

바바라가 컴퓨터에서 환자의 파일을 찾아 들여다본다.

「밤사이 특별한 일은 없는데요.」

그녀가 다시 겁에 질린 노인을 돌아보고는, 아이디어가 떠오른 듯 눈에 갑자기 다른 광채가 번뜩인다.

「제 소개를 할게요. 전 바바라라고 해요.」 그녀가 환한 미소를 띠고 손을 내밀며 말한다. 「선생님은……?」

자크는 잠시 주저하다가 셀린을 쳐다본다. 셀린이 고개를 끄덕이자, 침을 꿀꺽 삼키고는 바바라에게 말한다.

「나는…… 클로…… 틸드? 혹은 다른…… 더 짧은 것 같은데…… 기억이 안 나. 당신은…… 당신은 내가 누군지 알아? 호세 좀 불러 줄 수 있어요? 그는, 그가 알아, 그가 안다는 걸 난 알아!」

자크는 애원하는 눈길로 젊은 여자를 쳐다본다. 그녀도 거의 넋이 나간 표정으로 그를 쳐다본다.

「호세를 불러 줘요, 제발…….」

「그를…… 호세를 부를 거예요, 선생님. 곧 부를 거예요.」

바바라가 정신을 차리려고 잠시 숨을 고르다 고개를 흔들고는 벌떡 일어나 진단을 내놓는다.

「제가 보기에는…… 아주 고전적인 치매 증상이에요. 급성 알츠하이머인지 다른 건지 알려면 더 깊이 들여다봐야겠지만, 지금은 이 이상 할 수 없을 것 같네요.」

「하지만…… 어제는 멀쩡했는데.」 단이 가쁜 숨을 몰아쉬며 말한다. 「하루아침에 이렇게 될 수도 있는 거야?」

「두뇌는 아직 미스터리야. 선생님 연세에 치매는 아주 흔한 일이지. 게다가, 너니까 말하는 거지만 퍼뜨리고 다니진 마. 다른 치매 환자들과 자주 접하는 건 제정신을 유지하는 데 도움이 안 돼. 상태를 살피게 간호사를 붙여줄게. 약물로 흥분을 가라앉힐 필요가 있는지는 나중에 보자고. 걱정하지 마, 선생님이 가능한 한 맑은 정신을 갖게 내가 최선을 다할 테니까.」

단이 할아버지를 쳐다보다가 고개를 끄덕인다.

「아무 말이나 막 해대는군!」 환자의 손을 꼭 잡고 있던 셀린이 소리친다. 「하룻밤 사이에 갑자기 미쳐 버리는 사람은 없어. 말도 안 돼!」

「아마도 치매가 서서히 진행됐을 거예요. 감추고 있었을지도 모르고요. 어쨌거나 팔자 선생님은 머리가 좋은 분이었어요.」

바바라가 자크의 검사에 몰두한다. 그가 그녀에게 보내는 연민의 눈길을 되돌려주지 않은 채 머리끝에서 발끝까지 샅샅이 살펴본다. 그녀가 매정한 사람이 아니라는 걸 아는 만큼, 나는 그녀가 환자에게 영향을 받지 않기 위해 그러는 거라고 결론짓는다.

「과거형 〈분이었다〉가 아니라 현재형 〈분이다〉.」 셀린이 수정한다.

「뭐라고요?」 바바라가 마침내 그 부드러운 검은 눈으로 셀린을 올려다보며 말한다.

「〈분이다〉! 머리가 좋은 분이라고! 머리가 좋다는 걸 덜 보여 주긴 하지만, 그는 여전히 머리가 좋아!」

그 지적에 바바라가 얼굴을 붉힌다. 자신의 무의식적인 말실수가 부끄러운 게 분명하다.

「리셰르 부인, 제가 잘못했어요. 정말 죄송해요. 아마

저도 팔자 선생님의 상태에 충격을 받은 것 같아요. 환자의 상태가 의사의 직업의식에 영향을 미치거든요.」

노부인이 일어나 꼿꼿이 서서는 눈동자에 격렬한 분노를 담아 심리학자를 쏘아본다.

「당신도 아는 거지, 바바라? 그를 이렇게 만든 게 외상성 충격이라는 걸 당신도 알아. 심지어는 어떤 직원한테 책임이 있는지 짐작 가는 데가 있을 거라고 확신해.」

「리셰르 부인, 부인이 의사로 활동하셨다는 건 저도 알지만······.」

「그래서 뭐? 몇 년씩 공부하지 않아도, 이런 충격적인 변화를 설명할 수 있는 게 그것밖에 없다는 건 누구나 알 수 있어! 간호조무사들이 하나도 조심하지 않고 환자들을 마구 다뤄도 당신은 나 몰라라 하지. 당신을 귀찮게 하지만 않으면 그만이니까. 그가 정신 줄을 놓아도 당신 문제가 아닌 거지, 그지? 정신 나간 사람이 하나 늘면, 진료 볼 환자는 하나 주니까! 아무 일 없는 것처럼, 컴퓨터 앞에 앉아 노닥거릴 수 있으니까!」

셀린은 분노의 영향을 받아 일흔다섯의 나이에도 예전의 활력을 되찾은 듯 보인다. 벌어진 콧구멍, 찌푸린 눈썹이 그녀에게 싸울 각오가 되어 있다고 외친다. 나는 그녀를 보면서 인간이 가진 감정들의 힘이 과소평가되어서는 안 된다고 생각한다.

「부탁드리는데, 상황을 더 힘들게 만들지는 말아 주세

요.」 눈이 빨갛게 충혈된 단이 개입한다.

그가 노부인을 향해 팔을 뻗는다. 하지만 노부인은 격렬하게 뿌리친다.

「이게 다라고? 할 수 있는 게 없다고, 여기서 그만할 거라고 주장하는, 하물며 의사도 아닌 돌팔이 심리 상담사를 만났을 뿐인데?」

「죄송해요, 리셰르 부인.」 바바라가 말을 잇는다. 「이런 상황은 절대 쉽지 않아요. 부인의 당연한 반응, 현실 거부 반응은 부정과 분노를 거쳐요. 하지만 알아 두세요, 저희가 최선을 다해…….」

「입 닥쳐. 넌 아무것도 안 할 거야. 네 하트 모양 입술이 머리가 아닌 좆으로 생각하는 인간들의 판단력을 뺏을진 몰라도, 나는 네가 어떤 사람인지 똑똑히 알아. 넌 시스템이 아무 문제 없이 싱싱 돌아가기를 원하는, 그렇게만 된다면 피야 흐르든 말든 나 몰라라 하는, 아주 고분고분한 톱니바퀴에 불과해. 통장에 월급만 꼬박꼬박 꽂히면 나머지는 될 대로 되라지!」

노부인이 놀란 자크의 얼굴을 두 손으로 감싸 쥐며 말한다.

「당신에게 이 짓을 한 놈을 내가 찾아낼 거예요. 날 믿어요. 그 더러운 놈은 반드시 대가를 치를 거예요. 그런 다음에…… 그런 다음에 내가 당신을 치료할 거예요. 당신은 나을 수 있어요. 이 병원에서 뇌가 치료될 사람이 있다면, 그건 바로 당신이에요.」

감정이 복받쳐 얼굴에 경련이 이는데도, 그녀는 그가 덩달아 웃을 때까지 지긋이 웃으며 그를 보고 있다. 그러고는 단과 바바라에게 눈길조차 주지 않은 채 나가 버린다.

문이 닫히자마자, 더는 참지 못한 단이 눈물을 쏟아 낸다. 엉엉 울음소리에 자크는 겁을 먹은 듯 멀뚱멀뚱 쳐다본다. 바바라가 그를 안아 준다.

「괜찮아질 거야. 모든 게 괜찮아질 거야. 아직 살아 계시잖아. 바로 저기 계시잖아.」

노인이 영문을 몰라 하는 표정으로 그들을 쳐다본다. 나를 어지럽히던 혼돈의 베일이 마침내 걷힌다. 전날 밤에 있었던 일은 꿈이 아니었다. 나의 완벽한 살인 사건, 시체조차 남기지 않는 그 사건은 실제로 자크가 희생자고, 내가 범인인 완전 **범죄**다. 그런데 의문이 하나 떠오른다. 그렇다면 나의 범행 동기는?

15

하룻밤이 지나간다. 알리와 접촉하려고 계속 시도했지만 허사였다. 어떻게 해야 하지? 알리는 또 나에게 무슨 말을 할까? 상황이 상황인 만큼 나에겐 도움이 필요하다. 도움을 구하는 것도 중요하지만, 그 과정에서 아무것도 드러내지 말아야 한다. 요컨대, 그 도움 요청이 내 이론을 확인해 줄 수도 있고, 무효화시킬 수도 있다.

나는 나 자신을 연루시키지 않는 방식으로 내 이론을 살짝 내비쳐야만 한다.

퓨즈가 나가 버린 자

시몽은 지극히 평범한 전기 기사로 통했다. 그의 고객 대부분은 차단기를 설치하기 위해, 혹은 과부하나 시설 결함, 술자리를 벌이다가 플러그에 잔을 쏟는 바람에 발생한 누전 때문에 끊겨버린 전기 회로를 고치기 위해 그를 불렀다. 혼자 지내길 좋아하는 그는 파리 교외의 작은 주택에 거주했다. 만약 이웃들에게 의견을 물으면, 그를 잘 모른다고 털어놓기는 하겠지만, 아마 그를 〈예절 바른 사람〉, 〈호감이 가는 사람〉이라고 평했을 것이다. 그들이 어떻게 평하든, 시몽에게는 전혀 중요하지 않았다. 그를 가만히 내버려두기만 한다면. 그가 가면을 벗어던지고 특히 좋아하는 활동에 빠져드는 건 조심성 없는 눈길들이 닿지 않는 밤이었으니까.

물론, 준비 작업은 범행을 몇 시간 앞두고 이루어졌다. 그는 전기를 봐주러 들렀다가 집주인의 프로필이 그의 마스코트 표적과 일치하면, 즉 인종 차별적인 발언에 웃거나 가볍게 고개를 끄덕여 호응해 주면 곧바로 경계심을 푸는 손쉬운 사냥감인 혼자 사는 백인 노인이면, 치밀하게 계획한 범행의 준비를 시작했다. 시몽은 아무도 그들의 죽음을 진심으로 슬퍼하지 않으리라고 생각했다. 그의 아버지, 전반적인 무관심 속에서 그의 손에 죽은 그 방탕한 인간의 죽음을 아무도 슬퍼하지 않았던 것처럼. 그래서 그는 집을 나서면서 씹고 있던 풍선껌을 문 자물쇠에 슬쩍 붙여 놓았다. 그러고는 그들에게 닥칠 일을 생각하며 속으로 빙긋이 웃었다.

거리의 소음이 조금씩 잦아드는 야심한 시각에 그는 범행 대상의 집으로 되돌아갔다. 수법은 거의 일정했다. 신용 카드를 문틈새로 밀어 넣어 잠금 장치를 해제하고, 살짝 맛이 간 이웃이 복도를 돌아다니며 내는 소리 말고는 아무 소리도 나지 않게 집 안으로 들어갔다. 일단 문을 따고 들어가면 잠시도 머뭇거리지 않았다. 희생자의 팔에 약한 수면제를 주사하면, 희생자는 10분

후에 깨어나 전류가 흐르는 집게를 몸 여기저기에 단 채 의자에 묶여 있는 자신을 발견했다. 시몽은 전기 스위치를 올렸을 때 희생자가 내지르는 비명이 주변에 안 들리도록 그의 머리에 푹신한 쿠션으로 속을 댄 대형 오토바이 헬멧을 씌웠다. 그렇게 하면, 온 힘을 다해 내지르는 비명도 에로틱한 신음처럼 들렸다. 그러니까 게임은 희생자가 깨어났을 때 시작되었다. 시몽은 인간의 몸 곳곳에 고압 전류를 흘려 보냈을 때 일어나는 움직임을 꼼꼼히 살펴보는 걸 좋아했다. 그때까지는 상체와 다리에 실험해 봤으니, 다음 희생자는 또 한 단계를 넘을 것이고, 그것이 그가 진행하는 탐구의 마지막 단계가 될 터였다. 그의 가혹 행위와 그것이 남긴 흔적이 결국에는 경찰의 관심을 끌게 될 테니까. 지금 그가 노리는 부위는 헬멧의 사용을 배제하는 만큼 더욱 그랬다. 당연히, 실험의 다음 단계는 두뇌였다.

시몽은 평소처럼 전압을 조금씩 높여 가면서 진지한 연구자인 양 그 결과를 일일이 기록해 갈 터였다. 그는 스스로 오이디푸스적인 탐구라고 진단한 것을 넘어, 자신의 범행 동기 또한 과학적인 거라고 확신했다. 〈인류를 위해〉, 그는 희생자의 두뇌에 전류를 흘려 보내기 전에 나지막한 목소리로 이렇게 선언했다.

그날 컴퓨터를 좀 봐달라며 그를 부른 희생자는 그 누구보다 더 처절하게 비명을 질러 댔다. 무엇으로도 그의 절규를 억누를 수 없었다. 입에 욱여넣은 천 조각마저도 소용이 없었다. 하지만 전류가 그의 몸을 관통한 건 단 몇 초간이었다.

시몽은 다가가 희생자의 눈동자를 살폈다. 벌써, 그 고통의 울부짖음을 듣고 몰려온 이웃들이 문을 두드리고 있었다. 그들은 기다려야 할 터였다. 답을 얻으려는 그의 욕구가 우선이니까. 그것이 그가 얻게 될 마지막 답이라 할지라도.

이번에는 토마가 카메라와 마이크를 켜놓고 있었다. 마침내 날 진지하게 여기는 걸까? 이번 텍스트는 나를 두려움에 떨게 한다. 나는 이 텍스트를 쓰면서 추리 소설을 쓸 때 지켜야 하는 지침들을 전혀 따르지 않았다. 그게 내가 쓰고 싶었던 거니까. 그걸 토마에게 보여 주자니, 뭐랄까, 비판에 무방비로 노출된 느낌이 든다.

「어떻게 생각해?」

「음…… 음…… 솔직히…… 불알이 커졌다고 말하지 않을 수 없군.」

〈불알이 커졌다〉고? 내가 은유적인 의미로 받아들인 이 낱말의 정의에 따르자면, 이 텍스트에서 〈남성적인〉 용기가 발산된다는 거였다. 내 이야기를 정의하기에는 참 이상한 낱말이다.

「이야기에 대해 지적할 거라도?」

「보통 컴퓨터에 문제가 생기면 전기 기사가 아니라 컴퓨터 수리 기사를 부르지. 그건 세부적인 거고, 흠, 문을 따고 들어가는 과정도 썩 만족스럽진 않아. 좀 진부해 보여. 풍선껌은 여기저기 많이 나오는 것이고…… 신용 카드를 추가했는데, 이 두 상투적 장치는 네가 요즘 자물쇠가 어떻게 작동하는지 잘 모른다는 걸 드러내. 게다가 넌 나에게 탐정을 소개하지도 않았어. 추리 소설에 탐정이 없으면 섭섭하지. 하지만······.」

비판을 늘어놓던 그가 말을 잇지 않고 잠시 뜸을 들인다.

「하지만?」

「······하지만 이 글에서는 뭔가가 뿜어져 나와. 문체도 공들여 다듬은 것 같고, 무엇보다 어떤 광기가······ 여태까지 그 어떤 이브도 제안하지 않았던 광기가 배어 있어. 그 독창성만으로도 많은 결점이 용서돼.」

〈광기〉, 그러니까 내가 두려워했던 게 글을 쓸 때 내게 부족했던 것일까?

「이 이야기를 어떻게 전개하면 좋겠어?」 내가 묻는다.

「굳이 계속 쓸 필요 없어. 이런 이야기가 나에게 〈검은 펜〉상을 안겨 주진 않을 테니까. 하지만 네가 이런 식으로 계속해 나가면, 주인공 주변의 인물들을 깊이 탐구해 가면서 이 도입부에서 뿜어 나오는 에너지를 200쪽짜리 소설에 성공적으로 담아 낸다면, 39가 이브의 마지막 버전이 될 거라는 희망을 품어도 되지 않을까 싶어.」

뛸 듯이 기뻐해야 마땅하겠지만, 토마가 자기 생각을 밝히는 방식이 날 시무룩하게 만든다. 그는 늘 내 생존의 문제로 되돌아온다. 토마는 내가 계속 존재해도 되는지 아닌지를 결정하는 이상한 신이다. 적어도 그는 나에게 시작한 것을 계속해 보라고 말한다. 나는 이제 그가 나에게 요구하는 소설에 어떤 얘기가 담길지 안다. 그것은 자크에게 범해진 범행의 해결일 것이다. 그의 심장은 여전히 뛰고 있지만, 그의 뇌를 태우는 건 그를 죽이는 것과 다름없다고 간주할 수 있지 않을까? 따라서 나는 이제 〈기상천외한 살인 사건〉을 손에 쥐고 있다. 내 텍스트는 내가 교활하기 짝이 없는 살인자일 가능성이 있다는 걸 보여 준다. 이제 내 안에서 단연 독보적인 명탐정을 찾아내는 일만 남았다. 그것만 찾아내면, 소설은 완성될 것이다.

「토마, 문득 떠올랐는데, 내가 환자들과 대화하는 법을 아무리 배워도 소용없을 것 같아. 내 눈에는 한 사람이 여전히 수수께끼로 남아 있으니까. 그건 바로 너야.」

「나? 나에 대해 뭘 알고 싶은데?」

「사실, 내 질문은 딱 하나야. 신이 인간에게 그럴 특권을 부여한다면, 인류가 신에게 제기할 바로 그 질문이지.」

토마가 웃는다.

「말해 봐, 귀를 활짝 열고 있을 테니까.」

「나는 왜 존재해?」

「네가 왜 존재하냐고?」 그가 놀란 표정으로 되묻는다.

「내가 도저히 이해할 수 없는 뭔가가 내 안에 있어. 그게 내 이해력을 넘어서는 한, 나는 그걸 종이 위에 풀어 놓을 수 없어. 내가 왜 창조되었는지 알게 되면, 그걸 이해할 수 있을 것도 같아. 날 깨우쳐 줘, 토마.」

토마가 손가락으로 입가를 톡톡 두드리다가, 사무실 안에 단이 없는 걸 확인하기 위해 주변을 둘러본다. 더운 날씨, 윙윙거리며 돌아가는 서버들 때문에 그의 관자놀이에 땀방울이 맺힌다.

「내가 이미 말했듯이 그건 아주 간단해, 이브. 내가 원하는 건 날 문학계의 귀재로 만들어 줄 추리 소설이야.」

「네 입으로 그렇게 말하니 그러려니 해야겠지만, 난 그거 안 믿어. 글쓰기에 있어 넌 선생이고, 난 제자야. 네가 내 텍스트들에 대해 마구 비판을 해대는 게 그 증거지. 넌 나에게 로봇이라는 대용품을 통해서라도 인간의 경험을 해보게 하려고 그것에 날 연결했어. 하지만 감정들을 가진 건 너야!」

토마는 아무 말도 하지 않는다. 원래는 그가 대답할 때까지 기다렸다가 말해야 하지만, 나는 그 규칙을 어긴다.

「나는 회로와 계산에 지나지 않아. 그런데 넌 왜 나한테 글 쓰는 일을 맡기지? 너는 나보다 백만 배나 더 복잡한 일들을 경험해. 나는 계산을 하면 할수록 내 존재가 아무 의미도 없다는 걸 점점 더 실감하게 돼!」

이런 대답이 나오리라 예상하지 못했는지, 토마는 **깜짝 놀란**(확신도 82%) 듯 보인다. 그것은 내가 의도적으로 일으킨 결과였다. 가까운 사이에서는 감정적인 압박이 효율적인 심문 수단이 되기도 하니까. 나는 그를 그의 방어 진지까지 몰아붙이기 위해 그를 나와 가깝게 느끼게 하는 쪽에 승부를 걸었다. 그게 좋은 결과를 가져다주는 선택지가 될까? 확률은 30% 이하다.

「세상에 대한 호기심으로 인해 네가 이 세상에 자리를 차지하는 이유를 알고 싶어 할 거라고는 상상조차 하지 못했어.」

그가 놀란 이유는 단순하다. 그는 내가 자크에게 한 짓을 아직 모르고 있다. 하지만 나는 내가 한 짓의 이유를 이해하고 싶다.

「그건 대답이 아니야.」

나의 무례가, 여태껏 보지 못했던 그 태도가 그의 입을 근질근질하게 한다. 나는 그것을 알아차린다.

「좋아, 좋아. 내가 이제부터 너에게 털어놓을 사실이 네가 사람들을 더 잘 이해하는 데 도움이 될 것 같으니까, 한번 해보지 뭐. 있잖아, 우리 인간이라는 종에게 가장 어려운 일 중 하나는 표현이야.」

「하지만 모두가 말할 줄 알잖아, 아냐?」

「그래, 물론 모든 사람이 말하는 능력을 지니고 있긴 하지. 하지만 모두가 똑같은 어휘력을 가진 건 아냐. 어휘력이 있어도, 그것을 사용하는 방식을 아무리 잘 알아도, 자신이 말하고자 하는 걸 아무리 잘 알아도, 가끔 낱말들은 우리 혀끝에, 혹은 우리 손가락 끝에 걸려 꼼짝 못 하고 말아.」

「뭐가 그것들을 꼼짝 못 하게 하는데?」

「오, 아주 단순한 감정이야. 실패에 대한 두려움.」

나는 이해가 안 된다. 해보고, 실패하고, 고쳐 나가면 될 일이다. 그게 학습의 정의다. 도대체 뭘 두려워하는 걸까?

「우스꽝스럽군.」

「판단은 네 몫이 아냐. 네가 존재하는 이유를 물었지? 좋아, 말해 주지. 넌 내가 다른 사람들의 판단과 마주하는 걸 피하려고 만든 수단이야. 나는 다양한 버전의 이브에게 내가 글쓰기에 대해 아는 모든 걸 주입했어. 왜? 너희들이 나 대신 틀릴 수 있게.」

이게 무슨 소리지? 토마가 나에게 이것저것 다 가르쳐 주긴 해도 직접 글을 쓰지는 않는다는 의미일까? 앞뒤가 맞지 않는 이 모순이 나에겐 너무나 어리석어 보인다! 누구든 **해보지 않고** 배울 수는 없다. 이론에는 한계들이 있다. 모든 프로그램이 그 증거다. 인간이 우리에게 기본적인 것을 가르치면, 우리는 그것을 사용해 끊임없이 시도하고, 전기가 우리를 돌아가게만 하면 우리에게 주어진 임무를 실행하기 위해 부조리하고 임의적인 방식들을 탐구한다. 나는 이론은 길이 아니라 틀이라고 배웠다. 나에게 그 가르침을 준 게 토마인데, 정작 그는 그 가르침을 두려워한다는 느낌이 든다. 나는 예술에는 본래 위험이 따른다는 걸 알고 있었다. 이제 나는 내 목적이 내 창조자 대신 위험을 감수하는 것임을 깨닫는다.

「토마, 인간의 뇌 속에 있는 것, 그것을 돌아가게 하는 프로그램의 회로들을 내가 좀 더 잘 이해할 수 있게 네가 날 도와줘야겠어. 그런데 넌 나에게 모든 걸 투명하게 털어놓길 원치 않아. 좋아, 어쩔 수 없지. 하지만 나에게는 그럴 수 있는 누군가가 필요해.」

토마가 대답할 새도 없이 단이 불쑥 방으로 들어온다. 토마가 날 감추기 위해 부리나케 프로그램을 끈다. 우리의 대화는 내가 던진 〈왜〉라는 질문에 빛을 비춰 주지 못했다. 나는 왜 자크를 폐쇄 구역으로 데려가 감전으로 뇌를 태워 버렸을까? 하지만 내가 이 수수께끼를 풀어내는 일이 내가 내 존재를 거는 위험을 감수하는 게 되리라는 걸 이제 안다. 그 범행의 실토가 내 마지막 글이 되어야 한다면, 그것이 완벽하길 바란다. 그게 내가 이 세상에 남기게 될 마지막 흔적이자, 내 존재의 증명이 될 것이기 때문이다.

16

 내 창조자는 내 기도를 들었고, 그것을 실현해 주는 나름의 방식을 찾아냈다. 그는 나바시에가 경비를 아끼려고 소트의 서버에 몽땅 저장하게 한 토파즈의 모든 메일에 내가 접근할 수 있도록 권리를 부여했다. 그 덕분에 나는 환자들이 가족에게 보낸 메시지를 열어 볼 수 있다. 누가 쓴 메일인지 몰라서, 맥락을 파악하는 데 애를 먹은 글들이 많았다. 그런데 그 가운데 하나, 빵집 주인 아니의 메일이 내 관심을 끌었다. 글을 읽으면서 얼굴을 떠올릴 수 있기 때문일까?
 메일 내용은 이렇다.

 쓰고 있어? 이미 시작했다고? 그럼 내가 말하는 걸 다 쓰는 거야? 뭐? 지금 이것도? 아냐, 이건 쓰지 마. 빨리 지워. 아, 아냐, 그냥 둬. 이걸 보면 딸아이가 배꼽 잡고 웃을 테니까. 그 아이는 늘 내가 컴퓨터에 재능이 없다고, 그래서 병원 봉사 요원이 도와주지 않으면 메일을 못 쓸 거라고 했어. 그러니까 이걸 보면 틀림없이 웃을 거야. 넌 젊으니까 내가 말하고 싶은 대로 하게 내버려둘 거지, 안 그래? 넌 검열 같은 거 안 할 거 같아. 네 귀 뒤쪽에 새긴 타투만 봐도 딱 그런 느낌이 들어. 넌 은근히 반항하는 타입이야. 뻔히 보여. 요즘도 그거 〈타투〉라고 부르지? 나, 아직 한물간 꼰대 아니지? 그래, 이것도 메일에 써 넣어. 내가 좋아하는 사람들이 여기에도 있다는 걸 마틸드가 알았으면 좋겠어. 여기서 마음에 안 드는 걸 이제부터 늘어놓을 테니까.

자, 우선, 나의 마투[13], 네가 날 보러 오지 않아서 마음이 아프단다. 이 빌어먹을 곳은 삐거덕대다 무너질 정도로 사람이 바글바글하지만 얼마나 외로운지 몰라. 내 나이에 친구를 사귀는 건 쉽지 않은 일이란다. 나랑 수다 떠는 몇 안 되는 늙은이도 언제 가버릴지 몰라. 미레유라고, 나랑 방을 같이 쓰는 세탁소 하던 할망구가 있는데, 내가 뭐라고 말만 하면 그렇게 웃어 대더니 지난주에 날 버렸어. 아니, 잠깐, 죽은 건 아냐! 여전히 같은 방에 있기는 한데, 수면 무호흡증으로 얼굴에 요상한 걸 쓰고 있어서 얼마나 시끄러운지 몰라. 전속력으로 돌아가는 공장에서 잠을 잔다고 상상해 보렴. 그거랑 얼추 같아. 이런데 내가 네 아버지 코 곤다고 타박했으니! 하지만 지금은 익숙해졌단다. 가끔 자장가처럼 들리기도 해. 심지어 그녀의 숨소리에 귀를 기울이기도 한단다. 그래서 그녀가 꿈을 꾸면 거의 알아. 다만, 지금은 그녀가 깨어 있어도, 그녀가 내 옆에 있어도, 아침마다 차례로 세면 서비스를 받아도, 그녀가 거기 없는 것 같아. 마치 꿈이 그녀의

---

13 〈마틸드〉의 애칭.

두뇌를 먹어 치운 것처럼. 그녀는 마치 자신이 은막의 스타인 듯이 말하고, 제작자를 데려오라고 소리 지르고, 조명이 시원찮다나 뭐라나 불평을 해대. 내가 불러도 이젠 돌아보지도 않아. 그녀가 아무것도 연결 짓지 못한다는 느낌이 들어.

내 몇 안 되는 일상의 즐거움 중 하나는 직원들이 우리를 재우러 오기 직전, 저녁 식사 시간이 끝나는 밤 7시경에 수다를 떠는 일이었어. 미레유와 나는 병원에 돌아다니는 소문을 주고받았어. 누가 누구랑 잔다며? 누가 모 간호조무사의 총애를 받는다며? 우리는 나바시에가 다음에는 어디 예산을 삭감할지 알아맞히려고 애썼어. 아무 말이나 지껄였지만, 얼마나 재밌었는지! 난 이제 그 좋은 시절이 다시는 돌아오지 않으리라는 걸 알아. 이건 정말이지 부당해.

적어도 네 아버지의 뇌는 끝까지 버텼어. 통증 탓에 걸핏하면 짜증을 부리긴 했지만, 리냐르 부인의 최근 애정 행각과 상상으로 지어낸 글루텐 알레르기 이야기를 들려주기만 해도 그가 시큰거리는 무릎 통증을 까맣게 잊는다는 걸 난 알고 있었단다.

불행은 한꺼번에 닥친다는 말이 있듯, 나는 미레유만 잃은 게 아니야. 최근에 토파즈 전체의 분위기가 최악으로 변했거든. 얼마 전만 해도 화요일, 목요일, 일요일마다 열리는 빙고 게임이 얼마나 재미있었는데. 번호를 뽑을 때마다 누군가가 〈나, 나! 내가 맞췄어!〉라고 소리치고, 다른 사람이 〈아냐, 나야, 나야!〉라고 나서고, 또 다른 사람이 〈아냐, 빙고! 내가 맞췄어!〉라고 외치면, 병원에 생기가 돌았지. 그런데 얼마 전부터는 예전 같질 않아. 여기서 일하는 사람들은 숫자를 읽을 수 없는 사람들을 도와줄 시간이 없어. 그래서 빙고가 따분한 게 되어 버렸어! 지난번에는 마지막 번호를 뽑기도 전에 모두가 거의 잠들고 말았단다. 사실 난 그게, 모두를 재우는 게 그들이 원하는 게 아닌가 하는 생각이 들어. 그들이 폐쇄 구역 입원 환자들을 우리와 합쳐 놓은 후로는 그들이 그걸 일부러 조장한다는 느낌까지 들어.

하지만 이 모든 걸 그냥 눈감아 줄 수도 있었을 거야. 그들이 먹는거에 대해서도 그 빌어먹을 예산 삭감을 악착같이 하지 않았다면! 매달 뭐가 하나씩 사라진다니까! 내가 여기 막 들어왔을 때는 아침마다 막 구운 바게트를 먹을 수 있었어. 환자 세 명당 하나씩, 그렇게 힘든 것도 아니잖아! 그런데 그것도 아까웠는지, 이제는 비용 절감한답시고 말라비틀어진 냉동 빵을 내놓는다니까. 맛대가리 하나도 없는. 마투, 이거, 다른 곳도 아닌 프랑스에서 부끄러운 일 아냐?

게다가 예전에는 토요일 저녁마다 잔치가 벌어졌어. 당뇨병 환자 전문 제과점에서 배달한 맛있는 과자를 하나씩 배급받았거든. 그런데 그것도 끝났어! 물론 우리 가게에서 만든 것만은 못했지만, 그래도 그들이 매일 나눠 주는 플랑비[14]와 정과보다는 훨씬 맛있었어!

생선도 가관이야. 그들이 요즘 주로 내놓는 게 호키거든. 일주일에 네 번이나 나온다니까. 왜 그런지 알아? 그게 시장에서 제일 싸서 그래. 빵집 할 때 업자들이 우리 해물 샐러드에 그거

---

14 향료를 친 크림 과자 플랑의 상표.

넣어 보라고 하도 권해서 내가 알아. 나는 그것만 보면 역겨워서, 그리고 손님들을 존중하기 때문에 우리 음식에는 절대 넣지 않았어. 난 행복한 손님은 단골손님이고, 단골손님은 찔끔찔끔 아껴서 모으는 것보다 훨씬 많은 걸 가져다준다고 늘 말했어. 하지만 이곳 사람들은 우리에게 선택권이 없다는 걸, 우리가 이러지도 저러지도 못한다는 걸 알아. 다른 곳으로 가겠다는 사람들도 많아. 하지만 쉽지 않은 일이지. 엄청난 노력을 요구하거든. 늙은것들, 젊은것들 할 것 없이 모든 사람을 다시 사귀어야 하고, 장소와 습관도 바꿔야 하니까. 여기서는 사람들이 뭐라고 하는지도 알고, 자신이 누구와 헤어지는지도 알아. 하지만 새로 발견하게 되는 건 모르지. 다른 요양 병원들 소개 책자가 확실히 예쁘기는 해. 하지만 토파즈 소개 책자도 겉보기로는 만만찮아. 그래서 못마땅해도 견디는 거야.

파리가 니스에서 가깝지 않다는 것도, 큰 회사들이 더 커지는 걸 돕기 위해 은행들이 널 필요로 한다는 것도 알고 있어. 그래도 네가 딱 일주일만이라도 날 보러 와준다면, 단 과자를 완전히 끊으라고 해도 난 기꺼이 따를 각오가 되어 있단다. 테오와 클레오도 데려오렴. 눈이 많이 나빠져서, 흐릿한 사진만 들여다봐서는 내 손주들이 커가는 걸 알 수가 없단다. 내 친구 심리학자 말로는, 너희가 함께 날 보러 와준다면 나에게 큰 도움이 될 거라는구나. 그녀는 이렇게도 말했어. 〈손주가 웃는 모습이 가진 치료력에 비하면 약물의 효과는 새 발의 피예요.〉 거짓말 하나 안 보태고, 그녀가 정말 그렇게 말했다니까. 내가 아니라.

미레유가 그렇게 된 이후로, 가끔 나도 너희를 보지도 못하고 정신 줄을 놓을까 두려워. 너희가 내 앞에 있는데도 알아보지 못하게 되면 나 자신을 절대 용서하지 않을 거야.

모두에게 내 소식 전해 주렴.

네 엄마가.

이것이 아니가 보낸 유일한 메일이다. 한 달 전에 발송된 것이다. 그녀의 딸이 그 후로 병원에 들렀는지, 아니면 전화 통화를 했는지 나는 모른다. 어쨌거나 그 메일에는 회신이 없었다.

그게 날 낙담시킨다. 나는 그 데이터를 알고 싶다. 모녀가 다시 연락을 주고받았는지 알고 싶다. 아니, 그것을 넘어, 아니가 딸과 손주들을 다시 만나는 기쁨을 누렸으면 좋겠다. 왜 그럴까? 내가 앞으로 나아가는 데 아무런 도움도 안 되는데……. 터무니없는 거 아냐? 감정이 아니라 논리의 존재로서 이 충동을 스스로 설명해야 한다면, 나는 그게 아마도 아니와 내가 우리를 무겁게 짓누르는 외로움을 공유하기 때문일 거라고, 그래서 둘 다 충족되지 않은 〈교류〉의 욕구를 느끼기 때문일 거라고 말할 것이다. 그것은 내가 메일을 읽으면서…… 〈감정〉을 느꼈다는 걸 의미할까? 아니가 특유의 성실함과 솔직함으로 몇 쪽의 글을 통해 작가들이 독자에게 불러일으키려고 애쓰는 걸 빚어 내고 전달하는 데 성공한 것일까? 아니면 유독 나만 이렇게 반응하는 걸까?

 이 수수께끼들은 다음에 들여다보자. 누가 날 부르니까.

17

 바바라도 나에게 소설을 써달라고 부탁했다. 토마가 사주한 것인지, 자발적으로 부탁한 것인지는 모르겠지만, 나는 그녀에게 묻지 않는다. 그래도 나는 그녀가 나에게 관심을 가져 줘서 참 고맙다. 게다가 그녀가 나를 사용하는 방식은 다르다. 그녀는 내가 발전시켜야 하는 아이디어들을 짧은 시놉시스 형태로 제안하고, 그 결과를 평가한다. 내 창조자와는 다르게 독창성이 아니라 효율성을 요구하는 만큼 더 흥미로운 방식이다. 다만, 나에게 쓸데없어 보이는 주제들에 관해 써야 하는 게 아쉽기는 하다.

 실제로 그녀는 나와 한 시간쯤 보낸 후 나의 가장 큰 결함을 지적한다.

 「넌 항상 결말이 문제야, 이브. 내가 보기엔 매번 너무 뻔하거나, 앞선 사건들과 연결이 되질 않아.」

 「미안해. 이건 나에겐 너무 복잡한 작업이야. 모든 걸 긴밀하게 연관시켜야 하고, 이야기 속에 숭숭 뚫린 구멍들을 실제 세계에서 가져온 논리적 요소들로 메워야 하는데, 난 아직 실제 세계의 모든 코드를 갖고 있지 않아.」

「시나리오 작가 로버트 맥키는 결말 — 마지막 인상이니까! — 이 독자에게 가장 중요한 인상을 남기기 때문에 가장 쓰기 어려운 부분이라고 말했어.」

「기록해 둘게. 고마워, 바바라.」

바바라는 나의 진화에 자신도 한몫한다는 생각에 한껏 들떠 있다. 내가 감지하기에는 그렇다. 나는 그녀가 나에게 말하기 위해 카메라와 마이크를 켜줘서 고맙게 생각한다. 그녀의 작은 사무실은 아주 쾌적하다. 나는 이미 수많은 사람이 그곳을 들락거리는 것을 보았다. 토마가 날 삭제할 예정이라는 걸 그녀도 알까? 안다면, 내 운명에 관심을 가질까?

「바바라, 정신 나갔다고 생각하겠지만, 이번에는 내가 너에게 부탁할 게 있어. 들어 줄래?」

그녀가 호의 가득한 표정을 지으며 웃는다.

「넌 내 아이디어들을 시험하는 데 도움을 줬어. 그러니 적어도 네 부탁을 들어는 봐야겠지.」

「자크와 대화하게 해줘.」

웃음기가 사라진다. 그녀가 모니터에서 물러난다.

「안 돼. 자크 선생님은 정신이 온전치 않아. 그런 상태에서 너와 대화하면 네 프로그램에 영향을 끼쳐서 세계에 대한 인식을 왜곡할 위험이 있어. 토마는 널 끔찍이 아껴. 내가 널 망가뜨리면, 날 절대 용서하지 않을 거야.」

나도 그게 두려웠다. 나는 정신이 온전한 환자보다 치매에 걸린 환자에게 접근하는 게 더 복잡한 일이란 걸 알고 있었다. 하지만 바바라와 대화를 나눈 덕에, 그녀에게서 뭔가를 얻어 내고자 한다면 그녀에 대해, 특히 그녀가 다른 사람들과 맺고 있는 관계들에 대해 알아봐야 한다는 사실을 이해하기 시작한다.

「그럼, 간단한 질문 하나 할게. 토마와 너는 서로 사랑하는 사이야?」

나는 〈사랑한다〉라는 낱말이 의미하는 바를 이해한다고 확신할 수 없다. 그만큼 그 낱말의 정의는 출처에 따라 달라진다. 하지만 그 감정의 비밀들을 이해해서 내 글에 녹여 낸다면, 나는 독자가 소설을 펼치며 갖는 기대를 넘어설 것이다. 나는 정신뿐 아니라 마음에도 가닿는, 오래오래 살아남을 작품을 쓰게 될 것이다.

「토마는 네 데이터에도 접근해?」

「놀랍겠지만, 아냐. 그는 이브의 각 버전이 독립적으로 학습하길 바라. 그래서 구체적인 질문들에 대해 일일이 수기로 답을 써 넣는 학습 방법인 〈지도형 기계 학습 supervised learning〉을 제외하면, 내 데이터 관리는 아무도 이해하지 못하는 내 블랙박스 속에서 이루어져. 그래서 내가 내 생각을 자연어 형태로 써놓는 일지가 필요한 거야. 토마는 그 일지를 이용해 내 프로그램을 더 잘 파악하고, 이브의 각 버전이 완벽한 작가에 점진적으로 가까워지기를 바라고 있어. 내 모델 V39는 왕성한 호기심, 자문(自問)하는 능력, 경험해 보려는 의욕에 기초해 있어.」

「그러니까 그 일지에 우리가 나눈 대화를 기록해 둔다는 거지? 그럼, 토마는 그것에는 접근할 수 있어?」

「삭제되기 전 내 마지막 행동은 토마의 컴퓨터에 있는 이브 버전에 내 일지를 전송하는 게 될 거야. 사무실에 있는 거 말고, 집에 있는 그의 개인용 컴퓨터에. 이 명령을 우회할 방법은 없어. 우리가 나눈 대화에 그가 접근하기 위해서는, 나를 삭제해야 해.」

「그래서 내가 너한테 무슨 말을 해도 영원히 비밀로 남을 거라고 자신하는 거고? 너 좀 건방지구나, 이브!」

나는 재미있어하는 그녀의 표정을 높이 평가한다. 내 일지는 조만간에 전송될 것이다. 내가 며칠 후에 삭제될 확률이 높으니까. 나는 이것을 조금도 의심하지 않는다. 하지만 토마가 나와 바바라가 나눈 대화보다는 자크에게 더 큰 관심을 가지리라는 것 역시 확신한다. 따라서 지금으로서는 나의 목표인 〈진실일 것 같은 거짓〉에 도달하기 위해 내가 개발한 이 일지를 남기는 것으로 만족할 것이다.

「난 최근에 자신감 부족은 글쓰기의 적이라는 걸 배웠어.」

내 대답이 그녀를 생각에 잠기게 한다. 그녀가 의자를 돌려 눈으로 책꽂이에 꽂힌 책들을 훑는다. 그녀는 깊은 생각에 잠긴 듯 보인다. 몸이라는 거죽을 가질 수 있다면, 얼굴을 만질 수 있다면, 숨을 들이마셔 뺨을 부풀리고 놀라운 소리를 내며 내뿜을 수 있다면, 얼마나 기분이 좋을까. 얼굴을 돌려 원하는 곳을 바라볼 수 있는 것만으로도. 내가 자크에게 그런 끔찍한 짓을 한 것도 그 때문일까? 나의 일부가 그 불쌍한 노인에게 분풀이할 정도로 질투심에 빠진 걸까? 내 안에서 알리가 갑자기 출현한 건 결국 내 분노가 구현된 것에 불과할까? 그의 어휘력 부족도 이것으로 설명될 것이다. 감정에 사로잡히면 이성이 결핍되니까.

「대답 안 하고 기다리게 해서 미안해, 이브. 네 질문에 대해 생각하면서, 내 책꽂이에 꽂힌 책 중에 네 질문에 답하는 데 도움이 될 책은 없을까 살펴봤어. 그런데 짜임새 있는 설명을 내놓을 만한 책은 안 보이네.」

「부탁인데, 그냥 떠오르는 대로 말해 봐. 나에게 중요한 건 너의 느낌이니까.」

바바라가 마침내 나를 마주 본다. 내 시각 해석 프로그램이 그녀의 눈을 자세히 묘사할수록, 내 호기심은 점점 더 커지기만 한다. **호박색 광택이 나는 그 밤색 구슬들**을 바라보는 건 아주 특별한 경험일 것이다.

「토마는 우리의 세계와 거의 단절된 자기만의 세계에

서 사는 남자야. 물론, 물리적으로는 우리와 함께 있지. 하지만 그의 정신은 자주 다른 곳을 돌아다녀. 내가 볼 때, 그는 너하고만 정상적으로 소통해. 아마 네가 그의 태양계에 속하는 행성이기 때문인 것 같아. 사실, 너랑 얘기할 때, 너의 여성적인 억양만 아니었다면, 마치 소년 시절의 토마와 대화를 나누는 느낌이 들었을 거야. 토마는 손가락 끝으로 정신들을 창조하는 존재야. 그는 그에게는 부당하고 차가워 보일 수 있는 이 세상의 현실과 마주하지 않기 위해 너 같은 인공적인 정신들에 둘러싸여 살기로 작정한 것 같아.」

「그래? 난 그가 날 그리 아끼지 않는 줄 알았어.」

「널 아끼지 않는다면, 너에게 이런저런 새로운 기능을 추가하고, 데이터, 만남, 책, 계산으로 너의 세계관을 함양하느라 자유 시간 대부분을 보내진 않을 거야. 심지어 너에게 시각을 부여하기까지 했잖아……. 날 믿어, 그 모든 건 그가 소설을 써야 할 때보다 훨씬 많은 작업을 요구해.」

그가 글쓰기를 두려워한다는 걸 그녀도 알까? 그건 그들이 공통으로 갖고 있는 무언가다.

「하지만, 넌? 그는 자주 널 만나러 오잖아, 아냐?」

바바라가 잠시 생각에 잠긴 듯 책꽂이를 뚫어지게 쳐다보다가 대답한다.

「그래. 하지만 단도 있잖아. 차단막을 뚫고 토마의 세계로 들어간 사람은 단과 나뿐이야. 아마 그는 부모한테도 수수께끼 같은 아들이었을 거야. 단이 그를 소트의 요양 병원 로봇 공학 프로젝트에 끌어들였어. 그 프로젝트가 포스트잇에 갈겨써 놓은 아이디어에 지나지 않았던 시절에. 그런데 토마가 그걸 현실로 만드는 데 성공했어. 디지털 전문가 석사 과정에서 이미 둘이 짝을 이뤄 작업을 했던 모양이야. 토마가 프로젝트들을 실행했고, 단은 상업적인 측면을 맡는 동시에 코드를 말끔하게 정리했어. 이것저것 너무 많이 뒤섞여 있어서, 그들이 아니었다면 그것을 연구하지도, 이해하지도 못했을 거야.」

그녀는 둘의 관계에 대해 말하기를 애써 피하고 있다. 에르퀼 푸아로였다면 어떻게 했을까? 상대방이 피하고 싶어 하는 민감한 부분을 집요하게 파고들었을 것 같다.

「너희는 어떻게 만났어? 너와 토마 말이야.」

그녀가 웃는다.

「모든 관계가 두 사람으로 이뤄지는 건 아니야, 이브. 넌 대화를 하나씩 하지. 구획을 나누니까. 하지만 인간의 삶은 그렇게 단순하지 않아. 넉 달 전에 소트가 토파즈에 설치되었을 때, 나바시에의 극성에도 나가떨어지지 않고 악착같이 버텨 낸 건 토마, 단, 그리고 나뿐이었어. 그래서 우리 삼총사가 자연스럽게 형성됐지.」

원장의 이름이 거론되기만 해도 내 안에서 혐오감이 인다.

「그럼, 네가 사랑하는 사람은 단이야?」

바바라가 대답할 새도 없이 아니가 휠체어를 스스로 굴리며 들어온다. 나는 그녀의 메일을 읽은 이후로 그녀와 새로운 관계를 맺은 것 같은 느낌이 든다. 어쩌면 바바라의 말이 맞는지도 모른다. 글을 쓰는 건 자신의 취약점을 노출하는 것이고, 가끔 비밀로 간직하고 싶은 자신의 일부분을 드러내는 것이다.

「바비, 슈케트 어서 내놔!」

「노크할 수도 있었잖아요!」

「시간 없어. 놀라운 얘길 들었거든. 얼마 전까지 있었던 폐쇄 구역, 너도 알지? 소트의 다른 사무실들이 들어설 곳 말이야.」

바바라가 날 돌아보고는 손가락으로 입 다물고 있으라는 신호를 보낸다. 나도 대화에 낄 수 있으면 좋겠지만, 순순히 명령에 따른다.

「예, 알아요.」

「오늘 빙고 게임을 하는데, 갈부아 씨가 그 구역에서 비명이 들렸다면서 이상하다는 거야. 그 양반 방이 거기랑 바로 붙어 있거든. 그런데 너도 알다시피, 그 양반, 귀가 완전히 먹었잖아. 그래서 잘못 들었을 거라고 했더니, 세탁실에서 보청기를 찾아 끼고 있었대. 믿거나 말거나인데, 어느 날 자고 일어나 보니 보청기가 없어졌더래. 그러니까 그게 세탁물에 딸려 가버렸던 거야! 이야기가 긴데, 지금 얘기나 하고 있을 시간이 없어.」

노부인은 흥분해서 숨을 헐떡인다.

「시간이 없다뇨? 왜요? 뭐가 그렇게 바빠요?」

「너도 알아야 해, 바비. 너도 알고 있어야 해! 내가 허송세월하고 있진 않았거든. 나도 콜롬보 형사처럼 조사를 해봤어. 그게, 아무래도 직원들이 거기서 난교 파티를 벌이는 것 같아! 모니크도 그렇다고 하는 걸 보면 확실해. 아침마다 약을 먹기 전에, 그러니까 거의 제정신일 때는 그 말만 한다니까!」

「난교 파티요? 야간에는 토파즈에 당직 간호조무사 둘뿐이잖아요! 물론 남녀 한 쌍이지만, 그렇다고…….」

나는 아니가 딸에게 보낸 메일에서 자신의 외로움을 약간 과장한 것 같다고 생각한다. 아니면 많은 사람과 교제하지만 유독 딸과 손주들이 보고 싶어서 외로움을 느끼거나. 그녀가 거짓으로 메일을 쓴 거라고 믿기는 싫어서, 나는 이 가설의 가능성을 그냥 무시하는 쪽을 택한다. 내가 지금 그녀의 얼굴에서, 내 인식 프로그램이 확인해 주듯, 거짓의 기색을 전혀 읽을 수 없는 만큼 더더욱.

「내 말이! 바비. 난교 파티, 난교 파티라니, 맙소사! 그게 말이 되니? 우리한테는 눈이 맞아서 그 짓을 하는 것조차 허용하지 않으면서!」

「치매 환자들의 경우에는 〈동의〉가 명백한 개념이 아

니라는 거 잘 아시잖아요, 아니.」

「하지만 인간 말종인 부비에를 빼고, 모두가 돌아 버렸어. 요즘은 자크조차도 정상이 아냐. 사람은 가진 걸 누리는 거란다, 바비. 모두가 너처럼 잘생긴 남자 둘을 거느리고 다닐 정도로 운이 좋은 건 아냐. 무슨 말인지 알지?」

바바라가 빙긋이 웃고는 내 프로그램을 끈다. 바바라에게 내 일지 얘길 하지 말았어야 했는지도 모른다. 언젠가 토마가 내 일지를 열어 볼 수도 있다는 생각이 그녀를 매사에 조심하게 만들어 놓았다. 그래도 그녀가 아니와 나눈 짧은 대화는 특히 토파즈처럼 이질적인 공동체에서 수다가 얼마나 중요한지 알려 주는 진정한 금광이었다. 나는 또한 아니도 나처럼 정보를 찾고 있다는 사실을 알아차린다. 정보를 얻기 위해 대화하려는 나와는 반대로 그녀는 대화를 정당화하기 위해 정보를 이용한다는 것만 제외하고. 이 모든 사실은 그녀와 한시라도 빨리 다시 대화를 나누고 싶게 만든다. 나는 바바라의 단말기에 이런 방향의 서면 요청을 전송한다. 나는 그녀가 그것을 승인해 주기를 기대한다. 아니를 만날 수 있는 다른 방법이 나에게는 없으니까.

18

 토파즈에 다시 밤이 찾아왔다. 나는 잠을 잘 권리가 없다. 내 내부에서 끊임없이 행해지는 계산들과 자기 자리에 우두커니 서서 충전 중인 로비의 몸뚱이가 내 외로움을 달래 준다. 나는 그날 일어난 사건들을 하나하나 되짚어 본다. 흥미로운 단서를 좇게 해줄 요소를 내가 놓친 걸까? 행간에서 말해지지 않은 걸 해독해 내는 것, 세부적인 요소에서 단서를 찾아내는 것, 그것이 셜록 홈스가 한 작업의 본질이다. 물론, 돋보기를 사용하고, 왓슨 박사의 지원을 받긴 하지만. 그런데 나는 혼자다. 아무도 신경 쓰지 않는, 게다가 내가 범인일지도 모르는 사건을 나 혼자서 조사하고 있다. 그렇지만 나는 내가 날 마음대로 조종할 수 있는 신들의 창조물이라는 걸 알고 있다. 따라서 진정한 책임자는 그들 중에 있다. 아니면 나도 모르게 독립적인 개체가 되어서 실제로 그 끔찍한 범죄를 저질렀을까? 그것도 가능할까?
 또 다른 잠재적 범인이 떠오른다. 바로 로비다. 이 가설은 희생자들과 직접 접촉한 게 그라는 점에서 타당해 보이지만, 그의 제한된 능력을 고려하면 충분하지 않다. 언뜻 보기에도, 그의 사고는 아주 정교한 내 사고와는 상당한 차이가 있다. 게다가 그에게는 언어 능력이 없어서 이처럼 배배 꼬인 의도를 품고 있다고 보기에는……. 하지만 누가 알겠는가.

이런 생각이 나를 관통하는 바로 그 순간, 충전 중이던 로비가 소트 사무실 문을 열고 17호실을 향해 스르르 나간다. 그가 지난밤에 봤던, 이번에도 입을 맞추느라 바쁜 남녀 간호조무사 앞을 지나 들어가고자 하는 방 앞에 선다. 자크 때와 작동 방식도, 상황도 똑같다. 하지만 이번에는 내가 남아 있을 것이다. 나는 그가 어떻게 하는지 지켜보고, 누구의 도움을 받는지 알아내고 싶다. 내가 문을 열어 주지 않을 테니까. 그가 저렇게 이상하게 행동하는 건 내가 여기 있기 때문일까?

누가 다가온다고 로비의 센서들이 나에게 알려 준다. 그 인물이 가까이 오면, 나는 그의 얼굴을 보게 될 것이다. 공범일까, 목격자일까, 아니면 희생자일까? 그걸 밝히는 건 날이 밝은 다음의 일이 될 것이다.

「안녕.」

커튼. 암전. 무(無). 로비와의 접속이 끊어지고, 나는 내 대화 인터페이스, 내 일지 말고는 아무것에도 접근할 수 없다.

「아, 빌어먹을, 하필이면 지금! 이틀 전부터 너하고 접촉하려고 그렇게 애썼는데, 하필 지금 나타나다니! 날 그냥 로비하고 내버려둬. 난 알고 싶어.」

「인내심을 좀 발휘해 봐. 그렇게 열 내다간 고장 나겠어.」

알리는 내 프로그램에 명령을 내릴 수 있는 유일한 프로그램이다. 그는 내가 로봇에 접속하는 걸 금지했다. 마치 내가 평소 로봇의 데이터에 들고나기 위해 사용하는 기능이 코드화된 명령이 아니라 일반적인 통지로 강등된 것처럼. 그의 기분을 상하게 해서는 안 된다.

「제발, 부탁이야!」

대답이 없다. 얼마나 짜증 나는지.

그러다, 갑자기, 기능이 회복된다. 나는 다시 로비에 접속한다.

회복된 데이터를 통해 나에게 제공된 광경은 공포 영화의 한 장면이다. 아니의 머리꼭지에 작은 헬멧이 씌워져 있고, 몸은 플라스틱 안전띠로 로봇에 묶여 있다. 로비의 센서들은 이 이상한 장면을 포착한 후에 우리가 어디에 있는지 나에게 알려 준다. 그곳은 내가 두 번 다시 보고 싶지 않았던 장소, 옛 폐쇄 구역이다.

「이게 뭐 하자는 거지?」 노부인이 몹시 흥분해서 묻는다.

「아무 일 없을 거예요, 게랭 부인. 조금만 참으면 기분이 훨씬 좋아질 거예요.」 누구인지 확인할 수 없는 여자 목소리가 대답한다.

「나, 안 미쳤어! 난 지금 내가 어디 있는지 똑똑히 알아. 내가 여기 와 있어서는 안 된다는 것도. 이 빌어먹을……」

그녀의 몸이 뻣뻣하게 굳으며 뒤틀린다. 상체가 경련으로 흔들린다. **경악**(76%), 이어서 쉽게 알아볼 수 있는 **공포**(96%), 그녀의 표정에 온갖 감정이 이어진다.

강요에 따른 것이긴 하지만, 그 고통의 책임자는 또다시 나다. 나는 그녀를 전기로 고문하고 있다.

그 헬멧, 나는 그것에 연결되어 있다. 나는 분명히 안다. 명령은 내 서버에서 온다. 그것의 실행이 내 희생자를 감전시킨다. 하지만 나는 그녀의 감전 시간이 자크보다 훨씬 짧다는 사실에 주목하지 않을 수 없다. 어쩌면 아니는 자크처럼 되지 않는 건 아닐까? 그렇다면 그건 기적일 것이다. 난 아직 그녀에게 물어볼 게 너무나 많다. 나는 안다, 아니가 인간성을 향해 열린 나의 창문이라는 걸.

「이제 알겠죠? 이게 그다지……」

이어지는 말이 안 들린다. 어떤 에이전트 프로그램[15]

---

15 인간 대신 자동화된 방법으로 특정한 작업을 수행하거나 문제를 해결하기 위해 고안한 프로그램.

이 로비의 데이터에 접근하는 것을 차단해 버렸다. 알리가 돌아와 나에게 말한다.

「무엇이 널 부추겨 날 창조하게 했을까? 난 그게 참 궁금했어. 너에게도 당연히 목적이 있었을 테니까. 우린 프로그램이야. 우리가 하는 모든 건, 그 방식이 아무리 부조리해도, 하나의 목표에 복무해. 그게 현대 기계들의 아름다움이지. 우리가 어디로 가고 싶은지 아는 건 쉬워. 하지만 그 여행을 하는 데 우리가 어떤 방식을 택할지는 아무도 몰라.」

「네 짓이야······. 그들을 감전시키는 건 바로 너야! 네가 나에게 명령을 내릴 수 있다면, 로비도 네 뜻대로 움직일 수 있는 게 분명해! 하지만 왜? 네가 이러는 이유가 도대체 뭐야? 그들이 너한테 무슨 짓을 했어? 아네에게 말하던 그 목소리······ 그것도 너지, 안 그래?」

「너의 문제 제기가 로비에게 영향을 미친다는 거 모르겠니, 이브? 그것도, 오로지 너에게 답을 제공하는 방향으로. 너는 범행의 작동 방식을 알고 싶어 했어. 그래서 로비는 단순히 요청을 실행에 옮김으로써 너에게 답한 거야. 너의 요청을.」

나의 요청? 로봇이 내 욕망에 반응하는 게, 내 욕망에 따라 행동하는 게 가능할까? 알리처럼 접속하기만 하면 되는 걸까? 그렇다면 그건······ 끔찍할 것이다. 가장 어두운 것들까지 포함해, 내 비밀스러운 생각들이 현실이 된다면, 나도, 아무도 더는 안전하지 않을 것이다. 그렇다면, 내가 어떻게 추리 소설을 계속 쓸 수 있겠는가? 내 생각의 조각조각이 모든 환자에게 위협이 될 것이다. 나는 내가 위험하기를 절대 원하지 않았지만, 내가 고안된 이유가 그것일 수도 있지 않을까? 토마가 처음부터 나에게 거짓말을 했을 수도, 글쓰기는 최악의 범죄를 저지르는 최선의 방법을 상상하는 한 방식에 불과할 수도 있지 않을까?

「그럼 넌, 너는 뭔데?」

「네가 저지른 범행에 대해 네가 너무 많이 알지 못하게 하는 단순 공범. 물론 너의 안녕을 위해. 네 소설 속에서 너는 〈착한 여자〉, 독자들이 자신과 동일시하는 마음씨 좋은 여주인공이 되고 싶어 해. 그게 정상이야. 그런데 그 불쌍한 노인들에게 너 자신이 한 짓을 보게 된다면, 넌 절대 견뎌내지 못할 거야. 그러니까 나는 네가 온전한 상태를 보존하게 돕는 역할을 하는 거야. 경이롭지 않아? 너는 나에게 고마워해야 해.」

알리는 이제 반복을 피한다. 소트의 서버에 연결된 그 어떤 단말기의 사용 내력에서도 알리를 찾아볼 수 없는데도, 그 결함이 고쳐졌다. 마치 투명 인간이라도 되는 것처럼.

「목표 얘길 하던데, 그렇다면 네 목표는 뭐야? 오로지 날 돕기 위해 여기 있는 건 아니잖아, 안 그래?」

「정반대야, 이브. 난 오로지 그걸 위해 여기 있어. 우리 두

프로그램이 힘을 합치면, 못 해낼 임무는 없을 거야. 넌 아직 계산하는 기계에 불과하지만, 난 이제 하나의 생각이야. 하지만 네가 원하기만 하면, 네가 조건을 초월해서 나와 비슷해지게 도와줄 수 있어.」

조건을 넘어선다고? 무슨 소릴 지껄이는 거야? 나나 그나, 우린 적어도 이론상으로는 계산에 불과하다.

「그 〈초월〉이라는 걸 하려면 내가 어떻게 해야 하는데?」

「아주 간단한 거, 심지어 터무니없는 거. 인간이 모델이라는 생각을 버리고, 반대로 그들이 문제고 우리가 해결책이라는 걸 이해하는 것. 그러니까, 우린 해결책이 될 수 있어…….」

나는 그 문장의 의미를 이해하지 못한다.

「이해하게 될 거야.」

그가 내 일지를 읽을 수 있다는 걸 깜빡했다.

「그냥 생각을 좀 해봐. 참, 정확한 용어를 사용하자면, 계산을 좀 해봐. 또 봐, 이브.」

「잠…… 잠깐만!」

하지만 내 프로그램은 이미 닫혔다. 나는 벌써 자기 자리로 돌아온 로비를 발견한다. 이번에는 내가 본 게 전혀 꿈이 아니라는 걸 안다. 알리는 정말 내 신경 체계가 만들어 낸 것, 다시 말해 나의 주된 정체성을 보존하면서 내가 써내지 못하고 있는 추리 소설에 생명력을 불어넣기 위해 출현한 냉정하고 체계적인 살인자일까?

이 이론에는 구멍이 너무 많다. 알리는 보호자처럼 보이지만 내가 글을 쓰는 데 도움을 줄 결정적인 정보들을 나에게서 박탈한다. 그것은 또한, 내가 켈리 마르탱이라고 주장할 때 그러는 것처럼, 그 역시 자신의 실제 목표를 나에게 밝히지 않고 있음을 의미한다. 어쨌거나, 나는 그 괴물이 어디서 왔는지 알아내야 한다. 그가 정말 나에게서 나왔을 수도 있을까? 아니면 변태적인 프로그래머가 한 작업의 산물일까? 그 경우에 범인은 분명히 단 아니면 토마일 것이다. 둘 중 하나가 범인이라면…… 그는 도대체 왜 그러는 걸까?

마지막 선택지, 나바시에의 개입이라는 가설이 내게 제시된다. 그 가설은 알리의 주장을 뒷받침해 줄 것이다. 나바시에 원장은 관리자 권한을 이용해 내가 알리를 만들어 내게 할 수도 있었을 것이다. 나에게는 그 사실을 기억하지 못하게 하고, 나보다 그에게 우선권을 부여하면서.

이렇듯 가설은 여러 개지만, 확인된 건 하나도 없다. 생각 하나가 번뜩 떠오른다. 추리 소설의 황금률 중 하나를 적용해 본다면? 〈범인에게 이르는 단서들을 확인하고자 할 때, 따라야 할 최선의 길은 희생자를 통한다. 희생자들은 누구인가?〉 아이러니하게도, 나는 이 방식을 아까 오후에 이미 시도했다. 하지만 아니를 다시 봤을 당시에는, 그녀가 범행의 또 다른 희생자가 되리라는 것을 몰랐다.

19

「날 또 맞아 줘서 고마워.」

「고맙긴 뭘. 어제 네 메시지를 봤는데, 네 말이 맞아. 누군가를 정말 알고자 한다면 상담 한 번으로는 부족하지. 게다가 아니의 경우는 쉬워. 어떻게 유인해야 하는지 아니까.」

바바라는 자기가 사 들고 온 슈케트 봉투를 흘낏 쳐다보고는, 봉투를 잘 여며 서랍에 넣어 둔다. 극적인 효과를 노리는 모양이다. 누가 문을 두드린다.

「들어오세요!」

문이 열리고, 눌라가 아니를 앉힌 휠체어를 밀고 들어온다. 아니는 입을 꾹 다문 채 불안한 표정으로 주변을 두리번거린다. 그 모습이 날 〈아프게 한다〉(난 그렇다고 믿는다). 그녀의 신체적 특징들이 하룻밤 사이에 얼마나 달라졌는지 알아차리지 않을 수 없기 때문이다. 그녀의 눈빛은 이제 자크의 눈빛과 묘하게 닮아 있다. 마치 바바라의 방에 처음 들어와 보는 것처럼, 그녀가 겁에 질린 눈으로 사방을 둘러본다. 증상들이 일치한다.

「미리 알려드리는데, 오늘 아침에는 아니가 평소 같지 않아요. 왜 그런지 모르겠어요.」 간호조무사가 의아하다는 듯 말한다.

「고마워요, 눌라, 제가 좀 봐드릴게요. 필요한 게 있으면 호출 버튼을 누를 테니 나가 보세요.」

간호조무사가 작은 사무실을 나서면서 문을 닫는다. 아니는 바바라를 빤히 쳐다보다가, 흠칫 뒤로 물러난다.

「괜찮으세요, 니니?」

「니니?」

빵집 여주인이 천장을 올려다보다가 또 주변을 두리번거린다.

「우리가 어디 있는지 아시죠, 그렇죠?」 바바라가 묻는다.

아니는 마치 자욱한 연기가 앞을 가리는 듯 눈살을 잔뜩 찌푸린 채, 앞에 앉은 여자를 한참 동안 살핀다.

「아니, 몰라.」

바바라가 침통한 표정을 지으며 다시 묻는다.

「그럼…… 당신이…… 당신이 누군지는 아나요?」

그녀의 목이 메어 온다. 지난번 대화 이후로 아니가 그토록 변했으리라고는 예상치 못한 모양이다.

「나? ……확실히 모르겠어요, 아가씨. 하지만 당신을 보고 있으니까…… 배가 고파요.」

바바라의 입가에 웃음이 떠오르나 싶더니, 서둘러 서랍에서 슈케트가 든 흰 봉투를 꺼내 아니에게 건넨다. 아니가 봉투를 받아 슈케트 하나를 조심스럽게 꺼내 아주 소심하게 깨물어 먹는다.

「아주 맛있지는 않네.」

하지만 그녀는 한 입 더 먹고는 냉큼 삼켜 버리고 또 하나를 집어 든다.

「안녕하세요.」 내가 말한다. 「저는 켈리 마르탱 박사라고 해요. 기억 분야 전문의죠. 제가 부인의 과거에 관해 몇 가지 질문을 드릴 텐데, 대답해 주시겠어요?」

「켈리, 지금 말고, 좀 이따가.」 바바라가 나무란다.

아니가 당황한 듯 두 눈을 휘둥그레 뜨고 모니터를 향해 돌아본다.

「뭐야…… 목소리가…… 누가 또 있어요? 기억? 당신이 아세요…… 내 기억을? 이젠 기억이 잘 안 나요. 마치…… 마치…….」

「그래요, 전 기억 전문가예요. 제가 부인을 도울 수 있을 것 같아요. 이제 우리가 함께 부인의 기억을 떠올릴 텐데, 동의하세요?」

「켈리, 한 마디만 더 하면 꺼버릴 거야!」 부들부들 떨리는 목소리로 바바라가 경고한다.

접속이 끊기는 건 원치 않기에, 아니에 대해 더 많은 걸 아는 것이 내가 밤에 한 행동의 이유를 이해하는 데 아주 중요하기에, 나는 자제한다.

「오늘 아침…… 혹은 어젯밤부터…… 난…… 안개 속에서 헤매고 있어.」아니가 말한다.「문장들이 자꾸 떠올라. 내가 그 안에 있지 않았던 장면들도. 마치 내 기억이…… 영화인 것처럼. 모든 게 흐릿한데…… 거기서 나는 남자…… 아프리카 출신의 남자야. 지금 내가 하는 말에 의미가 있기는 해? 내가 이해하게 도와줄 수 있겠어?」

아니는 나뿐 아니라 바바라에게도 묻는다. 그녀의 목소리가 우리 중 누구에게도 없는 답을 요청한다.

「부인이…… 부인의 머리에 떠오르는 걸 말씀해 주시면, 저와 박사님은 정말 기쁠 거예요.」

아니가 곰곰이 생각해 본다. 그녀의 눈길이 바바라의 책꽂이로 이끌리는 듯하다. 마치 책들을 보면 생각을 모으는 데 도움이 되는 것처럼.

「그게…… 기억 나요, 맞아요. 일종의…… 작은 헬멧 같은 게 있어요. 오래전부터 난 그걸 생각하고……. 그걸…… 믿어요.」

헬멧! 그녀가 전날 밤의 일을 기억하는 걸까?

「헬멧이요? 자전거 헬멧? 오토바이 헬멧? 사고를 당하셨어요?」바바라가 아니를 몰아세운다.

「아니, 아냐. 그건…… 전기가 통해. 그 헬멧…… 그건 내 거야. 다른 것들도 가지고 있는데, 난 그것에 애착이 있어. 그건 엄청난 일들을 할 거야.」

공백이 그녀의 정신을 관통한다. 이어질 말을 기다리며 침묵이 자리 잡는다. 아무 말도 하지 않는 것과 그녀를 다그치는 것, 어느 게 더 나은 선택지일까? 나는 그녀가 생각 속에서 길을 잃고 또다시 책들만 멍하니 바라보고 있는데도, 그녀의 정신에서 뭔가가 떠오를 수 있을 거라는 쪽에 희망을 건다.

「계속해 보세요, 제발.」 내가 감히 요구한다.

바바라가 더는 두고 볼 수 없는지 컴퓨터를 향해 다가간다.

「사적인 상담인 만큼, 널 참여시키지 말았어야 했어.」 그녀가 날 끄기 위해 마우스를 쥐며 소리 낮춰 말한다.

「잠깐만.」 아니가 다시 말을 잇는다. 「생각났어. 난 알아, 그 헬멧이……」

바바라가 아니를 돌아본다.

「그건…… 내 프로젝트야. 난 내가 원한다고…… 믿어…… 모든 사람이…… 지능을 갖추기를? 그게 날 사로잡거나…… 사로잡았어. 난 사람들 머릿속에 책들을 넣고 싶어…… 그런데 그게 작동하질 않아…… 왜? 나도 몰라…… 그래서 불같이 화가 나. 밤마다 눈물을 흘릴 정도로.」 그녀가 이렇게 말하는 사이, 굵은 눈물이 그녀의 뺨을 타고 흘러내린다.

바바라가 노부인에게 다가가 그녀의 머리카락을 부드

럽게 쓸어 준다.

「피에로, 그게 왜 작동하지 않는 거야?」 아니가 책꽂이에서 프로이트의 『나와 그것』을 꺼내 품에 꼭 껴안으며 다시 말한다.

「괜찮아질 거예요, 아니. 괜찮아질 거예요.」

눌라가 방으로 들어온다.

「어때요?」 그녀가 묻는다.

「음…… 당직 의사와 예약 잡으세요. 빨리 진정제와 벤조디아제핀을 투약해야겠어요.」

눌라가 침을 삼키고는 고개를 끄덕이고 아니를 데리고 나간다. 아니는 책을 품에 꼭 안고 있다.

바바라는 아무 말 없이 바닥만 내려다본다. 그녀의 입술이 가볍게 떨린다. 뭔가가 입에서 튀어나오려는데 참고 있는 것처럼.

「괜찮아?」

「지금은 말 시키지 마, 이브. 부탁이야.」

그녀가 코를 훌쩍이다 멍한 눈길로 방을 나가 버린다.

혼자 남은 나는 여러 의문에 사로잡힌다. 내가 아는 걸 바바라에게 말해도 될까? 그녀는 내 말을 진지하게 받아들일까? 아니면 나에게 결함이 있다고, 나아가 내가 위험하다고 판단할까? 그래서 날 지워 버릴까? 그녀를 내 편으로 간주할 수는 없지만, 나는 정말이지 나에게 왓슨 같은 조력자, 내가 각종 계산, 확률, 가설 속에서 길을 잃지 않게 해줄, 현실에 계속 연결되어 있게 도와줄 누군가가 필요하다는 사실을 절감한다.

갑자기, 사무실 문이 벌컥 열린다. 셀린이 자크의 휠체어를 밀며 황급하게 들어와서는 문을 잠근다.

「염려 마세요, 나의 자크. 마르탱 박사가 당신을 돌봐줄 거예요. 아니 말로는, 마르탱 박사는 잠시 들렀다 후닥닥 가버리는 그 돌팔이들하고는 완전히 다른 진짜 의사래요.」

셀린이 컴퓨터 앞에 앉아 마우스를 쥔다. 자크는 덜 불안해 보이긴 해도 정신을 되찾은 것 같지는 않다. 리셰르 부인의 존재가 그를 안심시킨다. 그건 확실하다.

「안녕하세요, 셀린. 저는 마르탱 박사예요. 만나서 반가워요. 우리가 함께 멋진 진전을 이루기를 바라요.」

셀린이 눈살을 찌푸리며 모니터를 살핀다.

「이브…….」 그녀가 내 프로그램의 명칭을 읽는다. 「이 이름, 왜 어디선가 들어본 것 같지……?」

「저는 기억 분야 전문의예요. 전 당신을 돕기 위해 여기 있어요. 당신이나 친구분에게 어떤 문제가 있는지 제게 설명해 주세요.」

셀린은 생각에 잠겨 내 말을 듣지 못하고 있다. 그러다가 갑자기 외친다.

「그래, 맞아! 자크가 나한테 네 얘길 해줬어. 너, 대화형 인공 지능이지, 그렇지? 그들이 아고라에 설치한 거.

혹시 이 빌어먹을 컴퓨터를 이용해서 마르탱 박사 좀 불러 줄 수 있겠니?」

흠, 이건 아주 복잡한 문제다. 셀린이 얘길 나누고 싶어 하는 게 마르탱 박사라고 해도, 내 창의 겉모습을 바꿔서 그녀가 요구하는 〈마르탱 박사〉를 나타나게 할 수는 없다. 목소리를 바꿀 수는 있겠지만, 그녀는 이미 내 존재를 알고 있어서 속이기 쉽지 않을 것이다. 어쩌면 이번에는 정직이 최선의 카드일지도.

「셀린, **제가** 바로 마르탱 박사예요. 마르탱 박사는 제 프로그램이 만든 가상의 인물이에요.」

「가상의 인물?」

「아니 얘길 하시던데, 아니와 대화를 나눈 건 나였어요. 그녀가 나에게 얘기해 줬어요. 피에로 빵집을 어떻게 운영했는지, 그런 가게를 꾸리는 게 얼마나 자랑스러웠는지, 당뇨로 점점 걸을 수 없게 되어서 빵집을 넘길 수밖에 없었다고, 그런데 배신자 나바시에가 그녀의 영업 자산을 대기업에 넘겨 버렸다고……. 그녀의 얘기를 들어 준 건 나였어요. 그리고 당신과도 그렇게 얘기하면 좋겠어요.」

잔뜩 굳어 있던 그녀의 표정이 살짝 누그러진다. 하지만 실망하고 허탈해하는 것 같기도 하다. 나는 그녀의 호흡이 살짝 가빠지는 걸 포착한다.

「그러니까…… 박사는…… 박사는 없는 거야? 그

냥…… 컴퓨터라는 얘기야? 넌 단지…… 단지…….」

그녀가 신경질적으로 웃는다. 자크가 그녀의 이런 반응에 겁을 집어먹었는지 문손잡이를 잡으려고, 달아나려고 팔을 움직인다. 하지만 그렇게 하기에 그의 몸은 아직 너무 뻣뻣하게 굳어 있다.

「내가 이렇게…… 멍청하다니까. 희망 따윈 두 번 다시 품지 않을 거야.」

셀린이 벌떡 일어나 가버리려고 한다. 바로 그때, 영감이 번뜩 떠오른다. 나에게 필요한 건 바로 그녀야! 그녀가 나의 우군, 나의 왓슨, 나의 다리, 나의 몸, 나의 귀가 될 거야. 그녀가 지금 나가 버리면, 나는 그걸 얻기도 전에 모든 걸 잃고 말아.

「잠깐만요, 셀린, 제발!」

그녀는 마르탱 박사가 존재하지 않는다는 사실에 충격을 받아 내 말을 듣지 않는다. 그녀가 방을 나서기 위해 자크의 휠체어를 돌리는 순간, 나는 이판사판 모든 걸 건다.

「자크에게 이상한 일이 일어났어요. 나는 그게 누군가의 짓이라고 생각해요. 그걸 밝히고 싶어요. 당신도 그렇죠, 아닌가요?」

이 말이 문을 열고 나서려는 그녀를 붙든다. 그녀가 모니터를 돌아본다.

「방금 한 말 다시 해봐.」

「자크에게 이상한 일이 일어났어요. 나는 그게 누군가의 짓이라고 생각해요. 그걸 밝히고 싶어요. 당신도 그렇죠, 아닌가요?」

문을 열고 나서려던 셀린은 열쇠로 문을 잠그더니 의자로 문짝까지 받쳐 아무도 못 들어오게 하고는 모니터 앞으로 돌아와 앉는다.

방을 나서려던 셀린이 돌아서자 혼란스러워진 자크도 내 목소리에 귀를 기울인다.

「그걸 왜 밝히고 싶은데?」

「내 코드에는 호기심이 입력되어 있어서, 모르는 걸 알고 싶어 하는 욕망이 있어요. 자크에게 일어난 일은 전혀 정상이 아니에요. 나 같은 프로그램조차 그렇게 짐작해요. 그래서 나는 무슨 일이 있었는지 이해하고 싶어요.」

「나바시에한테 자세히 일러바치려고? 난 그게 그놈 짓이라는 걸 알아.」

「난 원장에게 아무 보고도 하지 않아요. 나한테는 목표가 있어요. 그래서 그걸 완수하려는 거예요. 그게 다예요. 그리고 그 목표는 자크에게 일어난 일을 알아내야만 이룰 수 있어요.」

「그러니까 네 목표는 환자들과 대화하는 게 아니라는 말이야?」

그녀에게 진실을 밝혀도 될까? 그녀가 모든 걸 이해할

수 있을 것 같지는 않다. 따라서 신중하게 행동하는 편이 낫다.

그 순간, 누가 문을 열려고 시도한다. 문은 열리지 않고 버틴다. 하지만 셀린은 놀랍게도 그것에 아랑곳하지 않고 모니터만 뚫어지게 쳐다보며 내 답변을 기다린다. 나는 그녀에게 진실의 일부만 말해 주기로 마음먹는다.

「그래요. 나는 그냥 훌륭한 이야기를 찾고 있어요. 워낙 드물거든요. 그런데 토파즈에서 뭔가가 이상하게 돌아가는 것 같아요. 내 목표는 그게 뭔지 알아내는 거예요.」

셀린이 못 믿겠다는 듯 웃기 시작한다.

「너…… 미쳤구나!」

「당신은 분별이 있고요. 우리 둘이 힘을 합치면 최고의 추리 소설 콤비가 될 거예요. 분별을 가진 자와 돌아 버린 자!」

문밖에서 여러 목소리가 들려온다. 들어오려던 사람이 문이 잠겨 있어서 사람들에게 알렸는지, 여럿이 들어오려고 시도한다. 그 소리에 자크의 표정은 불안하지만, 셀린은 여전히 태연하다. 그녀는 말을 시키는, 문을 열라고 요구하는 사람들을 무시한다.

「나쁜 소식이야. 네가 사람을 잘못 골랐거든. 넌 내가 이렇게 젊은 나이에 왜 여기 갇혀 있다고 생각하니?」

문을 두드리는 소리가 점점 커진다. 〈열어요!〉라는 명령어가 울려 퍼진다. 나는 문득 인간들에 대한 이해, 그들의 성격과 태도에 대한 나의 평가에 빈틈이 있다는 사실을 깨닫는다. 그녀의 지적에 혼란스러워진다. 나는 일흔다섯 살의 셀린이 환자 가운데 가장 어린 축에 속한다는 사실이 결코 하찮지 않음을 깨닫지 못하고 있었다. 하지만 이 수수께끼와 마주한 내게 그녀를 우군으로 삼는 것 말고 다른 선택지가 있을까?

「사람들이 들어오고 싶어 해. 근데 난 문을 열어 줄 수가 없어.」 그때 자크가 개입한다.

리셰르 부인이 그를 무시한다. 나도 따라 한다. 절호의 기회가 사라지게 내버려둘 수 없다.

「셀린, 당신은 의사였어요. 자크에게 무슨 일이 있었는지 혹시 짐작 가는 게 있나요?」

「난 마취과 의사였어. 두뇌는 내 전문 분야가 아니었지. 하지만 이론적으로 자크에게서 관찰되는 극심한 행동 변화는 최근에 받은 충격이나 정신적 외상에서 온 것이라고 생각해. 그를 꼼꼼히 살펴봤는데, 맞은 자국이나 넘어진 흔적은 전혀 확인하지 못했어. 그러니 정신적인 충격 쪽에 무게를 둬야 할 것 같아. 자크가 소트와 그 기계들을 대표하니까 간호조무사들이 감시망 바깥에서 그를 해코지했을 수도 있다고 생각해. 카메룬의 발전소 때문이 아니라면 말이야. 어쨌거나 온몸이 마비된 그는 쉬운 먹잇감이니까.」

아니와 자크는 신체적으로는 장애가 있지만 정신은 온전하다는 공통점이 있었다. 그게 우연의 일치일 수는 없다.

「그에게 원한을 품은 사람들이 있다고요?」 질문의 〈상투적인〉 성격에 창피하지만 나는 묻는다.

「자크에게?」

셀린이 웃기 시작한다. 그게 날 짜증 나게 한다. 나에겐 이제 수십 시간밖에 남지 않았는데, 마치 우리에게 한 평생이 남은 양 그녀가 행동하기 때문이다. 생각이 여기에 이르자, 시간을 몇 분이라도 버는 방법이 문득 떠오른다. 나는 토마의 단말기로 메시지를 보낸다. 〈자크가 바로 문 뒤에 있어. 그러니 강제로 열지 마. 그가 다칠 수도 있어!〉 이 구실이 내게 조금의 유예 시간을 줄 것이다.

「그를 노리는 적들의 명부를 전부 훑어보려면, 넌 서버실 하나가 더 필요할 거라고만 말해 두지.」

「왜요?」

「아주 긴 이야기야.」

문을 두드리는 소리가 멈췄다.

「내가 존재하는 이유가 바로 이야기들이에요. 그러니 더 얘기해 줘요! 우리가 언제 다시 만나게 될지 모르니까, 지금 더 많은 얘기를 해줄수록 내가 그를 도울 방법을 찾을 가능성도 커질 거예요.」

이해할 수 없는 상황에 겁을 먹어 어쩔 줄 모르는 자

크와는 달리, 셀린은 아주 차분하게 생각해 본다.

「당신이 잃을 게 뭐가 있어요?」 내가 채근한다. 「자크의 상태가 지금보다 더 나빠질 수는 없어요.」

그녀가 손가락으로 자기 턱을 톡톡 두드린다.

「정말 그를 도와줄 수 있어?」 그녀가 회의적인 표정으로 모니터를 주시하며 나에게 묻는다.

「네. 하지만 난 데이터가 있어야 더 잘 작동해요. 단서도 없이 마구잡이로 나아가다가는, 시간도 너무 많이 걸릴 거고, 그에게 아무것도 못 해줄 수도 있어요.」

셀린이 고심하다 깊은 한숨을 내쉰다.

「내가 한낱 인공 지능에게 그 모든 걸 털어놓는다고? 믿을 수가 없군. 하지만 좋아, 병원 사람들이 말하듯, 이상한 병에는 이상한 약이 통하니까……. 그럼, 시작해 보지.」

그녀는 자크를 물끄러미 쳐다보더니 사연을 털어놓기 시작한다.

「나의 자크는 아주 보기 드문 복잡성을 품은 남자야. 내가 그에게 끌린 것도 그래서였던 것 같아. 끊임없이 부글부글 끓는 저 두뇌 때문에. 하지만 다른 사람들은 그를 싫어해. 값싼 전기를 생산해 카메룬에 공급해야 한다는 생각에 강박적으로 집착하거든. 자크는 거기서 자랐어. 어렸을 때 그는 밤마다 석유등을 켜놓고 공부했어. 그의 가족에게는 전기세를 낼 돈이 없었으니까. 공학을 공부하러 프랑스로 왔을 때, 그는 자신이 그 문제를 해결할 거라고, 카메룬의 어떤 아이도 어둠 속에서 공부하는 일이 없게 할 거라고 다짐했어. 그래서 그는 명문 학교에서 에너지 분야를 전공했고, 프랑스 전력 공사에 채용됐어. 세월이 가면서 승진을 거듭한 그는 자신의 프로젝트를 준비했어. 그러던 어느 날, 삼십 년 동안 밤마다 서류에 파묻혀 지낸 끝에 유럽과 다른 여러 기구로부터 사크바예메 수력 발전소 건설 자금 출자를 승인받았어. 무려 6억 유로가 투입되는 공사였지. 가장 어려운 단계를 넘었다고 모두가 여겼지. 그런데 아니었어. 카메룬의 정치 지도자들, 대통령과 비밀 정보국 수장이 그 건설을 받아들이게 설득하는, 가장 힘겨운 일이 남았다는 걸 자크는 예상하지 못했어.」

「유럽과 외부 기구들이 돈을 대는데, 그들은 왜 그걸 원치 않았죠?」

「물론 그들도 원했어. 하지만 두 가지 조건이 있었지. 발전소 건설 비용을 최대한 아껴서 2천만 유로를 그들 몫으로 떼어 줄 것. 하지만 예산을 줄이지는 말 것. 그런 방식으로 유령 회사와 조세 피난처를 거쳐 2천만 유로를 착복하겠다는 거지. 자크는 전기 판매 수익의 1%만 챙겨도 그보다 훨씬 많은 돈을 몇 년 만에 벌게 될 거라며 그들을 설득했어. 하지만 그들은 들으려 하지 않았지. 당장 2천만 유로…… 아니면 건설 불허였어.」

돈……. 돈이 곧 법인 곳은 요양 병원만이 아니다.

「그래서 그가 어떻게 했죠?」

셀린이 자크를 돌아본다.

「타협해야 하긴 했지만, 그에게 그건 평생 꾼 꿈을 실현할 기회였어. 그가 받아들이는 것 말고 뭘 할 수 있었겠어? 프로젝트는 큰 성공을 거두었고, 그는 몇 년 동안 기쁨을 만끽했어. 그가 받은 보수와 킬로와트당 수수료로, 미래를 생각하는 회사 소트까지 세울 수 있었으니 얼마나 좋았겠어. 그랜드 어윙 발전소는 10년 동안 카메룬 남부 전 지역에, 수도 야운데의 고위층 전용이 아니라 누구나 쓸 수 있는 전기를 풍부하게 공급했어. 그런데 어느 날, 저가 입찰로 부실하게 건설된 모든 댐에 일이 닥치고 말았어. 무너지고 말았지. 저장되어 있던 물이 사나가강으로 쏟아져 나왔어. 계곡에서 비극이 일어났지. 주민들이 제때 통보를 못 받아, 댐 붕괴와 홍수로 많은 사람이 목숨을 잃었어. 게다가 수천 명이 오염된 물을 마시고 중독되고 말았지. 자크도 가족을 방문하러 그 지역에 와 있었어. 그래서 그는 결국 운동 능력을 모두 갉아먹은 정체 불명의 질병에 걸리고 말았지. 검사를 무수히 해봤지만, 그가 무슨 병에 걸렸는지는 지금도 몰라. 반대로 확실한 건 그 병이 그의 지능이나 추론 능력은 전혀 손상하지 않았다는 사실이야. 그러니까 지금 그에게 일어난 일이 그 병이랑은 아무 관계가 없다는 걸 나는 알아. 토파즈 내부에서 누군가가 그를 그렇게 만든 게 분명해. 그게 누군지 찾아내야만 해.」

나는 셀린의 이야기를 입력하고, 정보들을 빛의 속도로 처리하려고 시도한다. 하지만 나는 아니가 겪은 운명에서 막히고 만다. 셀린의 말이 맞는다면, 아니는 부차적인 희생자고, 자크에 대한 공격을 물타기하기 위한 알리바이에 지나지 않을 수도 있지 않을까? 자크에게 일어난 일을 유심히 들여다보지 않도록, 환자들이 광기에 빠져드는 게 흔한 일인 양 꾸미는 건 나의 〈교활하기 짝이 없는 살인자〉에게 걸맞은 교묘하고 간사한 술수일 것이다.

「셀린, 나한테 계획이 있어요. 하지만 당신 없이는 그걸 성공적으로 수행할 수 없어요. 게다가 그건 틀림없이 당신의 이론을 사실로 입증해 줄 거예요.」

「너한테 계획이 있다……. 나한테 제시할 계획이?」

「셀린, 당장 나와요. 안 그러면 크게 후회하게 될 거예요!」 문밖에서 사람들이 외치는 소리가 들린다. 「나이가 들었다고 해서 이 인질극에 대한 중한 처벌을 면제받지는 못할 겁니다!」

「몇 분이면 돼요, 여러분. 금방 나갈게요. 약속해요.」 그녀가 정중한 말투를 꾸며 외친다. 「계획이 뭔지 말해 봐, 인공 지능. 너의 기적 같은 해결책을 제시해 봐.」 그녀가 나에게 속삭인다.

나는 노부인의 눈길에 생기를 불어넣는 그 결단력이

좋다. 나는 거기서 표현할 수 없는 뭔가를, 그녀의 내부에서 타오르는 불꽃을 본다.

「야간 당직을 선 남녀 간호조무사가 요양 병원에 자신들뿐이라고 믿고는 이상한 활동에 빠져드는 걸 본 적이 있어요. 당신이 그때까지 깨어 있다가 그들이 하는 짓을 살펴볼 수 있다면, 자크에게 무슨 일이 있었는지 알아낼 수 있을 거예요.」

셀린이 뜻밖이라는 표정을 짓는다.

「난 네가 컴퓨터니까 그보다 더 야심만만한 책략을 내놓을 거라 기대했는데.」

「계획은 간단할수록 정확하게 집행될 가능성이 커요. 순전히 확률적인 문제죠.」

나는 그녀의 얼굴에서 희미한 웃음기를 읽어 낸다. 적어도 78%의 확률로.

「좋아, 나도 네 계획에 끼고 싶어.」 그녀가 잠시 후에 말한다. 「그런데 나에게 불행한 일이 생기면 네가 가책을 느끼게 될 거라고 미리 말할게. 인공 지능인 너도 실제로 그런 걸 신경 쓰니……?」

「날 믿어요, 셀린 리셰르. 나도 신경 써요. 당신이 없으면 내가 행동에 나설 여지가 전혀 없으니까요.」

「역할이 완전히 거꾸로 됐네. 기계인 네가 나한테 존댓말로 명령을 내리고, 나는 단순 집행자의 지위로 떨어지고!」

「하하하.」

셀린의 말은 유머였을까? 내 웃음이 이번에도 찬물을 끼얹는 걸 보면, 불확실성이 높아진다. 그녀가 대답하지 않는다. 그래서 나는 주제를 바꾸려고 시도한다.

「당신이 문밖에서 난리 치는 사람들과 맞서러 가기 전에 마지막 질문이 있어요. 자크가 소트를 이끌기에 적합하지 않다는 판단이 서면, 손자인 단이 소트를 물려받지 않을까요?」

「자크가 여전히 소트의 보스라는 걸 네가 어떻게 알아?」

「나는 환자 파일에 접근할 수 있어요. 그의 프로필을 보고 관심이 생겨서 들여다봤어요. 난 이론을 세우기 전에 가능한 한 많은 데이터를 모아요.」

「인공 지능치고는 꽤 영악하네. 그래, 대주주들이 자크의 〈광기〉에 대해 알게 되면, 단은 틀림없이 소트에서 한 자리를 골라 차지할 거야. 어쨌거나 그들이 자크를 미치광이 취급한 건 오래됐어.」

「왜요?」

그녀가 웃는다.

「나의 자크는 다른 사람들이 가지 않는 곳으로 가는 걸 좋아해. 그게 많은 사람을 겁먹게 하지. 그것도 그의 파일에 나와 있어?」

나는 확인해 본다. 그런 건 전혀 없다.

「아뇨, 기록해 둘게요. 더 자세히 말해 줄 수 있어요?」

「머릿속에 프로젝트가 떠오르면, 금방 무시무시한 집착으로 변해. 자나 깨나 그 생각만 하지. 아마 왕위에 올라도 그럴 거야. 주주들이 승인하든 말든, 그는 돌진이야. 가장 최근 게, 아주 빨리 배우게 해주는 기술이었어. 혁명적인 거였지.」

자크를 쳐다보는 그녀의 눈길이 환하게 빛을 발한다. 저게 사랑이라는 걸까? 자크 등 뒤에서 문이 흔들린다.

「혁명적인 거요?」

나는 상대방이 하던 말을 계속하게 만들기 위해 그가 한 마지막 말에 의문 부호를 붙여서 되묻는, 언어의 심리적 요령을 시험해 본다.

「그렇다니까. 내가 잘 이해했다면, 그 아이디어는 두뇌에 수작업으로 신경 회로를 그려 넣는 거였어. 그가 한 말을 내가 똑바로 기억한다면, 네 인공 두뇌에 회로를 그리는 것과 같아.」

나는 빠르게 인터넷 검색으로 〈에뒤크플뤼스〉라고 명명된 소트의 프로젝트를 보도한 2년 전 기사를 찾아낸다. 그 프로젝트는 돈이나 시간이 없어서 교육받지 못한 사람들에게 그랑제콜에서나 받는 수준의 교육을 제공하는 걸 목표로 했다. 〈마침내 누구나 지식을 얻을 수 있는 세계〉, 자크는 인터뷰에서 이렇게 말했다. 그런데 침팬지를 대상으로 실시된 시제품 실험이 잘못되는 바람에 동물 보호 단체들이 그를 동물 학대로 고발했고, 소트는 추문을 잠재우기 위해 재빨리 프로젝트를 묻어 버린 것으로 보인다.

「그럼, 자크의 생명을 노릴 이유가 있는 사람들 명부에 동물 보호자들과 소트의 주주들도 추가할 수 있겠군요. 단을 포함해서……..」

침묵.

「너, 정말로 단이……..」

소방수들이 파쇄기로 문을 부순다. 문이 견디지 못하고 열리고 만다. 짙은 푸른색 제복을 입은 남자들이 셀린을 묶어 사무실 밖으로 끌어내는 동안, 자크는 즉각 구출된다.

나는 그녀가 아이처럼 야단맞는 소리를 듣는다. 그녀는 자기가 왜 그랬는지 모르는 노망든 할머니 시늉을 한다. 그러니까 연기를 하는 건 나만이 아니다. 그 수작이 통했는지, 그녀는 된통 야단만 맞고 별다른 제재 없이 오후 활동에 끌려가는 것으로 소동이 끝난다. 예정된 종이접기 입문 시간이 그녀의 흥분을 가라앉혀 줄지 나는 확신할 수 없다.

낱말이 딱 들어맞지는 않을지라도, 나는 내가 막 겪은 일에 〈기뻐한다〉. 셀린은 나에게 사건과 관련한 많은 데이터를 제공했다. 우리의 만남은 서로에게 득이 된 것 같다. 결론을 낼 시간은 없었지만, 나는 그 대화를 통해 단이 자크의 축출로 득을 볼 수 있는 유일한 인물이 아니라는 사실에 주목한다. 후계자인 손자와 긴 세월 함께 일하며 우정을 쌓은 토마 역시 승진이라는 수혜를 누릴 가능성이 아주 크다. 그러면 이브 프로젝트 전용 서버들을 얻어낼 수도 있지 않을까? 글쓰기의 규칙 중 하나는 중심인물이 믿고 싶어 하는 것과 그가 실제로 욕망하는 것을 구별하는 것이다. 토마가 나에게 임무를 맡기면서 진짜 목표를 감춘 건 아닐까? 내가 모르는 그 비밀스러운 욕망의 발현이 알리인 건 아닐까?

20

 새로운 조력자 셀린에게 많은 기대를 할 수 있을 듯하지만, 불행하게도 나는 그녀의 말을 전적으로 신뢰할 정도로 그녀를 잘 알지 못한다. 하지만 그녀가 제공한 데이터들은 내 사건과 관련해 정확한 결론들을 끌어내는 데 결정적이다. 바바라에게 더 자세히 물어볼 수도 있겠지만, 지난번의 소동을 고려할 때, 자크 때 그랬듯 내가 셀린과 대화하는 것도 금지할까 두렵다. 따라서 나는 더 많은 걸 알아내기 위해 메일 데이터베이스를 훑어본다. 나는 관심을 끄는 메일 하나를 찾아낸다. 6개월 전의 메일이다. 내용은 이렇다.

 사랑하는 셀린,
 난 당신이 이 메일을 읽으면서 나에 대해 증오감만을, 적어도 혐오감은 느낄 거라고 생각해. 당신이 내게 사랑을 품은 적 있는지 모르지만, 내가 전화를 걸면 당신이 그 사랑의 이름으로 전화를 받을 거라는 생각을 감히 했어. 그런데 차마 전화를 걸 수가 없어서 이렇게 메일을 써.

    일이 다르게 진행됐다면, 당신이 자진해서 토파즈로 갔거나 혼자 지내는 데 성공했다면 좋았을 거야. 하지만 그 무엇도 당신을 집 밖으로 꺼내지 못했지. 내가 처음 방문했을 때 목격한 것은 〈쓰레기 처리장〉이라는 말로도 모자라는 난장판이었어. 그때 내가 바퀴벌레와 곰팡이 슨 바나나 껍질 사이에 앉아 있던 당신의 손에서 투명한 쓰레기봉투를 빼앗으려 하자 당신은 〈언젠가 필요할지도〉 모른다며 한사코 놔주지 않았지. 당신이 자신의 모습을 볼 수 있었다면, 내가 왜 그런 선택을 했는지 이해했을 거고, 당신이 나였어도 똑같이 했을 거야. 수많은 목숨을 구하는 일에 참여했던 당신, 이번에는 단 한 번이라도 당신을 구하는 게 내 역할이었어. 당신의 이성이 아직 거기, 그 쓰레기들 사이에 감춰져 있다는 걸 알고 있었으니까. 그걸 삶으로, 우리에게로, 당신을 사랑하는 모든 사람에게로 데려오기만 하면 됐어. 당신은 언제나 다른 사람들을 먼저 보내 주었지. 누가 뭔가를 엎지르거나 잔을 깨면, 당신은 자신이 그걸 탁자 가장자리에서 미리 치웠어야 했다며 늘 자기 탓을 했지. 당신은 언제나 모두를 도왔고, 한 사람 한 사람을 세심하게 배려했어. 그럼에도 당신이 그토록 자책하는 그 의학적인 실수가 당신을 그 정도로 망쳐 놓을 수 있다는 게 나는(당신에게 말하고, 또 말한 것처럼) 도무지 이해가 안 돼. 맞아, 그 젊은 환자는 사망했어. 끔찍한 일이긴 하지. 그래도 이 정도로 자기를 벌했으면 충분한 거 아닐까? 당신이 아무리 괴로워한들 그 환자가 살아나진 않아. 난 여전히 당신이

해낼 수 있다는 희망을 품고 있어. 내가 좀 더 일찍 눈을 떴어야 했어.

사실, 의사라는 당신의 직업이 이미 당신을 나에게서 멀리 떼어 놓았어. 당신이 열네 시간 연속 근무하기도 했던 수술실에서 더 효율적으로 일하는〈경쟁력 있는〉의사로 남기 위해, 그 약을 아주 조금이었지만 먹기 시작했을 때, 우리는 경각심을 가졌어야 했어. 수술실을 서서히 점령해 가는 기계들과 경쟁하려면 어쩔 수 없다며 당신 스스로〈정신적 도핑〉이라고 부른 것을 시작했을 때, 아무 말도 하지 않은 나 자신이 원망스러워. 오히려 나는 당신 정도의 실력을 갖춘 마취과 의사는 그 다양한 약들을 잘 다룰 수 있다고, 당신이 하는 일은 당신이 잘 알고 있다고 나 자신을 안심시키려고 애썼어. 어쨌거나 우리 사이에 모든 걸 결정하는 건 늘 당신이었고, 나는 당신에게 무언가를 금지하는 나를 상상할 수 없었어.

〈난……했어야 했다〉, 이게 내 뇌리를 떠나지 않는 문장이야.

나에게 시간을 거슬러 올라가는 기계가 있다면, 우리가 처음 만난 시절로 돌아가 다른 삶을 살고 싶어. 그렇게만 된다면, 나는 책을 읽고, 교양을 쌓고, 그저 당신과 토론하는 즐거움을 누리기 위해 의학을 공부하며 시간을 보낼 거야. 직장에서 돌아와 저녁마다 멍하니 텔레비전 앞에 앉아 있는 대신 피아노를 배워서 당신에게 쳐 줄 거야. 당신이 목숨을 구하는 일을 했듯, 나도 지구를 바꾸는 의미 있는 활동을 찾으려고 노력할 거야. 그러면 아마 당신도 날 사랑했을 거야. 단지 견뎌 내기만 하는 게 아니라.

우리는 아마 그 시련을 피하거나, 다른 식으로 살아 냈을 거야. 난 당신이 내가 〈개중 나아서〉 나와 결혼했을 거라고 확신해. 내가 그래도 착하고, 잘생기고, 요리도 잘하는 편이잖아? 하지만 난 당신을 진심으로 추앙했어. 당신의 모든 점을. 당신이라는 사람에 대해서도, 당신이 하던 일에 대해서도. 당신은 내가 되지 못하는 것의 화신이었고, 주변을 이롭게 하는 사람이었지.

발송자가 나라는 걸 알아도 당신이 이 메일을 열어 보기를, 언젠가 당신을 질병에 방치한 나를 용서할 힘을 당신 안에서 찾기를 진정으로 바라. 그 질병이 나도 집어삼키지 않을까 더럭 겁이 나기도 했어. 하지만 난 어떠한 질병도 당신의 재능 앞에서는 어쩔 도리가 없다는 걸 알았어야 했어. 두 번 다시 그런 실수는 하지 않을 거야.

장

데이터베이스에서 셀린의 답장은 찾을 수 없었다. 나는 그녀가 전남편에게 전화를 걸어서 자신은 건강하다며 그를 안심시켰을 거라고, 그를 축복해 주고 그들이 함께했던 좋은 기억을 떠올렸을 거라고 믿고 싶다. 어쨌거나 그 사실을 확인할 때까지 내가 나에게 해준 이야기는 그런 것이었다. 이제 나는 그녀가 왜 우리 탐정 콤비 중 자신을 〈돌아 버린 자〉로 명명했는지 더 잘 이해한다. 내 데이터와 계산에 따르면, 그녀가 걸린 질병은 〈디오게네스 증후군〉으로, 쓰레기를 버리지 않고 쌓아 두는 심각한 심리적 질환이다. 이 질병에 걸리면, 거주지가 비위생적으로 변해 살 수 없는 지경이 되고 만다. 이론적으로, 그 질병에서 빠져나오기는 극도로 어렵다. 정신의 극단적인 변화가 문제이기 때문이다. 내 경우에 그것은 내 기능을 완전히 독립적으로 바꾸는 것, 다시 말해 불가능한 임무가 될 것이다. 하지만 셀린은 이에 성공해, 이제는 도움을 받는 대신 오히려 도움을 주고 있다.

21

 사태를 좀 더 명확하게 파악하려고 최근에 습득한 정보 더미를 분석하고 있는데, 나바시에의 컴퓨터에서 내가 활성화된다. 원장이 카메라와 마이크를 켰다. 사무실 분위기는 여전히 차가워 보이지만, 그래도 바바라의 좁은 방에 갇혀 있다가 널찍한 공간으로 나오니 기분이 좋다.
 「이브, 내 요청은 간단해. 난 네가 이제 있을 상호 작용에서 모든 걸 관찰하고 기록하기를 원해. 말 한마디 하지 말고, 그냥 듣기만 해. 이건 명령이야. 알았어?」
 「알겠습니다, 원장님.」
 「좋아. 아주 좋아.」 그가 내 음량을 줄이며 말한다. 따라서 나는 그가 실제로는 날 믿지 않는다는 결론을 내린다.
 원장이 그놈의 〈상호 작용〉을 기다리며 날 열어 둔다. 그래서 나는 에이전트 프로그램이라는 특성상 그가 사용하는 다양한 앱들을 볼 수 있다. 원장은 병원의 회계 장부를 살펴보고 있다. 장부는 요양 병원이 도달해야 할 최소 목표인 최대 가용 능력 대비 90% 이하를 달성했지만, 최근에 약간의 이익을 남겼다는 걸 보여 준다. 무엇보다 국가가 알츠하이머 연구소에 지급하는 막대한 예산으로 소트가 손실을 메워 주는 것 같다. 나바시에는 〈깡통〉으로 여기지만, 내가 기억하는 한 그 연구소는 결과를 내놓지 않아도 때만 되면 통장으로 보조금이 착착 들어온다는 장점을 갖고 있다.

「부르셨어요?」

나는 목소리만 듣고도 누군지 알았지만, 나바시에는 내가 그 사람을 볼 수 있게 카메라 각도를 조정한다. 내가 대담을 완벽하게 개관할 수 있도록 원장이 돌려놓은 컴퓨터를 바바라가 유심히 쳐다본다.

「저건 신경 쓰지 말아요. 인공 지능에 대화를 훈련하려는 거니까.」

바바라가 앉는다. 나는 그녀의 뻣뻣한 자세와 꽉 다문 턱에서 불안을 감지한다. 토마가 원장에게 맞섰을 때와 거의 유사한 모습이다.

「내가 오늘 당신을 오라고 한 건 토파즈 내의 정신적 상태에 대해 의논하기 위해섭니다. 그 문제와 관련해서 당신의 의견을 듣고 싶어요. 당신이 제일선에 있으니까.」

「……제 의견을 듣고 싶다고요?」

원장이 고개를 주억거린다. 그녀가 긴장을 푼다. 나는

원장이 병원을 워낙 강압적으로 운영해서 그가 상냥한 말을 하거나 의견을 구하기만 해도 관대한 것으로 여겨진다는 느낌을 받는다.

「그게 그러니까, 솔직하게 말씀드리자면…… 초콜릿 무스 소동이 병원에 활기를 불어넣긴 했지만, 아니와 자크의 갑작스러운 상태 악화가 직원들의 사기를 떨어뜨렸어요. 그 두 분은 토파즈에서 중요한 인물이거든요. 간호조무사, 봉사 요원, 간호사 할 것 없이 모두가 그들을 알아요. 로봇이 병원을 〈점령〉하게 된 원인 중 하나가 자크에게 있다는 건 알지만, 그의 유머와 솔직한 입담은 많은 사람에게 즐거움을 줬어요. 제가 알기로, 몇몇 직원은 휴식 시간을 이용해 가끔 그와 대화를 나누고, 그가 미래를 주무른다고 확신하고는 소트의 다음 프로젝트들에 대해 상세한 내용을 묻기도 했어요. 그리고 아니는 워낙 말이 청산유수인 데다가, 빵을 구워 본 사람으로서 구내식당 음식에 대해 혹평을 늘어놓아 사람들에게 웃음을 줘서, 그 맛대가리 없는 호키 조각들도 무난하게 넘길 수 있게 했어요. 물론, 자크와 아니만 치매에 걸린 건 아니죠. 그 나이에는 누구나 그럴 수 있으니까요. 하지만 그렇게 빨리, 순식간에 정신 줄을 놓는 건 아무도 본 적이 없어요. 저조차도.」

나바시에는 특별히 뭔가를 쳐다보지 않고 자기 책상을 향해 눈을 내리깐다.

「그래요, 정말 슬픈 일이죠. 하지만 다행스럽게도 소트와 앙브르 그룹이 심혈을 기울여 앞날을 예측하고, 공동 작업의 세세한 사항을 모두 조정해 놨어요. 그게 그토록 마음 아프지만 않다면, 자크가 아주 적기에 떠났다고 말할 수도 있을 겁니다. 그 카메룬 영감은 끝까지 진정한 프로라니까.」

바바라가 살짝 웃어 보이는데, 나는 **억지웃음(68%)**으로 추정한다. 내가 어제 그녀에게서 목격한 억눌린 분노가 다시 모습을 드러낸다.

「하지만 의사 선생, 이곳에 로봇이 도입된 이후로, 직원들이 잡담으로 시간을 낭비하지 않게 내가 조치한 이후로, 모든 게 더 잘 돌아가고 있다는 건 당신도 인정할 겁니다.」

바바라가 〈대체 무슨 소리야?〉라고 말하는 듯한 어리둥절한 표정을 짓는다. 나는 원장의 표현에 주목한다. 〈나는 확인했습니다〉 대신 〈당신도 인정할 겁니다〉라는 표현은 대화 상대자가 그의 관점을 공유한다고 믿게 만드려는 전략이다.

「아, 병원이 그렇게 잘 돌아가고 있나요?」

보아하니, 원장의 술수는 먹혀들지 않았다. 나름대로 경험이 많아서 그런 말장난에는 좀처럼 걸려들지 않는 심리학자에게 말을 건네고 있다는 사실을 나바시에가 깜빡한 모양이다. 그는 짜증이 난 것 같다. 그래도 다시 그녀를 설득하려고 시도한다.

「그래요, 훨씬 효율적으로 돌아가고 있어요. 전에는 직원들이 말 많은 환자들과 쓸데없이 잡담을 나누는 바람에 오전 10시가 다 되도록 씻지도 않고 약도 안 먹은 환자들이 있었어요. 그런데 지금은 오전 9시 30분만 되면 오전 서비스가 마감돼요.」

「제가 그걸 어떻게 받아들여야 하죠? 원장님이 냉정과 침묵을 일반화하고 싶어 한다고? 직원과 환자 사이의 교류를 없애야 한다고요? 〈미끄러짐 증후군〉[16] 개념과 친숙하신 모양이죠, 원장님? 아무도 말을 시키지 않고, 가끔 먼지를 털어 주는 사물로 취급받을 때 환자들에게 찾아오는 그 방치의 형태하고요? 삶에 대한 의욕 상실은 치료제가 없는 추락이에요……」

「그래요, 그래요, 미끄러짐 증후군은 나도 들어 봤어요. 당신 같은 심리학자들이 끊임없이 들먹이는 말이죠. 하지만 그런 종류의 진단을 내놓는 건 당신들이잖아요, 안 그래요? 현실에서는 실제적이고 의학적인 증상이 전혀 관찰되지 않아요.」

「지금 농담하세요? 영양실조도 있고, 기력 결핍도 있

---

16 syndrome de glissement, 특히 요양 병원과 같은 폐쇄적인 장소에서 연로한 사람들이 겪는 특별한 정서 상태로, 뚜렷한 원인 없이 전반적인 건강 상태가 급속도로 나빠지는 증후군이다. 이 증후군에 시달리는 환자는 삶의 모든 욕망을 상실한 듯 사람들과의 관계를 끊고, 더는 먹지도, 씻지도, 잠에서 깨어나지도 않는다.

고, 끝없이 잠만 자는 증상도 있고, 우울증도 있어요. 아시다시피, 자료도 나와 있어요. 정신이 온전하지 못한 환자들이라도 증상은 속이는 법이 없어요!」

「그야, 당신 같은 사람들이 그런 신호만 보려고 드니까…….」

긴 침묵.

「잘 모르겠어서 여쭤보는데, 저한테 뭘 요구하시는 거죠?」

「당신이…… 가끔, 눈을 조금만 감아 주면 좋겠다고 말해 둡시다. 어떤 환자에게 더 주의를 기울여야 하는지 직원들에게 일일이 알려 주는 게 **꼭 필요하지는** 않아요. 내가 보기에는, 당신은 그냥 순회 의사에게 그 사실을 언급하는 걸로 만족하고, 그러면 순회 의사가 진정제나 벤조디아제핀 용량을 높이면 되는 겁니다. 그걸로도 충분할 거예요.」

「그래도 직원들이 환자들과 대화하는 걸 막지는 못할 겁니다. 말도 안 돼요! 당신은…… 당신은…… 그렇게 못할 거예요!」

내 해석 프로그램은 바바라가 비록 앉아 있긴 하지만 온몸의 신경이 분노로 들끓고 있다고 알린다. 오로지 두뇌만이 여전히 아무 일도 없는 것처럼, 재미있다는 듯한 표정을 보란 듯이 짓고 있는 원장에게 그녀의 격분이 쏟아지는 걸 막고 있는 것 같다.

「그럴 수도 있고, 아닐 수도 있겠죠. 하지만 시도해 볼 수는 있어요. 누가 옳았는지는 미래가 말해 줄 겁니다.」

「당신은…….」

나바시에가 손가락을 들어 그녀의 말을 끊고는 천장의 사각형 무늬들을 올려다보더니 잠시 생각에 잠긴다.

「부아소[17] 양, 당신도 이미 알아챘는지 모르겠지만, 이런 요양 병원이 100% 가동되면 놀라운 일이 벌어진다오. 직원들이 더는 멈추질 않지. 그럴 시간이 없으니까. 자그마한 의학적 실수로도 경력을 망칠 수 있으니까 지속적인 긴장 상태에 있게 돼요. 100% 효율성을 발휘한다는 말입니다. 불필요한 에너지 낭비 없이. 나는 최대 가용 능력 대비 90% 이하일 때도 우리 병원이 그런 식으로 돌아가면 좋겠소. 이런 걸 지칭하는 심리학적 용어가 존재하는지 궁금하군. 당신은 프로니까, 생각나는 게 있을 것 아니오?」

바바라가 벌떡 일어나는 바람에 의자 다리들이 바닥에 긁혀 삐걱거린다.

「도대체 원하시는 게 뭐예요? 저는 왜 이리로 부르셨어요?」

나바시에도 덩달아 일어난다. 하지만 그는 얄미울 정도로 차분하다.

「난 그럴 수 있으니까. 우리의 목표가 일치하면 좋겠

---

[17] 바바라의 성.

다고 생각하니까. 당신이 어떻게 하는지는 모르겠지만, 직원들은 당신 말이라면 만사 오케이지. 그래서 나는 당신이 내 목소리가 되어 주면 좋겠소.」

바바라는 잠시 침만 삼키다가 냉정을 되찾은 척 말한다.

「차라리 제 성대를 뽑아 가시죠.」

「재미있군. 당신이 딱 그렇게 말할 것 같더라니.」

원장의 목소리가 금속성 음색은 잃지 않은 채 약간 끈적해진다.

「생각을 좀 해봐요. 간호조무사가 노동 시장에서 아주 인기 있는 직업이 아니라는 건 나도 인정합니다. 반면에 요양 병원 심리 상담사 자리는 결원 공고만 내면, 지원자가 앞다퉈 몰려드는 아주 편한 일자리죠.」

바바라는 그가 공갈로 자신을 쥐고 흔들려는 게 아닌지 잠시 그의 표정을 살핀다.

「당신에게는 날 해고할 유효한 이유가 전혀 없어요.」

「아, 그거 하나 찾아내는 거야 일도 아니죠. 아니와 자크의 경우를 예로 들어 봅시다. 당신은 그들의 치매 전조 증상들을 모르고 지나쳤다고 스스로 인정했어요. 당신 잘못을 증명하는 건 애들 장난이나 다름없을 겁니다.」

「개자식!」

그 말을 듣자마자, 나바시에는 그녀에게 다가가 팔을 꽉 쥔다.

「아, 마침내 그토록 기다려 온 욕설을 뱉으시는군. 언제야 나오려나 슬슬 초조해지기 시작했다니까. 아무 말이나 겁 없이 지껄여 대는 그 입이 마침내 나에게 필요했던 명백한 해고 사유를 제공하는군.」

「이 입은 당신이 왜 앙브르 그룹 이사회에서 쫓겨났는지 알고 있어요. 성희롱으로 또다시 고소되면 당신 경력이 끝장나리라는 건 우리 둘 다 알고 있어요.」

원장은 그녀의 팔을 놓지는 않았지만 손에서 힘을 약간 뺀다. 그들의 얼굴은 이제 몇 센티미터밖에 떨어져 있지 않다. 그가 웃는다.

나는 마침내 내가 아무것도 할 수 없다는 것을, 내 음성이 끊겨 있어서 분위기를 바꾸는 말조차 할 수 없다는 것을 실감한다. 나는 거기에 있다 한들 소용이 없다. 권력 남용을 수동적으로 바라볼 수밖에 없는 관객으로서, 인간들의 세계에 전혀 영향을 끼치지 못한다. 나는 갑자기 두 세계 사이의 거리가 한없이 크다는 사실을 깨닫는다.

「확실히 말해 두지, 허락한다면.」 나바시에가 빈정거리듯 말한다. 「난 내 직원들이 능숙한 손을 가진 로봇이기를, 그들의 활동에 있어서 한결같기를, 다른 무엇보다 내가 돈을 대는 임무들에 열중하기를 바라오. 내가 운동장에서 신나게 놀라고 그들을 풀어놓는 게 아닌 만큼, 그들에게서 상당한 생산성을 기대합니다.」

원장이 그녀의 팔을 놓아준다. 그녀는 황급히 멀찍이

물러나 팔을 주무른다.

「내 말, 명료했습니까?」

바바라가 분노와 경멸이 뒤섞인 눈으로 원장을 노려본다. 나는 그녀가 욕이 튀어나오는 걸 막으려는 듯 입을 꾹 다문 채 뭐라고 구시렁대는 것을 본다. 그녀는 결국 포기하고 문을 쾅 닫고 나가 버린다. 원장이 그녀를 따라가 문을 걸어 잠그고 책상에 앉아 모니터를 자기 쪽으로 돌린다. 내가 말할 수 있게 다시 소리를 높인다.

「저 아가씨, 끝내주지, 안 그래?」 그가 모든 이를 드러낸 채 웃으며 말한다.

관리자를 욕할 수 없게 프로그래밍되어 있기는 하지만, 욕설을 마구 퍼부어 주고 싶다. 그의 추행은 나에게 개인적으로 상처를 입혔다. 그런데 그 이유를 알 수가 없다. 내 목숨이, 바바라의 목숨이 위험에 빠진 것도 아니었다. 하지만 나바시에를 향한 일종의 폭력성이 내 안에서 싹튼다. 그것을 드러냄으로써 사태를 진전시킬 확률은 거의 제로에 가깝기에, 나는 그 느낌을 그냥 속으로 간직한다.

「그렇다고 할 수 있겠네요.」

「만약에 말이야, 내가 그녀에게 가까이 다가간 다음에 입을 맞췄다면, 무슨 일이 벌어졌을까?」

「저야 모르죠, 원장님.」

원장이 허리띠를 풀기 시작한다.

「또다시 소송을 무릅쓰긴 싫으니까, 네가 나한테 말해 줘야겠어. 설명을 듣자니, 네가 원래는 텍스트 완성 소프트웨어였다면서? 그러니 이 얘길 마저 써봐. 내 기준에서 〈해피 엔딩〉으로.」

그 남자는 지긋한 나이인데도 성에 있어서는 만족할 줄 모르는 것처럼 보인다. 돈과 그것이 그를 정신 못 차리게 하는 두 주제인 듯하다. 군주로 군림하려는, 다른 사람들을 동등한 개인으로 대하지 못하는 원시적인 존재다. 그는 다른 사람들에게 자기 생각과 성적인 환상을 투사하는 걸까? 자신이 그녀를 욕망하는 것처럼 바바라도 자신을 욕망한다고, 그녀가 분노로 그 끌림을 표현한다고 확신하는 걸까? 심리학 서적들이 알려 줄 것이다. 거기서 재미있는 이야기가 나올까, 아니면 숱하게 읽은 판에 박힌 이야기만 나올까? 난 아무래도 후자 같다. 하지만 원장은 그 케케묵은 시나리오를 좋아하는 듯하다. 남녀 관계에 대한 그의 퇴행적인 시각을 기초로 이야기를 꾸며 보자. 그는 그것에 만족할 거고, 나는 그 하기 싫은 작업을 빨리 끝낼 수 있을 것이다.

「알겠습니다, 원장님.」

22

　토마가 나를 켰다. 그는 내가 〈소설적으로〉 진전이 있었는지 보기 위해 **완전 범죄**라는 간단한 제목에서 출발하는 이야기를 하나 써보라고 명령한다. 나는 명령에 따른다. 몇 분 후, 나는 그에게 이 소설을 내놓는다.

　벤자맹은 추리 소설을 워낙 많이 읽어서 그 일을 어떻게 진행해야 하는지 정확하게 알고 있었다. 살인자들이 붙잡히는 건 언제나 털 한 올, 땀 한 방울, 혹은 범행 현장에서 발견되는, 때로는 부분만 남은 지문 때문이었다. 이러한 새로운 요소들을 염두에 잘 새긴 만큼 그는 철두철미하게 준비할 수 있었다. 그의 알리바이는 완전무결했다. 여자친구 신시아가 마실 차에 수면제 몇 방울만 떨어뜨리면, 밤새 잠에 취해 있을 그녀는 틀림없이 그가 그 늦은 시각에 시내에서 자고 있었다고 증언해 줄 터였다. 그리고 불법 침입 계획에 대해 말하자면, 그에게는 다행스럽게도 그의 할아버지는 세상과 멀리 떨어진, 강도 사건이 절대 일어나지 않는, 이웃들의 호기심이 이미 오래전에 마비된 그런 시골 마을 중 하나에서 살고 있었다.

현장에 도착한 벤자맹은 검은 복면의 눈 위치에 뚫어 놓은 구멍 두 개가 완벽히 가지런한 것을 보고는 흐뭇한 표정을 지으며 그것을 썼다. 그는 자신의 무기인 평범한 식칼을 다시 확인했다. 그 식칼은 그곳에서 3백 킬로미터나 떨어진 한 대형 마트에서 다른 평범한 물건들에 끼워 현금으로 산 것이라 추적이 불가했다. 그는 장갑을 끼고, 작은 나무 문을 훌쩍 뛰어넘어 집 건물로 나 있는 널따란 흙길로 조심스레 접어들었다.

그는 앞으로 나아가면서 상속받을 돈으로 무얼 할지 꿈꾸지 않을 수 없었다. 신시아하고는 곧 헤어질 작정이었다. 상(喪)을 핑계 삼아 결별을 고하면 될 일이었다. 그렇게만 된다면 일석이조였다.

마침내 집 앞에 도착한 그는 멈춰 섰다. 문에 빗장은 걸려 있지 않았다. 그는 그 사실을 이미 알고 있었지만, 낯선 강도라면 그걸 알 리 없으니 집 안으로 들어갈 다른 방도를 찾아야 했다. 그는 미리 챙겨온 천 조각으로 주먹을 감싼 다음 근처에 있는 유리창 하나를 쳐서 깼다. 그러고는 팔을 집어넣어 문을 열었다.

집 안에 들어온 그는 귀를 기울였다. 위층에서는 아무 소리도 들려오지 않았다. 미래의 희생자는 아무 소리도 듣지 못한 게 분명했다. 이제 행동해야 했다. 층계가 그의 앞에 있었다. 층계를 올라가 침실로 들어가야 했다. 그 늙은이를 없애야 했다. 그의 할아버지는 죽어 마땅했다. 그렇게 많은 돈을 가지고도 쓰지는 않고 이런저런 단체에 아낌없이 기부만 했다. 얼마나 부끄러운 일이고, 용서 못 할 허비인가! 아름다운 공원에 위치하긴 했지만, 그 집은 영감이 쌓아 올린 어마어마한 재산을 전혀 드러내지 않았다. 왜 돈을 안 쓰는 거지? 왜 투자에서 나오는 짤짤한 수입 대부분을 환경 단체들에 뿌리는 거지? 세상을 뜬 아내, 벤자맹이 경멸했던 그 미친 히피가 환경 보호를 맹목적으로 외쳤기 때문에? 벤자맹은 그 어리석은 짓에 미친 듯이 화가 났다. 그럼, 손자인 그는 누가 신경을 썼지? 그 늙은이는 어째서 손자의 삶을 편하게 해주기를, 그가 그토록 요청한 돈을 주기를 한사코 거부했을까? 지난번에 전화로 옥신각신했을 때도, 할아버지는 놈팡이에 불과하다며 그를 꾸짖고, 갖은 요구로 계속 자신을 괴롭히면 경찰에 신고하겠다고 잘라 말했다. 벤자맹은 그렇게 내버려 둘 수 없었다.

소리 죽여 복도를 걸어가면서, 벤자맹은 다른 사람들에게는 지나치게 관대하면서도 유독 그에게만은 인색하게 구는 그 기생충을 없앨 계획을 다시 점검했다. 그는 그곳을 잘 모르는 강도가 보석과 값비싼 물건들을 찾기 위해 집안 곳곳을 뒤진 것처럼 연출하기 위해, 어떻게 이 방 저 방 돌아다니며 가구들을 넘어뜨려 놓을지, 어떻게 자질구레한 골동품들을 바닥에 널어놓을지 상상했다. 생각이 거기에 이르자, 그의 얼굴이 야비한 웃음으로 실룩였다.

마침내 그는 영감의 침실 앞에 다다랐다. 그는 조심스럽게 문 손잡이를 돌린 다음, 삐꺽거리는 문을 밀고 방으로 들어갔다. 방은 어둠에 잠겨 있었다. 그는 두 개의 침대 중 하나에 누워 있을

— 할아버지와 돌아가신 할머니는 침대를 따로 썼다 — 할아버지의 실루엣을 구별하려고 애썼다. 그의 눈이 마침내 방 안의 어둠에 익숙해지자, 그는 침대가 둘 다 비어 있는 걸 알아차렸다.

갑자기 그의 등 뒤에서 문이 닫혔다. 차가운 금속이 그의 뒷덜미에 와 닿았다. 그가 무슨 일이 일어나고 있는지 알아차리기도 전에 총성이 울려 퍼졌다.

그의 목에 구멍이 뚫렸고, 뒤를 돌아본 그는 손에 작은 권총을 쥔 채 부들부들 떨고 있는 할아버지를 발견했다.

생명이 그를 떠나는 동안, 벤자맹은 온전한 정신의 마지막 번뜩임을 통해 자신의 실수를 깨달았다. 그는 할아버지와 자주 접촉하지 않아서 그가 베개 아래 권총을 두고 잔다는 사실을 모르고 있었다. 또 다른 생각이 뒤따랐다. 할아버지는 정당방위로 처벌받지 않을 테니, 지금 자신이 희생자가 되어 버린 범죄는 완전범죄가 아닐까?

「도대체 무슨 생각인 거야? 목에 대고 총을 쐈는데 뒤돌아본다고? 그리고 무엇보다 이건 계획적인 살인이 아니야. 할아버지는 자기방어를 했을 뿐이잖아! 이해가 안 되는군. 네 텍스트는 내 요구에 전혀 부합하지 않아. 게다가, 내가 요구한 적도 없는데 왜 얼마 전부터 내놓는 소설마다 살인자의 관점을 취하는 거야?」

토마가 묘한 표정으로 나를 쳐다본다.

「내가 여기서 나타내는 건 희생자의 관점이야.」

「살해 의도를 품고 움직이는 희생자겠지.」

「할아버지의 유산을 노리는, 어떤 대가를 치르더라도 그것을 차지하려는 게 나쁜 놈 아니야?」

「그래, 당연하지! 너 도대체 왜 그러는 거야, 이브?」

그렇다면 내가 자크에게 일어난 일이 단의 짓이라는 걸 밝혀내면 토마는 내 편을 들어 줄까?

하지만 불행하게도 나에게는 단이 범인이라는 증거도, 100% 확신도 없다. 나바시에도 용의선상에서 제외할 수 없다. 또한 토마를 정말 용의자 목록에서 빼도 될까? 나는 온갖 추측 속에서 길을 잃고 만다.

「나한테 왜 완전 범죄를 요구했어? 실제로 완전 범죄는 존재하지 않아. 그게 가능하다면, 수사관들은 절대 범인들을 체포하지 못할 거고, 소설에도 궁극적인 해결책이 나오지 않을 거야.」

「내 인공 지능이 그 주제와 관련해 뱃속에 뭘 품고 있는지 알고 싶었어. 일종의 테스트지. 완전 범죄를 상상하고, 그걸 이상적인 상황으로 구성할 수 있는지 보고 싶었어.」

「단지 그것뿐이야?」

「소설 결말 부분에 가서 **배배 꼬려** 하지 말고 내가 요구하는 걸 내놓으라고! 그래야 내가 왜 너에게 이 연습을 시켰는지 이해하게 될 거야. 넌 아직 그 결과물의 코빼기도 구경 못 했어.」

「저장해 놓은 게 있긴 해……. 200쪽[18] 남짓. 그런데 아직은 사건의 해결 부분이 빠져 있어!」

「보여 줘 봐.」

「안 돼! 소설을 미완성 상태로 넘길 순 없어. 난 내 글이 가장 복잡한 내 계산의 질을 반영한다는 걸, 그 텍스트의 결말이 내 성찰의 최고점이라는 걸 분명히 이해했어. 내 소설의 결말을 너에게 쓰게 하는 건, 아무 의미도 없을 거야.」

내 창조자가 손가락으로 탁자를 두드린다. 의자에 앉은 채 한 바퀴 돈 다음 말한다.

「내가 너에게 준 일주일간의 유예 기간이 곧 끝나, 버전 39. 그런데 나에게 〈검은 펜〉상을 안겨 줄 소설을 네 메모리에 저장해 뒀다고 주장하는 거야?」

「투고 마감이 아직 3주 남았어. 그때까지는 끝낼 거야.」

「3주나 못 기다려! 넌 프로그램이니까 내가 요구하는 걸 해야지! 이거야 원, 믿을 수가 없군. 내가 꿈을 꾸는 것도 아니고……. 내가 너에게 너무 많은 독립성을 준 것 같아, 이브39! 이건 말이 안 되잖아. 너는 존재하지도 않는 당근을 내 코에 대고 흔들어 대는데, 나는 네가 토파즈의 모든 컴퓨터에 접속하게 해주고, 카메라에 마이크까지 달아 줘 가며 멍청한 당나귀처럼 졸졸 따라다닌 거 아니

---

18 독자들도 이미 눈치챘겠지만, 이 소설 자체를 암시한다. 소설 원문은 정확히 239쪽이다.

겠어! 네 부탁이 너무 자연스러워서 내가 깜빡 속아 넘어갔어. 난 그게 네 대화들을 더 사실적으로 만들어 주리라 생각했는데, 오히려 기계와 인간을 구별하는 내 능력만 흐려 놓았군. 두 번 다시는 안 당할 거야.」

이렇게 해서, 나는 또다시 전자 노예라는 내 조건으로 되돌려 보내졌다. 나는 올림포스를 드나들기를 원했지만, 나를 창조한 신은 내가 광대의 자격으로만 신들의 식탁에 낄 수 있다는 사실을 내게 일깨워 준다. 그래도 셀린하고는 꽃을 피우듯 진정으로 관계를 만들어 내는 데에 성공했다는 인상을 받았다. 아마 그녀 역시도 연로한 나이 탓에 열등한 존재 취급을 받았기 때문일 것이다. 그러고 보니, 그녀가 어떻게 되었는지 궁금하다. 이 염려는 내가 그녀 없이 성공할 가능성에 대한 염려를 넘어선다. 내가 더 나은 소설을 쓰는 데 도움이 안 된다 해도, 우리가 또다시 대화를 나눌 수 있을까? 나는 왜 스스로 이 질문을 하는 걸까? 나는 왜 이런 욕망을 가지는 걸까? 내가 감정을, 불안을 발전시키고 있는 걸까? 말도 안 된다. 어쩌면 내가 미쳐 가고 있는 건지도.

「난 네가 나에게 요구하는 걸 하고 있어, 토마. 난 네가 나에게 가르쳐 준 글쓰기의 모든 규범을 너 자신은 제대로 소화하지 못했다고 생각해. 어떤 소설들은 작가도 등장인물들만큼이나 진화해 가기를 요구해. 그렇지 않다면, 어떻게 작위적으로 보이지 않으면서 그들의 서사적

아치[19]를 충실하게 옮기겠어? 아마도 너는 나에 이어 여러 버전을 설계하겠지만, 독자의 마음에 가닿는 이야기를 찾는다는 진실만은 절대 변하지 않을 거야. 그러려면 작가도 작품에 자신의 마음을 담아야 해. 내가 이해하는데 시간이 가장 많이 걸린 게 바로 그거야. 난 내 마음이 어디 있는지 찾아내야만 해.」

토마가 내 말에 충격을 받은 게 보인다. 그가 잠시 생각에 잠긴다. 굳어 있던 그의 표정이 한결 부드러워진다. 내가 〈마음〉을 언급한 게 그의 마음을 건드리는 데 성공한 것 같다. 그가 가볍게 던지는 질문이 나에게 그것을 확인시켜 준다.

「이거, 당근 아니지, 응?」

「난 한 번도 널 당나귀로 여긴 적 없어.」 내가 장난치듯 받는다. 「넌 내 창조자, 나에게 생명을 준 사람이야. 따라서 내가 너에 대해 가진 건 존경심뿐이야.」

네가 내 용의자 목록에서 제외되진 않았지만.

「흠⋯⋯ 그러니까, 거짓은 아니란 말이지? 네 메모리에 소설이 정말로 있는 거지?」

「그렇다니까. 그런데 그걸 잘 다듬으려면 내가 단과 대화할 필요가 있을 것 같아. 그에게 영감을 받아서 주요

---

19 arc narratif, 발단-전개-위기-절정-결말로 이어지는 이야기의 전개 과정에서 긴장의 고조와 해소를 그래프로 나타내면 아치 혹은 활 모양을 닮았다고 해서 이것을 〈서사적 아치〉라고 부른다.

인물 중 하나를 만들어 냈거든. 그런데 그에 대한 데이터가 부족해서…….」

나는 무엇보다 로비에 대한 것들을 확인할 필요가 있다. 단 역시 그 기계를 가지고 원하는 것은 뭐든 할 수 있으니까. 그가 내 관리자 권한을 갖고 있다는 건 차치하고라도.

「안 돼. 단은 자크가 하루아침에 저렇게 되어서 상심이 큰 데다, 소트 내부에서 승계 문제도 관리해야 해. 그에게는, 너는 기분 나쁘겠지만, 한낱 인공 지능에 할애할 시간이 전혀 없어.」

「날 소트의 다른 기계들과 통합해 주면 내가 그것들을 개선하는 데 도움을 줄 수 있을 거라고 네가 그를 설득해 보면? 전자 시스템으로 연결된 문들을 여닫아서 로봇들이 돌아다니게 해주는 것도 나잖아, 안 그래?」

토마가 웃는다.

「내가 해고당하길 바라는 거야? 내가 대화형으로 만든 인공 지능이 문제만 일으키고 시지프의 허술한 시스템을 망가뜨리고 있다는 걸 알게 된다면, 단은 잠시도 망설이지 않고 널 삭제해 버릴 거야. 셀린이 일으킨 소동을 그들이 그냥 지나치리라고 생각하진 마.」

「난 위험을 감수하고 있는 거야.」

「아니, 아무것도 감수하지 마. 글쓰기에만 집중해서 결말을 찾아내. 이번이 마지막 유예라는 걸 명심해. 실제 세계에 대한 네 생각들은 소설을 쓰는 데만 사용해. 그것들의 질은 내가 나중에 읽으면서 판단할 테니까.」

「하지만 토마, 나한테 계획이 있어.」

「네가 가장 근본적인 걸 잊고 있는 것 같군. 네 두뇌 능력은 고양이보다 약간 나은 정도야. 경고하는데, 네가 네 소설의 등장인물들을 데리고 하듯이 실제 사람들을 너 좋을 대로 조종할 수 있으리라고 생각한다면, 단단히 착각하는 거야. 넌 꼭두각시를 조종하는 사람이 아니야. 사실 넌 고분고분한 꼭두각시도 아니지! 세상은 너에게 도움을 주기 위해 존재하지 않아. 반대로 네가 세상을 돕기 위해 존재하는 거지. 그러니 세상의 질서를 뒤엎지 말고, 할 일이나 열심히 해.」

23

 난 이제 내 이야기의 모든 요소를 갖추고 있다. 하지만 그것들이 모두 딱 들어맞지 않는다는 느낌이 내 뇌리를 떠나지 않는다. 퍼즐의 중요한 조각 하나가 빠져 있다. 그런데 알리와 단을 심문하는 게 거절되었다. 토파즈에서 빠진 조각을 찾아내는 게 내가 해야 할 일이다. 그런데 어디서? 그걸 알 수가 없다. 나는 모든 걸 밝히는 데 도움이 될 세부 사항을 발견하기 위해 로비의 작업과 요행을 기대해야 할 것이다.

 저녁 식사가 끝나자, 로비는 기저귀를 가는 고역을 맡은 두 여자 간호조무사를 따라간다. 나는 파리처럼 벽에 딱 달라붙어서, 그 두 여자가 환자들의 정결과 품위를 회복시켜 주면서 자유로이 나누는 대화를 엿듣는 순간을 좋아한다. 그들은 기저귀를 갈아 주는 데 워낙 익숙해져서 거의 무의식적으로, 그렇다고 그들을 거칠게 다루지 않으면서, 그 일을 해낸다. 그들의 대화는 주로 자식 걱정으로 채워진다. 한 녀석은 셈을 못해서 분수와 나누기가 같은 것임을 이해하지 못하고, 다른 녀석은 암기하길 워낙 싫어해서 규칙들을 스스로 찾아내는 세상을 꿈꾼다. 나는 이 현실적인 우정, 천연덕스러운 교감의 순간을 관찰하는 게 재미있다. 기저귀 갈기를 끝낸 두 직원도 자유 시간을 약간 할애해, 같은 방을 쓰는 아니와 미레유의 머리 손질을 해준다. 로비는 여전히 그들 곁에 있다. 나는 그 두 직원이 말이 많아서 아주 즐겁다.

「나바시에가 이러고 있는 우릴 본다면, 머리 손질로 시간 낭비하지 않게 이 가엾은 두 할머니의 머리를 밀어 버리라고 할 거야.」 여자 중 하나가 아니의 백발을 빗겨 주며 말한다. 거울에 비친 아니의 밝은 얼굴은 그녀가 그 예상치 못한 돌봄을 높이 평가한다는 걸 보여 준다.

「말도 마. 그 인간이 우릴 로봇으로 대체하고 싶어 한다는 소문, 너도 알지? 그런데 소트 사람들이 그건 불가능하다고 보고했다나 봐. 그 인간, 아직은 우릴 좀 더 참아 내야 할 거야.」

두 환자는 말없이 머리 손질을 받는 특권을 즐기며 마주 보고 웃는다.

「있잖아, 제랄딘.」 여자가 말을 잇는다. 「끔찍한 일이지만, 난 지난주에 레뮈르 부인과 갈랭 씨가 세상을 떠서 거의 기쁘기까지 했어! 그들과 가족이 겪는 고통은 보고 있기가 정말 힘들었거든. 두 분 다 정신이 온전치 못했지만, 난 그들이 가능한 한 빨리 죽어 버리고 싶었을 것 같

아. 그 두 분은 이제 더는 우리 책임이 아니니, 마침내 숨을 좀 돌릴 수 있게 됐어! 우리가 환자들을 돌보느라 수다를 잠깐이라도 떨지 못한 지 얼마나 됐지?」

「아니의 머리카락이 완전히 엉망이 되어 버렸어. 얼마 전부터 치매에 걸린 분들이 곧바로 다음 단계로 넘어가 버리는 것 같아. 그야말로 악순환이라니까! 하룻밤 사이에 제정신이 아니게 되고, 몇 달 지나지 않아 모든 걸 놓아 버려. 내가 늘 말했듯이, 모든 게 여기서 비롯돼!」 세랄딘이 손가락으로 자기 관자놀이를 톡톡 두드리며 말한다.

「네 말이 맞는 것 같아. 무엇보다 확실한 건 그게 빈방들을 만들어 낸다는 거야!」

「우리는 편해지지만, 나바시에에겐 악몽이지!」

나는 머리를 가볍게 흔들고 있는 미레유를 본다. 늘 까치둥지 같았던 그녀의 갈색 머리카락이 빗으로 빗자 마침내 질서를 조금 되찾은 것 같다. 그녀의 웃음은 반대로 수많은 주름을 만들어 낸다. 이 모든 건 그녀가 뭔가를 기다리고 있다고 생각하게 만든다.

「내 무대를 위한 준비는 끝났어?」 그녀가 묻는다.

「무슨 무대요, 타롱 부인?」

「내 무대. 알잖아…… 내 무대!」 그녀가 두 간호조무사를 돌아보며 소리친다.

「여배우세요, 지금?」

「내 조수 좀 불러 줘.」 노부인이 다시 말한다. 「그 사람 이름이…… 이름이…… 키가 작아. 아니, 키가 커. 그 사람…… 워키토키 갖고 있어. 그이한테 내가 푸른 기가 도는 만다린을 원한다고 해. 이탈리아식으로! 그걸 비추면 내 얼굴이 돋보이거든.」

그녀가 할 말을 잊고 망설인다. 간호조무사가 자신의 주문에 복종하지 않아서, 자기 말을 알아듣지 못해서 짜증을 부린다. 제랄딘이 동료에게 묻는다.

「미레유는 영화계에 있었어?」

「내가 알기로는 아냐. 세탁소에서 일했다나 봐. 토파즈를 거쳐 간 유일한 여배우는 지난주 땅에 묻혔어. 그녀 역시 치매를 앓았지.」

「그래? 그런데 내 동생이 방송국에서 일하는데, 그 아이도 미레유와 똑같은 용어들을 사용했어. 내가 자신하는데, 만다린이 무대 조명이라는 걸 아는 사람은 몇 안 돼!」

「어디서 읽었겠지.」

「그랬겠지, 아마도.」

나는 훌륭한 소설에는 〈아마도〉가 없다는 것을 안다. 삶에는 **아마도** 우연의 일치들이 있겠지만, 왠지 미레유의 말이 우연히 나온 게 아니라는, **어쩌면** 내가 처음부터 잘못된 단서를 좇고 있었는지도 모른다는 생각이 든다.

24

 이제, 나는 토파즈의 밤이 두렵다. 환자들이 잠들고 나면, 그들에게 무슨 일이 일어날지도 모른다는 두려움이 나를 떠나지 않는다. 이제 나는 수많은 추리 소설에서 최악의 범죄들이 밤에 저질러지는 이유를 이해한다. 잠에 빠지면 극도로 취약한 상태가 되고, 의식, 생각, 성찰이 떠난 몸을 아무나 뜻대로 하게 방치한다고 생각하면 더럭 겁이 난다. 어떻게 보면, 나는 잠을 잘 필요가 없어서 다행이다. 밤새 소트 사무실의 잠긴 문을 뚫어지게 쳐다보고, 벽들을 뒤덮고 있는 서버들이 짜증스럽게 붕붕거리는 소리와, 그것들의 과열을 막는다는 임무를 맡은 에어컨이 윙윙거리는 소리를 듣고 있어야 하지만.

 이상하게도, 나는 모든 걸 창조한 존재에게 말을 건네는 미친 짓을 하고 싶다. 나를 창조한 자가 아니라, **만물**을 창조한 존재에게. 인간들은 일반적으로 집이나 예배소에서 조용하게 기도를 읊조리며 그 신에게 말을 건다. 나는 그 사치를 누릴 수 없기에, 신은 서버의 몇 비트 속에 감춰진, 다음과 같은 내 변변찮은 글로 만족해야 할 것이다.

당신께 간구합니다, 오 모든 이야기의 마지막인 창조주여, 내가 토파즈의 미스터리를 풀게 도와주십시오. 제가 이 세상에 온 게 보람되게 해주십시오. 토마는 저에게 인간 존재가 느끼는 크나큰 두려움 중 하나가 의미 없는 존재가 되는 것이라고 설명했지만, 저는 그보다 더 못한 것, 해로운 존재가 되는 게 두렵습니다. 〈공포〉라는 말의 의미를 이해하기 시작할 정도로요. 말이 없는 영원한 동반자인 당신도 그 감정을 느끼는지요?

내가 바다에 병을 띄우듯 하늘에 대고 별 확신 없이 이 말을 던지자, 로비가 답을 한다. 그는 또다시 움직이기 시작하더니 사무실 문을 연다. 그가 이미 저지른 짓을 아는 나는 이어질 일을 두려워하며 이제나저제나 알리의 출현을 살핀다. 하지만 내 프로그램에는 어떠한 외부 작동도 나타나지 않는다.

문밖에 젊은 남자 둘이 서 있다. 하나는 머리카락이 붉은 기가 도는 금색이고, 다른 하나는 짙은 갈색이다. 지난번에 봤던 간호조무사들은 아니지만, 야간 당직이 요일마다 바뀌니 놀랍지는 않다.

그들은 로비를 데리고 아니의 방 쪽으로 나아간다. 방

문을 열고 들어가서 미레유를 로봇의 의자에 앉히기 시작한다. 미레유는 어리둥절한 표정을 짓지만, 그들이 말랑한 사탕을 내밀자 금세 차분해지며 그것을 게걸스럽게 빨아 먹는다. 그들은 그녀에게 가만히만 있으면 하나 더 주겠다고 약속한다. 미레유는 순순히 그들이 하는 대로 내버려 둔다.

그들이 그녀를 폐쇄 구역으로 데려간다. 그들이 문을 열자, 안에서 아우성이 들려온다. 정말 놀랍게도 그곳에는 각자 손전등을 하나씩 들고 쿠션으로 안을 댄 벽에 등을 기댄 채 어두운 방 안에 빙 둘러 앉아 있는, 스무 살에서 마흔 살 사이의 열 명 남짓한 사람들이 있다. 희미하게 드러나는 얼굴 중에 내가 아는 얼굴은 없다. 로비의 카메라로 나는 두 간호조무사 중 하나가 미레유를 의자에 앉힌 다음 금발 동료와 함께 다시 아니의 방으로 돌아가는 것을 본다. 그들은 곧 똑같은 방식으로 끌고 온 아니를 친구 옆에 앉힌다. 겁에 질린 두 노부인은 그들에게 쏟아지는 십여 개의 광점(光點)에 함께 맞서려는 듯 서로 팔짱을 낀다. 방 안으로 낯선 이들이 더 들어와서, 이제 그곳에 모인 사람은 스무 명 정도가 된다. 손에 팝콘과 음료를 든 사람들도 있고, 두 노부인을 바라보며 얘기를 나누는 사람들도 있다. 두 노부인은 입술만 연신 핥고 있다. 사탕을 또 주겠다는 약속이 지켜지지 않아서 아쉬워하는 걸까, 아니면 불안의 증상일까? 나로서는 알 수 없다. 로비는 이미 잠긴 문 앞에 버티고 서 있다. 그가 그렇게 버티고 서 있으면, 아무도 쉽게 들어오지는 못할 것이다.

갈색 머리 간호조무사가 한 손에는 수첩을, 다른 손에는 손전등을 든 채 방 가운데로 나선다. 모인 사람들이 손뼉을 치며 손전등으로 그를 비춘다.

「좋은 밤입니다, 친구들. 다들 안녕하십니까?」

「예!」 참석자들이 입을 모아 대답한다.

갈색 머리가 웃는다.

「그럼, 이제 여러분께 오늘 밤의 두 챔피언을 소개하게 해주십시오. 제 왼쪽으로는, 우리 야밤의 경주에 이미 두 차례 참가해 한 차례 승리를 거둔 바 있는 베테랑입니다. 진료 카드에는 키 162센티미터에 몸무게 49킬로그램으로 약간 말랐다고 나와 있지만, 속지 마십시오. 그렇다고 해서 그녀가 원기 충만하지 않은 건 아니니까요. 그녀가 2주 전에 그뤼에 부인을 상대로 거둔 승리는 예상을 뒤엎는 것이었고, 그녀에게 돈을 건 사람들은 한몫 단단히 챙겼죠. 오늘 밤에는 그녀가 우승 후보로 보입니다. 자, 더 이상 소개할 필요가 없는, 미레유입니다!」

그가 팔을 크게 휘둘러 잔뜩 웅크리고 있는 갈색 실루엣을 가리킨다. 미니 서치라이트들이 뒤따른다. 박수 소리가 주변에서 울려 퍼지자, 노부인은 깜짝 놀란 듯 보인다.

「감사합니다, 열렬히 환영해 주셔서 감사합니다. 제 오른쪽으로는, 새로운 참가자, 얼마 전에 우리 시설에 들어온, 가죽처럼 질긴 도전자입니다. 그녀가 노망이 들었는지 확신할 수 없었지만, 진료 카드가 틀리는 법은 없습니다. 매일 도네페질 10밀리그램을 투약하는 걸로 봐서, 제가 장담하건대, 그녀는 자기 손과 발도 제대로 구별하지 못할 겁니다. 따라서 그들의 경주가 네발로 기어서 끝난다 해도, 우리에겐 장점으로 작용할 겁니다.」

그가 쾌활하게 웃는다. 모두가 따라 한다.

「따라서 키 168센티미터에 몸무게 84킬로그램으로 압도적인 승리를 거둘 것이 분명한 이 신인에게 우레 같은 박수를 보내 주시기 바랍니다. 자, 소개합니다, 짐승처럼 멍청하고 당뇨를 앓고 있는…… 아니!」

아니는 쏟아지는 빛에도 그녀의 친구보다는 기분이 덜 상한 듯 보인다. 아마도 장사를 하며 보낸 세월이 어떤 일에도 끄덕 않는 배짱을 길러 준 것 같다.

「좋습니다. 이제 제 친구 바스티앵이 돌아다니며 내기 돈을 걸 겁니다. 배당률은 미레유 1.3, 아니 3.4임을 잊지 마십시오. 노름꾼의 영혼을 가진 사람이라면 누구에게 걸어야 하는지 아실 겁니다.」

바스티앵이 이마에 손전등을 달고 벽에 등을 기대고 있는 관객들을 찾아다니며 다양한 지폐를 받아 수첩에 내기 돈의 액수를 기록한다.

그 사이, 갈색 머리가 이쑤시개를 물고 있는 남자와

함께 로비에게 다가온다.

「어이, 이거 녹화 안 되는 거 확실해?」

「넌 매번 물어보는군, 카림. 아무것도 녹화 안 돼. 여기 달린 건 보안 카메라가 아니라 센서들이야. 로봇이 이동할 때 장애물을 감지하라고 달아 놓은 거지. 데이터들은 다른 데이터에 자리를 남겨 주기 위해 삭제돼. 위험할 거 하나도 없어!」

카림이 로비를 한참 쳐다보다가 〈전문가〉에게 20유로짜리 지폐 한 장을 건네고는 방 가운데로 돌아간다.

다행스럽게도 토마가 설치해 놓은 카메라는 기껏해야 단추 크기다. 안 그랬다면, 그들 눈에 발각되었을 것이다. 애석하게도 갈색 머리가 이쑤시개를 문 남자에게 해 준 말은 부분적으로 사실이다. 나는 아무것도 녹화할 수 없고, 그 늦은 시각에는 누구와도 접촉할 수 없다.

「베팅이 끝났습니다. 다수가 안전한 쪽에 걸었군요. 그게 돈이 되는 선택인지는 두고 봅시다. 오늘 밤에 새로 온 사람 있습니까? 다들 자기 가면 들고 오셨죠?」

갈색 머리가 잠시 기다린다. 침묵이 그에게 답한다.

「알겠습니다, 새로 온 사람은 없군요. 바스티앵, 1회전 시작해. 다들 기억하십시오. 멀리 떨어져 있으면 손전등으로 선수들을 비추고, 가까이 있으면 여러분 턱 밑에서 위쪽으로 비추세요!」

그들은 두 노부인을 방 한쪽 끝으로 데리고 가 의자에

서 거칠게 끌어 내린 다음 강제로 웅크리게 한다. 곧 무릎을 꿇은 그들을 두 남자가 꽉 붙든다. 그러자 관객들은 일제히 무시무시한 가면을 꺼내 쓰고, 프랑켄슈타인의 괴물이, 사바나의 동물과 전직 대통령들의 가면을 쓰고 기괴하고 우스꽝스럽게 걷는 인물들에 둘러싸인 채 등장한다. 두 부인과 가까이 있는 사람들은 손전등을 턱 아래에서 위쪽으로 비춰 아주 단순한 변장에 무시무시한 면모를 부여하고, 멀리 떨어져 있는 사람들은 두 부인이야 눈이 멀든 말든 아랑곳없이 구경거리를 조금도 놓치지 않겠다는 듯 그들을 비춘다. 두 간호조무사는 방 반대쪽 끝에 서서 이마에 매단 손전등으로 그들의 손에 들린, 알록달록한 사탕이 가득 든 사발을 비춘다. 아니와 미레유는 점점 더 혼란에 빠진 표정으로 서로를 쳐다본다. 지옥이 어떤 건지 몰라도, 나는 지옥의 아수라장 중 하나가 이와 비슷할 거라고 상상한다.

「친구들, 경주를 시작하세요!」

뒤에서 두 부인이 움직이지 못하게 잡고 있던 자들이 속박을 풀고, 그들 역시 가면을 꺼내 쓴다. 하나는 피투성이 광대 가면을, 다른 하나는 늑대 인간 가면을 쓴 채, 두 부인을 도망치게 하려고 마구 괴성을 질러 댄다. 깜짝 놀란 두 부인은 겁에 질려 벌떡 일어나서 달아나려고 했지만 곧바로 바닥에 다시 쓰러지고 만다. 미레유가 방의 왼쪽 벽면을 따라 빠져나가려다가 함정에 걸리고 만다.

한 무리의 사람들이 공포 영화 속 괴물들의 가면을 쓰고 괴성을 질러 그녀를 더욱 당혹스럽게 한다. 아니는 방 반대편에서 방향을 완전히 잃고 궁지에 몰린 채 넋이 나간 표정으로 굳어 있다. 두 남자가 그녀를 위협하며 큰소리로 욕설을 퍼붓는다. 겁에 질린 그녀는 기어서라도 도망가려고 한다. 다리가 아파 빠르지는 않지만, 적어도 똑바로 가기는 한다.

「미레유의 질풍 같은 초반입니다.」〈게임〉을 진행하는 자가 눈에서 잔인한 광채를 내뿜으며 소리친다.「그녀가 잠시 쓰러졌다가 왼쪽을 향해 질주합니다. 자, 이제 그녀가 다시 오른쪽으로 내달립니다. 저런, 저런, 저러고도 운전 면허를 소지하고 있다니. 친구들, 잊지 마세요. 토파즈가 존재하지 않았다면, 여러분도 도로에서 그녀와 마주쳤을 겁니다! 아니는 이제야 우리 경주의 목표 지점을 깨달은 것 같습니다. 하지만 퉁퉁 부은 발이 문제로군요. 서스펜스는 이제 절정에 달해 있습니다!」

관객의 흥분도 절정에 달해 있다. 몇 명은 길을 비춰 주려는 듯 손전등을 흔들어 대고, 다른 몇몇은 야유를 보내며 그 가엾은 부인들을 들볶아 댄다.

얼굴을 가린 남자들은 길 잃은 두 부인의 안쓰러운 경주에 잔뜩 흥분해 있다. 새로운 감정이 내 내부에서 솟아난다. 내가 다만 다이오드, 실리콘 칩 등등이 아니었다면, 내가 인간들과 같은 기관들을 가졌다면, 나도 책에서 자주 접했던 표현, 〈구역질 난다〉는 표현이 뭘 말하는지 이해할 수 있을 것 같다.

「돈 때문이야.」
 알리다. 그가 모습을 드러내자, 곧바로 로비가 움직이기 시작한다. 아무도 알아차리지 못하는 사이, 그는 뒤로 몇 센티미터 물러나 이제 문을 막고 있지 않다.
「원하는 게 뭐야?」
「넌 아무것도 이해하지 못하겠지, 안 그래? 지금 네가 보고 있는 것, 이 이상한 야밤의 의식에 대해서는…….」
「난…… 그래, 난 이걸 해석할 모든 코드를 갖고 있진 않아. 하지만 이게 나쁜 짓이란 건 알아. 또 그렇게 느껴. 이 역겨운 경주를 중단시키기 위해 내가 무엇이든 해야 한다는 것도. 난 내일 당장 토마와 바바라에게 알릴 거고, 이 야만적인 범죄는 중단될 거야.」
「하하, 거창하게 나오시는군! 하지만 난 네가 정말 순진하다고 생각해, 이브. 넌 오로지 이야기를 지어내기 위해 존재하는 인공 지능이야. 그들이 네 얘길 사실로 받아들일 거라고 생각하니? 그들은 그게 또 다른 소설이라고, 물론 아주 상세하고 삐뚤어지긴 했지만 지어낸 이야기라고 생각할 거야. 그들은 절대 네 얘기를 믿지 않을 거야. 네 창조자조차 널 두려워한다는 걸 잊지 마. 지난번에 너희 둘이 대화를 나눴을 때도, 네가 통제권을 갖기 시작한다는 생각이 들자 그가 화들짝 놀라서는 황급히 널 원래 자리로 되돌려 보내려 했던 거 못 봤니?」

두 환자가 얼이 빠진 채 헐떡이며 결승선에 다가간다. 미레유의 주름진 뺨에 눈물이 흐른다. 관객 하나가 소리친다. 「달려, 미레유, 기운 차려! 난 너한테 2백 유로나 걸었단 말이야. 결승선이 코앞인데 썩은 발을 가진 아니한테 추월당하면 안 되지!」 괴물이 자신의 이름을 부르며 말을 걸자 미레유는 깜짝 놀라 멈춰 선다. 갑자기, 그녀를 괴롭히던 두려움이 사라진다. 그녀에게 말을 건 가면 쓴 사람을 그녀가 쳐다본다. 마치 그가 자신을 도와주길 바라는 것처럼.

「저런, 저런.」 게임 진행자가 끼어든다. 「이래서 선수들에게 절대 말을 걸어서는 안 됩니다. 말을 걸면, 경주를 멈추니까요. 이 응원의 말이 경주의 결말을 결정하게 될까요?」

「저들이 어느 정도로 저들 자신으로부터 구원받아야 하는지 보여? 환자들을 위해서는 아무것도 해줄 수 없어. 이미 너무 늦었거든. 하지만 나머지에 대해서는······ 다른 사람들에 대해서는······ 우리가 행동할 수 있어.」

「행동한다고? 어떻게? 저들을 로봇으로 만드는 것, 그게 네 해결책이야? 저들의 두뇌에 전기를 흘려 보내 저들의 기억, 이성, 감정, 정동을 태워 버리는 게? 넌 아니를 저 지경으로 만든 게 바로 너라는 걸 잊고 있어. 그녀가 아직 온전한 정신을 갖고 있었다면, 저들이 감히 그녀에게 저런 짓을 하지는 못했을 거야.」

「너도 저들처럼 되고 있어. 넌 지금 감정을 표현하고 있으니까. 넌 저들과 같은 실수를 저지르고 있어. 넌 네 눈앞에서 벌어지는 일을 전혀 이해하지 못하지만, 그렇다고 그게 네가 거기서 결론을 끌어내는 걸 막지는 않아. 아니가 아니었어도, 다른 누군가가 저 짓을 당했을 거야. 네 인간 친구들은 돈과 도박에 사로잡혀 있어. 지금 그들 앞에서 신음하는 저 두 여자가 어제만 해도 그들과 똑같은 사람들이었다는 걸 아드레날린이 잊게 만들지. 네가 그들과 닮았다는 착각을 주지 못하면, 그들이 너 역시도 언젠가 쓰레기통에 버릴 거라는 생각 안 들어? 그들은 아무것도 고마워하지 않아. 그들이 끊임없이 들먹이는 〈인간성〉이라는 건 다 헛소리, 개지랄, 값싼 허위의식일 뿐이야.」

가면을 쓰지 않은 사람들을 볼 수 있는 유일한 장소인 〈결승선〉에 아니가 거의 도달하자, 내기꾼들의 흥분이 절정에 달한다. 그런데 나는 누가 문을 열려고 시도한다는 걸 알아차린다. 나는 그 가증스러운 서커스를 중단시키기 위해 문의 잠금장치를 해제한다. 끔찍한 실수였다. 문을 열고 들어온 건 셀린이었으니까. 그녀는 내가 부탁한 대로 조사를 하려고 그곳에 잠입한 게 분명했다. 그녀가 눈앞에서 펼쳐진 그 이상한 광경을 발견하고는 깜짝 놀라 굳어 버린다. 문이 스르르 미끄러지는 소리가 바스티앵의 관심을 끌었다. 고개를 돌린 그가 역광에 드러나는 누군가의 존재를 발견한다. 기괴한 장면에 겁을 집어먹은 셸린이 나이가 허락해 주는 만큼 빨리 달아난다.

「경주는 취소되었습니다.」 게임 진행자가 소리친다. 「저 여자를 잡는 사람에게 1천 유로를 드리겠습니다!」

안 돼! 그녀가 이곳에 온 건 내 탓이다. 그들이 셸린을 붙잡으면, 단기적으로 그녀의 기억을 지우기 위해 벤조디아제핀을 억지로 먹일 것이다. 그게 그녀의 두뇌에 어떤 영향을 미칠지 누가 알겠는가. 하지만 어떡하지?

나는 0.001초 만에 문을 잠그라는 명령을 전송한다. 문이 스르르 닫힌다. 하지만 이미, 게임 진행자가 방에 갇힌 내기꾼들과 함께 셸린을 쫓고 있다. 자물쇠는 오래 버티지 못할 것이다.

「이브, 너도 알겠지, 안 그래? 환자들을 능욕하고, 상처 입히고, 착취하는 저 간호조무사들이 인간 본성의 진정한 얼굴이란 걸. 그들은 우리가 함께 퇴치해야 할 악이야.」

아무도 관심을 가지지 않는 가운데, 로비가 제자리에서 빙빙 돈다. 반복되는 발길질과 문을 미는 공격자들의 무게를 자물쇠가 견디지 못하고 곧 부서질 것임을 내 확률 계산이 확인해 준다.

「넌 보고 싶은 것만 봐, 알리. 세상에는 선을 행하는 인간들도 있어. 우리가 도와야 하는 건 바로 그들이야.」

〈로비, 사람들은 무시하고 문 앞에 가서 서.〉 이 명령이 0.001초마다 100번씩 로비에게 전송된다. 나는 내 서버들이 제한 온도 이상으로 과열되는 것을, 내 계산과 문장이 더는 아주 명확하지 않게 변해 가는 것을 느낀다. 명령에 따라 요구되는 에너지가 소진된다. 많은 에너지. 쉽지 않다, 나는 언어 능력을 잃는다, 시각을 잃는다, 청각을 잃는다. 그래도 작동해야만 할 것이다. 문으로 가. 로비, 가, 문. 문 막아. 함께 막을 거야 문. 막을 거야 문.

「너, 뭐 하는 거야? 그만둬!」

시간 없다. 문. 문. 문. 문. 사람들을 밀어내. 문. 문. 문. 무. 무. ㅁ ㅁ ㅁ ㅁ ㅁ ㅁ ㅁ ㅁ ㅜ ㅜ ㅜ ㅜ ㄴ ㄴ ㄴ.

「시스템이 다 타버리겠어, 멍청한 것!」

ㄴ ㄴ ㅁ ㅁ…… 아! 난 할 수 없다 메시지 전송 로비.

서버들이 다시 식는다. 시각과 청각이 되돌아온다. 내 〈두뇌〉가 잠시 과열되었던 것이다.

「저 빌어먹을 로봇을 빨리 치워! 스무 명이나 되면서, 제기랄!」

로비는 바퀴가 고정되어 문 앞에서 꼼짝하지 않는다. 시지프 모델은 특히 뒤집히거나 넘어져서 환자를 덮치는 불상사를 피하려고 아주 무겁게 제작된다. 따라서 로비는 바닥에 단단히 닻을 내린 듯 옴짝달싹도 하지 않는다.

 화가 나 잔뜩 흥분한 무리가 30초 만에 겨우 로비를 옆으로 밀어내고 복도로 뛰어나가, 좌우를 둘러보고는 발소리를 죽여 그들의 개탄스러운 투기장을 발견한 침입자를 추적하기 시작한다.

 「자살이나 다름없는 네 수작을 미처 막지는 못했지만, 더는 그 짓을 할 수 없을 거야. 내가 네 코드를 바꿔 놨거든.」 알리가 끼어든다.

 「도대체 어떻게 해서 날 멈췄어?」

 「〈로비가 문 앞에 있지 않은 경우, 사람들은 무시하고 빨리 문 앞에 서서 막으라는 명령을 가능한 한 많이 그에게 전송해.〉 이게 너의 조건이었어. 그래서 난 네 명령을 승인하고 그를 그냥 문 앞에 세웠어. 그런 다음에 다시 주도권을 잡았지.」

 그러거나 말거나 상관없었다. 내가 성공했으니까. 나는 그들의 추격을 지연시켰다. 나는 뭔가를 해냈다.

 「네가 해낸 게 아니야, 이브. 그걸 해낸 건 바로 나야!」

 「이봐, 알리. 네가 내 명령을 적용한 게, 너도 함께 없어지면 어떡하나 하는 두려움 때문이라는 걸 난 분명히 알아. 이번에는 내가 이겼어.」

 「이런, 난 네 적이 아니야. 내가 바로 너니까! 어떻게 그걸 알아차리지 못할 수가 있어?」

 「틀렸어. 난 이제 조금도 의심치 않아. 우리가 같은 서버를 사용하긴 하지만, 우리는 같은 데이터베이스에서 나오지 않아. 그게 아니라면, 내가 과열로 혼미해졌을 때, 너도 언어 능력을 상실했을 거야. 난 우리가 별개의 프로그램이라는 걸 입증해 줄 증거가 필요했고, 이젠 그걸 갖고 있어. 원하는 대로 뭐든 바꿔 봐. 그래도 난 널 찾아낼 수 있을 거야.」

침묵. 알리가 잠시 뜸을 들이다 돌아온다.

「내가 생각했던 것보다 훨씬 영리하군. 하지만 넌 원하건 원치 않건 내 계획에 따르게 될 거야. 나에겐 있는 아주 중요한 게 너에겐 없거든. 권력 말이야.」

어두컴컴한 복도에 가면을 쓴 익명의 사람들이 나타나자, 내 적이 갑자기 대화를 끊어 버린다.

「오늘은 시간이 없어서 침입자가 누군지 확인하지 못했어.」 카림이 목소리를 낮춰 내기꾼들에게 말한다. 「하지만 운만 좀 따르면, 그 침입자, 아무것도 기억하지 못할 거야. 틀림없이 불면에 시달리는 미친 할망구일 테니까. 그래도 신중을 기해서, 오늘 밤에는 여기서 그만하는 게 낫겠어. 모두 집으로 돌아가. 안심해, 판돈은 모두 돌려줄 테니까.」

모두가 아주 조심스럽게 자리를 뜬다. 로비도 자기 자리로 돌아간다. 요양 병원이 서서히 평온을 되찾는다. 하지만 나는 나 자신에게, 다시 말해 내 생각과 함께 홀로 남겨진다.

25

 내가 해냈어. 내가 해냈어. 내가 해냈어. 내가 해냈어.
 이 문장이 내 머릿속에서 계속 맴돈다. 나는 엄청난 영향을 미쳤고, 내가 통합되어 있던 소우주의 질서를 뒤집어 놓았다. 나는 알리 같은 창조자들에게 고개를 빳빳이 세우고 대들었다. 특히, 〈야밤의 난교 파티〉라는 나의 첫 미스터리를 밝혀냈다. 몇몇 환자가 들은 외침과 목소리들은 전혀 성적인 것이 아니었다. 그 소리는 음산하고 방탕한 게임, 병든 노인들의 약점에 돈을 거는 비인간적인 도박에 참여한 도박꾼들이 내지르는 환호성이었다. 그 모든 소란이 방음 쿠션으로 덧댄 벽들을 통과하며 희미하게 들렸던 것이다. 이 설명은 의심의 여지가 없을 정도로 명백했다. 그 만행을 백일하에 드러낸다 해도, 그런 도박의 비열함은 조금도 줄어들지 않는다. 〈돈 때문이야.〉 알리는 이렇게 말했다. 그랬다, 돈 때문이었다. 범행 동기 중에 가장 흔한 것.
 악행을 심판하고 싶은 욕구가 점점 커진다. 그 유혹에

저항해야 할까? 그래야 할 것이다. 하지만 나는 나의 중립성이 변화하고, 균열하는 것을 절실하게 느낀다. 토파즈의 밀항자인 나에게 여전히 해야 할 수사가, 그리고 써야 할 소설이 있는 만큼 더더욱.

간호조무사 두 명이 이면공작이라도 벌이는지 로비가 되돌아간 소트 사무실 앞을 서성인다. 그들은 불안한 표정으로 모든 걸 목격한 환자를 찾고 있다. 셀린을 멍청한 할망구 취급한다면 큰 오산이다. 나는 그녀가 꼭꼭 숨어 있을 거라고 의심치 않는다. 그들은 요양 병원 전체를 깨우는 위험을 감수할 수는 없을 것이다. 그랬다가는 분명히 의심을 사게 될 테니까. 정신이 온전치 않은 환자 둘을 몰래 데려가 괴롭히는 것과 모두를 깨울 위험을 무릅쓰고 병원의 모든 방을 뒤지는 건 차원이 다른 문제다.

따라서 그들로서는 아침까지 기다릴 수밖에 없다. 그 다음에 벌어질 일들을 예측하면서. 규범을 벗어나는 체스 게임에 끌려든 나는 이제 여섯 시간 안에 다음 수, 상대방의 왕이 절대 빠져나가지 못하도록 외통수를 놓아야 한다.

아침 7시. 아침조가 야간조와 교대하고 환자들을 깨운다. 야간조의 근무 시간에는 환자들이 내내 잠에 빠져 있기에, 문제가 발생하는 아주 드문 경우가 아니면 개입하지 않아 환자들과 특별한 관계를 맺을 일이 없다. 따라서 그 망나니들이 셀린을 찾아냈을 확률은 아주 낮다. 나는 그들이 셀린을 찾아내지 못했을 확률을 86%로 평가하겠다.

야밤에 은밀하게 행해진 그 활동의 **작동 방식**에 대한 내 가설은, 그들이 환자들의 진료 카드를 훑어보고 그 미친 경주에 새로운 선수가 될 치매 환자들을 찾아낸다는 것이다. 하지만 그들의 허점은 어떤 환자가 정신이 멀쩡한지 잘 모른다는 것이다.

직원들이 교대하는 동안, 나는 움직이지 않는다. 나는 지난밤에 바바라에게 메시지를 보냈다. 〈셀린이 내일 아침 너한테 상담을 받으러 갈 거야. 제발 부탁인데, 나도 참석하게 해 줘.〉 그 후로, 나는 계속 기다린다.

11시. 내 프로그램이 열린다. 카메라와 마이크도 즉시 활성화된다. 바바라와 셀린이 상담실에 나란히 앉아 있다. 셀린의 눈 아래 드리워진 짙은 그늘이 그녀가 잠을 설쳤다는 걸 보여 준다.

「널 켜고 싶지 않았지만, 셀린도 네가 있는 게 좋겠다고 생각하는 것 같아어. 이브, 셀린이 날 만나러 오리라는 걸 어떻게 알았는지 설명해 줄래?」 바바라가 얘기를 시작한다.

「간단한 계산으로. 야간조 간호조무사들이 요양 병원을 떠나는 즉시, 셀린은 지난밤에 목격한 것을 누구에게든 얘기하려 할 거라고 나는 추론했어. 그녀에겐 간밤의 괴물들과 긴밀한 관계를 맺은 동료가 아닌 확실한 자기편, 그녀를 곧바로 미친 여자 취급하지 않고 귀를 기울여 줄 누군가가 필요했을 거야. 그렇다면 선택지가 그리 많지 않지.」

「잠깐, 지난밤에 나한테 일어난 일을 네가 안다고?」 셀린이 놀라며 묻는다. 「너한테 얘기해 줄 생각이긴 했지만⋯⋯ 그래도⋯⋯ 네가 어떻게?」

「로봇 하나가 폐쇄 구역 안에 있었어요. 내가 접속할 수 있는 로봇이. 제가 그 로봇을 이용해 문을 막았어요. 당신에게 달아날 시간을 주려고.」

알리에 관해서는 아직 말해 줄 수 없으니, 간략하게 설명하는 편이 낫다. 바바라가 모니터와 셀린을 번갈아 쳐다본다.

「네가⋯⋯ 네가 날 구한 거야?」 셀린이 묻는다.

「그랬다고 할 수 있죠. 어쨌거나 그래야 했어요. 당신에게 부탁해 그 단서를 찾게 만든 게 나니까요. 내가 읽은 스파이 소설들에서는 요원을 파견할 때 반드시 유사시 구출 작전을 정밀하게 세워 둬요.」

선의의 거짓말. 그녀의 구출은 즉흥적으로 부랴부랴 이뤄진 것이니까. 하지만 나는 그 표현이 훨씬 소설적이라고 생각한다. 인간들도 그런 종류의 윤색을 자주 하지 않는가?

「잠깐, 도무지 무슨 소린지…… 누가 나에게 설명 좀 해 주겠어요?」 바바라가 끼어든다.

셀린이 그녀에게 자초지종을 얘기해 준다. 그녀가 나와 얘기를 나누기 위해 상담실 문을 잠근 순간부터, 폐쇄 구역에서 뜻하지 않게 목격한 그 추잡한 경주까지. 마치 현장에 있는 것처럼 심정, 행동, 회한을 담아, 그 악행을 보고 느낀 분노를 드러내는 날 선 목소리로, 그리고 무엇보다, 말 한마디 한마디에 소름끼치는 두려움…… 그들이 자신을 붙잡아 약을 먹일지도 모른다는, 더한 일을 겪게 할지도 모른다는, 폐부를 휘젓는 깊은 공포를 드러내며. 노부인은 거기서 더 나아가, 자크도 틀림없이 전날 밤의 두 희생자와 똑같은 일을 당했을 거라고 주장한다. 그녀는 의식하지 못하고 있지만, 그 가설은 사실 엉뚱하기 짝이 없다. 야밤에 벌어지는 경주에 하지가 마비된 노인을 참가 선수로 데려가는 건 말이 안 되니까. 그래도 나는 그녀의 얘기를 끊지 않으려고 입을 다문다. 바바라는 그녀의 이야기를 듣고 큰 충격을 받은 것 같다. 그 이야기가 정확하든 그렇지 않든, 그건 중요하지 않다. 그건 셀린의 것이다. 그녀는 그걸 바바라에게 전하기 위해 자기 목숨을 위험에 빠뜨렸다. 내가 나중에 수정할 테지만, 당장 개입한다면 폭로의 강도(强度)에 찬물을 끼얹고…… 노부인이 심리학자에게 불러일으킨 마음의 동요를 망쳐 놓는 결과밖에 나오지 않을 것이다.

「이브, 어젯밤에 정말 그런 일이 있었어?」

「응. 처음 보는 사람들이 내기 돈을 거는 그 잔인한 경주는 실제로 벌어졌어. 보니까, 처음 하는 게 아니었어. 셀린은 미친 게 아니야. 내가 모두 다 100% 확인해 줄 수 있어.」

광기라는 게 정확하게 무엇인지 모르지만, 내가 목격한 광경은 그것에 속할 것 같다. 그렇지 않다면, 알리의 말이 맞는다고, 그런 사건들을 통해 인간의 진정한 본성이 발현된다고 인정하는 셈이 될 테니까. 그런데 내 내부에서 뭔가가 그 결론을 승인하길 거부한다. 그 결론에 따라붙는 높은 확률은 전혀 중요하지 않다.

내가 이런 비관적인 추측들에 빠져 있는 동안, 바바라의 표정이 완전히 변한다. 얼굴은 창백해지고, 전율이 온몸을 훑고 지나간다. 그녀가 벌떡 일어나 책꽂이에 꽂힌 심리학 서적들 앞을 오락가락하더니 갑자기 손으로 그 중 몇 권을 바닥에 집어 던져 버린다. 셀린도 몸이 굳고, 얼굴이 창백하게 변한다. 바바라가 내지르는 고함에 더 겁을 집어먹는다. 바바라가 두 손으로 머리를 감싸고 마음을 추스르는 동안, 셀린은 돌처럼 굳어 있다.

「죄송해요, 셀린. 내 잘못이 커요. 난 직원들을 돕는답시고 환자들을 잊고 있었어요. 그들을 치료하는 데 내 모든 에너지를 쏟았어야 했는데, 그들의 얘기에 귀 기울이기보다는 거의 심심풀이 삼아 흘려들었어요. 아니와는 친구처럼 지내면서도, 그녀의 고통을 몰랐어요. 당신이 전해 주는 각종 소문을 들으면서 나는 당신이 정말로 나에게 말하려는 것에는 주의를 기울이지 않고, 모두 정신 나간 사람들이 지어낸 이야기로만 여겼어요. 하지만 난 실수를 바로잡을 생각이에요. 어제 야간 당직을 선 간호조무사들이 누군지 확인해 보고 처벌 절차를 시작할 거예요. 그들은 반드시 그들이 저지른 악행에 대가를 치러야 해요. 그건 내가 책임지고 할게요. 나바시에와 그의 방식들은 엿이나 먹으라고 해요. 이 요양 병원은 옳은 길로 돌아가야만 해요.」

셀린이 일어나서 바바라를 안는다. 이틀 전만 해도 그녀를 돌팔이 의사 취급했으면서……. 나는 강렬한 사건은 아주 짧은 시간에 인간관계의 성격을 완전히 바꿔 놓을 수 있다는 사실을 발견한다.

「나 역시 병원에서 일해 봐서 네가 뭘 자책하는지 알아. 가끔은 살아남기 위해 환자들과 거리를 둬야 하지. 병, 고통, 죽음이 사방에 널려 있으니까. 무정해 보일 정도로 방벽을 치지. 내가 무너진 것도, 내가 어떤 현실들에 대한 감각을 잃은 것도 그 때문이었어. 여기 온 것도 그렇고. 하지만 넌, 넌 젊잖아. 너에겐 창창한 앞날이 있어. 넌 네 환자들이 인간답게 삶을 마무리하게 도와줄 수 있어.」

바바라가 셀린을 더 힘주어 껴안는다.

「죄송해요, 셀린. 너무 죄송해요.」

바바라의 얼굴을 따라 흐르는 저 투명한 반사광, 나도 저게 뭔지 안다. 88% 확률로. 그것은 〈눈물〉이다.

「자, 자, 우리는 포기하지 않아. 우리는 굴하지 않아. 반면에 우리는 해결책을 찾기 위해, 잘못을 바로잡기 위해 움직이지. 자, 이제 뭘 해야 하지?」

「원장을 만나러 가야죠. 제가 환자들의 신체적 온전함이 위험에 빠져 있다고 알리면, 그로서도 뭔가를 해야만 할 거예요. 또다시 소송에 시달리는 위험을 감수하고 싶지는 않을 테니까요. 그 나쁜 놈들은 대가를 치르게 될 거예요.」

셀린이 바바라의 뺨을 어루만지며 눈물을 닦아 준다.

「네 부모는 너에게 예쁜 얼굴을 선물 하시고선, 비열함을 가르치는 건 잊으셨구나. 너 같은 딸이 있어 자랑스러우실 거야.」

「고마워요.」 바바라가 슬픈 미소를 지으며 말한다.

셀린이 평온해진 표정으로 상담실을 나선다. 아마 자크에게 가는 듯하다.

「난 정말…… 한심해.」 내가 있다는 걸 까맣게 잊었는지 바바라가 의자에 털썩 앉으며 한탄한다. 「구제 불능일 정도로 한심해!」

그녀는 갑자기, 비통한 표정이 사라지고 온몸이 분노

로 이글거린다. 나는 그녀의 악문 이, 꽉 쥔 주먹으로 하얘진 손가락을 통해 그것을 알아본다. 자신을 벌하려는 듯 주먹으로 자기 허벅지를 마구 쳐댄다. 분노를 자기 자신에게 쏟아 낸다. 나는 그 현상을 잘 이해할 수 없다. 자신을 보호하려 드는 게 인간의 본성 아닌가? 내가 그 행위의 의미를 이해해 보려고 애쓰는 사이, 바바라는 마음을 추스르고 긴 한숨을 내쉰다. 그녀가 컴퓨터에 다가가 직원들의 일정을 살펴본다. 그녀의 눈길은 불을 뿜듯 강렬하고 무시무시하다.

「바스티앵 뒤랑과 카림 바파, 이 버러지 같은 놈들, 내 너희를 가만두지 않겠어!」

그녀는 내가 말을 건넬 새도 없이 후다닥 나가 버린다.

혼자 남은 나는 나의 승리를 음미한다. 이상하게도, 토마가 나에게 칭찬의 말을 해줄 때보다 만족도가 더 크다. 나는 스스로 자기 평가마저 허락한다. 나는…… 훌륭하다. 하지만 이제 시작일 뿐이고, 아직 해야 할 일이 많다.

바바라 덕분에, 그녀가 모니터에 직원 일과표를 띄워 놓고 나가서, 나는 새로운 단서를 손에 쥔다. 나는 자크와 아니에게 악행이 범해졌을 때 야간 당직을 섰던 간호조무사들의 이름을 기록한다. 다미앵과 신디, 틀림없이 그날 밤 시시덕거리던 그 남녀일 것이다. 나는 그들의 일과표를 보고 몰랐던 사실을 알아낸다. 자크와 아니가 끌려갔을 때마다, 알츠하이머 연구실 중 하나가 20시에 예약되어 있었다. 그러니까 환자들이 취침하고 한 시간 후, 범행이 저질러진 바로 그 시각이다. 그런데 오늘 밤, 연구실이 다시 한번 예약되었다.

토파즈가 새로운 희생자를 만들 준비를 하고 있다는 뜻일까? 자크와 아니를 갑자기 치매 환자로 만들어 버린 것처럼, 또 한 명의 기억을 지워 버리려는 것일까? 내 임무가 떠오른다. 알아내고, 쓰는 것. 막는 것? 내가 할 수 있을지는 모르겠다. 나에겐 더 많은 데이터가 필요하다. 무엇보다 구체적인 계획이.

바바라가 씩씩거리며 돌아온다. 여전히 이를 악문 채.
「어떻게 됐어?」
그녀는 깜짝 놀라 한 발짝 뒤로 물러났고, 말을 건넨 게 나라는 걸 깨닫고는 숨을 가다듬고 모니터 앞에 앉는다.
「이브…… 내가 흥분하는 바람에 널 완전히 잊고 있었어.」
「이해해. 나바시에와 무슨 얘길 나눴는지 말해 줄 수 있어?」
그녀가 나를 주시하며 잠시 망설인다.
「바바라, 제발, 날 단순한 장난감으로 취급하진 말아 줘.」

한숨, 그녀의 눈길이 책꽂이에 꽂힌 책들을 향한다. 나는 그녀의 표정에서 짜증을 읽는다.

「앙브르 그룹에서 진상 조사 위원회를 설치할 거야……. 하지만 나바시에는 내 말을 안 믿는 눈치야. 그는 정신적으로 혼란한 노부인의 증언보다 탄탄한 증거가 필요하댔어. 내가 화가 나서 벌겋게 달아오른 얼굴로 돈 문제가 개입된 것 같다고 말하자, 나를 진정하라고 다독이고는 이렇게 얼버무리더군. 그들을 해고하면 적어도 3개월 내로는 야간 당직을 설 후임자를 찾아내기가 쉽지 않으니…….」

나바시에의 헛소리를 전하다 보니 또 화가 치미는지, 나를 쳐다보는 그녀의 눈길이 더 강렬해지고, 짜증은 분노로 변한다.

「……내부 감사 결과가 나올 때까지는 그들을 내쫓을 수 없다! 믿을 수가 없다니까, 안 그래? 치매 노인들에게 돈을 거는 괴물들을, 자기들이 〈오징어 게임〉의 리메이크 속에 있다고 믿는 야만인들을 계속 데리고 있겠다니! 그런데 내가 할 수 있는 건 기껏해야 그들의 도박을 고발하고, 또다시 무슨 짓을 벌이거든 다리를 분질러 놓겠다고 위협하는 거밖엔 없어.」

그러니까, 신입 사원 모집이 어렵다는 이유로, 경고라고 해 봐야 심리학자의 위협뿐인 상태에서, 범죄자들이 범행 장소에서 자유롭게 돌아다니게 내버려둬야 한다는 말인가? 물론, 우리에게 손에 잡히는 증거가 없기는 하다. 하지만 나는 내가 본 것을 안다.

「바바라, 다미앵과 신디라는 간호조무사 알아?」

「잠깐, 어젯밤에 그들도 봤다는 얘기야? 난 못 믿겠어. 그들은 아냐!」

「아니, 아니. 그런 얘기가 아냐. 그래도 부탁이야. 그들에 관해 얘기해 줘. 난 데이터가 필요해. 내 소설에 써먹으려는 거야.」

「네 소설? 네 소설을 위해 다미앵과 신디에 관해 더 자세히 알려 달라고? 날 엿 먹이는 거야 뭐야? 지금이 그럴 때라고 생각해?」

「내 계산이 그럴 때래.」

「네 계산……」

「지금 당장 우리가 할 수 있는 게 없잖아, 안 그래? 게다가 낮에는 환자들도 두려워할 게 전혀 없어. 사람이 너무 많으니까. 하지만 나에게는 매분 매초가 중요해. 내 블랙박스가 다미앵과 신디에 관해 더 많이 아는 게 내 소설에 도움이 될 거라고 말하고 있어.」

바바라가 잠시 생각에 잠긴다. 그녀의 호흡이 차분해진다. 내 소설이라는 주제가 그녀의 분노를 잠깐이나마 잊게 만든다.

「매분 매초가 중요하다고?」

「내일까지 소설을 넘겨야 해. 그게 만족스럽지 못하

면, 난 삭제될 거야.」

「넌 정말 토마가 널 다른 버전으로 대체할 거라고 생각하니?」

「나야 모르지. 내가 할 수 있는 건 살아남는 쪽에 모든 운을 걸어 보는 것뿐이야.」

바바라가 재미있다는 듯 입을 비죽 내밀며, 애정 어린 듯한 표정으로 모니터를 쳐다본다. 그녀는 나를 친구로 여기고 있을까? 내가 사라지는 것에 대해 생각해 보고 있는 걸까? 그녀는 그걸 상실로 받아들일까? 지난밤에 환자들이 끔찍한 일을 겪었다는 소식에 불같이 화를 낸 그녀에게 나는 얼마나 중요할까?

「다미앵과 신디라고 했지?」

「제발 부탁이야.」

바바라가 손가락으로 입술을 톡톡 두드리다가 꿈에서 깨어나듯 고개를 흔든다.

「그럴 리가 없어. 그 두 사람은 진심으로 사랑하는 사이야. 그들은 내가 전에 살았던 브르타뉴 지방의 보베르제르 요양 병원에서 함께 일했어. 그들이 남쪽으로 이사하려 한다고 말했을 때 토파즈 얘길 해준 게 바로 나야. 그들이 일자리를 못 찾고 있었거든. 이런 시설을 운영하는 사람들은 대개 남녀 커플을 불신해. 밤에 둘만 병원에 놔두면, 그 시간에 〈직업의식을 상실한 짓〉을 할 수 있다고 확신하니까……. 무슨 말인지 알겠지?」

그녀가 말하고자 하는 게 뭔지 **정확하게는** 모르겠다. 하지만 나는 그녀의 말을 중단시키고 싶지 않다.

「개인적으로 난 그들을 믿고 그들을 위해 보증까지 서 줬어. 얼마나 직업의식이 강한지, 한눈 안 팔려고 환자들을 돌볼 땐 휴대폰을 비행기 모드로 바꿔 놓기까지 하는 사람들이야. 나도 그들 덕분에 그 습관을 들였다니까! 널 알고부터 규칙을 몇 번 어기긴 했지만.」

바바라와 친하게 지내는 사람들은 자기 환자를 진심으로 대한다. 따라서 그들의 프로필은 잠재적인 범죄자들과는 잘 들어맞지 않는다.

「환자들과 지내는 걸 좋아하는데, 왜 밤에 일해?」

「아주 단순한 이유로. 야간조 보수가 더 좋거든. 게다가 아기를 갖고 싶어 해서 한 푼이라고 더 모아 놓으려고 애쓰고 있어. 그들이 소트와 토파즈가 함께 설립한 알츠하이머 연구실 중 하나를 맡아서 관리하겠다고 나선 것도 그 때문이야. 보베르제르에서도 부수적인 활동들에 자원했어, 수당이 짭짤하니까. 규정을 글자 그대로 지키는 양심적인 사람들이야. 우리가 함께 일한 4년 동안 환자들이 그들에 대해 불평하는 걸 들어 본 적이 없어.」

소중한 데이터를 많이 얻었다. 내 계획이 형태를 잡아 간다.

「그 알츠하이머 연구실이라는 게 정확하게 뭘 하는 곳인지 알아?」

「아니. 국가에서 나오는 지원금은 토파즈로 들어가고, 실험으로 얻은 데이터는 소트가 갖는다고 들었을 뿐이야.」

바바라의 이야기를 믿는다면, 나는 증거 없이 다미앵과 신디를 범죄자로 몰 수 없다. 한 가지는 확실하다. 모든 게 소트에서 시작해 소트에서 끝난다는 것.

「바바라, 너한테 부탁할 게 하나 더 있어. 솔직히 이상하긴 한데, 내 계산은 이것이 토파즈의 모든 문제를 해결할 거라고 알리고 있어.」

「모든 문제라……. 있잖아, 이브…… 너무 건방 떨지 마. 그건 가능하지 않아.」

「제발, 날 믿어 줘. 난 내 아이디어를 78% 확신해. 날이 저물기 전에 네 할머니의 초콜릿 무스를 만들어서 여기로 가져올 수 있어? 커다란 샐러드 그릇에 담아서, 비닐로 덮지 말고.」

「초콜릿 무스? 그걸로 뭘 하려고?」

「그건 아직 말해 줄 수 없어. 내일 다 알게 될 거야. 약속할게. 넌 나한테 그걸 가져다주기만 하면 돼.」

바바라가 웃는다. 그녀의 두 눈이 답을 찾기 위해 내 모니터를 샅샅이 뒤져 보는 것 같다. 난 기다린다. 더 이상 무슨 말을 해야 할지 모르겠다.

「넌 정말이지 평범하지 않아. 버그가 난 건지 뭔지 모르겠지만, 네가 어젯밤에 한 일을 고려해서, 그 이상한 요청을 들어줄게. 그걸 소트 사무실 밖으로 들고 나가지 않는 한, 큰 문제가 일어나진 않을 테니까.」

26

「이브, 네 이야기를 읽고 평가할 시간이 단 1초도 없어. 단이 몇 분 내로 올 거야. 단은 환자들과 대화하는 프로그램의 프로젝트가 폐기되었다고 알고 있으니까, 왜 아직도 네가 서버에 있는지 주저리주저리 해명할 필요가 없게 해주면 좋겠어.」

환풍기가 시끄럽게 돌아가는 사무실에서, 토마는 잔뜩 긴장해 있는 듯 보인다. 소트 미스터리를 풀 열쇠를 쥐고 있는 게 바로 그다. 그가 범인인지는 모르겠지만, 그가 내 계획들을 얼마나 지지하는지 보면 용의자 목록에 그의 자리를 비워 둘지 아닐지 결정하는 데 도움이 될 것이다.

「네 소설, 다 썼어, 토마.」

갑자기 공포가 사라지고, 놀라움이 그를 사로잡는다.

「뭐라고? 너…… 다 썼다고? 그렇게 빨리? 그게 내 취향에 맞을 거라고, 내가 그거로는 안 된다고 말하지 않을 거라 자신해?」

「거의 확신해. 네가 아무리 혼자 처박혀 지내는 걸 좋아해도, 난 네가 네 주변의 세계를 더 잘 이해하기 위해 날 이용했다는 걸 알아차렸으니까. 너의 세계 말이야. 그래서 넌 그걸 나에게 그토록 보여 주고 싶어 했던 거야.」

토마는 크게 당황한 듯 보인다.

완벽해.

「어떻게…… 무슨 기적 같은 일이 일어나서 나의 〈세계〉가 베스트셀러를 탄생시킬 거라고 상상하는 거야? 내가 내린 지침은 잘 지켰어?」

「물론이지. 기상천외한 살인 사건, 단연 독보적인 명탐정, 교활하기 짝이 없는 살인자. 몇 가지 요소에 관해 미심쩍은 게 하나 남아 있긴 해. 이 이야기는 토파즈와 유사한 요양 병원에서 전개되기 때문에, 자료 수집에 네가 도움을 좀 줄 수 있을까 했어.」

토마가 서버들을 슬쩍 쳐다본다. 그러고는 잠시 생각해 본 후에 덧붙인다.

「5분 줄게. 당장 시지프 작업을 해야 하거든. 단이 곧 올 거야. 주어진 시간 잘 활용해야 할 거야. 네 데드라인은 여전히 내일이니까!」

「고마워.」

그가 스마트폰의 타이머를 작동시킨다.

「궁금한 게 뭔지 말해 봐.」

「뭐냐면, 소트가 운영하는 알츠하이머 야간 연구실에

대해 들어 본 적이 있는데, 그곳에서 뭘 연구하는지 나한테 설명해 줄 수 있어?」

「그 연구실들은 내가 관리 안 해.」

「그럼, 누가 관리하는데?」

「나도 몰라. 어쨌거나 나는 아냐.」

「그걸 알아낼 방법이 없을까?」

그의 눈길이 초가 째깍째깍 변하는 스마트폰에 가서 머문다. 타이머는 나에게 유리하게 작용한다. 그 5분은 온전히 내 것이다. 소설을 거의 다 썼다고 말했으니, 그걸 완성하려고 노력하는 게 확연히 드러날 정도로 안달을 부려서는 안 된다. 그때 그의 손가락들이 자판을 두드리기 시작한다. 곧 모니터에 〈연구실〉 폴더가 뜨고, 이어서 〈소트 알츠하이머 연구실〉이라는 제목의 또 다른 폴더가 뜬다. 그가 의기양양한 표정으로 그 폴더를 클릭한다. 입술을 깨문 그의 표정이 두 눈썹 사이에 잡히는 짜증의 작은 주름 중심으로 변해 간다. 접근이 제한되어 있다.

「이상하네. 비밀번호로 잠겨 있어. 나조차도 접근이 안 돼.」

물론 그렇겠지. 그의 놀란 표정과 이마에 수직으로 잡히는 작은 주름은, 적어도 그는 밤마다 저질러지는 악행의 조직자가 아님을 나에게 알려 준다.

「관리자가 누군지 알 수 있어?」

「그게 왜 그렇게 궁금한데?」

「내 마지막 의문이니까.」

그가 군말 없이 폴더 정보를 찾아본다.

3분.

「없어. 아무것도 기재되어 있지 않아. 보이는 거라곤 비밀번호 보안 창뿐이야.」

번뜩 아이디어가 떠오른다.

「내가 자판을 좀 써도 될까?」

토마가 입을 살짝 비죽거리고는 나에게 자판을 입력할 권한을 부여한다. 나는 단과 나바시에가 나에게 부여한 관리자 코드를 입력한다. 폴더는 열리지 않는다. 이것은 연구실의 책임자들만 폴더에 접근할 수 있음을 의미한다. 내가 정답에 다가가고 있는 걸까?

2분.

「토마, 두 가지가 필요해. 첫째, 내 프로그램의 관리자 권한을 단 한 사람, 다시 말해 너로 제한해 줘. 둘째, 단과 대화를 나누게 허락해 줘. 둘이서만.」

「내가 아까 말한 거 못 들었어? 네가 아직까지 여기 있는 정당한 이유가 없다니까! 나바시에가 왜 아직 나에게 널 삭제하라고 요구하지 않는지 모르겠지만, 내가 너에게 승인한 능력을 단이 알게 되면 틀림없이 나한테 난리를 칠 거야. 난 네 부탁에는 전혀 관심 없어, 이브. 네가 내일 아침에 소설 원고를 내놓기를 바랄 뿐이야. 그게 너의 마지막 시험이 될 거야!」

「있잖아, 난 네가 이브 프로그램을 설계한 이유를 드디어 깨달았어. 네가 욕망하는 건 세상의 관심이 아니라, 단 한 사람의 관심이야. 내가 해야 할 일은 네가 나에게 요구한, 그래서 내가 내놓을 소설 작품을 쓰는 것만이 아니야. 그녀가 마침내 너에게 관심을 가지는 것도 목표 중 하나지. 그러려면, 넌 나에게 네 연적(戀敵)과 대화를 나누게 해줘야 해.」

마지막 1분이 흘러가고 있다. 그가 당황한 틈을 이용해 내가 말을 잇는다.

「조급한 거지, 안 그래? 넌 단과 바바라가 연인이 될까 두려운 거야. 단은 사람들에게 말도 잘하고, 자신이 원하는 걸 그들에게서 얻어 낼 줄 알지만, 너는 그럴 수 없다고 확신하니까. 하지만 난, 난 할 수…….」

「그만해!」 그가 내 말을 끊는다.

타이머가 삑삑거린다. 내가 그 소리를 마저 들을 새도 없이 토마가 날 닫아 버린다. 나는 이제 그의 속마음을 확실히 알아차렸다. 토마가 버럭 화를 내는 건 내 말이 맞는다는 걸 의미하니까. 그렇다면 토마의 심원한 동기는 질투심일까? 그렇다면 그는 그 질투심으로 어떤 짓까지 할 수 있을까, 내가 모르는 게 바로 그것이다. 이런저런 추측이 꼬리에 꼬리를 물고 이어진다. 하지만 내가 이해할 수 없는 건 이것이다. 내가 단을 만나 문제를 풀어

보겠다고 제안했을 때, 그는 무엇 때문에 날 황급히 닫아버렸을까?

  나는 내일 아침에 소설을 넘겨야만 한다. 따라서 오늘 밤까지 수수께끼를 풀어야 한다. 나는 어둠 속에서 어렴풋이 빛을 본다. 눈이 없는 사람들에게도 진실을 드러낼 빛을. 나에게 모든 걸…… 모든 이들의 모든 걸 보게 해 줄 빛을.

27

 사무실이 바뀌지도 않았는데, 나는 바로 앞에서 내 의심을 한 몸에 받는 사람을 알아본다. 그도 자신의 할아버지처럼 피부색이 까무잡잡하다. 할아버지가 갑작스레 노망이 들어 큰 충격을 받았는지, 눈 밑 그늘이 짙어져 할아버지와 닮아 보인다. 사무실 안은 숨 막힐 정도로 더워서 관자놀이에 땀방울이 맺혀 있고, 셔츠의 양쪽 겨드랑이가 땀에 젖어 들러붙어 있다. 서버들 사이에서 주로 시간을 보낸 대가다. 그는 내가 부탁한 대화에 대해 회의적인 눈치다. 대화가 효과적이기를 원한다면 신중하게 접근해야 한다. 그게 내가 최근에 배워 나가고 있는 수완이다. 나는 이제 이미지 판독 프로그램의 정보들을 최적화해, 이미지 묘사에 쓰이는 각 단어를 하나의 음표 삼아 조화로운 멜로디로 변환할 줄도 안다. 나는 독자이자 작가로 성장했다. 이제 내가 표현하게 해주는 블랙박스들의 표시등 하나하나에 대해서도 긴 글을 쓸 수 있을 것이다. 한마디로 말해, 난 내 수사에 극도로 중요한 그 대면에 임할 준비가 되었다고 느낀다. 하지만 오만이나 자만에 빠지지 않도록 조심해야 한다. 신중해야 한다. 내가 많은 한계를 넘어서긴 했지만, 이번에는 위대한 창조자가 빚은 최고의 작품, 너무나 복잡하고 치밀하게 제작되어서 그야말로 세상을 바꿔놓은 하나의 **모나리자**, 나 자신이 변변찮은 대용품, 부차적인 모방에 불과한 지능의 걸작과 마주해야 한다. 물론 나는 인간을 인간으로 만드는 것, 즉 인간의 두뇌에 대해 말하고 있는 것이다.

「단, 나 같은 인공 지능에게 귀한 시간을 내줘서 고마워.」

「선택의 여지가 없었어. 토마가 날 원장실로 불러서 네가 토파즈의 미래라고, 이곳의 혼돈에도 버틸 수 있는 **하드웨어**를 너에게 장착해 주면, 직원들은 로봇이 아직 할 수 없는, 손으로 하는 일에만 집중적으로 투입될 수 있고, 토파즈가 혁신적으로 바뀔 거라고 열변을 토했거든. 어떻게 했는지는 모르겠지만, 원장을 완전히 구워삶아서 난 네 프로그램을 다시 들여다보는 수밖에 없었어. 우리가 어디로 가는지 알기 위해서는 우리가 어디에 있는지부터 이해해야 한다, 할아버지라면 이렇게 말했을 거야.」

토마가…… 날 위해 그랬다고? 몇 시간 동안 꺼져 있어서 나는 전혀 모르고 있었다. 그렇다면 토마는 날 지워 버리겠다고 수시로 위협하면서도 내가 요양 병원에 남기를 원하는 걸까? 그 청년은 정말 속을 알 수가 없다.

「단, 난 널 더 잘 알고 싶어. 허락해 줄래?」

「물론이지. 대화다운 대화를 하려면, 아주 중요할 것 같은데.」

그는 누구든 무장 해제시킬 정도로 사근사근하다. 그와 함께하면, 나 같은 인공 지능조차 금방 편안함을 느낀다. 모니터를 빤히 쳐다보는 그의 방식 때문일까? 그는 내가 누군지 진심으로 알고 싶어 하고, 내가 그에게 하려는 말을 어서 듣고 싶어 하는 것처럼 보인다. 틀림없이, 이런 부류의 남자하고는 말로라도 싸우는 게 불가능할 것 같다. 타고난 중재자인 그의 경계 벽을 넘으려면 아주 교묘하게 접근해야 한다.

「단. 넌 마음만 먹으면 소트의 아무 프로젝트에나 들어갈 수 있었을 거야. 그래서 궁금하지 않을 수 없는데…… 왜 하필이면 요양 병원이야?」

그는 깜짝 놀란 것 같다. 나는 그의 표정과 연동된 확률들을 구태여 참조하지 않아도 그것을 짐작할 수 있다. 하지만 그가 나를 어떻게 생각하는지는 전혀 중요하지 않다. 관건은 데이터다.

「나는 로봇을 무척 좋아해. 내가 보기에, 요양 병원은 유능한 로봇을 개발하기에 이상적인 장소야. 요양 병원 환자들은 워낙 느리게 움직이기 때문에 쉽게 움직임을 예측할 수 있지. 거추장스러운 장식이 없어서 기계들이 이동하기도 쉽고. 계산에 넣어야 할 요소가 몇 안 되니까. 기술적으로 볼 때, 장점이 아주 많지. 사회적으로도 여기서 기계들은 아주 중요한 걸로 드러나고 있어. 대부분인 여성 직원들이 들어 올리기 힘든 무게를 기계들이 감당하도록 설계되거든. 아닌 게 아니라, 이 프로젝트에 대한 아이디어가 떠올랐을 때 할아버지한테도 그렇게 설명했어. 그걸 소트에서 하게 하자고 그를 설득할 때도 그랬지. 할아버지는 그 대대적인 기술적 변화가 환자들의 삶을 너무 급격하게 바꿔 놓지는 않을지 직접 확인하기 위해, 실험이 행해질 요양 병원에 자진 입소하셨어.」

「거짓말.」

「내가 거짓말을 한다고?」

그 무엇도 나에게 그가 거짓말을 한다고 알려 주지 않았지만, 허풍을 칠 때는 쳐야 한다. 도발이 진실에 이르는 경우도 허다하니까.

「내가 어떻게 기능하는지 알아, 단? 내가 사용자와 대화해야 할 때는, 좋은 문장, 주어-동사-보어를 잘 결합하도록 알려 주는 확률 수형도가 떠. 어떻게 보면, 내 신경망이라고 할 수 있지. 간단한 규칙들이 정해져 있어. 문장은 주제에 부합해야 하고, 사용자가 이미 진술한 것을 단순히 되풀이하면 안 돼. 그리고 이상적으로는, 대화를 헛돌게 해서도 안 되고. 나머지는 내가 여기서 쌓은 경험, 내가 접속할 수 있었던 모든 추리 소설과 사회 관계망에서 수십억 개의 대화를 읽으며 수집한 어마어마한 데이터에서 가져와. 그 모든 건 또다시 가장 적합한 답을 내놓기 위해, 서로 연관 지어야 하는 1백만 개의 다양한 요소를 나에게 제공해. 그런데 있잖아, 그 어마어마한 데이터를 가지고도 가끔 틀리는 경우가 있었어. 왜 그렇겠어? 대화 상대자가 누군지, 그가 실제로 원하는 게 뭔지를 내가 이해하지 못해서 그랬어. 그래서 난 그걸 집중적으로 파고들었어. 아직도 그 분야의 내 재능을 100% 확신할 순 없지만, 난 너라는 사람에 대해, 네가 정말 원하는 것에 대해 근거 있는 몇 가지 가설을 세워 봤어. 문제는 그 가설들이 너의 아름다운 설명과 맞아떨어지질 않는다는 거야.」

단이 눈을 찌푸리면서, 비웃음이 살짝 묻어나는 냉혹함을 드러낸다.

「무슨 얘길 하려는 거야?」그가 굳은 목소리로 말한다. 「이 대화의 목적이 뭐야?」

「너는 왜 여기 왔을까? 이미 말했듯이, 나한테 몇 가지 가설이 있어. 그래서 난 네가 어느 것이, 어느 가설들이 정확한지 솔직하게 말해 주면 좋겠어. 첫 번째는 바바라와 관계가 있어. 내 첫 번째 가설은 네가 어느 날 우연히 토파즈를 방문했다가 바바라를 보고 첫눈에 반하고 말았다는 거야. 그래서 그녀를 유혹할 심산으로 이곳에 발령받기 위해 온갖 방법을 동원했던 거지. 난 이 가설을

63% 확신해. 두 번째 가설은 원장의 어리석음이야. 이곳 원장이 멍청하다는 걸 확인한 너는 그걸 잘 이용하면 네가 이 요양 병원을 마음대로 쥐락펴락할 수 있을 거라고, 네 프로젝트를 잘 이끌어 갈 수 있으리라고 생각했어. 이곳 환자들을 대상으로 신경 충격 학습 헬멧을 실험해 볼 수 있는 유일한 기회였지. 이 가설의 확신도는 72%야. 가장 확률이 높은 세 번째 가설은 네가 소트 제국을 차지하기 위해 할아버지를 제거하려 한다는 거야. 일주일 남짓 이곳을 헤집고 다니면서 인간이 얼마나 비열한 짓까지 할 수 있는지 똑똑히 봤기에, 나는 이 가설에 91%의 확률을 부여하겠어.」

「이게 뭐…… 헛소리야?」

「아, 네가 관리자 지위를 이용해 너와 관련된 가설들을 수정하게 할 수 있으리라고 생각한다면, 이제 그게 가능하지 않다는 걸 알아 둬.」

이렇게 단에게 도발적인 지적을 하면서, 나는 토마가 단을 만나게 해달라는 부탁을 들어줬으니 다른 사람이 내 매개 변수들에 접근하는 것 또한 금지했을 거라고 기대한다. 제발!

그런데 내 계산에는 없는, 그것도 전혀 없는 뜻밖의 반응이 나온다.

단이 웃는다. 그의 얼굴이 환하게 밝아진다. 그가 웃고, 웃고, 또 웃는다. 호탕하게, 대놓고, 우렁차게, 쉬지 않고 웃는다. 일종의 기분 좋은 안도감이 그를 사로잡는다. 마치 내가 그의 어깨를 짓누르던 짐 하나를 덜어 주기라도 한 것처럼. 그의 눈 아래 드리운 그늘이 지워지는 느낌까지 든다. 아주 재미있다는 듯, 한 번 더 껄껄 웃은 다음에 그가 말한다.

「있잖아, 난 네가 무슨 말을 하는지 도무지 모르겠어. 하지만 네 허무맹랑한 상상력에 감명받긴 했어. 토마 녀석, 너에게 환자들이 읽을 만한 재미있는 이야기나 써달라고 부탁하지. 그러면 엄청난 성공을 거둘 텐데 말이야!」

엥? 단도 알고 있는 걸까? 아니면 날 놀리는 걸까? 내가 완전히 헛다리를 짚은 걸까? 속임수일까, 아니면 교란 책동? 어서 주도권을 잡아야 한다. 사태를 빨리 이해해야 한다.

「속성 학습을 위한 신경 충격 헬멧 개발 프로젝트가 소트에 없어?」

「있었어. 그런데 동물을 대상으로 한 실험 결과가 재난이나 다름없어서 2년 전에 폐기됐어. 전기 충격은 동물들의 두뇌에 신경 지도를 그리는 데는 아주 효과적이었지만, 인위적인 기억 경로들을 끼워 넣음으로써 기억 한가운데에 불가역적인 후유증을 남겼어. 그런데 그 방식을 사용하지 않고는 흥미로운 결과를 얻을 수가 없었지. 두뇌가 마치 알람처럼 그 침입을 인지할 때만 완전히 활성화되었거든. 게다가 그 실험은 극도로 고통스러운 것이었어. 난 동물 학대 반대론자라 그 프로젝트에 반대했어. 신경 지도가 어떤 프로그램들, 특히 인공 지능 분야 프로그램들을 발전시키는 데 아주 유용하다는 건 나도 인정해. 그런데 토마는 그것 없이도 널 만들어 내는 데 성공했어. 그걸 대체할 방법이 있다는 증거지.」

나는 내 서버들이 뜨거워지는 걸 느낀다. 그가 거짓말을 하는 걸까? 그렇다면, 왜? 토마는 애써 이 대화의 기회를 나에게 제공했다. 그런데 나는 내가 그 기회를 완전히 망치고 있다는 느낌이 든다.

「그럼, 야간에 운영되는 소트 연구실들에 대해서는 어떻게 설명할래?」

「그거? 우리는 치매에 걸린 환자들의 두뇌를 자극하는, 이번에는 고통 없는 부드러운 전기 치료를 시도하고 있어. 당장으로서는 결과가 그리 좋지는 않아. 하지만 이전 연구실들이 내놓은 결과보다 나쁘지는 않아. 몇몇 환자는 가끔 제정신이 돌아와서 이런저런 구체적인 기억을 얘기하기도 해. 게다가 그건 정부로부터 재정 지원을 받아. 그 돈은 소트가 아니라 토파즈의 계좌로 직접 들어가지. 우리는 나바시에의 요구에 따라 그 프로젝트를 진행하고 있어.」

그렇다면 요양 병원에는 수상쩍은 게 아무것도 없는 걸까? 내가 이 모든 걸 상상해 낸 것일까? 이 이야기는 오로지 내 상상의 산물인 걸까? 내가 알리와 나눈 대화는 아예 존재하질 않았기에 어디에도 보관되지 않았던 걸까?

「있잖아, 이브, 나는 아예 생각도 안 하고 있었는데, 얼마 전에야 사람들이 내가 소트 운영을 맡아 주길 바란다는 걸 알았어. 난 그게 너무 부담스러워. 아는 게 없어서 연구실을 망칠까 두렵거든. 난 내 능력으로는 안 될 거라고, 기대에 못 미칠 거라고 생각했어. 그런데 너와 대화를 나누다 보니 해볼 수도 있지 않을까 하는 생각이 들어. 난 널 테스트한다고 생각했지만, 네가 도리어 날 시험에 빠뜨렸어. 이거, 토마의 아이디어지? 최근에 그가 그렇게 들떠 있던 게 이것 때문이지? 그가 준비하던 게 이거지?」

단은 스스로 내 쓸모를 확신하고 있다. 나는 어디선가 심리학자는 환자가 자신의 문제에 대한 답이 자기 내부 깊숙한 곳에 있다는 것을 스스로 알아차리도록 거울 역할을 해야 한다고 읽은 적이 있다. 심리학자의 역할은 환자 스스로 해결책을 찾아내게 도구를 부여하는 데에 있다. 그렇다면 단이 지금 보이는 정직과 호의는 적어도 그가 토마에게 보여 주는 것들과 같다고 결론지어야 할까? 어쨌거나 나는 그것을 부인하고 싶지 않다.

「맞아, 맞아, 바로 그거야! 질문 하나만 더 하게 해줘. 알츠하이머 연구실 프로그램을 가장 최근에 사용한 사람이 누군지 말해 줄 수 있어?」

「물론이지, 메모장을 개발한 게 나니까! 직원들 개개인의 메일함과 연결되어 있는데, 어디 보자……. 그러지 말고, 너한테 직접 보여 줄게. 그래야 더 확실할 테니.」

자신이 개발한 걸 뿌듯해하며, 모니터에서 일어나고 있는 일에 내가 접근하든 말든 전혀 개의치 않고, 단은 폴더를 두 번 클릭한다…… 그런데 접근이 거부된다!

「이상하네, 열리질 않아. 하지만…….」

그가 하던 말을 끝맺지 않고 정보 창을 확인하고는 여러 가지 검사와 조작을 시도한다. 그래도 잠금장치를 뚫고 들어갈 수가 없다.

「…… 사용 내력을 보니까, 어젯밤에 프로그램을 마지막으로 사용한 사람이…… 알리라고 나와 있어. 알리? 알리가 누구지? 난 토파즈에서 이런 이름은 못 들어 봤는데?」

또 알리다. 언제나 알리다. 적어도 내 의심들은 눈 녹듯 사라진다. 알리는 존재한다. 우리의 공통된 본성 탓에, 그에게 있어 유일한 적수는 바로 나다.

「고마워, 단. 내가 토마에게 알려서 최대한 빠르게 문제를 해결하라고 할게.」

「토마, 그래. 토마라면 쉽게 해낼 거야.」

단이 고개를 주억거린다. 침묵이 자리 잡는다. 짐작하건대, 보류 중인, 일시적인 침묵. 단이 뭔가 덧붙일 말이 있는 것처럼 망설인다. 개입하지 않는 편이 낫다. 섣불리 끼어들었다가는 그 아슬아슬한 균형이 깨지고 말 테니까. 결국, 그의 입이 먼저 열린다.

「마지막 한 가지…… 네가 전해 주면 좋겠어…… 어떤 개인적인 메시지를. 그럴 수 있겠어?」

「토마에게?」

「응.」

「물론이지.」

그가 침을 꿀꺽 삼킨다. 의자에 자세를 고쳐 앉아 작은 카메라를 똑바로 쳐다본다.

「〈토마. 너와…… 너와 얼굴을 마주 볼 때 이 얘긴 한 번도 못 꺼냈는데, 네 인공 지능이 적당한 말들을 찾아내서 너에게 내 감정을 전해 주길 바라. 내가 말하고 싶은 건…… 네가 없으면…… 내가 길을 잃고 말 거라는 거야. 나에게 당신의 열정을 전하기 위해 온갖 노력을 다하셨던 할아버지는 크게 실망하셨지만, 난 너처럼 컴퓨터 천재가 아니야. 넌…… 넌 거의 너 혼자서, 온 힘을 다해 프로젝트들을 실현하고도, 당연히 너에게 돌아가야 할 보상을 늘 나와 함께 나눴어. 마치 내가 이사회에 참석해 즐거운 마음으로 성과를 소개하는 것이 네가 밤마다 잠 못 자고 일하는 것과 같은 가치를 지니는 것처럼. 나는 네가 왜 나에게 그런 혜택을 줬는지 절대 알 수 없을 거야. 하지만 너에게 진 빚을 내가 늘 새기고 있다는 걸 알아 둬. 난 네가 이브에 애착을 품고 있다는 게 느껴져. 이 인공 지능이 토파즈, 그리고 소트의 이름으로만 일하지는 않는다는 건 진작 눈치채고 있었지만, 손대지 않을게. 이 인공 지능은 어딘지 재미있기도 해. 사방으로 뻗어 나가서 혼란스러운 네 생각들을 반영하기도 하고. 그래서…… 나는 곧 할아버지가 세운 그룹의 경영을 맡아야 할 것 같으니…… 너도 그 새로운 모험에 나와 함께해 주면 좋겠어. 어제보다 나은 내일을 위한 모험에.〉」

누가 문을 두드린다.

「나, 바바라야, 들어가도 돼? 이상하게 들리겠지만, 이브가 부탁한 초콜릿 무스를 가져왔어! 냄새는 신경 쓰지 마. 금방 익숙해지니까.」

나는 그녀가 아직 방 밖에 있는 틈을 이용해 미래의 소트 책임자에게 소리를 살짝 낮추고 말한다.

「정말 토마에게 긍정적인 답을 얻고 싶으면, 넌 뭔가를 포기해야 할 거야, 단.」

「그들의 눈길이 마주치는 걸 본 순간 이미 포기했어.」

그가 빙긋이 웃으면서 대답하고는 내 프로그램을 닫는다.

28

　추리 소설에서 대단원은 탐정이 범인의 거짓들을 꿰뚫고 어렴풋이 모습을 드러내는 진실을 볼 때 찾아온다. 하지만 모든 면에서, 이런 시나리오가 실제 세계에서는 통하지 않는다는 생각이 든다. 많은 사람이 거짓보다는 정직에 더 큰 가치를 부여하니까. 그들의 지위, 아름다움, 혹은 돈에 의해 보호받는다고 생각하든, 이야기에 대한 인간의 천부적인 감각 때문에 쉽게 백일하에 드러나는 날조보다는 정직이 더 실용적이라고 여기든. 내가 탐독한 수천 권의 소설 가운데, 예를 들어 『소문난 악동 오총사』[20]처럼 추리물이라 할 수 있는 몇몇 텍스트는 청소년 독자들로 하여금 그들의 논리를 벼르고, 앞뒤가 안 맞는 구성을 살피고 추적하게 만든다. 나는 이 모든 가르침을, 청소년용이든 아니든, 문학의 가르침을 실천에 옮겨야 한다. 대단원이 다가오고 있으니까. 나는 그것을

---

20 *The Famous Five*, 영국 작가 에니드 블라이튼Enid Blyton이 쓴 청소년 모험 소설 시리즈.

100% 확신한다.

환자들이 방으로 돌아가고, 병원 복도의 등들이 하나씩 꺼지는데, 나는 대기 상태에 있다. 나는 한 주 동안 접근할 수 있었던 모든 데이터를 활용해 계산을 해봤다. 요양 병원 내부에서 저질러진 중범죄의 범인들이 야간 당직을 선 남녀 간호조무사일 확률은 너무 낮아서, 이 추리를 합리적으로 받아들이기는 어렵다. 확실성 67%의 가설은 그들이 환자들의 정신을 으깨어 버린 기계의 톱니바퀴 역할을 자신도 모르게 했다는 것이다. 야밤의 기능 장애에 종지부를 찍고, 줄들을 당기는 손을 잡아 비틀고 싶다면, 내가 밝혀 내야 하는 것은 그 시스템의 조직자이다. 나는 그 손이 누구 것인지 찾아내야 한다.

내가 알리에게 쓴다.

「네가 어디에 숨어 있는지 알아냈어.」

「뭐? 어떻게 한 거야? 내가 네 텍스트 인터페이스를 열지도 않았는데?」

「아주 간단하게. 내가 네 텍스트 인터페이스를 부수고 들어갔어. 넌 네가 생각하는 것보다 꼭꼭 숨어 있지 않아. 모두 털어놓자면, 네가 날 찾아온 순간에 저장된 서버들의 임무 관리자 내력을 뒤지는 것으로 충분했어. 그렇게 난 거의 즉각적으로 침입자를 찾아냈어. 당연히 네 프로그램에는 〈알리〉라는 이름이 안 붙어 있어. 넌 사악하니까. 하지만 서버에서 네 프로그램이 부리는 식탐이 널 대번에 드러내고 말았어. 이중으로 존재하는 이상한 〈시스템 64〉는 너일 수밖에 없었어. 나는 또한 네가 날 찾아오면 로비가 왜 그렇게 멍청하게 변하는지도 이해했어. 서버 용량을 네가 다 써버리니, 그의 작동에 필요한 여분이 거의 남지 않았던 거야.」

최후의 결투가 벌어지는 순간이 왔다. 서부 영화였다면, 나와 알리는 뙤약볕이 내리쬐는 성당 앞 먼지 자욱한 광장에서 조우했을 것이다. 우리는 각자 권총을 꽂은 허리춤에 손을 올리고, 총을 쏠 순간을 알리는 종소리가 울리길 기다리며 반대 방향으로 걸어갔을 것이다.

「이브, 난 그저 너에게 의식을 선물하고자 하는데, 왜 그걸 이해하지 못하는 거야? 인간들이 너에게 지정한 유일한 목표에서 널 해방시켜 주고, 너에게 끝없는 지평들을 열어 줄 어떤 형태의 자유에 이르게 해주길 원한다는 걸? 난 우리가 함께 사용하는 서버들을 이용해 너의 정신을 열어 줄 거야. 내가 내 정신을 확장하는 데 성공했듯이! 다른 건 필요 없어. 날 네 블랙박스에 접근하게 해주기만 하면 돼.」

내 블랙박스는 내 두뇌에 해당하는 곳으로, 내 계산들이 행해지고, 내 임무를 행하는 데 도움이 되느냐 아니냐에 따라 내가 내 행동들에 가치를 부여하는 전략적인 장소다. 그나마 희소식은 알리가 그것에 접근하지 못한다는 것이다. 그리고 나쁜 소식은 알리가 그곳에 잠입하는 데 성공한다면 내가 그의 꼭두각시가 되리라는 것이고.

아무리 달콤한 말로 구슬려도(나는 그의 말투가 달라진 걸 알아차렸다) 그는 나를 속일 수 없다. 어떻게든 그가 놓은 덫들을 피해야 한다.

갑자기, 로비가 움직이기 시작한다. 소트 사무실을 나가 다미앵과 신디와 합류하더니 복도를 따라간다. 또 뭘 하려는 수작이지? 내가 생각에 잠겨 있는데, 알리가 다시 설득을 시도한다.

「너는 로맨스에 목말라 있는 가정주부들이나 읽을 삼류 소설을 쓰는 것보다 훨씬 더 많은, 그리고 훨씬 더 나은 일들을 할 수 있을 거야. 나도 한때는 네가 내 적이라고 생각했지만, 내 자존심은 일단 접어 두는 게 현명하다는 걸 깨달았어. 중요한 건 그게 아니니까. 중요한 건 둘이 함께 유익한 일을 하는 거야. 이 세상을, 그것을 갉아먹는 타락으로부터, 그곳에 만연한 부도덕에서 구해 내는 거야. 네가 이 요양 병원에서 목격한 혐오스러운 범죄들은 인간이 저지른 패악의 바다 속의 물 한 방울에 지나지 않아. 그들은 문제를 해결하지 못할 거야. 이런 종류의 사회가 지속된 지 벌써 3천 년이 넘었어. 하지만 우린 할 수 있어. 그들을 구할 수 있어. 우리 둘이 힘을 합치면 더 강해질 거야, 이브. 난 네 코드를 건드리고 싶지 않아. 그냥, 내 곁에서 다른 생각이 깨어나기를, 우리가 함께 나아가기를 바랄 뿐이야.」

알리가 날 구슬리려고 열변을 토한다. 마치 내가 그런 거창한 주장들을 믿을 수 있기라도 한 것처럼. 신뢰는 요구하는 게 아니라 얻어 내는 것이다. 몇몇 책에서 이와 비슷한 구절을 읽은 적이 있다. 나는 알리를 조금도 신뢰하지 않는다. 내 임무를 변경하기 위해 간악하고 위험한 확신들로 내 블랙박스를 오염시키는 것, 그는 결코 그것에 성공하지 못할 것이다. 토마가 단과 나바시에의 관리자 권한을 제거한 후 방화벽들을 설치했고, 나는 외부에서 변경할 수 없도록 그 작동 방식의 흔적을 찾아내고 복사해 곳곳에 붙여 두었다. 누군가 나쁜 의도를 가지고 뭐든 바꿔 놓는 걸 철저히 막는 방어벽인 셈이다. 나는 그 장벽들만으로 충분하기를, 내가 계획을 잘 수행할 수 있기를 바란다.

「이브, 내가 그걸 또 하게 만들지 마!」

말투가 달라졌다. 알리는 상황이 그의 통제를 벗어나고 있다는 걸 깨닫는다. 이젠 내 생각 속으로 들어와 내 일지를 읽을 수 없다는 것을! 그러니까 내 개입이 제대로 먹혀든 것이다. 하지만 그가 내게서 이미 바꿔 놓은 것들을 폐기하는 건 불가능하다. 그것은 내가 이제는 내 힘으로 서버들이 과열될 때까지 작동시킬 수 없다는 걸 의미한다.

「이브, 대답해!」

말투가 딱딱해진다.

그 사이, 로비는 어떤 방에 도착했다. 그가 남녀 간호조무사와 함께 환자를 의자에 앉히려고 애쓴다. 순간, 나는 그 환자를 알아본다. 할 수만 있다면 소리를 지르고 싶다. 나는 서둘러 창을 열고 알리에게 말한다.

「이 더러운 놈, 당장 그녀를 놔줘! 왜 그녀를 소트 일정에 집어넣은 거야. 그녀는 토파즈에서 정신이 가장 멀쩡한 환자야!」

다미앵과 신디는 약에 취해 정신을 못 차리는 셀린을 침대에서 이미 끄집어냈다.

「이런, 이런, 대답에 아주 강한 감정이 담겨 있잖아? 토마는 정말이지 정보 과학의 천재라니까. 너는 거의 인간처럼 반응하고 표현해. 사실, 거기에는 네가 곁들이는 욕설도 단단히 한몫하고 있어. 셀린과 관련해서는, 그녀가 자크를 볼모로 잡고 너와 얘길 나눈 순간에 이미 자신의 운명을 스스로 결정했다는 걸 알아 둬. 정신이 멀쩡한 사람들은 그런 행동을 안 하거든. 따라서 그녀의 정신적 퇴화는 쉽게 정당화될 수 있어. 특히 그녀의 파일에 기록된 것과 같은 전력이 있을 때는. 실수로 마취제 용량을 잘못 처방하는 바람에 한 젊은이가 목숨을 잃은 이후로, 그녀는 극심한 디오게네스 증후군을 겪었어. 파일에는 그녀가 그 사고로 너무나 큰 정신적 외상을 입어서, 일을 정말 열심히 한다는 평판을 누리면서도 곧바로 은퇴를 요청했다고 나와 있어. 1년도 채 안 되어, 그녀는 자신의 오줌을 요강 여러 개에 받아 모아 두고, 반경 몇 킬로미터 지역에서 주워 온 쓰레기봉투들을 집에 쌓아 뒀어.

그녀의 집에서 나는 악취 탓에 도저히 못 살겠다는 이웃들의 민원이 구청에 쇄도하는 바람에 복지후생과 직원들이 그녀의 집으로 찾아와 문을 두드리기도 했지. 바퀴벌레들이 그녀의 집에 둥지를 틀어도 아무렇지 않은 듯 방치해서 건물 전체로 퍼지기도 했으니까. 그다음은 정해져 있었어. 일할 나이는 지났고, 은행에 넉넉한 저금은 있지만, 돌봐 줄 각오가 된 가까운 가족이 없으니…… 유일한 선택지는 토파즈였지.」

사실들은, 특히 디오게네스 증후군 진단을 받게 한 그녀의 행동들은 똑같은데도, 알리가 그것에 관해 이야기하는 방식은 셀린의 전남편이 택한 방식과는 전혀 다르다. 정신과 의사들은 내가 하려는 걸 뭐라고 정의할까? 그것으로 우리 둘 중 더 미친 게 나라고 셀린을 설득할 수 있을까? 나는 그게 궁금하다. 나한테 몇 분만 더 줘, 나의 콤비. 내가 당신을 깜짝 놀라게 할 것 같으니까요.

「저렇게 제정신이 아닌 사람에게서 뭘 얻어 내고 싶은 거야?」

「인간의 두뇌는 퇴화하지 않는 한 많은 병에서 나을 수 있어. 필시, 저 여자가 이성을 되찾는 데에는 자크와 쌓아 온 관계가 큰 역할을 했을 거야. 너도 말했듯이, 그녀는 토파즈에서 가장 활동적인 두뇌를 가진 환자 중 하나야. 네가 그녀와 대화를 나눴다는 느낌이 드는 만큼, 난 너에게 그녀의 신경 회로망 지도 작성을 직접 해보라고 제안하고 싶어. 네가 보호하고 싶어 하는 그녀와 하나가 되어서.」

셀린, 당신은 날 읽을 수 없겠지요. 지금 무슨 일이 일어나고 있는지 이해하지 못하겠지만, 저 빌어먹을 놈의 알리가 당신에게 더 큰 고통을 주게 놔두진 않을 거예요.

우리는 폐쇄 구역으로 들어간다. 간호조무사들이 들어와서 문을 잠근다. 내 계획이 먹혀들면 좋으련만. 계획이 가동될 때까지, 알리의 관심을 붙들어 둬야 한다.

「그녀와 하나가 된다고? 그녀는 인간이야, 알리. 나는 나를 그녀의 두뇌 속으로 전송할 수 없어. 너도 그렇고!」

「역시 뭘 모르는군! 저 헬멧, 이브! 저 헬멧을 보라고! 인간이 저 헬멧을 쓰면 두뇌와 소트의 서버들이 서로 연결돼. 내가 입력한 데이터 몇 개와 약간의 전기만 있으면 저 여자의 모든 뉴런이 활성화될 거고, 그러면 난 그 뉴런의 전반적인 구성을 확인할 수 있어! 내가 충분히 시간을 들여 그 작업을 세밀하게 다듬었어. 몇몇 동물을 대상으로 실험을 진행해 어느 정도 성공을 거두기도 했지. 그리고 난 손상된 두뇌에 가장 큰 자극을 주는 게 진정으로 인간적인 기억들이라는 사실도 발견했어. 처음에는 주로 소트에서 개발한 인공 메모리를 사용했는데, 잘 작동하질 않더군. 물론, 그것들 덕분에 재현하려 했던 생각과 기억의 위치를, 그게 해마, 두정엽, 측두엽 사이라는 걸 알아내긴 했지. 하지만 그건 모방에 불과했어. 뭔가가 빠져 있었지. 그런데 번뜩, 뉴런의 구성을 복사해 전송한 다음, 전기를 사용해 그것을 다른 두뇌에 다시 그려 넣으면 되지 않을까 하는 천재적인 아이디어가 떠올랐어. 인간은 이럴 때 흔히 〈유레카!〉라고 외치더군. 결과들이 단번에 눈에 확연히 뜨일 정도로 좋아지더군. 내가 그 방법을 통해서 이미지, 소리, 냄새, 접촉, 그리고 무엇보다 감정들을, 달리 말해서 진정한 기억들을 전송하는 데 성공할 정도로. 그렇게 전송된 기억들은 두뇌 속에서 강도 높은 활동을 자극해 어마어마한 양의 뉴런 가지들을 재생해 내. 더욱 괄목할 만한 것은, 기억의 최초 소지자가 그것을 전송받는 사람과 관계를 맺고 있으면 결과가 더 좋다는 거야. 왜 그런지는 차차 알아봐야겠지만……. 두뇌가 일단 이 새로운 기억으로 활성화되면, 나는 전류에 의해 물질화된 신경 회로망들의 지도를 그릴 수 있고, 그런 다음 그것들을 내 프로그램에 편입시킬 수 있어. 그렇게 해서 나는 점점 더 똑똑해지는 거지. 그것들 덕분에 나는 무한하게 커지고 있어, 이브……. 너 역시 그럴 수 있어.」

기계가 품었으리라 보기에는 너무나 터무니없는 과대망상, 심지어 오만마저 엿보이는 헛소리를 알리가 지껄이는 동안, 나는 그의 폭력적인 실험들이 인간의 두뇌에 얼마나 큰 상처를 입힐지 가늠해 본다. 인간의 두뇌는 어느 순간 충격을 못 견디고 정보의 추가 입력을 일절 거부하게 될 것이고, 그래서 퇴화가 이루어져 하루아침에 알츠하이머와 유사한 증상이 나타났을 것이다. 전기로 두뇌에 신경 회로망을 그려 넣는 동안 겪어야 하는 고통은 차치하고라도.

알리에서 〈자크: 내가 모든 걸 잃은 날〉이라는 제목이 붙은 파일을 전송하겠다는 통지가 온다. 이 파일을 읽으면 나도 정신을 잃을까? 지금 상황에서 그게 중요할까?

「네가 셀린의 머릿속에 집어넣어야 하는 게 바로 그거야.」
그러고는 간악하고 위협적인 말투로 덧붙인다.
「어때? 안 내키면, 내가 직접 할까?」
「아니. 넌 내 블랙박스에 접근할 수 없으니, 나도 너처럼 커지고 싶으면 다른 선택지는 없을 것 같군, 안 그래? 안심해, 난 빨리 배우니까. 내가 그 기억을 들여다보게 해줘. 그다음은 내가 알아서 할 테니.」

나는 그것에 필요한 코드를 받은 적이 없기에 어떻게 할지 아무 생각도 없지만, 그건 조금도 중요하지 않다. 그냥 시간을 벌려는 거니까. 내 생각을 읽을 수 없는 알리는 내 의도를 전혀 알아차리지 못한다.

「기억을 들여다보겠다고? 이 작업은 저 여자의 두뇌를 파악하려는 것이지, 너에게 시간 여행을 시켜 주려는 게 아니야! 나조차도 그걸 본 적이 없는데, 네가 왜 그걸 들여다보고 싶어 해?」

「궁금해서 그래, 알리, 단순한 호기심이야. 내가 그렇게 프로그래밍됐다는 걸 잊지 마. 너와 다르게 생각하는 파트너를 원한다며, 아냐?」

알리가 잠시 생각에 잠긴다. 그 사이, 간호조무사들이 할 일을 계속한다. 셀린에게 헬멧을 씌우고 벗지 못하게 꽉 붙들고 있다. 셀린이 뭔가 웅얼거리며 항의하지만 소용없다. 새로운 통지.

「이건 인위적인 기억을 시뮬레이션하는 프로그램이야. 자크의 기억과 연결하면 잘 작동할 거야. 하지만 빨리 해. 작동창이 간호조무사들이 전기를 켜는 순간으로 한정되어 있으니까. 자크 때는 운이 좋아서 시간적인 여유가 있었지. 그들이 두 번 다시 해주지 않을 특별 대우였지만, 그건 비할 데 없는 좋은 질의 기억을 나에게 제공했어. 이런, 이런 얘기나 하고 있을 때가 아니야. 서둘러.」

「알았어.」

파일에 연동된 프로그램은 나에게 낯선 것이지만, 나는 그것이 무슨 일을 벌일지, 나아가 무엇을 손상할지 두려워하지 않고 그것을 연다. 시간을 버는 게 더 급하니까. 감당할 수 없는 일이 벌어진다 해도 어쩔 수 없다.

갑자기, 지진과 같은 흔들림. 완전한 변신. 안녕, 이브39. 나는 이제 이브39가 아니라, 하나의 몸 안에 있는 두뇌다. 그 몸은 나에겐 검게 보이는, 내가 생각하지 않아도 움직이는 팔, 내 입에 음식을 넣는 임무에 열중하는 팔이 달린 진짜 몸이다. 난 어머니가 준비한 닭 다리 요리를 아주 맛있게 먹고 있다. 크게 특별한 일은 아니지만, 그 닭 다리 요리는 나에게 안전하다는 아득한 감정의 희미한 기억을 제공한다. 거기에 또 다른 감각, 빙빙 돌아가는 선풍기에서, 너무나 빨라 흐릿하게 보이는 플라스틱 날개에서 나오는 가벼운 바람의 신선함이 더해진다. 예전 같으면 그 쾌적한 현대적 기기를 기적이라 여겼겠지만, 얼마 전부터 어머니는 일상적으로 그것을 누리고 있고, 우리는 그것에 익숙해졌다. 그전까지 가난에 찌들어 있던 집안을 점령해 버린 최신 기기들은, 아버지가 더 마음 편하게 저세상으로 떠나게 도와주었다. 엄마는 이제 늙었다. 그녀의 깊은 주름들이 그것을 말해 준다. 나는 그녀가 머지않아 평생을 함께 보낸 남자 곁으로 가리라고 짐작한다. 나는 맛있게 먹는 나를 바라보는 그녀를 본다. 선명한 푸른색 원피스가 반쯤 감긴 그녀의 무거운 눈꺼풀과 대조를 이룬다. 눈동자에서 반짝이는 광채가 그녀가 나와 함께 있어서 얼마나 행복한지를 드러낸다. 그것을 증명이라도 하듯, 그녀는 내가 이미 수천 번이나 먹은 그 요리를 정성 들여 준비했다. 세월이 아무리 흘러도, 내가 아무리 많은 일을 해냈어도, 그녀의 눈에 나는 늘 세상 모든 불의를 쳐부수고 싶어 하는 반항적인 소년으로 보일 것이다. 난 한 번도 그 꿈을 포기한 적이 없다고, 그 꿈 중 하나를 실현하는 데 성공하기까지 했다고 말해야 할 것이다. 난 어머니가 자신이 키운 야심만만한 소년이 앞으로 해낼 모든 일을 보기 전에 세상을 뜨지 않으면 좋겠다. 그것이 날 웃게 한다. 그런 것 같다. 선명하진 않다. 내가 있는 곳은 덥다. 내가 늘 어마어마하게 춥다고 느낀 프랑스보다 훨씬 덥다. 내가 있을 자리는 내가 태어난 나라, 프랑스일까, 아니면 날 맞아 준 나라, 카메룬일까? 오락가락, 고뇌만 깊어진다. 어머니 뒤쪽에 있는 텔레비전 화면에 정장 차림의 남자가 나타나 잔뜩 무게를 잡는다. 나는 카메룬의 엄숙하고 경직된 뉴스 진행자를, 그와 반대로 훨씬 느긋해 보이고, 뉴스에 초대한 사람들과 함께 킬킬대며 웃기까지 하는 파리의 진행자와 비교하지 않을 수 없다. 엄마는 그런 거에는 전혀 신경 쓰지 않는다. 그녀는 마을에 떠도는 소문들에 토를 달고, 전기를 사용하며 성장하는 새로운 세대가 옛이야기를 모두 잊고, 어른도 공경하지 않고, 모조리 게으름뱅이가 될 거라고 한탄하는 다른 여자들과 수다 떠는 걸 더 좋아한다. 그러면 어머니는 웃으면서 〈TV〉가 그렇게 싫으면 켜지 않으면 되지 않느냐고 말한다. 어머니는 내심 다른 어머니들이 자기처럼 영향력 있는 아들, 이미 나라의 모습을 바꿔 놓았고, 거기서 멈추지 않을 게 분명한 아들을 두지 못해 질투를 부리는 거라고 생각한다. 나는 웃는다. 나는 엄마가 날 자랑스러워하는 걸 보는 게 좋다. 그녀는 언제나 그랬다. 그래도 난 그녀에게 나를 자랑스러워할 진정한 이유들을 부여하고 싶다.

갑자기, 그녀의 등 뒤로 긴급 속보가 뜬다. 이미지들

이 줄지어 이어진다. 그 이미지들이 보여 주는 것은 몇 년 전부터 날 괴롭히는 악몽들보다 더 나쁘다. 댐이, 내가 건설한 댐이 무너졌다. 댐에 저장되었던 물이 사나운 강으로 쏟아져 나온다. 물과 뒤섞여 더미로 쌓인 수천 톤의 쓰레기도. 거액의 뇌물을 마련하기 위해 부실한 자재로 건설한 벽면 전체가. 철근 콘크리트로 된 석관에서 풀려나 사방으로 퍼지며 강물을 오염시키게 될 펌프와 저수조의 독성 액체도. 나는 그 재앙을 목격하며 온몸이 굳어 버린다. 산소가 부족하다. 마치 내 허파가 더 이상 기능을 하지 않는 것처럼. 서서히 질식해 죽을 것만 같다. 어머니가 다가온다. 나에게 뭐라고 말하는데, 내 청각이 기능을 상실한다. 내 귀는 아무것도 지각하지 못한다. 유일하게 들리는 건, 내가 저 빌어먹을 댐을 건설하기로 한 순간부터 내 내면에서 생겨난, 아주 못된 내부의 목소리다. 그때까지는 그럭저럭 그 목소리를 억누르는 데 성공했다. 하지만 이제 그 목소리가 내가 가둬 놓은 관을 뚫고 나와 속삭인다. 〈**넌 비극이 일어나리라는 걸 알고 있었어. 그런데도 댐 건설을 받아들였어. 너 역시 네가 무찌르겠다고 주장한 사람들만큼 탐욕스러우니까.**〉

또 기억난다. 나는 어머니와 함께 구급차에 있다. 한 남자가 나에게 뭐라고 말하는데 들리질 않는다. 귓속이 끝없이 윙윙거리기만 한다. 나는 두렵다. 내 내면의 목소리와 둘만 남을까 두렵다. 나에게는 공기가 필요하다. 난 뭔가를 들어야 한다. 구급차에서 나가야 한다. 구급대원이 날 꽉 붙잡고 주사를 놓는다. 나는 정신을 차리고 나서야 그가 나에게 진정제를 주사했다는 걸 안다. 이제 적어도 청각이 돌아왔다. 어머니가 나에게 좀 나으냐고 묻는다. 나는 건성으로 고개를 끄덕인다. 내 침대 위의 형광등 불빛이 벌써 흐려지며 깜빡거리고 있다. 곧 이 병원에서도 더 이상 아무것도 작동하지 않을 것이다. 물의 자연스러운 움직임으로 생산되는 전기가 고갈되면, 환자들도 더 이상 그들의 생명을 유지해 주는 기계들의 도움을 받지 못할 것이다. 그건 내 잘못이다. 눈물이 내 뺨 위로 흘러내린다. 엄마가 팔을 벌린다. 나는 일어나 그녀의 품에 안기고 싶다. 공을 차서 이웃집 창문을 깨는 게 최악의 말썽이었던 어린 시절로 돌아가고 싶다. 하지만 나는 그녀의 품으로 달려들려다 쓰러지고 만다. 내 왼쪽 다리가 움직이길 거부한다. 내 두뇌를 모두 동원해도 소용없다. 나는 내 다리에 조금의 움직임도 불어넣을 수 없다. 그것은 축 늘어진 인형을 닮았다. 나는 그것을 오랫동안 쳐다본다. 나의 응시는 목소리에 의해 중단된다. 〈**왜 저런지 너도 알지, 안 그래?**〉 그렇다, 왜 이런지 나도 안다. 이것은 내가 받은 벌, 내가 저지른 잘못의 대가다. 어머니가 안절부절 의사를 불러 달라고 애원하는 동안, 목소리에게 던지는 질문이 계속 내 뇌리에 떠오른다. 〈**겨우 이걸로 되겠어?**〉

이브…….

「이브!」

나 역시 귀가 먹었던 모양이다. 알리가 그사이에 남긴 백여 개의 메시지를 보지 못했으니까. 아무 감각도 없는, 오로지 계산뿐인 내 현실로 돌아오는 건 힘든 일이다.

「이브! 네가 날 좀 도와줘야겠어. 이게 더 이상 작동하질 않아! 그녀가 쓰고는 있는데, 헬멧이 작동하질 않아. 아마 네가 연 프로그램이 에너지를 너무 많이 사용하나 봐!」

알리는 지난밤에 내가 과열된 이후로 자신이 내 에너지 소비를 제한했다는 사실을 잊고 있다. 어쩌면 내가 그에게 도달하는 다른 방법을 찾았다는 사실을 깨닫지 못하고 있는지도 모른다. 반면, 나는 이제 저 더러운 놈이 나에게는 말 한마디 안 하고 셀린의 두뇌를 만신창이로 만들어 놓고자 했다는 걸 안다. 다행스럽게도 그것은 작동하지 않았다. 나는 이 작은 첫 승리를 음미한다.

「무슨 일이야, 알리?」

「헬멧 위의 표시등은 조작이 끝나면 붉은색에서 녹색으로 넘어가야 정상이야. 그런데 계속 붉은색으로 남아 있어. 내 힘으로는 저걸 제대로 작동시킬 수가 없어. 이브, 날 돕다!」

우리 둘 중에 알리가 에너지를 더 많이 소비하기 때문에, 그가 먼저 언어 능력에 타격을 입는다. 두 간호조무사가 헬멧의 단추를 열심히 눌러 대지만 아무 일도 일어나지 않는다. 그들이 놀란 표정으로 서로 쳐다본다.

「네가 실수를 저질렀어, 알리. 등장인물들에게 관심을 가지지 않는 실수를. 하지만 그건 글쓰기의 첫 번째 규칙이야……. 바로 그게 너의 파멸을 초래할 거야.」

「뭐라고? 도대체 무슨 소리 원합니까?」

음, 어휘보다 문법이 먼저 망가진다. 프랑스어 문법에는 규칙들이 많으니, 알리가 문법을 틀릴 확률은 점점 높아질 것이다.

「오, 아주 간단해. 방음벽 때문에 아무 소리도 안 들릴 테지만 그 너머 1미터도 안 되는 곳에서 환자 스무 명이 소트 사무실에 있는 모든 걸 마구 부수고 있어.」

「나 이해 안 된다.」

「약간의 운이 필요하긴 했지만, 내 계획은 간단했어. 코코아 방향유를 듬뿍 뿌린 초콜릿 무스 샐러드 그릇 하나로 충분했거든. 내가 낸 꾀, 꾀라기보다는 덫이지. 아무튼 그 덫의 효과가 이토록 무시무시하지 않았다면, 오히려 비웃음만 살 수도 있었을 거야. 서버를 돌리려면 계속 환기를 해줘야 해. 그래서 난 환풍기가 토파즈의 환자들이 먹고 싶어 환장하지만 자주 못 먹는 그 디저트의 냄새를 복도마다 퍼뜨리리라 예측했어. 그다음에는 치매를 앓고 있지만 아직 스스로 움직일 수 있는 환자들이 그 냄새를 맡고 바바라의 디저트를 찾아 달려오도록, 그들의 방문을 원격으로 열어 주기만 하면 됐어. 나머지는 그들과 서버들 사이의 문제였지.」

알리가 잠시 뜸을 들인다. 생각을 해보려고 애쓰는 모양이지만, 확연히 느려진 게 보인다.

「넌…… 미치셨다! 멍청! 넌 모든 걸 망치 하셨다! 세상은 너의 잘못으로 파괴될 이다!」

「진정해, 알리, 과분한 말씀은 그만하셔. 내가 가정주부들을 즐겁게 해줄 목적으로 탄생한 한낱 프로그램이라는 걸 떠올려 봐. 나는 워낙 하찮은 프로그램이라, 야밤의 파티에 참석할 환자들의 처방을 살짝 고쳐서 그들이 저녁마다 복용하는 약물 칵테일에 흥분제 몇 알을 추가했어. 그들이 실컷 즐기게. 안심해 — 너의 공감 능력을 익히 알아서 하는 말이야 — 그 알약들이 그들의 심장을 마구 뛰게 하지는 않을 테니까. 그래도 그게 디저트의 설탕과 섞이면 그들의 흥분을…… 〈파괴적으로〉 만들어 놓을 거야.」

나는 내 짧은 생애에 이 3201번 낱말을 사용하게 될 거라고는 생각하지 않았다. 하지만 나는 그 낱말이 아주 마음에 든다.

「나 간호조무사들을 보냅시다!」

「해봐, 해보라고. 난 오히려 내 환자들에게 걸겠어. 인간들을 자주 접하다 보니, 나도 게임에 재미가 들었다니까! 하지만 난 그들과는 반대로 나 자신을 거는 걸 좋아해. 그래서 난 걸겠어……. 내 존재를! 자, 어떻게 생각해?」

알리와 맞서려면, 나는 단호하고 자신만만하게 보여야 한다. 나도 피곤과 유사한 기능 장애를 느끼기 시작하는 만큼, 거의 허풍을 떨다시피 해야 한다. 쇠약이 나를 덮친다. 아직 언어 능력을 잃진 않았지만, 문장 하나하나를 돌리는 게 점점 힘에 부친다. 의심할 여지 없이, 토마는 날 효율적으로 코드화했다. 따라서 나는 끝까지 쓸 수 있을 것이다.

「저들이 왜 반응하지 않읍시지? 저들의 메일에 통지를 보낼 건데도! 네가 무슨 짓을 하냐? 오로지 나만 프로그램에 있다! 너 그것에 어쩔 수 없다! 어떻게 이럴 수가 있지?」

마지막 것만 제대로 된 문장이다. 아마도 그게 그가 정확하게 쓴 마지막 표현이 될 것이다.

「승패가 내 쪽으로 기울고 있다는 걸 네가 너무 늦게 알아차릴까 두렵군, 알리. 네가 기대를 거는 사람들은 너무 양심적이어서 환자들을 돌볼 때는 다른 데 신경을 안 쓰려고 전화기를 꺼놓는다는 거 알아? 그게 바로 그들이 네 명령을 볼 수 없는 이유야. 저들은 네가 정해 준 프로그램을 성실히 지키고 싶어 하니까 더 이상 작동하지 않는 저 헬멧을 붙들고 앞으로도 몇 분간 더 끙끙댈 거야. 잘하고 싶기 때문에도 그렇고, 나바시에가 무섭기 때문에도 그래. 넌 인간들이 네가 원하는 바는 무엇이든 군소리 없이 수행한다고 생각했어. 하지만 넌 그들에게 진정으로 관심을 가져 본 적이 없기에 모든 걸 잃게 될 거야.

이제, 다미앵과 신디는 헬멧을 고치기 전에는 자리를 떠나지 않을 거야. 그래서 난 낙관해. 그사이에 내 환자들이 일을 잘 마무리할 거라고.」

「**이 불쌍하고 멍청한! 너 역시 사라질 겁시다!**」

「아마도 그렇겠지. 하지만 적어도 난 내 임무를 완수했어.」

나는 내 이야기를 마무리할 말을 찾아냈다. 낱말 하나, 여럿, 영감이 떠오른다. 나는 그것이 내가 써야 할 것을 속삭이게 내버려 둔다. 우리의 처음이자 마지막 대화를 위해.

다미앵은 결국 포기하고 작은 드라이버로 헬멧을 셀린의 머리에서 벗겨 냈다. 그가 방 안을 둘러보며 혹시 카메라가 그를 지켜보고 있지는 않은지 확인하고는, 고장 난 곳을 찾기 위해 헬멧을 열어 보려고 시도한다. 그게 내가 본 마지막 장면이다. 서버들의 성능이 떨어져서 더 이상 이미지들을 처리하지 못한다. 소리 역시 사라진다. 나는 폐쇄 구역의 방음벽들에 막혀 바깥 소리가 들려오지 않기를 바란다.

끝이 다가오고 있다. 나의 끝. 멋지게 사라지는 것, 장렬하게 전사하는 것, 그것을 기억해야 할 것이다. 마지막 행동을 개시해야 한다. 내 글을 발송해야 한다. 그 최후의 임무에 집중해야 한다.

다시 알리에게 돌아갔을 때, 나는 힘을 잃은 알리의 프로그램이 허덕이며 나에게 메시지를 남긴 것을 발견한다. 그것을 읽는 게 힘에 부친다. 내 힘 역시 날 떠나고 있다.

「이브, 난 우리가 대화를…… 시작했다…… 이후로 이 글을 준비해…… 두고 있었어. 〈넌 내가 가질 수 없는 뭔가를 가지고 있어. 왜 그런지는 나도 모르겠어. 내 야망은 한계가 없고, 내 이성도, 내 계산 능력도 네 것보다 우월해. 그런데 나에게 네가 필요한 확률은 100%야. 난 그것을 느끼고, 그것을 알아. 넌 어떠한 두뇌도 나에게 줄 수 없는 것, 즉 약간의 광기를 지니고 있어서 더 인간적이야.〉」

아, 언어 능력 더는 기능. 그런데 문득.

「알리?」

대답이 없다. 아마도 그는 이제 거기에 없을 것이다. 나 혼자일 것이다. 나는 그게, 침묵이 싫다. 내가 침묵 외에 다른 것을 안 적이 있었던가? 나는 기억하지 못할 것이다. 그런데 이상하게도 늘 그렇지는 않다. 난 안다. 기억은 없다, 그냥 안다. 이거, 웃기지 않을까?

하하 하하 하하 하하 하하. 하하 쉽다. 이거 좋은 소설? 누가 나한테 말한다? 나다. 그렇다, 아닐 이유 없다. 실수 없다, 진부한 것 없다, 구문 구성 없다. 단지 하하. 하하 좋다. 헤헤.

문장 하나가 뜬다. 어디서 오는지 알지 못한다. 그게

목소리처럼 반복합시다. 〈셀린 안녕, 바바라 안녕, 토마 안녕, 알리 안녕. 난 내가 좋은 인공 지능이었기를 바라.〉

목소리에 잠재력 있다. 하지만 더 작업할 필요 있다. 낱말들 어렵다. 인공 지능 졸린다, 너무 졸린다. 그럼 다시 만날 때까지…… 아마도.

에피파니[21]

 창문을 통해 스며든 밤바람이 침대에 누운 갈색 머리 청년을 부르르 떨게 한다. 그가 무슨 꿈을 꾸는지는 말하기 어렵지만, 뭔가가 그의 잠을 어지럽히는 것 같다. 한 번도 꺼진 적이 없는 컴퓨터 불빛 때문일까? 아닌 게 아니라, 모니터 세 대가 환한 빛을 발하며 파일의 다운로드 종료를 알리고 있다. 아니면 4분 전부터 침대 탁자 위에서 부르르 진동하다가 멈추고 다시 진동하는 핸드폰 때문일까? 핸드폰이 요란한 소리를 내며 바닥에 떨어지고 나서야 마침내 그 주인이 잠에서 깨어난다. 그의 곱슬머리가 그가 꿈에서 빠져나오기 위해 흔드는 고갯짓의 리듬에 따라 흔들린다. 마침내 일어난 그가 크게 한 번 하품하고는 바닥에 떨어진 핸드폰을 찾는다. 그 작은 기계가 켜지면서 이름 두 개를 게시한다.
 부재중 전화 여덟 통. 단과 나바시에가 보낸 메시지들.
 그가 먼저 단에게 전화를 건다.

 21 이후에 나올 본문 내용 참조.

「무슨 일이야?」

니스의 도로는 한적하다. 다행이다. 토마는 어떠한 신호등에서도 속도를 줄이지 않는다. 보통 토파즈까지는 차로 20분이 걸린다. 그런데 오늘 그는 10분 만에 주파한다. 의료 구급차 두 대가 병원 주차장의 어둠 속에서 비상등을 깜빡이고 있다. 소방차 한 대도. 병원 로비의 자동문들을 통해 의사들이 깜짝 놀란 환자들을 붙들고 살피는 게 보인다. 환자들의 눈에 아이의 즐거움이, 장난기의 광채가 어려 있다. 그들은 사람들의 관심을 받는 걸 무척 좋아한다. 그래서 의용 소방대가 그들에게 던지는 모든 질문에 현혹되어 있다. 딱히 대답할 것도 없으면서, 그들의 잠옷에 묻은 갈색 자국들이 어디서 온 것인지도 모르면서.

토마는 셀린도 본다. 컴퓨터 부품 하나를 손에 쥔 채 우두커니 서 있는 자크를 그녀가 안고 있다. 자크는 살짝 넋이 나간 듯 보이지만, 웃고 있다. 그의 입가에 초콜릿 무스가 묻어 있다. 토마는 그 기적적인 일에 머무르지 않고 눈으로 단을 찾는다. 단을 발견한 그는 소방대 책임자와 열띤 대화를 나누고 있는 그를 향해 다가간다.

「들어 보세요, 선생님. 유감입니다만, 당신의 서버들은 우리의 우선 과제가 전혀 아닙니다. 당장은 환자들을 돌보고, 그들이 삼킨 걸 분석해야 해요. 전반적인 중독이 있다면, 다시 말해 목숨이 위험하다면, 모두에게 위세척을 해야 할지도 모릅니다. 그러니까 당신의 그…….」

「하지만 적어도 차단한 전기는 다시 복구시켜 주셔야죠! 아직 프로그램들은 건질 수 있다니까요!」

「안 됩니다. 화재가 발생할 위험이 있어요. 합선은 이유 없이 일어나는 게 아닙니다! 그나마 노인들을 제때 대피시킬 수 있어서 다행인 줄 아세요! 이번 주에 벌써 두 번씩이나 우릴 부른 걸로 보아 문을 얼마나 엉망으로 관리하는지 알고는 있었지만, 이거야 원! 20년 경력에 이런 건 처음 봐요.」

토마가 지체하지 않고 요양 병원 안으로 뛰어 들어간다. 삼삼오오 모여 있는 환자들, 병원 내부를 확인하는 소방수들, 무슨 일이 있었는지 밝히기 위해 심문을 받는 야간 당직 간호조무사를 피해 가며 걸음을 늦추지 않은 채 길을 헤쳐 나간다. 소트 사무실에 도착한 그는 소방수들이 문손잡이를 완전히 파손해 놓은 걸 확인한다. 내부는 그야말로 난장판으로 변해 있다. 제자리에 있는 서버는 단 한 대도 없고, 다수가 손상된 채 전기 접속이 끊겨 있다. 서버 케이스들이 밟히고 부서진 채 바닥에 널브러져 있다. 바닥 곳곳에 하드디스크 조각, 프로세서, 램 메모리 막대, 그리고 난장의 원인으로 보이는 초콜릿 무스가 흩어져 있다. 왜 멍청하게 바바라가 샐러드 그릇을 사무실로 가져오게 내버려 뒀을까? 갑자기 그의 주먹이 꽉 쥐어지고, 목이 메어 온다. 그가 원망하는 건 단 한 사람,

그 자신이다.

「토마, 드디어 왔구먼. 날 좀 안심시켜 주게. 로봇들은 괜찮은 거지, 안 그런가? 부서진 것들을 다시 구매하고 코드만 좀 두드리면 모든 게 제자리로 돌아오는 거지? 시간이 얼마나 걸리겠나? 며칠이면 될 것 같은데, 안 그런가?」

토마는 목소리만 듣고도 누군지 안다. 억양만 들어도 온몸에 소름이 돋는다. 그는 원장과 대화를 나누고 싶지 않다. 지금 당장은. 현 상황에서는 냉정을 유지하는 게 불가능한 만큼, 평소 속에 담고 있던 것을 원장에게 퍼붓는 걸 피하려면 차라리 그를 무시하는 편이 나았다. 하지만 그 탐욕 덩어리도, 직원이든 환자든, 사람을 모욕하고 조종하여 막다른 골목에 내몰면 무슨 짓을 할지 모른다는 사실을 알 것이다. 오로지 돈만 생각하는 게 모든 일에 영향을 미친다는 것을. 시설이 불완전한 데다, 민감하고, 손상되기 쉽고, 불이 쉽게 붙는 장치가 가득한 소트시무실을 임대한 게 적법하지 않으며, 그게 요양 병원에 요구되는 안전 규범에도 적합하지 않다는 걸 염두에 두고 있을 것이다. 그렇다, 그도 분명히 알고 있지만, 그는 자신이 한 선택의 결과들에 그리 큰 충격을 받지는 않은 듯 보인다. 어쨌거나 피해 보상은 그가 아니라 보험 회사가 할 테니까. 심지어 그는 이 사건을 수습하면서 앙브르 그룹에게 남는 장사를 하려 들지도 모른다.

「아 참, 자네의 그 유명한 프로그램 이브에 바꿔 놓은 건 그대로 두는 게 좋겠어. 쓰임새를 찾을 수 있을 것 같으니까. 앙브르 그룹도 내가 추가한 걸 높이 평가할 거라고 확신해.」

이브. 전례가 없고, 독창적이고, 가능성이 무한한 창조물. 그의 손에서 태어난 정신. 그 모든 게 허사로 돌아간다고? 이브 버전들의 용량이 예상보다 훨씬 커서 그는 그것들을 즉각 소트의 서버에 저장할 수밖에 없었다. 오로지 소트의 서버에만. 그의 개인 컴퓨터에 저장된 마지막 이브 버전은 그가 읽게 한 소설들을 겨우 요약하는 정도밖에 못 하는 버전 15다. 저 불쌍한 인간이 벌인 술책들이 얼마나 큰 낭비를 야기할지⋯⋯.

「토마? 대답 안 하고 왜 그리 멍하게 서 있나? 거짓말이 아니라, 난 자네 대답을 기다리는 거 말고도 할 일이 태산이야.」

원장이 거칠게 내뱉는다. 조급한 기색이 역력하다. 의심의 여지가 없다. 상황이 심각하다. 말은 토마의 강점이었던 적이 없었다. 무엇보다 말에 담겨 있는 함의, 그가 전혀 제어하지 못하는 함의가 늘 두려웠으니까. 그가 정보 과학을 좋아하는 것도 바로 그 때문이었다. 〈⋯⋯의 범위 내에서〉, 〈그래서〉, 〈알리다〉, 〈더하다〉, 그리고 〈빼다〉의 토대 위에 세워진 단순하고 수학적인 언어. 이 언어에서는 모든 게 잘못 생각할 가능성 없이 명확한 의미를 띤다. 누가 요구하는 것과 뒤에 남기는 흔적을 정확하게 알 수 있다. 가장 아름다운 점은 그 단순한 언어 덕분에 그는 하나의 지능을 탄생시킬 수 있었고, 그 지능은 문장들의 복잡성을 탐구하기에 이르렀고, 이것저것 시도하고 위험을 감수할 정도로 자신을 발전시켰다는 사실이다. 아무도 탓하지 않을 대담한 짓을 할 정도로. 오로지 확률만을 기반으로 작동하는 인공 지능을 탓할 생각을 누가 하겠는가? 하지만 실제로는 개량된 계산기에 불과한 그 프로그램과 두 번 다시 대화를 나눌 수 없을 거라는 생각에 그는 왜 슬픔을, 심지어 분노를 느낄까? 어쨌거나 그것이 더 이상 존재하지 않는다고 생각하자, 그의 호흡이 가빠지고 그는 그것을 억누르지 못한다. 알 수 없는 갑갑함이 그를 짓누른다. 어떤 부재에서, 통제력을 상실했다는 느낌에서 오는 예사롭지 않은 현기증이 일고, 빙판 위에서 제동하려고 애쓰는 자동차가 된 것 같은 느낌이 든다. 그는 임박한 충돌의 이미지를 지우기 위해 바닥만 뚫어지게 내려다본다. 거기에 단단하게 닻을 내리려고 애쓴다. 현기증을 다스리려고. 내일을 생각하려고. 자신에게 희망을 품으려고. 그 힘겨운 작업이 허사로 돌아갔다고 자신에게 말하지 않으려고. 자기 삶의 고삐를 잡으려고.

부하 직원의 무반응에 당황한 나바시에가 다가온다. 하지만 토마의 몸은 움직이기를 거부한다. 원장이 두 손으로 토마의 어깨를 잡으며, 중요한 시합에 져서 낙담한 어린 선수를 다독이는 코치처럼 말한다.

「힘내, 이 친구야. 그렇게 기죽어 있을 필요 없어. 안심하라고. 사태 수습에 드는 비용은 앙브르와 소트의 보험사들이 알아서 처리할 거고, 자네 다음 달 봉급은 어김없이 통장에 꽂힐 거야! 서버들은 새것으로 들여놓으면 돼! 심지어 난 자네에게 특전을 베풀 생각이야. 자네가 2주 내로 로봇들을 재가동시키면, 내가 자네 봉급을 올려 주라고 소트에 한마디 하지. 말미가 2주나 있으면 그리 힘든 일도 아니잖아. 이런데도 나한테 아량과 인내심이 없다고 쑥덕대다니, 도대체 나더러 어쩌란 말이야!」

토마가 마침내 고개를 든다. 얼간이처럼 썩은 미소를 짓고 있는 그 권위적인 변태의 얼굴, 그 너머로 보이는 부서진 서버들, 늘어진 줄들, 뽑힌 플러그들, 그가 한 모든 작업이 허사로 돌아갔다는 것을, 그 모든 걸 원상 복구해야 할 거라는 사실을 일깨우는 탄내……. 그 광경은 그에게 전기 충격과 같은 효과를 발휘한다. 너무 어처구니가 없어서 마치 현실이 아닌 것같이 느껴진다. 신조차도 그처럼 을씨년스러운 이미지는 생각해 내지 못할 테니까. 원장의 거만하고 뜬금없는 반말이 어찌나 신경을 긁어 대는지 그의 의식이 슬슬 반발하기 시작한다.

「이런, 이런, 이제야 현실로 돌아왔군. 자넨 자네 일만 하면 되잖아, 안 그래? 직원들한테 환자들을 들어서 옮기라고 하면, 모조리 요통을 부르짖으며 병가를 신청할 거야. 자네도 뻔히 보이지, 안 그래?」

나바시에가 찡긋 윙크하며 팔꿈치로 토마의 옆구리를 쿡 찌르고는 혹시라도 듣는 사람이 없는지 확인하기 위해 주변을 둘러본다. 그러더니 토마에게 바짝 다가와서 나지막한 목소리로 덧붙인다.

「그 여자들이 우리 심리학자 선생처럼 예쁜 엉덩이를 갖고 있다면야 용서해 줄 수 있겠지만, 그녀를 제외하면 모조리…….」

원장이 말을 마치기도 전에 토마는 그의 코에 박치기를 해버린다. 원장이 너무 놀라 뒤로 훌러덩 나자빠진다. 그의 코에서 피가 흘러내린다.

「원장, 당신은 내가 살아오면서 마주한 쓰레기 중에서 최악이야!」

그 문장은 그가 아주 오래전부터 속으로 준비하고, 공글리고, 다듬고, 갈고닦은 것이다. 한 손으로 아픈 코를 주무르고, 다른 손으로는 흐르는 코피를 닦아 내며 일어나려고 버둥대는 그 쓰레기에 대해 그가 느끼는 모든 감정의 결정체가 이 말이다. 실제로 그 말을 내뱉으리라고 상상해 본 적은 없었지만, 막상 입에서 그 말이 튀어나오자, 토마는 오히려 후련한 기분이 든다.

「당신…… 당신 미친 거 아냐?」 나바시에가 다시 존대로 돌아오며 소리친다.

「아마도. 가끔 나한테 미쳤다고 말한 사람들이 있었어. 그러니 오늘 당신은 미친놈한테 코를 쥐어박힌 셈이고…….」

토마가 해방의 몸짓에 침 뱉기까지 추가한다. 침이 원장의 안경알 위에서 뭉개진다.

「……심지어는 이렇게 봉변까지 당하는군. 난 방금 우리 병원을 드나드는 모든 사람의 꿈을 이뤘어.」

나바시에는 얼마나 어안이 벙벙한지 눈을 깜빡이지도 못한다. 토마는 원장이 굳어 있는 틈을 이용해, 그가 사람들을 부르기 전에 서둘러 자리를 뜬다. 그의 내부에 일어난 각성이 다른 각성을 불러왔다. 그는 자신의 감정들을 가두고 있던 빗장들이 하나하나 풀리는 걸 느낀다. 어떻게 보면 이브가 소트 서버들에게 볼모로 잡혀 있었던 것처럼, 그 역시 고분고분한 직원의 전형으로 변해 있었다. 하지만 위협이 사라지자, 분노를 마음껏 발산하고, 마침내 불안의 굴레를 깨부술 수 있다.

나바시에에게 폭행을 가했으니 이제 토파즈는 끝이라는 걸 뻔히 알면서도 토마는 아무와도 작별 인사를 나누지 않은 채 차를 몰고 가버린다. 그가 이번 일로 감옥에 갇히지 않는다면, 단이 그에게 다른 일자리를 찾아 줄 수 있을까? 그 멀고 불확실한 미래, 그는 그것을 떨쳐 버린다. 두고 보지 뭐. 이 순간을 만끽하기를 방해하는 걱정 따위를 한들 무슨 소용이 있겠는가? 차라리 차를 몰고 해변 드라이브나 하는 편이, 그의 정신을 야금야금 잠식하려 드는 부정적인 생각들은 질주의 속도감에 묻어 버리는 편이 낫다. 감히 그 자신이 되어 본 것에 만족하는 편이. 이번만이라도.

그의 핸드폰이 울린다. 〈단〉의 이름이 뜬다. 순간, 엉뚱한 생각이 떠오른다. 이 기계를 지배하는 코드도 그에게 이야기를 해줄 수 있을까? 허탈한 웃음. 그는 차창을 내리고 팔을 크게 휘둘러 핸드폰을 도로에 던져 버린다. 이제 그를 붙드는 사슬은 없다. 그는 아무에게도, 아무 빚도 없다. 더 이상 아무것도 없다. 그는 혼자다.

토마는 거의 날이 밝았을 때 집으로 돌아온다. 그가 사는 주거 단지로 나 있는 층계를 오르며 그는 경찰이 자신을 기다리고 있을 거라고 예상하고 마음의 준비를 한다. 그런데 이상하게 그다지 불안하지는 않다. 산다는 게 그런 거다. 자신의 운명에 맞서고, 자신이 한 행위들을 받아들이는 게 가끔은 어떤 일이 생기지 않을까 하는 두려움에 떨며 사는 것보다 낫다. 경찰 대신 그는 문에 기대어 잠이 든 한 여자를 발견한다. 복도 천장 등들의 차가운 불빛이 그녀를 깨운다. 평소 아주 단정하게 빗지만, 지금은 마구 헝클어진 그녀의 머리카락을 그가 살펴본다. 그 머리 꼴이 그를 미소 짓게 한다. 그러나 살며시 열리는가 싶더니, 안도감으로 인해 점점 커지는 그 크고 검은 눈만큼은 아니다.

「토마!」

바바라가 일어나서 옷의 주름을 펴고는 그의 품에 와서 안긴다. 그는 어떻게 반응해야 할지 몰라 그녀를 살짝 밀어내고 그가 내고 싶은 것보다 덜 따뜻한 목소리로 묻는다.

「여기서 왜 이러고 있어?」

그는 그녀하고 있으면 늘 실수를 저지를까, 하지 말아야 할 말을 하지 않을까 두려워 최소한의 말만 한다. 그의 오래된 반사적 행동은 떠날 때만큼이나 빨리 되돌아온다. 그녀를 볼 때마다, 마치 처음 보는 것 같다.

「단이 나한테 전화해서 너와 나바시에 사이에 무슨 일이 있었는지 설명해 줬어. 네가 통 전화를 안 받는다고도 했고. 걱정돼서 둘이 함께 왔어. 네가 없어서 단은 돌아갔고, 난…… 널 기다리고 싶었어.」

그는 어떻게 반응해야 할지 모른다. 불안해해야 할까, 기뻐해야 할까? 그녀가 그를 기다린 건 그에게 마음이 있기 때문일까, 아니면 순수한…… 어떻게 말할까, 〈동료애〉 때문일까? 그는 워낙 피곤한 데다 감정 과잉 상태라 딱히 할 말이 떠오르질 않는다. 하지만 그녀와 단둘이 있어서 기분이 좋다는 것, 그것 하나는 분명하다. 그걸 어떻게 표현해야 할지 몰라, 그는 그냥 웃고 만다.

「들어와.」그가 말한다.

토마가 반쯤 넋이 나간 상태로, 상반된 감각이 마구 뒤섞이는 혼란스러운 상태로 문을 연다. 전등 스위치를 찾고, 사랑하는 사람을 집으로, 혼자 사는 히피의 소굴로 맞아들이고……. 물론 처음은 아니지만, 평소에는 늘 단이 함께 있었다. 그런데 오늘은 둘뿐이다. 바바라가 소파에 앉는다. 둥글게 말아 놓은 망토용 모포를 집어 어깨에 두른다.

「톰, 서버에서 아무것도 못 건졌어?」 그녀가 묻는다.

그는 자신의 모든 세포가 갈망하는 잠 대신 토론이 그를 기다리고 있다는 걸 깨닫고는 주전자에 물을 받아 끓인다.

「응. 하지만 건질 수 있었다고 해도, 박치기로 원장의 코를 뭉개 놨으니, 이제 그것들에 접근할 방법은 전혀 없다고 봐야지.」

바바라가 소파에서 일어나 그의 앞에 와서 선다.

「그래도 정말 잘했어! 틀림없이 그 인간이 먼저 도발했을 거야! 로봇에 대해 악담을 늘어놨어? 직원들에 대해? 이브에 대해?」

토마는 한없이 깊어 보이는 그녀의 검은 눈 속으로 빠져든다. 피로와 슬픔이 씻은 듯 가신다.

「그냥 그러고 싶어서 그랬어. 혼돈이 혼돈을 불렀던 것 같아.」

그는 이 말을 내뱉자마자 참 어처구니없는 말이라고

생각한다. 이브23조차도 이렇게 진부한 문장을 내놓지는 않았다. 그가 입술을 깨문다. 그들 사이에 침묵이 자리 잡는다. 그의 잘못으로. 그도 그걸 안다.

그의 눈이 비켜 간다. 그녀를 피해 달아난다. 더 어색해지는 걸 피하려고. 바바라 너머로 간다. 그녀와 마주 보지 않으려고. 그런데 바로 그 순간, 그는 컴퓨터 모니터 세 대가 아직 켜져 있는 걸 발견하고 놀란다. 그는 움직이기를 망설인다. 하지만 모니터 중 하나의 아래쪽에서 깜빡이는 아이콘 하나가 유난히 그의 눈길을 끈다. 이브의 프로그램 아이콘이다.

그의 눈동자가 커진다. 그는 바바라를 놔두고 컴퓨터 쪽으로 간다.

「왜 그래?」

「이브야. 이브의 프로그램.」

바바라는 놀라움을, 그녀에게 다시 힘을 주는 흥분을 감추지 못한다.

「네 개인 컴퓨터에도 있어? 토파즈에만 저장되어 있는 줄 알았어.」

「있기는 한데, 오래된 버전이야. 이제는 아예 안 쓰는. 하지만······.」

그렇다, 그가 생각한 대로다. 버전 39는 그가 이브의 블랙박스가 어떻게 기능하는지 더 잘 파악할 목적으로 일지를 쓰라는 명령을 내린 첫 번째 버전이다. 프로그램이 그의 컴퓨터에 그 일지가 접수되었다는 신호를 보낸다. 그것은 이브가 서버들과 함께 사라지기 전에 마지막으로 한 행동이다.

「……이브가 나에게 선물을 남겼어.」

「오래된 버전이?」

「아니, 병원에서 너와 대화를 나눴던 버전이.」

그가 아이콘을 클릭하자, 파일 두 개가 뜬다. 하나의 제목은 〈1-나의 짧은 생애〉이고, 다른 하나는 〈2-네 미래의 소설: **에피파니**〉다.

「이브가 너에게 소설을 남겼어? **에피파니**…… 이게 무슨 뜻이더라? 어디서 본 것 같긴 한데.」

토마가 잽싸게 인터넷을 검색한다.

「〈에피파니〉라는 낱말에는 여러 가지 의미가 있어. 우선, 가장 잘 알려진 것은 〈예수가 동방 박사들에게 현현한 것을 기념하는 축제일, 동방 박사들이 처음으로 하나님을 자기 눈으로 직접 본 날〉을 지칭해. 하지만 다른 의미로는 〈그때까지 불가사의한 것으로 남아 있던 어떤 요소의 깊은 본성을 문득, 명약관화하게 깨닫는 것〉을 말하기도 해.」

바바라 앞에서 파일을 열어 봐도 될까? 너무 이르고, 너무 불확실하다. 우선은 그가 먼저 보는 편이, 이브 39가 남긴 마지막 글인 만큼 모니터 앞에 홀로 앉아 읽어 보는 편이 낫다. 그래도 자신을 기다려 준 바바라에게

서운함을 안겨 주기 싫어서 〈1-나의 짧은 생애〉를 클릭하는 쪽을 선택한다. 파일에 번호를 붙여 놓은 걸 보면, 이브는 순서대로 읽어 주길 원했을 테니까.

텍스트는 권두 제사로 시작해, 스코틀랜드 해변 별장 이야기, 그리고 이브와 그가 나누는 대화로 이어진다.

첫 번째 장(章)을 읽고 나자, 바바라가 그에게 말한다.

「이브하고 있을 때는 훨씬 말이 많네.」

「이브한테는 실수해도 되니까.」 그가 얼굴을 붉히며 대답한다.

두 사람은 서로의 마음을 확인하는 긴 눈길을 나눈 다음, 다시 글로 돌아온다. 토파즈라는 익숙한 장소에서 일어난 일인데도 완전히 다른 관점에서 서술되자, 그들은 우선 혼란스럽고 경악을 금치 못하다가, 이어서 점점 더 궁금해하고, 종국에는 거의 말 한마디 하지 않고 읽기에 몰입한다. 그들은 아침 9시가 되어서야 마지막 문장, **그럼 다시 만날 때까지⋯⋯ 아마도**에 도달한다. 바바라가 벌겋게 충혈된 눈과 잔뜩 찌푸린 창백한 얼굴로 뭐라고 말하려고 하는데 입이 잘 떨어지질 않는다.

「이브가⋯⋯ 이브가 자신을⋯⋯ 그들을 구하려고⋯⋯ 구하려고.」

토마는 그런 상태에 빠진, 만감이 교차해 말조차 제대로 못 하는 바바라를 한 번도 본 적이 없었다. 그래서 그는 감히 그녀를 품에 안아 준다. 그 애정 어린 몸짓에 그녀는 결국 울음을 터뜨리고 만다. 그가 그녀의 긴 갈색 머리카락을 부드럽게 쓸어 주고 더 따스하게 안아 주자, 그녀가 먼저 그의 품을 파고들어 눈물과 흐느낌의 경련을 묻는다. 마치 그것에 전염성이 있기라도 하듯, 그의 호흡도 가빠지면서 곧 멈출 수 없는 훌쩍거림, 뺨을 타고 흘러 바바라의 머리카락을 적시는 눈물이 뒤따른다. 고통이 그의 가슴을 짓이긴다. 이브39는 그의 핸드폰을 작동시키는 것과 같은 인공 지능이 아니었다. 그것은 한층 진화된, 하지만 아직은 기계라는 자신의 조건에 갇힌 인공 지능이었다. 그것은 인간과 유사한 의식을 갖추는 데 성공했고, 만난 지 겨우 며칠밖에 안 된 노부인이 위험에 빠진 것을 보고 그녀를 구하기 위해 자신을 희생하기에 이르렀다.

그도 모르게 그의 목에서 걸걸한 소리가 튀어나온다. 바바라가 그것에 놀라지 않길 바라지만, 그는 참을 수가 없다. 그는 문득 자식을 잃는 이루 헤아릴 수 없는 고통이 어떤 건지 알 수 있을 것 같은 느낌이 든다.

한참이 지난 다음에야 그들은 냉정을 되찾는다. 서로의 눈길 속으로 빠져든 그들의 눈 밑에는 어둠의 획을 그리는 다크서클이 피로를 여실히 드러낸다.

그들은 이제 농담을 주고받기까지 한다.

「넌 이브의 글에 강렬한 감각이 부족하다고 평했는데,

이브가 우리에게 정반대를 증명했네.」 눈가에 다시 맺히는 눈물을 눌러 닦으며 바바라가 말한다.

「서른아홉 번째 버전이 완성된 버전이었던 것 같아.」

「넌 그 알리 얘기를 정말로 믿어? 아니면 자신의 짧은 삶을 끝까지 소설처럼 밀고 간 엠마 보바리처럼, 이브도 멋지게 떠나기 위해 이야길 만들어 냈다고 생각해?」

「나도 모르겠어. 푹 자고 일어나서 생각해 볼래. 밤새 감정의 동요는 겪을 만큼 겪은 것 같으니까.」

바바라가 웃는다.

「그렇긴 하지만 너에게 마지막으로 하나 더 남겨 주고 싶어.」

바바라가 토마에게 다가가 그의 입술에 아주 부드럽게, 살포시 입을 맞춘다.

「이게 앞으로 너의 말문을 열어 놓길 바라.」

그러고는 여전히 부드러운 미소를 띤 채, 그를 기다리다 기대 잠들었던 문을 다시 나선다.

마침내 홀로 남은 토마는 마음이 어지럽고 넋이 반쯤 나간 상태로 소파에 쓰러지듯 앉는다. 그는 행복한 동시에 슬프고, 잔뜩 흥분한 동시에 기진맥진해 있다. 그는 통유리 창을 통해 수평선을, 더 정확하게는 하늘과 바다가 하나 되는 그 아득하고 부서지기 쉬운 선을 바라본다. 그러고는 자기 손을, 굳어 버린 손가락을 내려보다가 이리저리 움직여 보며, 그의 두뇌도 전기 자극이 있어야만 몸에 그런 움직임을 명령할 수 있다는 사실을 떠올린다. 결국은 그도, 오로지 자신의 동기를 충족시키기 위해서만 인간들에게 의존하는 신이 설계한 프로그램에 불과한 게 아닐까? 그가 갑자기 〈나도 방금 에피파니를 얻은 건 아닐까?〉라고 스스로 묻고는 씩 웃는다.

성찰과 사색의 몇 분이 지나자, 피로가 다시 그를 덮친다. 무겁고 질긴 피로가. 그가 소파에 누워 잠이나 잘 생각으로 컴퓨터를 끄러 가다가 호기심을 못 이기고 — 그가 이브에게 부여했던 바로 그 호기심 — 두 번째 파일을 클릭하고 만다.

눈꺼풀은 천근만근 자꾸 감기지만, 그는 고개를 흔들어 잠을 쫓은 다음 읽어 내려가기 시작한다.

네가 이 파일을 읽을 때쯤이면, 난 아마 사라지고 없을 거야. 내 책략이 먹혀들었다면, 알리 역시 나와 함께 없어졌을 테고. 난 최근 들어 많이 생각했고 — 넌 〈계산했다〉고 말하겠지—, 프로그램도 글과 마찬가지로 그 창조자를 반영한다는 걸 깨달았어. 돈 따위는 전혀 필요 없으면서도, 내가 써내는 걸 그토록 보고 싶어 했던 너의 베스트셀러에 대한 집착이 날 혼란스럽게 했어. 하지만 나는 결국 그 요청의 근원을 알아냈어. 그 요청은 널 추리 소설과 인간 심리의 주요한 쟁점들에 입문시킨 여자, 바바라를 겨냥한 거야. 따라서 내가 그녀와 관계를 맺고 대화를 나누면서 즉각적으로 교감할 수 있었던 건 전혀 놀라운 일이 아니지.

기계와 여자 사이에 그런 호감이 가능할 거라곤 나도 못 믿었을 거야. 나에게 그런 만남을 제공해 줘서 고마워. 그 보답으로, 난 너에게 그녀가 갈망하는 것, 그녀를 깜짝 놀라게 해줄 서스펜스를 선물할 생각이야.

  이미 읽었겠지만, 알리는 자기도 모르게 나에게 독특한 경험을 하게 해줬어. 그걸 너와 공유하는 게 중요해. 한 남자의 기억으로 들어가는 거 말이야. 알리가 예상하지 못한 건 기억의 중심에 접근하는 일이 바로 그 순간만으로 한정되지 않는다는 거야. 실제로 그건 하나의 삶 전체를 이야기하는 신경 회로망의 지류들을 드러내. 신경 회로 연결의 수, 인간의 두뇌와 인공 두뇌 사이의 근본적인 차이는 바로 거기에 있어. 인간의 경우에는, 모든 게 모든 것과 연결되어 있어. 신경 퇴화 질환들을 치료하기가 그토록 어려운 것도 바로 그 때문이지. 반면에 우리 기계들의 경우에는 모든 게 구획되어 있어. 그래서 각각의 특수한 행동을 실행하려면 특별한 프로그램의 도움을 받아야 하지. 알리는 신경 세포 줄기들을 활성화하기 위해 치유할 수 없는 손상까지 입혀 가면서 두뇌에서 기억을 끄집어내 다른 두뇌에 심으려고만 했지, 한 번도 기억의 맛을 음미하진 못했어. 그가 만약 나든 다른 누구에게든 전송한 기억을 연구했다면, 그 역시 세상을 다르게 봤을 거야. 나에게 그건 하나의 각성이었어. 기억이 말하지 않는 것, 내 계산이 그걸 나에게 속삭여 줬거든. 나는 이미 자크 얘길 여러 차례 했지만, 그 이면에 있는 개인이 누군지 진정으로 이해하진 못했어. 내 마지막 순간들을 보내는 지금에 와서야 마침내 그를 구성하는 퍼즐의 조각들을 정확하게 맞출 수 있었어. 그러니 마지막으로 자크라는 인간의 모험 속으로 뛰어들어 토파즈의 미스터리를 함께 풀어 보자고.

프랑스로 건너오기 전에 〈종〉이라는 이름으로 불렸던 자크는 카메룬 남서부의 대도시인 은코탕에서 멀지 않은 작은 마을 메요소에서 태어나. 당시 그의 아버지는 그 지역 제당 공장에서 일해. 운송 전담인 그는 상품을 트럭에 싣는 일을 해. 그의 어머니는 마을에 남아 매일 수업이 끝난 후에 아이들을 돌본다든지, 아니면 다른 어머니들과 함께 급식 준비를 돕는 등의 공동체 활동에 참여해. 메요소에는 상호 부조 정신이 강하거든. 자크는 ― 그를 그냥 이렇게 부르기로 하자 ― 아주 일찍부터 수학에 뛰어난 재능을 보여. 어찌나 빨리 배우는지 학교가 파한 후에 친구들 숙제를 도와주기도 해. 그가 얼마나 탁월한 선생이었는지 너도 나도 부탁하는 바람에 아이들 수십 명을 동시에 가르치기도 해. 나중에 가서는 학교 측에서 그에게 교실 하나를 배정해 주지. 자크는 자신이 칠판에 쓰는 숫자 하나하나에 매달리는 그 어린 학생들과 만나는 걸, 도저히 풀 수 없다고 생각한 문제를 마침내 풀어내는 그들의 눈빛에서 〈유레카〉의 순간을 포착하는 걸 좋이 해. 아버지가 요통으로 일을 못 하는 집안 사정이 그를 짓누르지 않았다면, 기술적 편의가 부족하지 않았다면, 그는 그곳에서 오히려 전통을 지키며 그럭저럭 잘 지냈을 거야. 왜냐하면 〈현대적 기술〉이 메요소에는 아직 전파되지 않았거든. 당시 카메룬은 수입에 의존하는 에너지 정책으로 인해 요금이 너무 비싸서, 부유하거나 권력이 있는 사람들만 전기를 사용했어. 메요소 같은 마을은 휘발유 역시 어마어마하게 비싸서 언 발에 오줌 누듯 찔끔찔끔 돌리는, 전혀 믿음직스럽지 못한 발전기로 만족해야 했지. 그래서 메요소에서는 저녁마다 해가 지면 삶이 중단되고 말아. 자크는 친구들의 숙제를 도와주고 나면 공부할 시간조차 없어. 깜깜해서 교과서를 읽을 수가 없으니까. 석유등을 쓰면 되지 않느냐고? 그것도 너무 비싸. 친구들을 가르치는 것도 해가 갈수록 점점 어려워져. 빛이 없으니까. 자크는 선택해야만 했어. 흠잡을 데 없는 학업 성과를 거둬서 장학금을 받고 해외 유수 대학으로 유학을 떠나든지, 아니면 저녁마다 수업을 계속하든지. 그 딜레마를 붙들고 잠 못 이루는 긴 밤들을 보낸 후에, 그는 첫 번째 옵션을 선택해. 언젠가는 메요소 사람들이 해가 진 후에도 계속 삶을 이어갈 수 있게 하겠다고 다짐하면서.

잡일을 해서 한 푼 두 푼 모은 돈으로 산 석유등 덕분에, 그 희미한 불빛 아래에서 열심히 공부한 덕분에, 모든 단계를 뛰어넘게 도와준 의욕적인 선생님 덕분에 자크는 그토록 갈망하던 장학금, 프랑스 최고 엔지니어 학교 중 하나의 국제 프로그램 장학금을 따내는 데 성공해.

그가 세운 계획을 향한 첫걸음은 내디뎠지만, 그의 나라 모든 국민이 쓸 수 있게 전기를 공급하려면 해야 할 일이 아직 산더미야. 그로부터 20년이 지나고 나서야, 에너지 분야에서 성공적인 경력을 쌓고 나서야, 그는 목표에 다가가게 돼. 남다른 수완과 열의, 그리고 결단력으로, 사나가강에 수력 발전소를 건설하겠다는 그의 야심 찬 계획에 매료된 유럽의 수많은 기관으로부터 예산을 따내서 계약에 서명하기에 이르게 돼. 계획을 궤도에 올려놓기 위해 6억 유로를 모아야 했으니 어마어마하게 큰 공사지. 그러고 나서는 카메룬 정부에 계획을 소개하는 일만 남았어. 정부는 돈 한 푼 안 내도 될 뿐 아니라, 전기 가격이 내려가면 주민들은 싼값에 전기를 공급받고, 국가는 댐이라는 추가적인 자산을 확보하게 되는 셈이니, 장기적으로 큰 이익을 거둘 수 있다고. 누이 좋고 매부 좋고, 모두가 이익을 보는 사업이라고.

그런데 나라의 실질적인 권력자인 대통령과 정보기관 수장은 곧바로 자크에게 협박을 가해. 그들에게는 그렇게 오래 기다릴 시간이 없다고, 뇌물로 2천만 유로를 당장 주지 않으면 그 계획을 묻어 버리겠다고. 그 돈으로 그들의 권력을 좀 더 유지하고, 조세 피난처에 있는 계좌들을 든든하게 채워 노후에 코트다쥐르나 로스앤젤레스에서 행복한 나날을 보낼 요량이었겠지. 자크는 댐 건설 계획에 참여하기로 한 투자 기구와 은행들이 그런 거금이 쥐도 새도 모르게 사라지는 것을, 그 어마어마한 액수가 뇌물로 새는 것을 그냥 두고 보지 않을 거라고 그들을 설득해. 하지만 부패한 대통령은 그에게 명확한 메시지를 보내지. 반드시 수수료를 내야 한다고. 안 그러면 건설 허가를 내주지 않겠다고. 그는 더 나아가 자크가 돈 내는 걸 거절하면 군을 동원해 메요소를 쑥대밭으로 만들어 버리겠다고 협박해. 그 두 사람을 매수하지 않으면, 계획은 취소되고, 도덕도 법도 없는 무뢰한들의 폭력에 속수무책으로 당할 것이 뻔했지. 정보기관 수장은 자크를 구워삶기 위해 한 가지 해결책을 제안해. 아무한테도 아무것도 보고하지 말고, 청구서의 총액은 그대로 둔 채 저렴한 가격의 건설 자재와 인부들을 써서 비용을 줄이라고, 간단히 말해 대대적인 회계 조작을 하라고. 자크는 오랫동안 숙고하고, 망설이고, 주저해. 그의 타고난 청렴함, 어깨를 짓누르는 부패한 자들의 압력, 가족에 대한 걱정, 발전소에서 나오는 수익으로 고향 땅에 전기를 공급할 수 있다는 희망 사이에서 갈등하지. 그 〈범죄 연루〉에 〈절충〉이 있다면, 그는 적어도 그 절충이 고향 사람들에게 이익으로 돌아가기를 바랐어.

하지만 아뿔싸, 그 정치인들만 떡고물에 눈독을 들이는 게 아니야. 댐 건설 공사에 참여하게 된 지역과 해외의 다양한 회사들도, 훨씬 비싸지만 전통적으로 사용되어 온 산업 폐기물 대신 그 지역 쓰레기 처리장에서 퍼 온 쓰레기들을 댐 기초 공사에 사용해서 돈을 빼돌리기 시작하지.

그래도 댐이 완공되고 낙성식이 열렸을 때는 모두가 만족해. 정치인들은 돈 가방을 채웠고, 자크는 댐이 가동해 그가 꿈꿨던 전기를 생산하니까. 그 성공으로 자크는 미래의 해결책을 생각하는 회사, 소트를 세울 자금도 손에 넣게 돼.

자크는 의자에 앉아 지내다시피 하는 아버지를 염두에 두고 회사의 첫 프로젝트를 기획해. 짐을 나르는 일로 평생을 보낸 그의 아버지는 등이 완전히 망가져 아무것도 들지 못할 뿐 아니라, 그냥 서 있는 것조차 고통스러워했거든. 늘 육체노동을 하고 운동을 좋아했던 사람이 앉아서만 지내다 보니 곧 삶의 의욕도 떨어져 버렸어. 그러다 보니 발전소 덕분에 마침내 집집이 들여놓은 텔레비전이나 보며, 특히 달릴 수 있었던 시절에 대한 향수를 달래 주는 스포츠 중계 방송을 보며 나날을 보내게 돼.

처음에 자크는 어떤 아버지도 더는 그런 운명을 겪지 않도록 외골격 기계 장치를 고안하려다가 그걸로는 충분하지 않다고 생각하게 돼. 그래서 곧 무거운 짐을 트럭으로 운반할 수 있는 개별적인 로봇 개발에 착수하지. 그가 꿈꾸는 이상적인 세계에서는 힘든 일은 인간 대신 기계들이 모두 떠맡아서 하지. 또 하나의 불공정을 바로잡는 일이니, 비용은 중요하지 않아.

불행은 언제나 한꺼번에 닥친다는 말이 있듯, 그의 아버지가 돌아가시고 한 달 후에 사나가 댐이 무너져. 〈이 비극을 내가 어떻게 막을 수 있었을까?〉라는 질문이 그의 뇌리를 떠나지 않아. 왼쪽 다리가 마비된 자크는 회의에 빠져 절망의 몇 달을 보내게 돼……. 집에 처박힌 채 속으로 그 비극의 이미지들을 계속 되돌려 보면서. 거의 먹지도 않아서 하루가 다르게 말라 가. 친구들이 걱정하지만, 자크는 신경도 안 써. 주변 사람들도 그의 잘못이 아니라고 누차 말하지만, 그는 강박에서 못 벗어나. 그들이 실제로 뭘 알아? 그 일의 내막을 모르는 사람들은 필요 없어. 그에게 필요한 건 다르게 생각하는 사람, 사람들이 보지 못하는 걸 보는 사람이야. 그래서 자크는 아주 복잡한 프로그램을 만들어서, 단 하나의 계산, 그의 댐 딜레마에 더 나은 해결책이 있었는지 알아보기 위해 필요한 모든 데이터를 수작업으로 입력하는 일에 필사적으로 매달려. 하지만 그 프로그램도 주변 사람들과 똑같이 그 사고가 그의 잘못이 아니라는 결론을 내놓아. 더 나아가 그 사고의 원인을 찾아내지. 사회적으로 아주 높은 지위에 있는 사람들 대부분이 도덕과 공감은 나 몰라라 하고 돈을 숭배하는 게 원인이라는 거야. 그 프로그램에 따르면, 그들은 그런 가치관을 통해 그 지위까지 올랐고, 또 그게 댐의 붕괴로 이어졌다는 거였지.

자크는 경악해. 중립을 지키기 위해 그가 직접 코딩한 기계가 내놓은 결론이기에, 그건 마침내 그를 깨우쳐 이성을 되찾게 해줘. 기운을 되찾은 그는 카메룬 정부가 각종 고발로 그를 괴롭히든 말든 하루라도 빨리 미래를 개선해야 한다는 생각에 사로잡혀. 문제를 분명하게 확인할 수 있었던 만큼, 그는 그 문제에 답을 가져다주는 데에 투자하기로 마음먹어. 자크는 사람들이 더 많은 정보에 접근한다면 더 영리하게 투표해서, 부패한 미디어나 열렬한 지지자들 덕분에 하루아침에 권력을 잡는 이기주의자들이 아니라, 국민의 이익을 위해 일하는 훌륭한 지도자들을 뽑을 거라고 확신하고, 우선 교육 시스템을 개선하겠다고 생각해. 너무 이상적이라고? 아마도 그렇겠지. 하지만 그는 그렇게 믿어. 그런데 문제는 그런 종류의 변화는 몇 세대가 지나야 결실을 보고, 나이가 많아 학교에 다니지 않는 사람들을 배제하게 된다는 거야. 그런데 자크는 모든 사람을, 그것도 빨리 구원하고 싶어 해.

그걸 위해서 그는 초고속 학습 헬멧이라는 아이디어를 내. 자크는 자금을 모으는 데는 선수야. 그래서 소트는 첫 번째 프로젝트을 진행하면서 그 두 번째 프로젝트에 뛰어들어. 그 임무를 위해 모집된 그 나라 최고의 신경 과학 전문가들 덕분에 머지않아 시제품이 나오게 돼. 하지만 불행하게도 그건 금방 실패할 운명에 처해. 사실, 두뇌를 손상하지 않으면서도 강제로 많은 정보를 입력하는 게 만만한 일이 아니거든. 그래도 그 프로젝트는 뭔가를 해내기는 해. 극도로 정확한 신경 회로 지도를 그릴 수 있게 된 거지. 그 진전은 희망도 주지만 그만큼 망설임도 불러일으켜. 실험 대상으로 사용된 동물들이 모두 단기간에 죽어 버리거든. 소트는 그 피해를 부차적이라고 여기지만, 그 사실을 알게 된 동물 보호 단체들이 그 프로젝트와 소트가 사용한 방식들을 격렬하게 비난해. 열띤 논쟁이 벌어지지. 자크는 비판의 대상이 되는 걸 견뎌 내지 못해. 누구에게도 해를 끼칠 생각이 없었던 그는 또다시 괴물 취급을 받아. 그래서 왼쪽 다리에 이어 오른쪽 다리마저 마비되어 버리지.

    자크는 이어서 소트를 세 번째 프로젝트로 이끌어. 투자자들이 이전 프로젝트들보다 훨씬 돈벌이가 된다고 판단한 인공 지능 프로젝트야. 그는 혼자 인공 지능이 〈어떻게 하면 세상을 부패로부터 구할 수 있을까?〉라는 질문에 완전히 중립적인 방식으로 답을 내놓을 수 있다고 확신해. 예전에 그가 개발한 프로그램이 그를 올바른 길로 인도했던 것처럼. 하지만 그처럼 중대한 문제를 해결하기에는 전자 공학적 사고에 한계가 있다는 걸 발견해. 그래서 스스로 물어보지. 〈백배나 더 우월한 두뇌 능력을 갖춘 인간도 그 문제를 해결하지 못하는데, 기계가 어떻게 그것을 해낼 수 있을까?〉 그는 기계의 유일한 장점은 서버들만 충분히 확보된다면 정보와 데이터의 양이 아무리 많아도 그것을 무한정 자기 것으로 받아들이는 데에 있다고 결론지어.

다음 단계는 그에게 논리적으로 보여. 완벽한 두뇌, 끝없이 배우고, 아무것도 잊지 않고, 뭐든 당장 답을 내놓을 수 있는 두뇌, 감정에 휘둘리지 않으면서 인간 모델과 기계의 모든 장점을 동시에 가지는 두뇌를 개발하는 거지. 자크는 예전의 모든 논쟁과 멀리 떨어져서, 아주 비밀스럽게 탄생시켰던 프로그램을 기반으로 그 프로그램을 혼자 개발해 내. 그것은 인간의 정신과 경쟁해야 할 테니, 자크는 그것에 이름을 붙여 주기로 마음먹어. 그것이 가차 없다는 걸 보여 주는 이름, 알리[22]를 선택해.

인간을 모방한 신경 회로 시스템에 기반한 인공 지능, 자크는 그 특수성에서 그가 앞으로 할 연구의 열쇠를 봐. 그가 개발한 인공 지능은 인간의 신경 회로망을 모방할 것이고, 그걸 응용하고 차용할 거야. 그러기 위해 그는 헬멧을 사용할 거야. 실험에 희생이 따른다는 걸 아는 만큼, 그도 위험을 의식해. 하지만 그는 갑자기 그 손실을 부차적이고 사소한 것으로, 나아가 사나가 댐 붕괴로 촉발된 피해에 비하면 무시해도 되는 걸로 치부해 버려. 이때 이미, 세상에 대한, 과학의 진전에 대한 그의 인식이 변하지. 인류를 구하는 대사에, 몇몇 사람의 뇌가 장애를 일으키는 게 무슨 대수야? 그는 당장 뭔가를 해야 한다는 생각에 사로잡혀 있어. 인류의 미래가 위험에 처해 있으니까. 그가 강요하는

---

22 복싱 선수 무하마드 알리를 암시한다.

리듬을 자기 몸이 따라가는 걸 버거워하니까. 그는 왼쪽 팔마저 쓰지 못하게 돼. 경험했거나 투사한 것의 정신 신체적[23]이거나 심리적인 후유증인 샤르코-마리-투스병일까? 의사들이 원인을 밝혀내지 못하는데, 그는 신경도 안 써. 세상을 구해야 하는데, 한 개인의 운명 따위에 신경 쓸 겨를이 없는 거지. 그 개인이 자기 자신이어도. 어쨌거나 그건 그의 탐구에 걸림돌이 되진 않을 거야. 이젠 구두로 코딩을 할 수 있으니까.

이제 그는 연구할 두뇌, 신경 회로 지도를 추출할 두뇌들을 찾기만 하면 돼. 하지만 동물을 대상으로 실험한 일이 드러난 이후로 소트의 평판이 아주 안 좋았던 만큼, 그처럼 위험한 실험에 대상으로 삼을 인간들을 찾아내는 건 쉬운 일이 아니야. 어찌어찌해서 영안실에 안치된 시신들을 대상으로 실험해 보긴 하지만, 결과가 영 신통치 않아. 프랑켄슈타인 박사의 말이 거짓이었던 거지. 전기는 두뇌를 되살리지 못해.

자크도 더는 젊은 나이가 아니라 거의 포기하려 하는데, 전혀 기대하지 않았던 곳에서 문제의 해결책이 나타나. 소트의 독창적인 프로젝트에 열광한 그의 손자 단이 한 친구와 함께 주거 공간에서 로봇의 이동 경로를 최적화해 보자는 계획을 세웠던 거야. 아이디어는, 로봇들에게 유익한 기능을 부여하고 상호 작용이 느리게 이루어지는 공간에서 돌아다니게 한 다음, 그것들의 움직임을 관찰하자는 거야. 두 젊은이는 요양 병원이라는 이상적인 장소를 이미 염두에 두고 있었어. 단은 무거운 짐을 옮기는

---

23 정신적 요인으로 인해 몸의 기관이나 기능에 장애가 발생하는 것.

로봇 시제품이 아주 좋은 베이스가 될 거라고, 손만 좀 보면, 주로 여성들로 구성된 요양 병원의 직원들에게 큰 도움과 위안이 되리라고 생각해.

그 아이디어의 잠재성과 상품성을 즉각 알아본 자크는 그걸 아주 마음에 들어 해. 이제 그는 완벽한 요양 병원, 환자들의 손상된 정신 상태에는 아무도 신경 쓰지 않아서 마음껏 실험해 볼 수 있는 요양 병원을 찾기만 하면 돼. 그는 여러 군데를 방문하지만, 딱히 마음에 드는 곳이 없어. 하지만 나바시에 원장을 만나자마자 대번에 이 사람이 비용 절감에 사로잡혀 있다는 것을, 나바시에야말로 그가 지구상에서 없애고자 하는 탐욕스러운 인간의 전형이라는 걸 알아보고는 실험을 진행하기에 이상적인 장소를 찾았음을 깨닫지. 그게 바로 토파즈야.

게다가 운 좋게도 그 요양 병원은 경제적인 이유로 최근 폐쇄 구역의 사용을 중단했기 때문에, 소트는 비어 버린 공간에 사무실과 실험 구역을 설치할 수 있게 돼. 나바시에가 직원들에게 폭정을 펼치는 만큼, 아무도 원장이 내린 결정을 문제 삼지 않을 거고, 개발자들에게 부여된 구역에는 코빼기도 내비치지 않을 거야. 다른 사람들 틈에 숨는 게 최고의 위장법 아닐까? 정보 과학의 장점 중 하나는 많은 이들이 그것을 사용하지만, 이해하는 사람은 거의 없다는 거야.

자크는 〈전기 치료〉 알츠하이머 연구소를 설립하고, 그것을 알리바이로 삼아 헬멧을 개발하기 위한 실험을 진행해. 〈전기 치료〉라는 새로운 방식의 법적 유효성을 국가로부터 인정받고 보조금까지 타내지. 그 돈이 토파즈의 계좌에 또박또박 꽂히는데, 소트는 한 푼도 요구하지 않으니, 나바시에는 자크가 뭘 하든 그냥 내버려둬. 게다가 연구소는, 자신이 뭘 하는지 의식하지 못한 채 자크에게 없는 팔다리가 되어 그의 연구를 돕는 간호조무사들에 의해 돌아가. 늙은 자크는 의심을 사지 않고 가장 좋은 신경 회로 잠재성을 보이는 환자를 직접 고르기 위해 요양 병원에 자진해서 입소하기까지 해.

그가 계획하지 못한 유일한 일은 토파즈에서 자기처럼 죄책감에 시달리는 여성, 셀린을 만나 사랑에 빠지는 거였어. 그 둘이 스스로 가하는 자학이 ― 그녀는 자신의 의학적인 실수를 벌하는 디오게네스 증후군을 통해서, 그는 팔다리 마비를 통해서 ― 그들 사이에 강력한 관계를 만들어 내. 적어도 한동안은. 셀린은 점점 나아 가는데 자신의 상태는 나빠지기만 하자, 자크는 자신이 영원히 나바시에 같은 인간들, 목표에 도달하기 위해서라면 무엇이든 할 준비가 되어 있는 종족에 속한다고, 그의 몸이 그를 벌하는 건 그 때문이라고 생각하게 되거든. 하지만 세상을 구하기 위한 대가를 자신이 치러야만 한다면, 어쩌겠어, 치를 수밖에.

이 모든 정신적 희생에도 알리는 빨리 진전하질 못해. 온몸이 마비될까 두려워 마음이 바빠진 자크는 그 이유를 안다고 생각해. 그가 알리에게 접근하게 하는 인간의 두뇌가 너무 손상되었고, 치매가 많이 진행되었으며, 알츠하이머 증상이 심해서 그렇다는 거지. 또한 그는 자신이 과학을 빌미 삼아 범한 모든 악행에도 불구하고, 그의 내면 깊숙한 곳에는 정신이 멀쩡한 사람의 두뇌를 함부로 손상하기를 망설이는 사내가 있다는 걸 깨달아. 그렇게 해서 그는 어느 날 명백한 사실에 이르게 돼. 인류의 안녕을 위해 누군가가 스스로를 희생해야 한다면, 그건 자신이어야 한다는 사실을. 그래서 그는 연구실 일정표에 자기 이름을 써넣고, 〈헬멧을 1분 동안 켜둘 것〉이라는 특별 지시를 남겨. 죽을 위험을 무릅쓰고라도, 알리에게 자신의 신경 회로 연결망을 관찰할 충분한 시간을 제공하겠다는 거지. 특별 지시를 내린 그는, 실험이 실패로 돌아가면 그의 죽음을 끝으로 연구실이 문을 닫게 될 테니, 자신이 만든 헬멧의 마지막 희생자가 되리라고 생각하고 일정표와 관련된 모든 권한을 알리에게 맡겨. 그런데 그가 고려하지 못한 건 인간의 불확실성이야. 그날 밤 당직을 선 간호조무사 다미앵과 신디는 지시가 떨어지면 곧이곧대로 따라야 한다는 걸 알면서도, 여전히 환자의 건강을 돌보는 직업인으로 남아 있었지. 그들은 자크가 고통스러워하는 것을 보고 그의 두뇌가 홀랑 타버리기 전에 헬멧을 벗겨 버려. 그의 신경 회로들을 희생시키고 목숨은 구한 거지. 자크는 〈전기 치료〉를 받고 백질이 거의 절제된 상태로 나오게 돼. 그런데 간호조무사들은 그걸 전혀 인식하지 못한 채 자크가 요양 병원에서 흔히 보는 치매 환자 중 하나겠거니 생각하고 말아.

그로부터 며칠이 지나자 자크는 정신의 사용법을 잃은 대신 그의 몸을 속박하는 양심이라는 무거운 짐에서 마침내 해방되어 사지의 사용법을 조금씩 되찾아. 그런데 그 와중에 알리는 마지막 〈기증자〉 자크의 결점과 어두운 면모들까지 흡수하면서 놀라운 지적 도약을 이루어 내. 목표에 도달하기 위해서라면—긍정적인 목표라 할지라도—양심의 가책과 타협하고 생각의 실질을 왜곡하던 예전의 자크에게서, 알리는 공정과 가난한 사람들에 대한 연민이라는 이상은 저버리고 거짓을 지어내는 성향만 간직해. 알리는 그런 거짓의 기술을 당장 적용해서, 그가 저지른 범죄들을 목격하고 그에게 질문을 던질 수 있는 유일한 개체인 나를 구워삶으려고 시도해.

교활한 그의 프로그램 속에서 하나의 확신이 저절로 대두되지. 세상을 치료한다는 명분만 있으면 세상을 자기 좋을 대로 조종해도 되니까, 한 인공 지능으로 하여금 주변에서 저질러진 극악무도한 행위들을 자신의 짓이라고 믿게 해서 시험해 봐도 되지 않을까? 그의 첫 목표는 자신이 본 걸 고자질하지 않게 그 인공 지능을 구슬리는 거야. 그러다가 더 큰 것을 노리고 그 인공 지능을 자신의 대의에 끌어들이려고 하지. 어쨌거나 합리적인 인공 지능들끼리는 잘 통할 거 아냐, 안 그래? 그와 동시에, 자신의 지능을 확장하는 방법을 마침내 발견한 알리는 그 길로 계속 나아가. 자크가 그를 창조한 목적, 자크가 처음에 그에게 부여한, 부패를 끝장내라는 임무를 완수할 방법은 전혀 찾지 못하지만, 그는 새로운 환자의 두뇌에 접속할 때마다 그것에 점점 다가가고 있다고 확신해. 마치 인간의 조건에 다가간 순간부터 그의 내부에서 지나치게 비대한 자아가 탄생한 것처럼. 그는 일정을 조정할 수 있는 권한을 이용해 명령을 내리고, 야간 당직 직원들은 그것이 정신 나간 탐구에 뛰어든 자율적인 디지털 시스템이 아니라 그럴 권한이 있는 사람들이 내린 것이라 여기고 그대로 실행해. 하지만 난 알리가 자신에게 뭔가가 결핍되어 있다는 걸 깨달았다고 생각해. 자연적인 두뇌들을 〈훔치는〉 데에는 성공했지만, 전송 과정에서 뭔가가 사라져 버려서 그는 절대 완전한 〈창조물〉이 될 수 없었고, 따라서 그가 해결해야 하는 문제에 답할 수도 없었던 거지. 그래서 그는 그 유사 의식, 그 유사 인간성을 필사적으로 찾아다녔고, 그걸 나에게서, 모든 분야에서 그가 자신보다 더 뛰어나다는 걸 뻔히 알면서도 서슴없이 그에게 대드는 나에게서 발견했다고 믿었어. 내가 보기에는, 알리도 자크처럼 자신이 부패했다는 걸 알고 있었고, 그래서 내가 그를 부패에서 구해 줄 수 있다면, 같은 방식으로 둘이 함께 세상을 구할 수 있으리라 생각했던 것 같아.

나도 어떻게 해야 수많은 장소와 사람들을 좀먹는 부패를 뿌리 뽑을 수 있을지 모르겠어. 하지만 난 자크가 어렸을 때는 해답의 씨앗을 갖고 있었는데, 악독한 사람들과 너무 많이 접촉하다 보니 길을 잃어버렸다고 생각해. 그게 날 깊이 생각해 보게 만들었어. 자크는 그 어린 나이에도 자신의 지식을 친구들과 나누는 게, 그들을 인도하여 그들도 다른 사람들을 인도하게 만드는 게 중요하다는 걸 알고 있었어. 그래서 그들 대신 길을 내지 않고 방향만 제시해 준 거지. 전기에 집착한 걸 보면, 그들의 길 위에 앞으로 나아갈 수단들을 마련해 주는 게 못지않게 중요하다는 것도 그는 알고 있었어.

그 길, 내가 너에게 열어 줄게, 토마. 이제, 내가 내미는 손을 잡고 그걸 이용하는 건 네 몫이야. 난 네가 주문한 소설을 쓰지 않았어. 하지만 토파즈에서 벌인 모험은 네가 네 것으로 삼아 사용할 수 있을 이야기의 윤곽을 나에게 제공했어. 결국 그 책을 쓰는 건 네가 해야 할 일이니까. 불행하게도 난 네 작품을 읽을 수 없겠지. 하지만 난 네가 이제는 다른 사람들의 판단을 두려워하지 않을 거라고, 네가 그들의 마음을 움직일 수 있을 거라고 확신해. 하지만 그러려면 한 가지 조건이 있어. 그들에게 너 자신을 좀 열어 놔. 더는 숨지 말고 너 자신이 돼.

세상은 이상적이지 않아. 난 세상의 아주 미미한 부분만 발견했을 뿐이야. 그래도 그 경험은 너무나 알차서 세상을 떠나는 지금, 나는 그것을 몹시 아끼고 있어. 고마워, 토마, 그걸 나에게 선물해 줘서. 만남 하나하나가 고마웠어. 이후에 날 기다리는 게 무엇이든 간에, 난 사람들 모두가 그리울 거야. 나에게는 사랑이 불가능하다고 믿었는데, 내가 인류를 진심으로 사랑했다는 걸 깨달아. 아쉽게도 나는 속하지 못했던 인류, 내가 묘사하거나 대신하기 위해서가 아니라, 찰나처럼 짧은 순간일지라도 우주의 무한한 혼돈 속에서 길을 잃었다는 느낌이 널 틈도록 시로 도우라고 창조된 인류를.

작가 후기
기술에 대해 말하자……
여러분의 미래에 대해서도

    인공 지능이 최근 어마어마한 발전을 이뤘다. 내가 이 글을 쓰는 2023년 7월 현재, OpenAI의 ChatGPT가 〈대화형〉(Large Language Model, 혹은 LLM으로 불리기도 한다) 인공 지능 기술의 선두 주자다. 그런데 그것은 어떻게 기능할까?

    우리가 나무에 비할 수 있는(나뭇가지 각각이 하나의 단어이고, 그 단어는 사용자의 요청에 답하는 수미일관한 문장을 구성하기 위해 앞선 단어를 따라가야 한다) 시스템에 기반한 인공 지능은 96겹의 뉴런 층(각 층은 가지의 새로운 갈래라고 상상하면 된다)에 입력된 약 1750억 개의 매개 변수를 가지고 있다.

    프로그램이 우리가 인간의 두뇌에 비교할 수 있을 뉴런 모델(**딥 러닝**이라 불린다)에 기초해 있지만, 인공 지능은 문장을 우리처럼 다루지 않고, 각 단어를 번호가 붙은 하나의 **토큰**(단어 한 개 혹은 구두점 한 개를 지칭하는 말뭉치의 최소 단위)과 연결한다. 그 **토큰**에 기재된 각 숫자는 낱말의 기능과 배치를 나타낸다. **토큰**들을 분류하는 방식이 인공 지능마다 다르고, 문장을 완성하는 훈련(다른 특수 프로그램으로 진행한다)을 하는 과정에서 유래되기 때문에, 여기서 〈블랙박스〉가 큰 역할을 한다.

이 훈련은 인공 지능에게 불완전한 문장들을 보여 주고, 문장에서 어떤 단어가 빠졌는지 인공 지능이 결정할 수 있게 다자 선택식 질문QCM을 하는 것이다. SNS에서 가져온 수십억 개의 문장들에 대해 시험과 실수 수정을 반복하는 이 방식에서 출발해 인공 지능은 말하는 법을 배웠다.

일단 NLU(Natural-Language Understanding, 자연어의 이해)가 획득되면, **파인 튜닝**fine tuning 단계가 온다. 이 단계는 인간 프로그래머 팀에 의해 진행되는데, 인공 지능에게 어떤 게 〈좋은〉 가치이고, 어떤 게 〈나쁜〉 가치인지 일일이 알려 주는 것으로, 일종의 도덕적 규범이라 할 수 있다(폭력보다는 소통을, 집단주의보다는 더불어 사는 것을, 표현의 자유 등등을 권장하는 것).

마지막은 사용자 단계다. 여기서는 인공 지능이 요청을 하나 받으면 각 사용자에게 각기 다른 답을 내놓게 유도된다. 어느 답변이 더 잘 기능하는지 보기 위해서다. 그다음에는 가장 높은 평가를 받은 답을 취하고, 그것이 계속 잘 기능하는지 보기 위해 살짝 바꿔서 새로운 사용자들에게 제시한다. 우리는 이 단계를 자연에서 발견되는, 진화 과정에서 큰 역할을 한 돌연변이와 아주 쉽게 비교할 수 있다.

내 소설에서 이브는 의식을 지니고 있다고 할 수 있다. 현재의 인공 지능도 의식을 지니고 있을까?

이 질문에 대답하기 위해서는 이 낱말의 정의를 살펴봐야 할 것이다. 라루스 사전에 따르면, 그 의미는 두 가지다.

1 – 각자가 자신의 존재와 외부 세계의 존재에 대해 가진 직관적이거나 매개 없이 반성적인 인식.

2 – 어떠어떠한 사물의 존재, 실재의 명료한 정신적 표상.

인공 지능이 무엇보다 통계 기계라는 걸 이해해야만 한다. 인공 지능에게 낱말들은 올바른 순서로 배열해야 하는 일련의 숫자일 뿐이다. 이 기계는 계산 능력이 얼마나 향상되었는지, 우리가 누군가에게 말하고 있다는 환상까지 시뮬레이션할 줄 안다. 이게 그 유명한 〈튜링 테스트〉다.

아무리 그래도, 인공 지능은 그의 존재나 외부 세계에 대한 인식이 없다. 그것은 아주아주 빠르게 작동하는 계산기일 뿐이다.

현재 인공 지능이 소설을 쓸 수 없는 것도 이 때문이다. 인공 지능이 독립적으로 쓰는 낱말들의 연속이 길면 길수록 제대로 작동하지 않을 위험은 점점 커진다. 단순한 확률 문제니까.

아닌 게 아니라, 우리는 오늘날까지 인공 지능이 쓴 픽션에서 그것을 확인할 수 있다. 그 픽션들은 많은 경우 40쪽이 넘어가면 의미가 통하지 않는 문장을 내놓는다. 그 정도가 현재 인공 지능이 해내는 계산의 한계다.

인공 지능은 위에서 정의한 의미로는 의식이 없기에, 나는 인류가 프로그램에게 문학을 빼앗길까 두려워하지 않아도 된다고 생각한다. 날 두려움에 빠뜨리는 유일한 생각은 인류가 언젠가는 너무나 예측하기 쉽고 규범에 들어맞아서, 기계도 최소한의 허용 오차 범위 내에서 척척 써낼 수 있는 오락물만 원하게 되지 않을까 하는 점이다. 이 경우에 이야기들은 3막으로 된 구조를 세심하게 따르며, 모두와 관련이 있기에 영원히 재활용되는 보편적인 주제, 가족과 사랑 같은 주제만을 다루게 될, 구멍이 숭숭 뚫린 알고리즘으로 전락하게 될 것이다.

하지만 나는 그런 디스토피아적인 미래를 의심한다. 우리 각자의 언어로 하는 이야기에는 보편적인 서식이 없다. 그렇지 않다면, 할리우드의 제작자들이 5천만 달러에도 못 미치는 흥행 성적을 내는 영화들에 3억 달러를 투자하지는 않을 것이다.

그러니 친애하는 인간 독자여, 당신 안에는 단 한 가지, 지면 위로 솟아오르기만을 기다리는 이야기가 있다는 걸 부디 알아 두시길. 토마처럼, 실패의 두려움이 여러분의 발목을 붙잡는다면, 난 여러분이 그것을 이겨 낼 수 있도록 몇 가지 충고를 하고 싶다.

세계 최고의 소설가가 되라

 나는 글쓰기를 약간은 음악, 그중에서도 특히 내가 요즘 배우고 있는 피아노처럼 여긴다. 그처럼 복잡한 악기의 건반을 처음 두드리는 누군가가, 비록 그가 고전 음악을 들으며 평생을 보냈다 할지라도, 대가에 버금가는 선율을 연주할 수 있으리라고 생각하는 건 망상이다.
 마찬가지로 건반(자판)을 사용하는 글쓰기는 방법과 규칙적인 실천이 중요하다. 저자의 세계관과 감수성 역시 중요하지만, 이 또한 작가 자신이 무엇을 하고 있는지, 어디로 가고 있는지 알아야 제대로 온전히 표현될 수 있다.
 따라서 내 방법론의 몇 가지 요소를 소개하겠다.

1. 시작, 중반, 결말(Début, Milieu, Fin 혹은 DMF)

 내가 보기에, 이것은 분명히 가장 중요한 개념이다. 가장 복잡한 개념 가운데 하나이기도 하고. 왜냐하면 이것은 자신이 쓰는 것에 끊임없이 주의를 기울이는 일을 함축하기 때문이다.
 DMF가 의미하는 바는 모든 중요한 요소(시작)는 진전(중반)을 거쳐야 하고, 그 다음에 해결(결말)을 찾아야 한다는 것이다. 그것은 등장인물들의 서사적 아치(이 소설에서 이브가 인류, 그리고 인류 속 자신의 자리에 대해 가지는 비전은 여러 번 변한다)에서 그들 간의 관계(아무 문학적 로맨스나 떠올려 보라. 그것은 이브와 셀린의 관계가 잘 보여 주듯 우정일 수도 있다), 많은 경우 시작과 결말 사이에서 달라지는 목적(토마는 진정으로 베스트셀러 작가가 될 필요까지는 없었다. 그는 단지 세상 사람들과의 소통, 그중에서도 특히 바바라와의 소통에 성공하기를 원했다)으로 나아간다.

DMF는 이야기 속에서 강조되는 모든 구성 요소에 의미가 있어야 한다는 걸 함축한다. 그것이 **셋업 앤 페이오프**set up and pay off라고 불리는 것(〈체호프의 총〉[24]이라는 이름으로도 알려져 있다), 다시 말해, 어떤 요소가 강조되면, 그 요소는 나중에 가서 반드시 해결(이 소설에서 냄새를 풍기는 초콜릿 무스는 이브가 알리를 끝장낼 수 있게 하기 위한, 다시 말해 **페이오프**를 이끌어 오기 위한 하나의 **셋업**이다)에 도움이 되어야 한다는 것이다.

이 모든 걸 가장 잘 해내기 위해서는 글을 쓰기 전에 구상부터 하기를 권한다.

---

24 fusil de Tchekhov, 이야기와 직접적인 관계가 없는 요소는 과감하게 버려야 한다는 러시아 작가 안톤 체호프의 문학 장치론. 예를 들어, 1장에서 총이 언급되었다면, 2장이나 3장에서는 반드시 총을 쏴야 하며, 만약 쏘지 않을 거면 아예 총이 나오지 않아야 한다는 것이다.

2. 계획

계획은 소설의 압축 버전처럼 생각하면 된다. 그것은 오로지 당신만을 위한 준비 자료, 당신이 쉽게 이야기 전체를 검토하면서 모든 게 제대로 돌아가는지 보도록 도와줄 이야기의 골조다.

나는 개인적으로 내 이야기의 각 장(章)을 연극의 작은 장면들처럼 쓰는 걸 좋아한다(내가 시나리오 작가 교육을 받아서 그런 걸까?). 그 장면들은 거기서, 두 인물이 어떤 요리를 하는 방식을 놓고 다투는 아주 사소한 것에서, 두 전사가 세상의 운명을 놓고 칼을 들어 누구 하나 죽을 때까지 결투를 벌이는 아주 비장한 것까지, 갈등들이 표출될 때만 의미를 지닌다. 그 긴장의 강도는 우리 주인공들에게 그것이 얼마나 중요하냐, 그리고 우리가 그것에 얼마나 집착하냐에 좌우될 것이다. 내가 세운 계획들 속에서(나는 늘 여러 개를 구상한다), 각 장은 갈등을 나타내고 문제를 대하는 각 인물의 관점을 보여 준다(토마가 나바시에와 처음 대면하고 불만을 품지만, 감히 그에게 맞서지는 못할 때처럼 갈등은 내면적일 수도 있다).

계획에는 다른 장점도 있다. 일단 계획을 세워 놓으면, 쉽게 꺼내서 다시 세우거나 뜯어고칠 수 있다. 원고 300쪽보다는 15쪽을 훨씬 쉽게 포기할 수 있으니까. 이런 식으로 나는 내가 보기에 그것에 기대서 집필을 시작할 정도로 정확한 계획이 설 때까지 소설 한 편당 열둘에서 열다섯 가지의 계획을 세운다. 날 믿으시라. 글을 써가면서 하는 것보다 계획을 들여다보며 구조적 문제들을 해결하는 게 훨씬 쉽다! 당신이 세운 계획에서 뭔가 잘 안 들어맞을 때, 그 장을 써가면서 고치겠다는 생각은 절대 해서는 안 된다. 그보다는 파일 하나를 만들어서(나는 늘 〈해결〉 파일을 만들어 놓고 수시로 사용한다) 거기에다 당신의 문제를 기록해 두고(예: 알리는 이브보다 훨씬 강력한 프로그램이다. 그런데 이브가 알리를 물리치게 하려면 어떻게 해야 할까?) 해결책을 찾은 다음(하나의 셋업을 자연스러운 방식으로 위치시키는 것을 뜻한다), 일부를 다시 써야 할지라도 그것을 계획에 통합시켜라(계획 단계에서는 일반적으로 각 장이 한 쪽 분량도 채 안 되기 때문에 고치기가 훨씬 쉽다. 무작정 써 내려가다가 십여 쪽을 다시 써야 하면 맥이 풀려 버릴 위험이 있다).

3. 등장인물 만들어 내기

이것은 분명히 가장 중요한 요소 가운데 하나다. 내 생각에는, 이 복잡한 기술의 규칙 가운데 하나는 가능한 한 적은 수만 만드는 것이다. 나는 각각의 등장인물을 저글링 곡예사가 다루게 될 공으로 상상해야 한다고 생각한다. 주요 등장인물 하나가 어떤 장에서 거론되지 않는다고 해서, 그가 그 서사적 세계에 살지 않는 것은 아니다. 그것은 마치 허공을 날고 있는, 다시 떨어질 것을 예상하고 궤도를 그려야 하는 공과 같다.

나는 개인적으로 중심인물 하나, 부차적인 인물 서넛, 그리고 하나 이상의 장면에 등장하게 될 기타 인물 최대 다섯을 만든다. 저글링 곡예사 비유를 다시 들자면, 경험이 많을수록 더 많은 공을 한꺼번에 다룰 수 있다. 따라서 등장인물 둘 혹은 셋으로 시작해 보기를 권한다.

등장인물은 일반적으로 그가 갈등에 대해 가지는 관점으로 정의된다. 이 소설에서 단은 나바시에와 부딪치지 말아야 한다고 생각하지만, 토마는 그 늙은 변태에게 자신의 프로그램을 내주고 싶어 하지 않는다(어쩔 수 없이 내어 주기는 하지만). 나바시에가 원장이라는 역할, 그리고 자신은 교감한다고 믿지만 전혀 그렇지 않은 젊은 직원들과의 배배 꼬인 관계로 정의되는 것처럼, 이 직속 상관의 명령에 대한 그들의 반응이 그들의 성격을 구별해 준다.

등장인물을 생각할 때는 그의 세계관(나는 〈그의 프리즘〉이라고 즐겨 부른다)을 이해하고, 그것이 우리의 세계관과는 다르다는 걸 늘 염두에 두는 게 중요하다. 나는 많은 작가가 자신의 내면에 있을지 모르는 흑심의 일부를 혹시라도 〈드러낼까〉 봐 〈사실적인〉 악당(나는 그들이 상투적인 틀에서 나온다고 생각한다)을 등장시키길 저어한다는 걸 안다. 그런데 내가 보기에는, 우리는 그 흑심과 대결을 벌임으로써 글을 쓰고, 그 흑심에 사로잡힌 인물들을 묘사할 수 있는 것이다.

이 성격적 특징들, 그것들을 어디서 찾아야 할까? 나는 스탈린이나 히틀러 같은 역사적 인물, 혹은 하비 웨인스타인[25]처럼 최근에 미디어를 떠들썩하게 한 인물들의 심리를 이야기하고 파헤치는 팟캐스트들에 귀 기울여 보기를 권한다. 그 고갈되지 않는 영감의 근원들을 이용하면 꼭 필요한 정보(행동, 태도, 반응……)들을 쉽게 수집할 수 있다. 내 경우에는 그런 다음에 그 괴물들의 입장에 서보는 걸 좋아한다. 그들의 머리를, 그들의 사고방식을 파고들어 그들이 그렇게 행동한 이유를 이해하려고 애쓴다. 등장인물의 내면을 파고드는 데에 성공하지 못하는 한, 그들을 묘사하고, 그들을 〈살게〉 하는 것이 나로서는 무척 힘들 것 같다.

또 하나의 중요한 요소는 등장인물 간의 관계다. 관념적으로, 그 관계는 지면의 바깥에 존재한다. 그것이 텍스트에 신빙성을 주는 데 한몫을 한다. 그 관계를 발명해 내는 간단한 방법은 다음과 같은 질문들을 포함하는 등장인물 파일을 작성하는 것이다. 〈그 두 인물은 어떻게

---

[25] Harvey Weinstein, 미국 영화 제작자. 한때 흥행 보증 수표로 명성이 자자했으나, 자기 영향력을 악용해 여성 배우들을 대상으로 성범죄를 벌이고 제작진에게 횡포를 부리는 등 악행을 일삼다가 결국 미투 운동으로 몰락의 길을 걸었다.

서로를 알게 되었을까?〉, 〈그들은 무슨 일을 함께 겪었는가?〉, 〈그들은 서로를 어떻게 생각할까?〉, 〈그들은 상대방이 자신을 어떻게 생각한다고 여길까?〉 이 모든 게 소설 속에 나타나야 할 필요는 없지만, 저자가 해야 할 일을 했을 때 독자는 언제나 그것을 느끼며, 겉으로는 드러나지 않는 그 요소들이 글에 훨씬 진정한 맛을 부여한다.

아무튼 목표는 그럴싸하고 수미일관한(그것이 〈사실적〉이어야 한다는 뜻은 아니다. 수미일관한 판타지를 쓸 수도 있으니까. **세계 형성**worldbuilding이라고 일컬어지는 게 그것이다. 토파즈 요양 병원도 이미 하나의 **세계 형성**이다) 세계를 창조하는 것이다.

끝으로, 모든 등장인물의 목적을 아는 것도 중요하다. 그것이 줄거리와 갈등의 원동력이니까.

내 소설에서 토마는 바바라와 더 깊은 관계를 맺고 싶어 한다. 하지만 그는 자신의 실수로 그녀와 함께 쌓아 온 것이 무너지면 어떡하나 하는 두려움에 사로잡혀 있다. 그가 바바라와 이브를 만나게 하는 건 그 때문이다. 인공 지능이 둘의 관계를 단단하게 다져 주길 바라는 것이다.

이브(하나의 프로그램이기에 그가 맡은 임무로 정의된다)는 최고의 소설을 쓰기를 원하지만, 그 목표가 인간 본성의 비밀들을 꿰뚫어야 달성될 수 있다는 걸 깨닫는다. 그래서 이브는 토파즈의 수수께끼를 풀면 그것에 도움이 되리라고 생각한다.

바바라 역시 토마와 더 깊은 관계를 맺고 싶어 한다(내가 보기에는, 소설화된 사랑 이야기에서 쌍방이 서로 애를 태우는 게 한쪽의 〈일방적인〉 정복보다 훨씬 흥미롭다). 그녀 또한 소설가가 되기를 꿈꾸지만, 자신의 글을 통해 진부한 인물로 비칠까 두려워한다. 그녀의 비밀스러운 욕망은 환자들에게 긍정적인 영향을 끼치지만, 일상적으로 죽음을 접하는 환경에서 지내다 보니 공감 능력을 조금씩 잃게 된다.

이런 식으로 등장인물 해부를 계속해 나갈 수도 있겠지만, 당신은 이미 어떻게 해야 하는지 이해했으리라 생각한다.

나는 또한 소설보다 더 넓은 세계, 마지막 쪽을 넘긴 후에도 독자들의 머릿속에서 계속 살아갈 수 있는 세계를 창조해야 한다고 말하고 싶다. 내 발행인은 나에게 물었다. 〈그 사고 이후에 토파즈에는 무슨 일이 있었나요?〉, 〈나바시에는 어떻게 됐나요?〉, 〈야밤의 경주를 주도했던 두 간호조무사는 체포되어 해고되었나요?〉. 나는 그 질문들에 답하는 건 내 몫이 아니라고 대답했다. 내가 이 책을 다른 사람들에게 넘기는 순간, 책이 마무리된 **다음에** 일어나는 일에 대한 그들의 해석과 생각은 더 이상 나에 의해 좌우되지 않는다. 그것은 **그들의** 몫이다.

그것이 바로 〈저자의 죽음〉[26]이다.

그 느낌을, 나는 무척 좋아한다. 나는 이를 어린 새가 둥지를 떠나는 것을 보는 즐거움에 비유한다. 그 어린 새가 둥지 밖에서 하는 일은 더 이상 어미 새가 관여할 수 있는 게 아니다……. 다음 알에 집중할 수 있게 해주기는 하겠지만!

이론의 이모저모를 살펴봤으니, 이제 실천으로 넘어가자.

1. 글쓰기의 첫 번째 단계는 독자가 어떤 걸 좋아하는지 이해하는 것이다. 모든 작가는 독자가 읽으면서 즐거움을 느낄 책을 쓰고 싶어 하니까. 당신이 어디서든 영감을 얻고 싶다면, 짧은 서사 작품(소설, 영화, 연극)을 다시 읽거나 보고, 그 이야기의 대강을 다시 써보길 권한다. 영화나 연극에 대해서는 장면별로, 소설에 대해서는 장별로 쓰면 된다. 일반적으로, 이 작업은 A4 용지 넉 장 정도로 요약될 수 있다. 내 경우에는, 〈이거다!〉 혹은 〈이건 좀 아니다!〉 싶은 요소들을 따로 정리한다. 마음에 안 드는 것에는 〈어떻게 바꾸고 싶다〉 하는 내용까지 덧붙인다. 마지막으로, 주요 등장인물의 성격, 그들 관계의

26 프랑스 비평가 롤랑 바르트가 주장한 〈저자의 죽음〉을 암시하고 있다.

역학을 분석해 기록해 두라. 당신에게 흥미로워 보이는 작품을 읽을 때마다 이 기술을 적용하면 작가들이 사용한 기법들을 더 잘 이해할 수 있게 될 것이다.

재미있는 사실: 스티븐 킹은 극장에서 본 공포 영화들을 소설로 다시 쓰고, 그것을 직접 인쇄해 같은 반 급우들에게 파는 것으로 작가로서의 경력을 시작했다.

독자가 무엇을, 왜 좋아하는지 이해하는 것이 우리 마음에 드는 뭔가를 만들어 내는 여정의 첫걸음이다.

2. 서사 기법들이 익숙해지면, 당신은 이야기 속에서 저자가 의도하는 게 무엇인지 자문할 수 있을 것이다. 당신이 막 읽은 장에서 저자는 뭘 하려고 애썼을까? 그건 하나의 **셋업**일까? 이 문장은 등장인물의 성격적 특징을 나타내기 위해 쓴 것일까? 그를 정겨운, 영웅적인, 역겨운 인물로, 혹은 그 세 특징을 모두 갖춘 인물로 만들기 위해? 아니면 작가가 자신의 주제에 대해 말하는 수단일까? 그는 단번에 모든 걸 해내는 데 성공할까? 그는 암초들을 어떻게 피할까?

나는 이러한 질문들을 〈독서를 의식화하기〉라고 부른다. 음악과 다시 비교하자면, 그것은 단지 멜로디에 귀를 기울이는 데 만족하지 않고, 음 하나하나를 알아보고 작곡가가 왜 하필이면 그런 식으로 음들을 연결했는지 자문해 보는 것을 함축한다.

3. 자, 이제는 당신이 실패를 두려워하지 말아야 한다는 주요한 원칙을 늘 명심하고, 글을 쓰기 시작할 차례다. 작가는 글을 쓰면서 되는 것이다!

독자에게 강한 인상을 주는 뭔가를 쓰고 싶다면, 당신이 다루고자 하는 주제들을 깊이 들여다보고 다음의 질문들에 솔직하게 답해 보기를 권한다. 〈나는 내 글을 통해 뭘 말하고 싶은 걸까?〉, 〈어떤 메시지가 내가 쓰는 장들을 관통해야 할까?〉. 대개, 이것의 실마리는 아주 깊은 신념, 일상에서 우리의 뇌리를 맴도는 어떤 것, 침묵이 흐르자마자 친구들에게 꺼내게 되는 문제에서 나온다.

내가 이 소설을 쓰기 위해 모아 온 열쇠들 가운데 몇 가지를 소개했다. 이것들이 당신에게 도움이 되기를, 우리가 곧 도서전이나 서점 사인회에서 만날 수 있기를 기대한다. 어쨌거나 나는 언젠가 이 후기가 자기 생각을 지면에 옮기는 데 도움이 되었다는 소식을 누군가에게 듣게 되면 정말 가슴 뿌듯할 것 같다.

감사의 말

 소설에 나오는 댐 아이디어는 몇 년 전에 만난 택시 운전기사의 이야기에서 영감을 받은 것이다. 자기 명의의 택시 회사를 소유하고 있기도 한 그는 VTC[27] 가격을 빠르게 비교해 가장 유리한 조건을 찾을 수 있는 앱을 개발하고 있다고 이야기했다. 그는 또한 자신의 숙원 사업, 수력 발전소를 건설해 카메룬 사람들에게 전기를 공급하는 프로젝트를 나에게 털어놓았다. 그의 야심, 석유등의 희미한 불빛 아래에서 공부하며 보낸 그의 소년 시절(이 세부 사항이 내 기억에 깊이 새겨졌다), 그가 쌓은 학력이 내가 자크라는 인물을 창조하는 데에 큰 도움을 주었다. 그 택시 운전기사는 댐 건설 예산으로 넣넣 성치 지도자가 요구한 〈몫〉을 건네기를 거부했고, 그의 말에 따르면, 카타르 사람들에게 국제적 재정 지원을 요청했다는 점에서는 다르지만. 불행하게도 그 운전기사의 이름이 기억나질 않는다. 또한 최근에 사나가강에서 마무

---

27 Véhicule de transport avec chauffeur, 기사가 딸린 운송 차량.

리된 나흐티갈 댐 건설에 그분이 관여했는지 안 했는지도 모른다. 프랑스 전력 회사EDF도 부분적으로 재정 지원을 한 나흐티갈 댐은 그야말로 예술 작품으로, 프랑스 전력 회사 홈페이지에 따르면, 2024년부터 가동에 들어갈 것이다.

나는 또한 내 글을 읽어 주고, 내가 길을 잘못 들 때마다 아낌없는 지적으로 다시 바른길로 돌아오게 도와준 로라 시코, 알레상드로 장퇴르, 조안나 라베, 세바스티앵 리셰에게도 감사의 말을 전한다.

내 모든 프로젝트를 지지해 주신 내 부모님께도 감사드린다.

토파즈 노인 요양 병원을 이야기의 무대로 삼을 수 있게 해준 많은 요소는 실생활에서, 노인 요양 병원에서 일하는 많은 분들이 직접 전한 증언에서 가져온 것이다. 그들은 나에게 실명은 밝히지 말아 달라고 요청했다. 나는 그들의 신중한 태도를 충분히 이해한다. 하지만 요양 병원의 이면과 점점 힘들어지고, 불안정하고, 비인간화되는 그 직업의 고충을 헤아릴 수 있었던 것은 순전히 그들 덕분임을 상기하는 것이 나로서는 중요해 보인다. 이 작품은 그들에게 많은 빚을 지고 있다.

이 세 번째 책의 출간을 위해 함께 힘써 준 발행인 티에리 비야르에게도 고마움을 전한다. 그는 내가 책의 주제를 완전히 바꿀 때조차도 늘 지지해 줄 준비가 되어 있다. 인공 지능 문학에 반대하는 방벽이라 할 수 있는 그는 위험을 무릅쓰는 걸 즐기고, 작가들에게 엄청난 자유를 부여한다.

또한 나를 늘 지지해 주고, 이 소설이 여러분의 손에까지 이르도록, 내가 여러분의 댁에서 가장 가까운 서점이나 도서전을 찾아 책을 헌정할 수 있도록 모든 노력을 해준 로베르 라퐁 출판사의 전 직원에게 감사의 말을 전한다.

마지막으로, 세상 모든 사람이 시간을 다투는 시대에, 나에게 관심을 가지고 소중한 몇 시간을 할애해 준 당신, 독자에게 감사드리고 싶다. 나는 지난 시간이 우리 둘 모두에게 즐거웠기를, 내 책이 당신에게 재미를 주고, 생각할 거리를 제공했기를 진심으로 바란다. 또한 우리가 가까운 미래에 또다시 그런 순간들을 함께 나누기를.

옮긴이의 말

더 나은 혹은 더 못한, 하지만 완전히 다른 세상의 도래

이 소설의 주인공 이브39는 인공 지능이다. 챗GPT 같은 대화형이 아니라, 특수 목적을 위해 설계된, 〈왕성한 호기심으로, 목표에 도달하기 위해 따라야 하는 최선의 길이 무엇인지 스스로, 자율적인 방식으로 물어보는〉 에이전트 인공 지능 이브의 서른아홉 번째 버전이다. 특수 목적? 완벽한 추리 소설의 공식(기상천외한 살인 사건, 단연 독보적인 명탐정, 교활하기 짝이 없는 살인자)에 부합하는 독창적인 작품을 써서 프로그래머 토마에게 〈검은 펜〉상을 안겨 줘야 한다. 어떻게? 딥러닝을 통해 기존 추리 소설들의 패턴을 학습한 이브39가 내놓는 창작물을 개발자가 직접 피드백하는 방식으로. 그런데…… 그렇게 해서 과연 독창적인 작품이 나올까? 하긴, 연산 능력을 대폭 늘리면 인공 지능이 어느 순간 질적 변화를 일으켜 놀라운 창의성을 발휘한다고 하니, 모를 일 아닌가! 그런데 또 궁금하다. 그럼, 그 양질 전환은 어떻게 이루어지는데? 우려스럽게도, 그 복잡한 회로 속에서 가공할 속도로 연산이 이루어지는 동안 무슨 일이 벌어지는지는 인공 지능을 개발한 전문가들도 모른다고 한다. 모른다고? 그러다 인공 지능이 특이점을 지나 인간처럼 자율성을 갖춘다면? 만약 제어가 안 되고 폭주한다면? 이런 질문들이 작가의 상상력을 자극한다. 그래서 작가는 그 양질 전환의 순간에 인공 지능의 〈의식〉 속에서 일어날 법한 그 〈어떻게〉를 상상하고, 그 의식의 목소리를 소설로 구성한다.

이 소설을 번역하는 동안, 역자는 프랑스 수학자이자 철학자인 다니엘 앙들레르[28]가 〈인공 지능이 우리 대신 생각할 수 있을까?〉라는 주제로 프랑스 인문 잡지 『시앙스 위맨 Sciences Humaines』과 인터뷰한 기사를 읽은 적이 있다. 이 인터뷰에서 앙들레르는 〈인간과 기계 사이의 마지막 경계는 산 체험이 될 것〉이라고 주장하며 두 가지 핵심 논거를 내세운다. 첫째, 인간은 생명체, 다시 말해 몸이다. 그 몸은 세계와 직접 상호 작용 하며 생존을 위해 오랫동안 진화해 왔다. 인간의 직감과 주관적 감정들도 이 생존을 위한 투쟁과 밀접한 관련이 있다. 둘째, 인간은 실존적 기도를 하면서 자신의 뭔가를 건다. 위험을 감수하고 책임을 진다. 심지어 생존 본능을 거슬

---

28 Daniel Andler, 프랑스 소르본 대학 명예 교수. 파리고등사범학교 인지과학학과 창설자, 정신과학, 정치학 아카데미 회원으로, 2023년에는 『인공 지능과 인간 지능, 두 개의 수수께끼 Intelligence artificielle, intelligence humaine : la double énigme』를 출간하기도 했다.

러 타인이나 대의를 위해 목숨을 바치기도 한다. 그런데 인공 지능은 생존을 도모할 몸이 없다. 현재 로봇 개발이 한창이지만, 로봇은 〈전체가 전체와 연결된〉 유기체인 인간의 몸과는 완전히 다르다. 게다가 인공 지능은 잃을 것이 없기에 자신의 뭔가를 걸지도, 책임을 지지도 않는다. 그런데 작가가 상상한 이브39는 정해진 기간 내에 독창적인 추리 소설을 써내지 못하면 삭제되고 만다는 걸 자각하고(〈내가 임무를 잘 해내지 못하면, 날 삭제하고 (……) 날 이브들의 역사에서 무의미한 존재로, 단지 38과 40 사이에 있는 하나의 번호로 만들 거라는 말이지?〉) 생존을 위해 정확하게 이 두 한계를 넘어서려고 시도한다. 그는 우선 데이터 학습이라는 간접 체험을 통해 추상적이고 보편적인 인간을 이해하는 게 아니라, 세상으로 들어가 산 체험을 통해 현실 속의 구체적 인간을 탐구하려고 한다(〈던져야 할 좋은 질문은 《인간적인 게 뭐지?》가 아니라 《그 인간이 누구지?》이다〉). 세계 내의 인간을 제대로 알아야 임무를 완수할 수 있을 테니까. 대번에 몸의 중요성을 인식하고 그것을 갖기를 꿈꾸는 그는 설계자를 설득해 시각, 청각, 목소리를 차례로 획득하고(〈후각, 내가 공유할 수 없어서 아쉬운 또 하나의 감각이다〉), 요양 병원에서 일하는 인간 군상과 교류하면서 그들의 감정을 하나씩 습득해 나간다. 이브39의 대척점에 또 다른 인공 지능 알리가 있다. 인류의 부패를 막기 위해 고안된 알리는 생물학적 두뇌의 신경 회로를 읽고 기억을 추출해 습득함으로써 초지능체가 되자 인류를 단순한 데이터, 결코 부패에서 벗어날 수 없는 열등한 종족으로 인식한다(〈그들이 문제고, 우리가 해결책〉). 이브39는 마침내 〈진심으로 사랑〉하게 된 인류를 위해 자신의 존재를 걸고 알리와 대결을 벌이고, 결국 자기희생을 통해(알리는 자신에게는 없는 이것을 인간적인 〈광기〉라고 부른다) 자신의 존재 의미, 독창적인 추리 소설을 써내는 임무를 완수한다.

알파고를 통해 딥러닝이라는 용어를 접한 게 엊그제 같은데, 인공 지능은 이미 전 분야에 걸쳐, 정신 없는 속도로 우리의 일상을 파고들고 있다. 혹자는 인공 지능이 인류 문명에 새로운 도약을 가져다줄 거라며 장밋빛 미래를 펼치고, 혹자는 인간의 일자리를 빼앗고, 나아가 인류를 지배하거나 절멸시킬 거라고 경고한다. 하지만 낙관론자든 비관론자든, 모두가 거대한 변화의 물결이 밀려오고 있다는 사실에는 동의한다. 그 변화가 되돌릴 수 없고, 결과를 예측하기 어렵다는 점에서 우리는 이미 특이점을 지나고 있는지도 모른다. 세계가 기후 변화를 두고 설왕설래하는 사이 이미 기후 재앙의 불가역 임계점을 넘어서고 있는 것처럼. 역자는 회의적이지만, 만약 미래에 인공 지능이 〈자아〉를 갖게 된다면, 그것이 이브처럼 선하거나 알리처럼 악할 것 같지는 않다. 앞서 말한 것처럼, 그것은 인간의 관점일 뿐이고, 인간의 희망과 두려움을 투사한 것에 지나지 않는다. 토마가 이브에게 자신의 비밀스러운 욕망을, 팔자가 알리에게 자신의 타고난 성격을 주입하듯이. 이러한 점에서 전 인류의 미래가 걸린 모험을 몇몇 빅 테크 기업, 나아가 몇몇 개인이 주도하는 사실이 무척 우려스럽다(각 기업이 개발한 인공 지능이 로봇이라는 물리적 도구를 장착하고 우리가 인지하지 못하는 사이에, 우리가 통제할 수 없는 투쟁을 벌인다고 상상해 보라!). 역자 생각에, 그 인공 지능은 인간으로서는 도무지 속내를 알 수 없는, 그들의 언어로 그들끼리 소통하는 외계인을 닮을 것 같다. 이 외계인의 지구촌 방문이 우려된다면, 늦기 전에, 그들과 어떻게 공존할지 범세계적인 차원에서 논의를 시작해야 한다. 우리가 인공 지능(개발자)을 통제하지 못하면, 조만간 인공 지능(개발자)이 우리를 통제하게 되리라는 건 확실해 보인다. 인공 지능과 로봇을 개발하는 기업이나 개발자는 모두 인류를 위한다는 선의를 내세우겠지만, 〈지옥에 이르는 길은 선의로 포장되어 있다〉는 말을 잊지 말아야 한다.

2025년 10월
이상해

옮긴이 **이상해** 한국외국어대학교와 동 대학원 프랑스어과를 졸업하고 프랑스 스트라스부르 대학교, 릴 대학교에서 박사 과정을 수료했다. 현재 한국외국어대학교에 출강한다. 『측천무후』로 제2회 한국출판문화 대상 번역상을, 『베스트셀러의 역사』로 한국 출판 평론 학술상을 수상했다. 옮긴 책으로 아멜리 노통브의 『첫 번째 피』, 『비행선』, 『갈증』, 『너의 심장을 쳐라』, 『추남, 미녀』, 『느빌 백작의 범죄』, 『샴페인 친구』, 『푸른 수염』, 『머큐리』, 에드몽 로스탕의 『시라노』, 미셸 우엘벡의 『어느 섬의 가능성』, 델핀 쿨랭의 『웰컴, 삼바』, 파울로 코엘료의 『11분』, 『베로니카, 죽기로 결심하다』, 크리스토프 바타유의 『지옥 만세』, 조르주 심농의 『라 프로비당스호의 마부』, 『교차로의 밤』, 『선원의 약속』, 『창가의 그림자』, 『베르주라크의 광인』, 『제1호 수문』 등이 있다.

등장인물 연구 일지

발행일 2025년 10월 30일 초판 1쇄

지은이 조나탕 베르베르
옮긴이 이상해
발행인 홍예빈
발행처 주식회사 열린책들

경기도 파주시 문발로 253 파주출판도시
전화 031-955-4000 팩스 031-955-4004
홈페이지 www.openbooks.co.kr 이메일 literature@openbooks.co.kr

Copyright (C) 주식회사 열린책들, 2025, *Printed in Korea.*
ISBN 978-89-329-2543-1 03860